Julia Freidank
Jasmin und Bittermandeln

AF177797

TINTE
&
FEDER

## Das Buch

»Jasmin und Bittermandeln« erzählt von der heilenden Kraft der Kunst und wie man in den verwunschenen Hinterhöfen Italiens das eigene Leben neu entdecken kann.

Lara reist nach Rom, um den geheimnisvollen Pasquino zu untersuchen, eine Statue, an der die Menschen anonyme Botschaften hinterlassen – über Politik, die Welt und das Leben in Rom. Kaum angekommen lernt sie in der ewigen Stadt Jasmin kennen. Eine unkonventionelle Femme fatale, die ihre Lebensweisheit mit der jungen Frau teilt und sie in ihre Wohngemeinschaft mit dem schüchternen Journalisten Francesco und dem Studenten Momus aufnimmt.

Eines Tages findet Lara eine Botschaft am Pasquino, die nur an sie gerichtet sein kann. Wer ist der geheimnisvolle Verfasser? Immer neue Zettel folgen und Lara verliebt sich in den Unbekannten, der sie inspiriert und ihre innersten Sehnsüchte weckt. Nach und nach wird die Suche nach dem geheimnisvollen Schreiber für Lara zu einer Suche nach sich selbst.

## Die Autorin

Julia Freidank (Pseudonym), geboren in München, hat bereits einen Roman-Bestseller im Ullstein Verlag veröffentlicht und zahlreiche Interviews für Printmedien, TV und Radio gegeben. Sie studierte u.a. Philosophie und vergleichende Religionswissenschaft und hat unter einem anderen Pseudonym ein Sachbuch über Philosophie verfasst. Julia Freidank ist promoviert, spricht fließend Italienisch, beherrscht u.a. Arabisch, Altgriechisch und Latein und verfügt über Kenntnisse in mehreren fremdsprachigen Dialekten, darunter auch zwei italienische. Sie arbeitet als freie Schriftstellerin und an einer deutschen Universität.

# Julia Freidank

# Jasmin
## UND
# Bitter–
# mandeln

Roman

TINTE
&
FEDER

Deutsche Erstveröffentlichung bei
Tinte & Feder, Amazon Media E.U. S.à r.l.
5 Rue Plaetis, L-2338 Luxembourg
August 2017
Copyright © der Originalausgabe 2017
By Julia Freidank
All rights reserved.

Umschlaggestaltung: zero-media.net, München
Umschlagmotiv: © Pam McLean / Getty; © S. Nedev / Shutterstock; ©
Flipser / Shutterstock; © KMNPhoto / Shutterstock; Scisetti Alfio ©/
Shutterstock; © koka55 / Shutterstock; © onair / Shutterstock;
1. Lektorat: Marketa Görgen
2. Lektorat: Diana Schaumlöffel
Korrektorat: Gisela Wunderskirchner/DRSVS
Printed in Germany
By Amazon Distribution GmbH
Amazonstraße 1
04347 Leipzig, Germany

ISBN: 978-1-542-04698-5

www.tinte-feder.de

Vielleicht ist es eine Eigenart des Paradieses, dass es immer bedroht ist. Erst wenn etwas verloren ist oder jederzeit verloren gehen kann, begreifst du, was es wirklich bedeutet. Mein Paradies ist ein alter, fast verfallener Palazzo. Aus seinen Mauern wachsen im Frühjahr kleine gelbe Blumen. Der Duft von Jasmin und Bittermandeln hängt in seinen Zimmern mit den hohen Decken und erinnert mich an den Menschen, der mein Leben für immer verändert hat. Die glasierten Bodenfliesen sind kühl, die jahrhundertealten Steine zu hohen Bögen geformt, von denen der Verkehr und die Touristen draußen so weit weg scheinen wie eine andere Welt. Aber es ist auch ein zerbrechliches Paradies, ständig in Gefahr. Das unerbittliche Voranschreiten der Zeit ist überall zu spüren, in jedem bröckelnden Stein, in jeder Blume, die in der Mauer Wurzeln schlägt. Vielleicht ist es gerade die ständige Bedrohung, die diesen Ort so unvergleichlich schön macht.

Ohne diesen Ort hätte ich vielleicht nie begonnen zu leben. Wirklich zu leben – mit all den wunderschönen, den ernsten, sogar grausamen Seiten, mit all der Verantwortung. Mit dem, wofür es sich lohnt, auf dieser Welt geboren zu sein.

Habt ihr noch eine vage Erinnerung daran, wie ihr euch mit vierzehn oder fünfzehn gefühlt habt? Als ihr dachtet, die Welt habe all die Jahrtausende nur auf euch gewartet? Wisst ihr noch, was ihr damals bewegen wolltet? Erinnert ihr euch noch an die Momente, als ihr aus heiterem Himmel schreien und lachen und weinen konntet? Habt ihr auch mitten in einer eiskalten Winternacht auf dem Dach getanzt, nur, weil ihr wissen wolltet, wie es ist, etwas komplett Verrücktes zu tun? Wenn noch etwas davon in euch steckt, dann ist das hier für euch. Wenn ihr noch nicht abgestumpft seid von Prospekten und Werbeflyern, wenn ihr vor lauter virtuellen Smileys und Hugs noch nicht vergessen habt, wie es ist, zu lachen und eure Seele lacht mit. Zu weinen und eure Seele weint mit.

Das hier ist für euch, die ihr ein Leben jenseits des Erfahrungsvampirismus wollt: die ihr nach eigenem Leben, nach eigenen, unverfälschten Erfahrungen hungert. Wenn ihr also noch nicht verlernt habt, wie es ist, *dem Silberton zu rufen*, wenn ihr fühlt, dass euer Leben mehr ist, als große Autos zu fahren und unter »Philosophie« die Werbemasche eines Unternehmens zu verstehen, wenn es noch Musik gibt, bei der euch die Tränen kommen, und Worte, die etwas in euch zum Schwingen bringen, dann ist das hier für euch.

Zugegeben, Erfahrungen und Denken können anstrengend sein. Das sind übrigens die meisten Dinge, die glücklich machen, sogar Sex – okay, sagen wir: guter Sex. Und, bitte, werdet jetzt nicht nervös, weil ich das S-Wort im Zusammenhang mit Denken verwende. Oder steckt ihr etwa noch in dem Klischee fest, dass Denken nur etwas für spitzbärtige, humorlose alte Männer ist? Dass es auf gar keinen Fall Spaß machen darf, sondern nur mit zusammengebissenen Zähnen funktioniert – ohne Schokolade und im Zölibatsmodus? Platon schrieb einen ganzen Dialog über Liebe und Sex und was beides mit dem Denken zu tun hat. Für Giordano Bruno war Erkenntnis eine Art intellektueller Orgasmus – okay, er hat es ein bisschen vornehmer ausgedrückt, aber gemeint hat er das. Denken ist ein menschliches Grundbedürfnis. Deshalb haben Philosophen so gern die Liebe als Bild für Erkenntnis verwendet. Nur eine Erfahrung, die so intensiv ist wie Liebe hat Atem, hat Blut in den Adern und nicht Asche.

Weil ich euch eine Geschichte darüber erzählen will, sitze ich hier vor den leuchtenden Tasten in der Dunkelheit und schreibe für euch. Die Namen in dieser Geschichte habe ich geändert,

aber was sind schon Namen? In den mittelalter-
lichen Skriptorien von Paris haben sie sich die
Köpfe darüber zerbrochen, lange bevor ein ver-
rückter Dichter namens Petrarca auf dem Mont
Ventoux das Individuum wiederfand. Es gibt
viele Namen für das, was uns wichtig ist. Sie
sind bedeutungslos ohne die Menschen, ohne
die Orte, mit denen wir sie verbinden. Ich wünsche euch allen, dass auch ihr einen Ort findet,
wie ich ihn gefunden habe. Es kann nebenan
sein oder am anderen Ende der Welt. Niemand
kann ihn euch zeigen, denn dieser Ort ist so einzigartig wie ihr selbst. Aber wenn ihr ihn findet,
werdet ihr es wissen. Denn er steht am Beginn
eures Lebens.

# 1

Manchmal spielt das Leben mit dir Kugelbahn, dachte Lara an jenem Tag, als sie mit ihrem Freund Tobias und Momus aus dem Kurs über italienische Dialekte in der Münchner Unibibliothek saß. Und es amüsiert sich, wenn du unten gegen die anderen Kugeln knallst. Die, gegen die Lara ständig knallte, war Momus. Und gerade den konnte sie weniger gebrauchen denn je, denn seit drei Wochen steckte sie im emotionalen Katastrophenmodus fest. Angefangen hatte es damit, dass Tobias plötzlich eine Auszeit gebraucht hatte. Seitdem ging es hin und her: Mal trug er sie auf Händen, dann reagierte er tagelang nicht auf ihre Anrufe. Sie vermisste ihn wie verrückt, die wirren blonden Haare, seinen trockenen Humor und seine rebellischen Kommentare. Irgendwie symptomatisch für ihr Leben, in dem es zu viele Konstanten gab, die sie nicht wollte, und zu wenige, die sie wollte.

Von der Glaswand aufgewärmte Sonnenstrahlen fielen in den Übungsraum und ließen vergessen, dass der Winter noch lange nicht vorbei war. Hinter der Scheibe saßen sie wie die Nerds aus *The Big Bang Theory*, beäugt von Erstsemestern mit neugierigen, noch etwas unsicheren Blicken. Draußen, unter den kahlen Bäumen, trotzten ein paar unverdrossene Raucher dem Eiswind. Mit der Wärme hier drinnen verstärkte sich auch der Geruch nach ungewaschenem Pulli und Haschkeksen, die Momus vor sich auf dem Tisch verteilt hatte. Momus – je weniger man über ihn erfährt, desto besser. Wirklich. Eigentlich hieß er Torsten Sonderhagen, aber er hielt es für intellektuell, sich nach dem Satiregott zu nennen wie weiland Walter Jens – der allerdings im Unterschied zu ihm vermutlich gewusst hatte, dass der griechische Name *Momos* ursprünglich für die Personifikation der Nörgelei stand. Sein fettiges, ziemlich dünnes hellbraunes Haar streifte die Garnelenbox. Natürlich wusste er ganz genau, dass sich Lara vor den Krabbelviechern ekelte. Aber er machte eben immer das, worauf er gerade Lust hatte.

»Hey, Dialektnerd!«, meinte er jetzt mit Blick zu Lara. »Und?«

Lara konnte es niemandem erklären, aber Dialekte faszinierten sie. Sie gaben ihr das Gefühl, eine Geheimsprache zu beherrschen, durch die jeder sofort wusste, ob man dazugehörte oder nicht. »*Senti li trona di lu Mungibeddu chi ghietta focu e fiammi di tutti i lati; oh Bedda Matri, matri addulurata, sarva la vita mia e d''a mia amata. – Hör das Donnern des Ätna, der Feuer und Flammen überall speit; Schöne Mutter, Schmerzensmutter*...« – sie holte Luft und spürte, wie sich ihr der Magen schon beim Anblick der Garnelen umdrehte – »...*rette mein Leben und das meiner Liebsten*«, übersetzte sie die Zeilen von Franco Li Causi zu Ende. Sie lächelte Tobias verstohlen zu. Er schob seinen Text ein Stück von sich weg und reckte seinen studiogestylten Körper, um seinerseits einer Brünetten zuzulächeln, die gerade draußen vorbeiging. Mist. Wieder ein Minuspunkt auf dem Beziehungskonto. Sie hätte es wissen müssen. Seit drei Wochen löste jeder Versuch, sich ihm ungefragt anzunähern, diesen Reflex aus.

Lara trank einen Schluck aus ihrer Wasserflasche und ihre überreizte Magenschleimhaut beruhigte sich schneller als ihr schlechtes Gewissen. Tobias unter Druck zu setzen würde garantiert nichts helfen. Es war ohnehin ein Wunder, dass er sich für jemanden wie sie interessiert hatte: spaghettiglatte blonde Haare, Nerdbrille, Forschungsgebiet italienische Dialekte. Amy aus *The Big Bang Theory* war eine Sexbombe gegen sie.

»Also, ich hab nicht mehr lang Zeit«, meinte Momus. Er schob die Garnelen noch ein Stück weiter in Laras Richtung und die schnappte nach Luft. »Will zum Flughafen.«

»Flughafen?«, wiederholte Tobias. Lara und er sahen sich an. In drei Wochen war der Referatstermin und sie hatten noch jede Menge Arbeit vor sich. Dass Momus vorher noch wegfliegen wollte, hatte er nie gesagt. Aber wer einen superreichen Juristen als Vater hatte, konnte natürlich übers Wochenende sonst wohin jetten.

»Kein Problem«, meinte Tobias endlich achselzuckend. »Aber vergiss nicht, dass wir uns nächsten Mittwoch noch einmal treffen.«

»Weiß nicht, ob ich da bin«, mümmelte Momus.

»Weiß nicht?«, echote Lara. »Soll das heißen, dass wir die ganze Arbeit allein machen?«

»Jetzt nerv nicht«, seufzte Momus. Er rutschte auf seinem Stuhl herum. »Mann, heute bin ich doch da. Aber ich werde dann bloß noch mal kommen, um das Referat zu halten. Hab ’nen Job. Im Ausland.«

Lara blieb die Spucke weg.

Momus fummelte nach seinen Keksen und steckte sich mit fahrigen Fingern einen in den Mund. »Ja, ich muss auch mal weg. Weiterkommen. Meine sexuelle Identität finden.«

Selbst Tobias hatte es die Sprache für einen Moment verschlagen, was wirklich einiges hieß. Momus hing ständig im Schlepptau neuer Partnerinnen und manchmal auch Partner. Aber jetzt ging es um mehr.

Tobias fand seine Sprache wieder. »Du hast versprochen, dass du keinen Termin verpasst!«

Lara erinnerte sich nicht, dass Momus je etwas versprochen hätte. Allerdings, wer es mit seinem Charme problemlos geschafft hätte, Dracula zum Veganer zu machen, dem war auch zuzutrauen, diesem Garnelenterroristen ein Versprechen abzuringen.

»Dann halte dich gefälligst daran!«, mischte sie sich ein. »Du weißt ganz genau, was für Tobias von diesem Referat abhängt! Wenn er das Modul wieder nicht schafft, kann er nicht weiterstudieren!« Ein paar Erstsemester, die gerade hinter dem Bibliothekar am Glaskasten vorbeiliefen, blieben stehen. Sie steckten die Köpfe zusammen, eine begann zu kichern.

Momus hob die Hände und machte auf Jesus. »Nicht mein Problem. Sorry – ich muss los. Okay, Leute, dann bis in drei Wochen.« Er zog den Daunenfetzen, den man nur mit reichlich gutem Willen seine Jacke nennen konnte, vom Stuhl und stand auf.

»Sag mal, spinnst du jetzt völlig?«

Aber da war Momus schon durch die Glastür hinaus. Tobias sprang auf und lief ihm nach. Lara blieb allein zurück und starrte auf den leeren Bildschirm ihres Laptops.

Erst als sie zwei Stunden später ins Freie trat, fiel ihr auf, dass sich das Wetter geändert hatte. Schwarze Wolken, die den ganzen Tag schon von heftigen Böen über die Stadt getrieben worden waren, hatten sich zusammengezogen und es goss wie aus Kübeln. Lara fiel ein, dass sie vergessen hatte, ihre Eltern anzurufen. Sie wussten nichts von den Schwierigkeiten mit Tobias. Schon immer war sie das Problemkind in der perfekten, glücklichen Familie gewesen, die einzige der drei Schwestern, die so schnell wie möglich ausgezogen war. Der Nerd eben, der beim Wettbewerb um die Partykönigin gar nicht erst antreten musste und auf dem Schulweg gegen Laternenpfosten rannte, weil er die Nase nicht aus dem Buch bekam. Wenn sie ihren Eltern von den Problemen mit Tobias erzählte, würden sie natürlich annehmen, dass es an ihr lag. Ein eisiger Regen wurde durch die endlose Schlucht der Ludwigstraße gefegt und schlug ihr wie tausend kleine Nadeln ins Gesicht. Sie zog sich die Jacke über den Kopf und rannte zu ihrem Fahrrad. Mit klammen Händen fingerte sie nach dem Schlüssel, öffnete das Schloss – und erstarrte.

Das Fahrrad neben Laras war an einem Metallpfeiler gesichert. Aber die schwere Kette war nicht nur um den Pfeiler geschlungen. Sondern auch um Laras Gepäckträger. Sie kam hier nicht weg. Zumindest nicht ohne einen Panzerknacker.

Und dann sah sie die Girlande aus gelben Kunstblumen, die sich um das Lenkrad des anderen Rades wand. Momus' Fahrrad. Der soeben auf Nimmerwiedersehen zum Flughafen verschwunden war.

Lara spürte, wie Wut und Enttäuschung als trockener Knoten einen Moment in ihrem Hals stecken blieben und dann herausdrängten. Heiße und eiskalte Tropfen mischten sich auf ihrer Haut, brannten auf ihren Wangen und liefen ihr an Nacken und Hals herab unter die viel zu dünne Jacke.

Es dauerte gute fünf Minuten, bis sie sich wieder so weit im Griff hatte, den Hausmeister zu rufen. Sie hatte Glück: Herr Greiner war gerade dabei, seinen blauen Kittel auszuziehen und mit der Joppe zu vertauschen, als Lara wie eine gebadete Maus in sein weiß getünchtes Büro platzte.

»Hilfe!«, stieß sie hervor.

Herr Greiner starrte sie an. Er wollte ihr helfen, sich auf den Stuhl zu setzen, von dem er soeben seine Joppe genommen hatte. Aber Lara zeigte nur stumm nach draußen. »Fahrrad – festgeschlossen – kann nicht weg ...«

»Oh weh.« Er ging zu dem einzigen Schrank im Raum und suchte etwas. »Ich hab einen prima Bolzenschneider. Wenn die Kette nicht zu dick ist, krieg ich sie auf.«

Als er, den Bolzenschneider in der Hand, mit ihr draußen am Fahrrad stand, kratzte er sich den fast kahlen Kopf. »Vertrackt. Echt vertrackt.«

Im postharmonischen Konzert ihrer Gefühle setzte sich die Wut durch. »Diese Schabe!«, fauchte Lara. »Ich dreh ihm den Hals um!«

»Also, wenn Sie den Besitzer des Fahrrads kennen, warum rufen Sie ihn nicht an?«, fragte Herr Greiner. Er schob sich die Mütze ins Gesicht und blickte in den Regen. Offensichtlich wollte er schnell wieder ins Trockene, was man ihm wirklich nicht verdenken konnte.

»Weil er in der S-Bahn zum Flughafen sitzt und garantiert nicht zurückkommt. Wenn es nicht sowieso Absicht war!«

»Also, ich kann Ihren Gepäckträger durchschneiden«, meinte der Hausmeister. Dann haben Sie einen kleinen Schlitz drin. Aber Sie können wegfahren. Ansonsten hängen Sie hier fest. Das ist eine Sicherheitskette. Die krieg ich auch mit dem Bolzenschneider nicht auf.«

Zähneknirschend stimmte Lara zu.

Während Herr Greiner den Wert ihres Fahrrads mit dem Bolzenschneider reduzierte, sah sie zur Bibliothek. Vielleicht kam ja Tobias und rettete sie. Ihn entdeckte sie nicht, dafür erkannte Lara ihre Professorin, Frau Jacobi: Die toupierte blondierte Pagenfrisur leuchtete von weit her durch das Dreckswetter. Wenn sie mich jetzt nach dem Referat fragt, fange ich an zu heulen, dachte Lara.

»Gut, dass ich Sie treffe.« Frau Jacobi schwebte unter ihrem Nobel-Regenschirm heran und blieb in gebührender Entfernung stehen, um sich ihre Tausend-Euro-Winterjacke und ihre Stiefel nicht zu beschmutzen. An der Uni fiel sie wirklich auf. Es hieß, sie hätte früher eine Zeit lang in den Medien gearbeitet, ehe sie die Sicherheit des Beamtendaseins vorgezogen hatte. Und während ihre Kolleginnen ihre Kleider drei Nummern zu groß kauften und alle zum selben unfähigen Friseur zu gehen schienen, shoppte Jacobi in der Münchner Maximilianstraße oder in Londons Oxford Street.

»Sie haben die letzten Module alle mit Eins bestanden. Ihre Dialektkenntnisse sind außerordentlich und Sie stehen kurz davor, mit Ihrer Masterarbeit anzufangen. In meinem Projekt über Informationskulturen ist noch ein Platz frei – da dachte ich an Sie. Sie würden sechs Monate in Rom leben, gut verdienen und danach hätten Sie alles, was Sie für den Master in der italienischen Dialektologie brauchen. Was sagen Sie?«

Lara sagte gar nichts. Dachte nur: Warum kommt das jetzt! Vor einem Jahr wäre sie mit Freuden gegangen. Seit ihrem ersten Sprachkurs liebte sie Rom, trotz all des Chaos, trotz des Krachs und trotz der Abgase und des Mülls. Vom ersten Moment an hatte sie dort das Gefühl gehabt, zu Hause zu sein. Aber Tobias … Sie konnte jetzt nicht weg. Nicht jetzt, wo alles auf der Kippe stand.

»Das ist sehr nett«, brachte Lara stotternd über ihre blauen Lippen. »Worum geht es da?«

Jacobi zog sich unter das breite Vordach der Bibliothek zurück und Lara folgte ihr. Während Lara das Wasser in Strömen über den Kopf rann, schaffte es nicht einmal der Wind, gegen Jacobis Haarspray anzukommen. Sie neigte den schwarzen, mit goldenen Ornamenten verzierten Schirm nach unten und darunter bildete sich eine Pfütze. Unter Lara auch, aber zum ersten Mal seit drei Wochen schien sich das Dunkel über ihrer Zukunft ein wenig zu lichten.

»Dialektologie. Im historischen Zentrum von Rom.« Jacobis teuer gelifteten Brauen hoben sich. »Details habe ich Ihnen vorhin über das Netzwerk *Uni-IP* geschickt. Ich brauche jemanden, der die Texte am Pasquino abfotografiert, übersetzt und auswertet. Eine Bekannte vermietet ein Zimmer in einem kleinen Palazzo, nur ein paar Straßen weiter. Wäre das etwas für Sie?«

Lara dachte an das Café gleich hinter der Kirche Sant'Andrea. An den winzigen Buchladen am Campo de' Fiori. An die verrückte Silvesternacht, als sie mit Tobias und Emma aus dem Masterstudiengang über die Scherben von zehntausend zerschlagenen Proseccoflaschen zur Spanischen Treppe gelaufen war, über ihnen das Feuerwerk. Sie konnte sechs Monate in Rom leben. Das Geld gab ihr die Möglichkeit, unabhängig zu sein. Endlich konnte ihr Vater ihr nicht mehr unter die Nase reiben, dass sie von ihm abhängig war und zu tun hatte, was er sagte. Andererseits …

»Wann würde das losgehen?«, fragte Lara.

Jacobi hob ihren Schirm und trat einen Schritt hinaus in Richtung des Parkplatzes. »Ich müsste es bis morgen wissen. Dann könnten Sie den Flug am Mittwoch nehmen. Sie haben einen Kollegen, der eine ähnliche Studie über Dialektgebrauch in Kabarett und Theater macht. Er ist schon unterwegs.«

»Kollege?«, echote Lara.

»Herr Sonderhagen«, lächelte Frau Jacobi. »Wie nennen Sie ihn doch gleich? Momus.«

# 2

Sizilianische Volkslieder dudelten aus der Anlage in Laras Lieb-
lingscafé, wo sie Tobias am Abend traf. Die Zeichen standen
auf Wunder – er war es gewesen, der sich gemeldet hatte. Kurz
hatte Lara ihre Eltern angerufen und danach heiß geduscht und
einen dicken roten Pullover über den prickelnden Oberkörper
gezogen. Jetzt fühlte sie sich wieder halbwegs wie ein Mensch.
Irgendwie trug auch der Gedanke an Rom dazu bei, vielleicht
hatte sie deshalb das *Taormina* vorgeschlagen. Obwohl sich Lara
immer noch nicht sicher war, ob sie den Job überhaupt annehmen konnte.

Sie saßen unter erotischen Porträts von Sophia Loren und
Fotos des sizilianisch-französischen Tenors Roberto Alagna.
Darunter hingen verblasste Bilder des Cafés, damals noch mit
Plastikstühlen, vermutlich das erste der Stadt, wo man auf der
Straße sitzen konnte. Heute war es eine schicke Bar, die trotz
allem nicht verlernt hatte, ein Zuhause zu sein für alle, die hier
nach der Arbeit oder zwischen den Vorlesungen herkamen.
»Hallo«, sagte Aurelia. »Heute haben wir einen tollen Wein aus
Sizilien.« Wie immer sah sie Tobias an. Lara hatte sich daran
gewöhnt, dass die meisten Frauen die Köpfe nach ihm verdreh-

ten. Und Aurelia, hübsch und schwarzhaarig, gehörte zu ihnen, während die Farbe von Laras Kuschelpulli mit der ihrer Nase wetteiferte.

Tobias bestellte, dann schüttelte er wütend den Kopf. »Momus ist echt das Letzte.«

»Mit dem Geld, das sein Vater verdient, könnte er längst an einer Elite-Uni im Ausland sein und in zwei Jahren in irgendeinem Vorstand anfangen. Stattdessen vögelt er alles, was man nicht rauchen kann, und lässt einen im entscheidenden Moment sitzen.« Lara musste trotz allem grinsen. Die Vorstellung von Momus im Vorstand eines Unternehmens, gestylt, maniküt und in Nadelstreifen, war einfach zu komisch. Tobias' Lippen zuckten. Dann zwinkerte er ihr plötzlich mit seinem unwiderstehlich verstohlenen Lächeln zu, das Laras Knie regelmäßig weich werden ließ.

»Soll Momus sehen, wo er bleibt«, erwiderte sie. »Wenn er glaubt, dass wir die Arbeit machen und er das Referat dann nur noch ablesen muss, hat er sich jedenfalls geschnitten.« Sie fühlte sich nicht ganz so gut, wie sie ihn glauben ließ. Wenn sie Tobias jetzt auch noch im Stich ließ, wie sollte er die Prüfung schaffen? Aber während Lara frierend und durchnässt nach Hause geradelt war, hatte sie sich überlegt, wie sie es machen konnte.

Aurelia brachte den Wein und schenkte ein. Tobias' Miene hellte sich auf.

»Jacobi hat mir einen Job angeboten«, sagte Lara, als Aurelia wieder hinter ihrem Tresen verschwunden war. Ihr wurde schon vom Gedanken daran warm. »Ich suche schon so lange nach so etwas. Sechs Monate unabhängig von meinen Eltern! Und in der Zeit würde ich vielleicht sogar eine richtige Arbeit finden. Ich muss allmählich wissen, was ich nach dem Studium mache.«

»Warum hast du so ein Problem damit, von deinen Eltern abhängig zu sein?«

Er hatte gut reden. Über Tobias schwebte kein Damokles-schwert mit der Aufschrift: *Was machst du nach dem Studium?* Laras Eltern hingegen interessierten sich für die Details ihrer Laufbahn und ihres Privatlebens in einer Weise, dass die Stasi dagegen wie ein desinteressierter Haufen Hippies ausgesehen hätte. Obwohl sie ständig nachfragten, war es ihr vorhin am Telefon wieder nicht gelungen, ihnen alles zu sagen. Da war wieder das würgende Gefühl in der Kehle.

»Der Job wäre in Rom«, gestand Lara. Die Kerze auf dem Tisch ließ den Wein in geheimnisvollem Rot funkeln. Sie reichte Tobias ihr Smartphone, sodass er die Nachricht von Jacobi lesen konnte.

»Du sollst die Zettel am Pasquino auswerten?«, fragte er verständnislos. »Wer ist das?«

Lara nahm ihm das Gerät aus der Hand und ihre trüben Gedanken zogen sich in den Keller ihrer Psyche zurück. Ihre Stimme hob sich und sie sprach unwillkürlich schneller: »Gleich hinter der Piazza Navona gibt es einen antiken Torso. Die Römer nennen ihn Pasquino. Seine edelsten Teile sind etwas ramponiert, aber man kann erkennen, dass es ein Mann ist.«

»Hm«, meine Tobias. In seiner Tasche vibrierte sein eigenes Smartphone, er zog es heraus und checkte die Nachricht. Seine Stirn runzelte sich. »Und?«

»Dieser Pasquino, also vor allem sein Sockel, ist beklebt mit Zetteln, auf denen irgendwelche Leute in römischem Dialekt ihren Frust rauslassen. Über die Obrigkeit. Über die Kirche und über die Mafia. Die Stadtverwaltung versucht zwar, es zu verhindern, aber es klappt nicht so ganz. Das ist so was von cool!«, redete sich Lara in Begeisterung. »Das ist Facebook der prädigitalen Ära. Die Intelligenz der Massen. Und meine Aufgabe ist es, diese Zettel zu fotografieren und auszuwerten. Eine Kombination aus Castingshow, Politbarometer und literarischem

Kabinett.« Und nebenbei durfte sie dem Marmorkameraden ganz ungeniert auf seine sensibelste Stelle sehen. Auf das, was die Römer *pisello* nennen.

»Ab wann wäre das?«

Lara rutschte auf dem Stuhl zur Seite. Sie hatte Angst – Angst, Tobias ganz zu verlieren. Aber wenn sie irgendwo eine Chance hatte, wieder lachen zu können, dann in Rom. »Ab übermorgen«, antwortete Lara leise.

Tobias ließ das Handy sinken und sah sie ungläubig aus seinen grünen Augen an. »Du willst mich jetzt auch noch hängen lassen? Ausgerechnet jetzt, wo ich dich zum ersten und einzigen Mal brauche?«

Lara starrte auf seine Hände, schlanke, muskulöse Hände wie die eines Klavierspielers. Hände, die sie gern in ihre genommen hätte, wenn sie nicht befürchtet hätte, ihn zu überrumpeln. »Nein. Natürlich nicht. Es ist nur so … in den letzten Wochen geht es immer hin und her. Ich halte das nicht mehr aus, ich muss einfach wissen, ob du mit mir zusammen sein willst oder nicht. Immer diese emotionale Achterbahnfahrt, zwischen Hoffnung und Enttäuschung. Ich dachte, ich könnte das. Für dich. Aber es tut zu weh. Es tut mir so leid.« Sie versuchte doch, nach seiner Hand zu greifen. Aber er zog sie weg und blickte mit zusammengepressten Lippen zur Seite.

»Vielleicht ist es gar nicht so schlecht, wenn du etwas Zeit hast, dich zu entscheiden. Ohne dass ich dich unter Druck setzen oder drängen kann. Ich kann ja immer noch früher zurückkommen, oder du besuchst mich. Und Mitte des neuen Semesters bin ich wieder da und wir machen den Master zusammen. Also … wenn du willst.«

Tobias hatte ein undurchdringliches, starres Pokerface aufgesetzt. Aber Lara hätte schon taub und blind sein müssen, um nicht zu sehen, wie verletzt er sich fühlte.

»Okay«, sagte er endlich versöhnlicher, »du kannst da doch sicher später anfangen. Wenn das Semester vorbei ist.«

»Ich weiß nicht, ob das geht«, murmelte Lara unentschlossen.

»Na klar geht das«, meinte Tobias. »Man kann über alles verhandeln. Man muss nur wollen. Ich regle das mit Jacobi.«

Lara wusste nicht, was sie sagen sollte. Er hatte recht. Oder nicht? Sie brauchte das Geld. Nur so konnte sie unabhängig werden. »Wir können doch skypen«, meinte sie. »Das Referat bekommen wir auch so hin. Dazu muss ich doch nicht hier sein.«

Tobias folgte einer Frau, die einen schwarzen, im Rücken tief ausgeschnittenen Pulli trug, mit den Augen. Sie bemerkte es und lächelte geschmeichelt.

Da war er wieder, der kalte Brocken im Hals. Lara sah sich um. Das Café war längst brechend voll. Aber keiner hier war wie Tobias. Keiner hatte sein unwiderstehliches Lachen. Von Anfang an hatte sich Lara gefragt, was dieser Mann ausgerechnet an ihr fand. Er war ein bisschen beziehungsscheu, aber das würde sich geben. Wenn sie ihn jetzt gehen ließ, würde sie nie wieder so jemanden finden. Während er im Handumdrehen eine Neue hätte.

Sie wollte erwidern, dass sie bleiben würde, doch aus ihrem Mund kam: »Ich gehe.«

Tobias sah sie fassungslos an. »Soll das heißen, dass du einfach dein Ding durchziehst und dich einen Dreck um alle anderen scherst?« Er stand ruckartig auf und schob seinen Stuhl nach hinten. »Denkt hier eigentlich jeder nur an sich? Du bist kein Stück besser als Momus, schämst du dich eigentlich nicht?«

Lara wusste nicht, warum sie ihn plötzlich so anfauchte. »Jetzt mach mal einen Punkt! Und tu nicht so, als sei seit der Postkutsche kein Kommunikationsmittel mehr erfunden worden!«

Das schlechte Gewissen war körperlich spürbar. Lara rutschte auf ihrem Stuhl herum. Kaute auf den Lippen. Für Tobias hing wirklich viel von diesem Referat ab. Sie war egoistisch. Und vielleicht hatte er recht und sie setzte ihre Beziehung für einen befristeten Job aufs Spiel. Auf einmal war sie sich nicht mehr sicher, was sie wollte. Aber dann sagte sie leise, aber bestimmt: »Ich fliege.«

# 3

Als Lara zwei Tage später mit zwei Koffern in der römischen U-Bahn stand, eingepfercht zwischen Pendlern, Asylsuchenden und einem schief Harmonika spielenden Metro-Musikus, war sie sich nicht mehr sicher, ob es den Streit wert gewesen war. Ihr schlechtes Gewissen sagte, sie sei egoistisch. Aber ihr Bauch sagte, dass sie schon viel zu lange nicht mehr hier gewesen war. Sie konnte nicht erklären, warum, aber nirgendwo sonst auf der Welt hatte sie so sehr das Gefühl, am richtigen Ort zu sein. Selbst hier, zehn Meter unter der Erde und wie in lauwarmes Frittieröl getaucht, schmeckte die Luft anders, fühlte sich Lara wie der Fisch, der in sein angestammtes Gewässer zurückkehrt. Lebendiger.

Es wäre übertrieben zu behaupten, dass es ihr Glücksgefühle verschaffte, zwei Koffer Hunderte von Metern durch die engen Gassen zu ziehen. Auch dass sie drei Kellner nach der Adresse fragen musste, war nicht gerade begeisternd. Und doch. An den Straßenrändern blühten schon die Mimosen und ihre helllila Blüten säumten die Alleen. Als Lara die schmale, von Taubenkot verschmutzte Gasse gefunden hatte und der Januarwind ihr erhitztes Gesicht kühlte, war ihr so leicht zumute wie seit Monaten nicht mehr.

Auf einem Stuhl an der Ecke saß eine alte Frau, das Hausinnere hinter ihr war mit Kordeln vor Fliegen und Blicken geschützt. Ein kleiner Palazzo, hatte Jacobi gesagt. Der Eingang war so unscheinbar, dass Lara dreimal daran vorbeilief, ehe sie die Klingel mit dem Schild *Bordon* fand. Der Name eines Exmannes, hatte Jacobi erklärt, den die Vermieterin nicht abgelegt hatte. Von außen wirkte das Gebäude wie ein typisches römisches Stadthaus aus der Spätrenaissance. Grau, schmucklos. Drei Etagen hoch, die Fenster mit den typischen Lamellenläden verschlossen. Lara klingelte und trat zurück. Dann öffnete sich die Tür.

Dieser Duft von Bittermandeln.

Er hing kaum wahrnehmbar in der Luft. Legte sich sanft und unnachgiebig auf Laras Sinne und gab ihr das Gefühl, von einem Moment auf den anderen eine andere Welt betreten zu haben. Ein mit symmetrisch angeordneten Terrakottafliesen belegter Flur verlor sich im Inneren. Irgendwo lief Musik. Lara kannte sie: *Aida* von Verdi. Eine Musik wie dieser Duft: stark, sinnlich, eine Musik, so unbedingt und kompromisslos, dass es dir den Atem verschlägt. Und zugleich unendlich verletzlich.

»*Prego?*«

Auf den ersten Blick schätzte sie die Frau, die die Tür geöffnet hatte, auf knapp über vierzig. Das Haar war zu einem halb langen Pagenkopf gestuft und sie trug es, als sei Grau der letzte Schrei. Erst ein zweiter Blick verriet, dass sie älter sein musste: nicht nur das Haar, auch die Hände und bei näherem Hinsehen die Haut. Alles an ihr war zu groß: ihr Mund, ihre blauen Augen, die dichten Brauen, ein ganz klein wenig auch der Körperumfang. Sie trug lange weite Seidenhosen in einem changierenden Grün und ein schwarzes Top. Kleider, die teuer aussahen, aber sicher schon einige Jahre alt waren. Lieblingsstücke, zu schade zum Wegwerfen, die sie zu Hause trug, wenn sie sich wohlfühlen wollte. Unabhängig davon, ob eine neue Mieterin sich angekündigt hatte.

»Mein Name ist Lara Markward. Ich soll hier für das Projekt *Informationskulturen* arbeiten. Frau Bordon?«

Ihr Lächeln steckte an. »Ja, natürlich, Lara. Wir haben telefoniert, oder? Ich bin Jasmin.«

Sie trat zur Seite, um Lara einzulassen. Die Bewegung war definiert, auf eine unglaubliche Art präsent. Erst jetzt bemerkte Lara die hüfthohe Säule, auf der ein überdimensionaler Bacchuskopf aus Ton thronte, der sicher nicht aus dem Souvenirladen stammte. Der römische Gott des Weines, bekränzt mit Trauben, spitzte dem Besucher die Lippen entgegen zu einem Kuss. Sein verzücktes Grinsen gab ihr das Gefühl, wie eine liebe, lang erwartete Freundin begrüßt zu werden.

Jasmin drehte den Kopf auf eine Weise, die für ihr Alter weit mehr als nur ein bisschen zu sexy war. Dann rief sie auf Italienisch in den Innenhof, der offenbar am anderen Ende des Gangs lag: »Francesco, kannst du uns helfen?«

Vielleicht war es diese Frau, die plötzlich alles mit einer atemberaubenden Vitalität auflud, die alles größer, schöner und beeindruckender erscheinen ließ. Jedenfalls war Lara sicher, dass aus diesem Innenhof gleich der Zwillingsbruder von Robert Pattinson treten würde.

Der Schatten, der jetzt im Gang erschien, war groß. Für einen Traumprinzen allerdings ein paar Kleidergrößen zu groß. Um ehrlich zu sein, er war ein wenig kräftig. Also gut: Er hatte definitiv Übergewicht.

Anfang dreißig, schätzte Lara, als er näher kam. Vielleicht auch älter, schwer zu sagen. Kurzes schwarzes Haar, das sein Gesicht mit der randlosen Brille runder erscheinen ließ, als es vermutlich war.

»Ciao. Francesco.« Er streckte ihr kurz seine Hand hin und nahm dann einen Koffer. »Ich wohne im ersten Stock.« Weg war er.

»Mach dir nichts daraus, er ist immer kurz angebunden. Den anderen Koffer kannst du nachher selbst hochtragen. Stell ihn erst mal an die Treppe, bis wir nach oben gehen. Ich zeige dir das Haus.« Jasmin wies auf eine große, repräsentative Tür mit steinernem Rahmen. Sie stand offen, und Lara konnte einen Gang mit Stuckdecke und am Ende einen gewaltigen Marmorkamin erkennen. »Hier wohne ich. Maggie hat dir sicher gesagt, was ich mache?«

Lara schüttelte den Kopf. Maggie musste Jacobi sein. Soviel sie wusste, hieß sie Margaretha mit Vornamen. Jasmin Bordon schien jedermann zu duzen.

»Ich leite die *Casa del teatro:* Nicht weit von der Piazza Navona. Ein kleines, unabhängiges Theatermuseum.«

Lara hatte eine reiche alte Lady erwartet, die vom Erbe ihres Verblichenen lebte und Zimmer vermietete, damit sie ihm nicht gleich vor lauter Langeweile in die Unterwelt folgte. Dass die Vermieterin Kuratorin eines Museums war, hatte Jacobi mit keinem Wort erwähnt.

Jasmin ging vor Lara durch den fensterlosen Gang. Ihre langen weiten Seidenhosen berührten fast die glasierten Bodenfliesen. »Unser Innenhof. Den nutzen wir alle gemeinsam. Du kannst jederzeit hierherkommen.«

Lara blieb auf der Schwelle stehen, wie um das Bild nicht zu zerstören, das sich ihr bot. Die alten Tuffsteinmauern waren brüchig und erste kleine Blumen blühten darin. In Nischen standen Blumentöpfe mit Pflanzen, die wild in alle Richtungen wuchsen. Auf einem Sockel in der Mitte des Hofs erhob sich der uralte, mit einer Holzplatte bedeckte Brunnen. Überall standen Terrakottatöpfe mit Oleander, Jasmin und Zitrusstämmchen und irgendjemand hatte die schweren Eisenmöbel dazwischengeschoben wie Eindringlinge in einen Zaubergarten. An einer Wand rankte sich eine Bougainvillea bis in den zweiten Stock. Sie musste uralt sein, die Äste waren dicker als Laras Oberarme. Der Duft von Bittermandeln mischte sich mit Tausend anderen Gerüchen, und die Musik ließ sie einen Augenblick lang glauben, in einer anderen Zeit gelandet zu sein. Der Palazzo war wie Jasmin – ein ganz klein wenig vernachlässigt, aber auf eine Weise, die charmant wirkte: Alles daran war ein bisschen zu alt und ein bisschen zu groß. Aber gerade dadurch unvergleichlich.

Jasmin lächelte und zeigte auf die breite steinerne Treppe. »Hier hinauf.«

Während Lara ihren Koffer Stufe für Stufe nach oben wuchtete, erzählte sie weiter. »Hier, im ersten Stock, das ist Francescos Wohnung. Er schreibt für *Mangiare* – eine Food-Zeitschrift, vielleicht kennst du sie ja.« Das erklärte die überzähligen Pfunde.

»Er ist ziemlich zurückhaltend. Aber im Hof wirst du ihn sicher öfter sehen.« Sie lächelte. War er ihr Liebhaber, schoss es Lara durch den Kopf. Obwohl er sicher halb so alt war wie die Vermieterin, dachte sie unwillkürlich, dass eine Frau wie Jasmin doch sicher etwas Besseres haben konnte.

Sie erreichten den zweiten Stock, wo Francesco ihren anderen Koffer vor der Tür abgestellt hatte. »So, hier sind wir.« Jasmin klingelte, ehe sie aufschloss und Lara den Schlüssel reichte. Als sie ins Innere der Wohnung blickte, begriff Lara auch, warum.

»Hi«, grinste Momus. Sein Haar sah aus, als hätte er es seit ihrer letzten Begegnung nicht gewaschen. Er trug eine Art Schlafanzug und roch, als hätte er gekifft.

Weg der Zaubergarten. Für einen Moment war sogar der Duft von Bittermandeln verschwunden. Mit einem Schlag war sie wieder in der Realität. Wie hatte sie nur einen Augenblick vergessen können, was sie hier wohl oder übel erwarten musste.

Momus trat ein Stück zur Seite, um Lara vorbeizulassen. Am Boden lagen zwei Unterhosen, offenbar gebrauchte. Auf einer quer durch den Flur gespannten Leine hingen ein paar weitere.

Ich geh hier nicht rein, schoss es Lara durch den Kopf. Ich suche mir etwas anderes. Keine WG – nicht mit Momus!

Jasmin streifte die Unterhosen mit einem kurzen Blick. Sie sagte nichts zu Momus, sondern zauste ihm nur im Vorbeigehen das Haar. Lara blieb nichts übrig, als ihre Koffer hinterherzubugsieren. Zu ihrer Verwunderung beeilte sich Momus, seine Wäsche aufzuheben. Er löste sogar den Knoten der improvisierten Wäscheleine, damit sie eintreten konnten.

»Das kleine Zimmer links könnt ihr als Vorratskammer nutzen oder Bücher abstellen. Es gibt auch ein Bett darin, falls ihr Besuch unterbringen wollt. Und hier …« Jasmin öffnete eine Tür auf der rechten Seite. »Hier habt ihr eine eigene kleine Küche, aber wenn ihr etwas Größeres vorhabt, könnt ihr auch meine benutzen.«

Wie erwartet stand eine mit Kaffeesatz gestreifte *caffettiera* schief zwischen den Herdplatten. Ein Topf, an dem offenbar schon vor Tagen Tomatensauce herabgelaufen war, klebte am Rand der Kochfläche. Daneben türmte sich dreckiges Geschirr. Außer dem Herd und einem alten Küchenschrank gab es zwei Stühle und einen kleinen Tisch. Eine Fenstertür führte auf einen winzigen Balkon hinaus.

Das Bad übertraf die schlimmsten Befürchtungen. Eine lila Schlafanzughose lag quer über der Waschmaschine. Die Toilette – nein, nichts dazu. Es ist besser so, wirklich. Dann gab es noch eine Dusche und ein Bidet. In beiden lagen Haare.

Momus trat von einem Bein auf das andere und schielte immer wieder verstohlen zu Jasmin. Wäre er nicht selbst die Verkörperung dieses Chaos gewesen, Lara hätte geschworen, es wäre ihm auf einmal peinlich.

Eine WG mit Momus. Im Bad würde sie über seine Klamotten steigen müssen, um in die Dusche zu gelangen. Er würde ihr Duschgel benutzen und ihre Zahnpasta, und vielleicht sogar, wenn er betrunken nach Hause kam, ihre Zahnbürste. Würde seine Socken im Ofen neben Laras Lasagne trocknen und eine Wäscheleine zwischen Kaffeemaschine und Stuhl spannen für seine Unterhosen. Er würde seine Krabbelviecher im Kühlschrank auf Laras Salat stellen und niemals frische Milch kaufen. Zu guter Letzt würde er womöglich irgendwelche Drogen im Kühlschrank verstecken. Und Lara würde an einer Überdosis sterben, ohne je zu erfahren, dass es Koks war, den sie sich in den Grießbrei gerührt hatte.

Sie wollte sich gerade bedanken und sagen, dass sie sich eine Pension suchen würde, da öffnete Jasmin die Tür ganz hinten.

Ein eisernes Bett dominierte das geräumige, helle Zimmer mit der Stuckdecke. Ein kleiner Rokoko-Sekretär und ein schwerer Schrank vervollständigten das Inventar. Die Fenster reichten bis zum Boden. Jasmin hatte die Läden geöffnet, sodass man in den Innenhof sah. Die oberen Äste der Bougainvillea rankten sich um das Fenster und unter ihr lag der Brunnen. Wenn Lara das Bett näher an das rechte Fenster zog, würde sie ihn von dort aus sehen.

Jasmin lächelte. »Also, wenn du möchtest, komm doch nachher mit den anderen in den Hof auf einen Kaffee. Ich habe Marzipan gemacht.«

Lara sog den leichten Duft ein. »Mit Bittermandeln? Ich dachte immer, die sind giftig.«

Das Lächeln wurde breiter, es steckte an. »Das kommt auf die Dosis an. Wie bei allen Dingen. Marzipan besteht aus Mandeln, Zucker und Rosenwasser. Ohne die Bittermandeln wäre es einfach nur pappig und süß.« Sie sah Lara an und wurde auf einmal ernst. »Wie das Leben. Ein paar Bittermandeln sind immer dabei. Aber ohne die wäre die Süße unerträglich.«

Momus tappte ihr bis zur Tür hinterher. Lara starrte ihm nach. Jasmin war gute sechzig, aber gegen sie konnte selbst Jennifer Lawrence einpacken. Wie zum Teufel machte sie das?

Lara setzte sich aufs Bett und ließ sich zurückfallen. An der Stuckdecke über ihr waren mythologische Szenen abgebildet. Was war das? Troja? Ein lauer Windhauch kam durch das offene Fenster, die Musik. Es war ein Gefühl, als hätte sie plötzlich ein neues Leben bekommen, eines, in dem auf einmal wieder alles möglich schien. Wo sie nicht zur Sozialhilfe verurteilt war, noch ehe sie die erste Bewerbung geschrieben hatte. Ein Leben, als würden Tausende kleine Sauerstoffbläschen in der Luft prickeln. In diesem Moment war ihr klar, dass sie sich keine Pension suchen würde. Sie würde bleiben.

Lara schloss die Tür und öffnete einen Koffer, um den Bademantel zu suchen. Bevor sie hinunterging, wollte sie duschen. Vielleicht konnte sie ein Schwammtuch und Reinigungsmittel finden, um die Dusche in einen akzeptablen Zustand zu bringen.

Sie hatte sich gerade ausgezogen und hob splitternackt den Bademantel vom Bett, um hineinzuschlüpfen, da öffnete sich die Tür.

Momus stand im Eingang, eine angebrochene Packung Kondome in der Hand. »Ich klär das immer am liebsten gleich«, grinste er schief: »WG mit Sex oder ohne?«

# 4

Als sie am nächsten Morgen ihr Forschungsobjekt suchte, hatte Lara zum ersten Mal seit Langem das Gefühl, an einem dieser Anfänge zu stehen, denen der berühmte Zauber innewohnt. Momus hatte das Nein zum Thema Bettgenossenschaft akzeptiert und sein Zimmer lag auch am anderen Ende des Flurs. Abends hatte der Wind vom Meer her geweht und den Duft der ersten aufbrechenden Mandelknospen von der Dachterrasse gegenüber durchs Fenster hereingetragen. Am Morgen war sie von Silvias Stimme aufgewacht, Jasmins Haushaltshilfe, die unten im Hof von allen Verwandten bis ins fünfte Glied erzählte. Die Sonne warf ihre Strahlen auf den alten Putz des Hauses und Lara fühlte sich gewappnet, es mit einer Million renitenter Dialektgenies aufzunehmen.

Eine gute halbe Stunde suchte sie den Pasquino, obwohl er sich, wie sie dann feststellte, nur ein paar Gassen weiter befand. Und als Lara die richtige Straße gefunden hatte, wäre sie fast noch daran vorbeigelaufen. Mit gerunzelter Stirn fixierte sie ihn, während es hinter ihrer Stirn rumorte. Für diesen Klumpen Marmor also setzte sie die Beziehung zu einem Traumtyp wie Tobias aufs Spiel. Momus hatte recht, sie war ein Nerd.

»Ich sehe, Sie haben schon etwas Interessantes gefunden?«

Hastig tat Lara so, als studierte sie den Zettel, der noch am nächsten am südlichen Ende des Rumpfs lag, das sie soeben so indiskret angestarrt hatte. Dann drehte sie sich um.

Margaretha Jacobi sah aus wie einem Kulturreiseführer Rom entstiegen. Ihre selbsttönende großformatige Brille hatte sie ins Haar zurückgeschoben und in ihrem eleganten schwarzen Kostüm wirkte sie wie die Römerinnen, die ein paar Hundert Meter weiter bei Bulgari oder in einer der Botschaften am Tiber arbeiteten.

»Äh ja, also.« Lara beugte sich weit über die Eisenkette, bis sie fast das Gleichgewicht verlor, zückte ihr Smartphone und fotografierte auf gut Glück den erstbesten Zettel. Aufatmend hielt sie ihr das Display hin.

*»Ewiges Rom, ewige Mafia,*
*denkst du, du hast deine Borgia vertrieben?*
*Sie heißen heut anders, doch sind sie geblieben«,* übersetzte Jacobi den halb verblassten handgeschriebenen Text.

Lara musste lachen und sogar Jacobi verzog leicht die Lippen.

»Lesen Sie so viele wie möglich«, meinte sie, »und suchen Sie mir jeden Tag die zehn besten heraus. Nicht unbedingt die literarisch besten, vor allem die aussagekräftigsten für unsere Frage nach Dialekt und Konformität. Ich brauche eine repräsentative Auswahl.«

Man musste Jacobi lassen, dass sie wirklich Sinn für abgefahrene Projekte hatte. Ihre beängstigende Professionalität passte gar nicht dazu. Selbst hier in Rom war sie hoch konzentriert und schien abgesehen von ihrem Projekt wenig wahrzunehmen. Lara fragte sich, warum diese Stadt mit Jacobi nicht dasselbe machte wie mit ihr. Sie verrenkte sich den Kopf und überflog noch ein paar Zettel. Manche waren richtig gut und wären bei jedem Poetry Slam durchgegangen. Andere waren schlicht, aber alle waren bitterböse. Immer wieder fing Lara an zu lachen, wie sie es in den letzten Monaten höchstens am Monopteros im Englischen Garten nach einer oder auch zwei Flaschen Prosecco getan hatte.

»*Franziskus nennt sich unser Papst, doch Sonnengesänge stimmt er nur vor vollen Goldspeichern an*!«, las sie. »Also der hier liest jedenfalls Donald Duck!«

Jacobi schnippte nach einigen Zetteln. »Die Idee stammt aus der Renaissance, nachdem die Statue 1501 von Kardinal Oliviero Carafa gefunden wurde. Vermutlich war der Pasquino Teil einer Figurengruppe, stellte möglicherweise Menelaos dar. Er ist die einzige römische Statue, an die tatsächlich noch Zettel geheftet werden – früher gehörte zu diesen ›sprechenden Statuen‹ auch der Marforio, der heute in den Kapitolinischen Museen steht und mit dem Pasquino richtiggehende Dialoge führte. Außerdem der Babuino bei der Spanischen Treppe, der Abate Luigi von Sant'Andrea, der Facchino und die Madama Lucrezia. In Venedig gibt es Vergleichbares: den berühmten Buckligen vom Rialto. Seinen Namen dürfte der Pasquino dem *Decamerone* verdanken, wo ein Pasquino an einem vergifteten Salbeiblatt stirbt – was als Symbol für den Machtmissbrauch der Kirche interpretiert wurde. Oder aber schlichtweg dem Mann, der die Spottverse dort populär machte. Wir hatten das Thema doch letztes Semester im Seminar über Aretino und die Satire«, sagte sie und sah Lara erwartungsvoll an.

»Natürlich«, erwiderte diese schnell. Jacobi liebte es überhaupt nicht, wenn man ihren Ausführungen nicht folgte oder sie zu schnell vergaß. »*Pasquinate* ist bis heute die Bezeichnung für satirische Gedichte. Der Begriff geht auf die kirchenkritischen Spottverse am Pasquino zurück. Während der Nazi-Zeit wurde der Brauch neu belebt und erlebte eine moderne Blüte unter Berlusconi. 2009 bis 2010 wurden alle Papierschichten entfernt, aber es gelingt der Stadtverwaltung bis heute nicht, den Brauch zu unterbinden.«

»Eine einmalige Quelle für aktuelle Entwicklungen im römischen Dialekt. Kommen Sie, wir setzen uns in ein Café. Ich zeige Ihnen ein paar Musterbeispiele.«

Das Café lag nur wenige Schritte weiter. Der winzige Garten wurde von einem riesigen, uralten Feigenbaum dominiert, der seine kahlen Zweige wie eine Pergola schützend über die wenigen Stühle breitete. Nur wenige Blätter, die der Sturm und die Zeit vergessen zu haben schienen, hingen noch darin. Jacobi bezahlte zwei Cappuccini und sie setzten sich hinaus. Es war noch warm genug, trotzdem waren die Heizpilze schon aufgestellt, die einem in römischen Cafés von oben die Haarwurzeln versengen, während sich auf den südlicheren Körperteilen nach und nach die Pinguine ansiedeln.

»Wie lange kennen Sie Jasmin eigentlich schon?«, fragte Lara, während ihre Professorin den Laptop aufklappte. Die Frage beschäftigte sie schon die ganze Zeit: Was verband die perfekte Jacobi mit einer Frau wie Jasmin, die es mühelos schaffte, Nachlässigkeit zum Stilideal zu machen?

Jacobi schien irritiert, dass Lara sich für die Vermieterin interessierte. »Eine Ewigkeit. Ich glaube, es war nach ihrer ersten Scheidung, als wir promovierten. Sie war eine der begabtesten Studentinnen in unserem Jahrgang. Aber sie hatte diesen Spleen.«

»Spleen?«

Jacobi suchte die Datei. »Nachdem sie fertig war, verschwand sie. Ich weiß nicht, wohin. Eine Künstlerkolonie, eine WG. Es waren unruhige Zeiten damals.«

Lara musste grinsen. Statt Jasmin stellte sie sich Jacobi in einer Hippie-Kommune vor. Drogenerfahrungen sammelnd, mit langen Haaren. Nun ja. Das erklärte Jasmins Nachsicht mit Momus. Offenbar hatte sie in ihrer Jugend Schlimmeres erlebt.

Die Kellnerin brachte den Kaffee. Ein ähnlicher Typ wie das, worauf Tobias sonst stand: schwarzhaarig, volle Lippen. Allerdings etwas älter als Tobias' Beuteschema und weit weniger gestylt. Um genau zu sein, gar nicht gestylt: ein nachlässig im Nacken gebundener kurzer Pferdeschwanz. Nicht einmal die Augen waren umrandet.

Sie blieb einen Moment stehen und sah mit gerunzelten, ungezupften Brauen auf den Laptop, den Jacobi aufgeklappt vor sich auf den Tisch gestellt hatte. Einige Zettel waren dort bereits abfotografiert und sie tippte darauf, um einzelne zu vergrößern. »*Wer Geld hat, kauft sich das Recht – und den Richter gleich dazu.*«

Das Namensschild auf der Brust der Kellnerin mit der Aufschrift *Paola* zog kurz an Laras Augen vorbei, als sie die Tassen abstellte und dabei einen Blick auf den Bildschirm warf. Naserümpfend richtete sie sich auf. »*Sono pazzi, questi turisti*«, brummte sie. »*E queste donne non sono nemmeno belle!*«

*Die spinnen, die Touristen. Und die sind noch nicht mal hübsch.*

»Haben Sie das gehört?«, flüsterte Lara wütend.

»Ja. Aber es ist irrelevant«, meinte Jacobi kühl. »Es sei denn, sie publiziert es am Pasquino.« Sie klappte den Laptop zu. »Sie haben, was Sie brauchen. Ich maile Ihnen die Liste mit den Kriterien noch einmal zu, dann können Sie anfangen zu arbeiten. Schicken Sie mir hin und wieder Stichproben, damit ich sehen kann, ob wir uns verstehen.«

Sie trank ihren Kaffee in einem Zug aus und schob Lara ein paar Ausdrucke über den Tisch. Die Kellnerin war noch nicht außer Hörweite, da flötete sie: »*Non sa nemmeno portare un buon cappuccino!*«

Und entschwebte.

*Sie kann noch nicht mal anständigen Kaffee bringen.* Paola starrte ihr wütend nach und dann Lara an. Die hatte das dringende Bedürfnis, auf ihrem Stuhl herumzurutschen.

Am Nebentisch rief jemand.

Paola tötete sie noch einige unendliche Momente lang mit Blicken. Dann verzog sie sich.

Lara sah auf ihr Smartphone, mit dem sie heute noch gar nicht telefoniert hatte. Auf einmal fühlte sie sich allein. Etwas Leichtes, Hartes fiel auf ihren Kopf, dann segelte eines der großen Feigenblätter vor ihr auf den Tisch. Vorhin war alles so wunderbar gewesen, aber jetzt war sie schlagartig ernüchtert – weil dieses Café die Hexe von Blair als Kellnerin beschäftigte, die ihren Frust offenbar an den Gästen ausließ. Würde sie doch als alte einsame Jungfer enden, die ihr Smartphone nur noch zum Abfotografieren von Forschungsobjekten brauchte?

Lara zog es heran und schrieb eine Nachricht an Tobias.

*»Sitze in Rom unter einem Feigenbaum«*, tippte sie. Sie zögerte, dann setzte sie hinzu: *»Allein.«*

Sie holte tief Luft, schaffte es aber nicht, die Nachricht abzuschicken. Die Frau am Nebentisch, die vorhin nach Paola gerufen hatte, lächelte Lara zu. Eine hagere Frau Mitte zwanzig, Jeans und Tunika. Und ein Kopftuch. Lara lächelte schief zurück. Dann drückte sie auf Senden.

Sie bemühte sich, sich auf die Arbeit zu konzentrieren, starrte aber immer wieder auf das Gerät. Nichts. Keine Nachricht. Abgesehen von dem gestrigen Skype-Termin, in dem sie über das Referat gesprochen hatten, hatte sich Tobias bisher nicht gemeldet.

Gerade hob sie ihre Tasse zum Mund, da klingelte das Handy.

»Ja?«, keuchte Lara, ohne auf das Display zu sehen. Um ein Haar hätte sie das Gespräch aus Versehen weggedrückt.

»Hi Lara, alles okay? Hier ist Emma.«

Seufzend wischte sich Lara den Milchschaum von der Nase. Emma aus dem Masterstudiengang. Sie gingen ab und zu miteinander aus, wenn Tobias keine Zeit hatte und Emmas Freund, der in Hamburg lebte, nicht da war.

»Ich wollte fragen, wie es dir geht. Du hast mir eine SMS geschickt, dass du nach Rom fliegst, und danach habe ich nichts mehr gehört.«

»Entschuldige. Viel zu tun. Ich muss auch noch das Gruppenreferat machen.«

Emma lachte. »Vermutlich wieder mal allein. Du bist in Rom, Lara! Meine Güte, denk doch auch mal an dich! Kauf dir was Schickes zum Anziehen, reiß einen gut aussehenden Typen auf und geh aus, um Himmels willen!«

Lara musste lachen. »Du hast vielleicht Ideen!«

»Wegen Tobias? Ach, hör auf. Du hast doch keinen Stubenarrest, nur weil er nicht da ist. Außerdem geht er auch mit anderen Frauen aus.«

Der Stich in ihrem Inneren tat so weh, dass Lara einen Moment lang die Luft wegblieb. Sie wollte etwas erwidern, aber sie fand keine Worte.

»Hey, da läuft nichts«, sagte Emma schnell. Zu schnell? »Gestern Abend habe ich ihn gesehen. Mit Nathalie. Sie waren zusammen einen trinken, das war alles. Ach, Mist. Ich wollte dich nicht beunruhigen.«

Ein Teil von Lara wollte sagen, dass sie das nächste Flugzeug nehmen würde. Stattdessen sagte sie: »Hast du nicht.«

Aber sie war nicht mehr ganz bei der Sache. Trank nervös ihren Kaffee und antwortete unkonzentriert und fahrig. Die Frau am Nebentisch beobachtete sie, bis sie das Telefonat beendete. Ärgerlich legte Lara das Handy weg und wollte sich wieder ihrem Kaffee widmen, aber der Cappuccino war fast leer und kalt. Sie hörte, wie die Frau ihren Stuhl zurückschob und aufstand. Sie ging hinüber zu einem Auto, das direkt vor dem Café im Parkverbot angehalten hatte. Die Beifahrertür öffnete sich von innen und sie stieg ein.

Lara starrte auf das Display, als wäre es eine Glaskugel, in der sie die Zukunft von Tobias und sich selbst sehen könnte. Aber das Einzige, was sie sah, waren die schattenhaften Umrisse ihres Gesichts, vor dem sich die Nerdbrille abhob.

# 5

Lara verbrachte noch ein, zwei Stunden am Pasquino und fotografierte um die zwanzig Zettel ab. Aber es gelang ihr nicht mehr so wie vorher, sich zu freuen. Auf einmal hatte sie Angst. Sie war nicht darauf vorbereitet, Tobias zu verlieren. Das Wetter, das sie vorhin als angenehm mild wahrgenommen hatte, fühlte sich plötzlich an wie Fieberdunst aus den Sümpfen, in denen die Stadt am Anfang ihrer Geschichte gelegen hatte. In der linken Schläfe begann der vertraute Schmerz zu pochen, der einen Migräneanfall ankündigte. Eine halbe Stunde und er würde sich auf die gesamte linke Gesichtshälfte ausgebreitet haben. Dann konnte sie nur noch nach Hause gehen, zwei Schmerztabletten nehmen und sich ins Bett legen, wenn sie sich nicht das Gehirn aus dem Schädel kotzen und Sternchen sehen wollte. Die verdammte Migräne verfolgte sie seit ihrem fünfzehnten Lebensjahr.

Es ist doch egal, versuchte sich Lara zu beruhigen. Wenn Tobias sie verlassen wollte, würde er es tun, ob sie nun in Rom war oder nicht. Schließlich war er es gewesen, der ihre Beziehung infrage gestellt hatte. Der stärker werdende Schmerz machte es ihr immer schwerer, sich zu konzentrieren. Und irgendjemand in Laras Rücken sprach laut und zornig in einer Sprache, die sie nicht verstand. Genervt drehte sie sich um.

Der Mann war um die dreißig und schien auf eine Frau einzureden. Schlank, Vollbart, Lederjacke. Die Frau stand mit dem Rücken zu Lara, sodass sie nur ihren Gesprächspartner sehen konnte. Aber etwas an ihr kam Lara bekannt vor. Vielleicht waren es die helle Tunika und das rosa Kopftuch.

Die Frau gab dem Mann Kontra und auf einmal schrie sie ihm einen Satz fast entgegen.

Für einen Moment war Stille.

Dann redete sie wieder beschwörend auf ihn ein. Der Mann kniff die Lippen zusammen. In scharfem Tonfall erwiderte er etwas, dann kam er dicht heran und setzte etwas nach.

Sekundenlang starrten sie sich an. Laras Blick hing an ihnen wie festgesaugt. Der Tonfall der letzten Worte wirkte nicht, als wollte er sie von irgendetwas überzeugen. Es klang eher wie eine Drohung.

Er drehte sich um und ließ sie stehen.

Die Frau sah ihm nach. Ein erstickter Laut kam über ihre Lippen. Dann drehte sie sich um und wollte an Lara vorbei.

Sie erstarrte. Kniff die Lippen zusammen und betrachtete Lara, als sei diese Zeugin von etwas geworden, das weit mehr war als nur ein Beziehungskrach.

Lara war fast genauso überrascht. Es war die Frau, die sie vorhin im Café gesehen hatte.

»Hallo«, brachte Lara endlich hervor. Biss sich im selben Moment auf die Zunge. Hallo. Wie dämlich war das denn? Die Minions waren eloquente Intelligenzbestien dagegen. Wenn sie ihr jetzt auch noch Hilfe anbot, machte sie sich endgültig unmöglich.

Es war so unangenehm, dass Lara die Peinlichkeit als engen Griff um ihren Magen spürte. In ihrer linken Schläfe pochte es unerträglich.

Die Frau starrte sie weiter einfach nur an. Dann sah sie in die Richtung, in die der Mann verschwunden war. Und hastete an Lara vorbei.

Lara blickte ihr nach und hatte das ungute Gefühl, etwas falsch gemacht zu haben.

Das *Café Piazza del Fico* wurde zu Laras Stammcafé, trotz des Ekels von Kellnerin. Sie gewöhnte sich an, vor der Arbeit in dem von Tag zu Tag wärmer werdenden Garten einen Cappuccino zu trinken. Denn ganz gleich, was Jacobi gesagt hatte, der Kaffee war gut und für die Brioche hätte sie sogar Darth Vader als Kellner toleriert.

Hin und wieder musste sie an die Frau am Pasquino denken. Auf dem Weg vom Café dorthin schossen ihr die wildesten Spekulationen durch den Kopf, wer sie gewesen war und was sie mit dem Mann besprochen hatte. Vielleicht war er ihr Bruder und hatte ihr eröffnet, dass er nach Syrien abhauen und sich zum Terroristen ausbilden lassen wollte. Oder er war ihr Mann und hatte in irgendeinem arabischen Land, in dem das ging, eine Zweitfrau geheiratet. Oder er war ihr Liebhaber. Sie hatte für die Affäre ihr Leben riskiert, jetzt war sie schwanger und er eröffnete ihr, dass er eine andere heiraten wollte. Aber wie kam Lara eigentlich darauf, dass sie mit Terroristen, Vielweiberei und Ehrenmördern zu tun hatte? Was war sie nur für ein Rassistenschwein. Warum verdächtigte sie eine Frau mit Kopftuch automatisch, das Opfer gewalttätiger Männer zu sein? Ihre Fantasie spielte wirklich verrückt.

Lara bog um die letzte Ecke und sah jemanden am Pasquino stehen. Als sie die Frau erkannte, verwandelte sich ihr Gesichtsausdruck spontan von stumm in dumm.

Sie war es.

Trug heute ein weißes Kopftuch, die riesige Sonnenbrille und einen knöchellangen Mantel ohne Gürtel.

Die Frau musste Laras plötzliches Innehalten bemerkt haben, denn sie sah auf und in ihre Richtung. Der Blickkontakt dauerte zwei oder drei Sekunden. Dann verschwand sie in einer der engen Gassen, die sich alle nach wenigen Metern zu einem unübersichtlichen Gewirr verzweigten.

Lara spurtete zum Pasquino. Atemlos glitten ihre Blicke über Sockel und Statue. War es das, wonach es ausgesehen hatte? Sie verrenkte sich den Hals, auf ihrer Stirn sammelte sich Schweiß. Rom konnte das reinste Dampfbad sein, wenn der Wind nicht vom Meer wehte. Da schwitzte man sogar bei knapp zweistelligen Plusgraden. Oder lag es daran, dass die namenlosen Zettel gerade ein Stück weit ihre Anonymität verloren – ihr Forschungsprojekt eine Richtung einschlug, mit der sie nie gerechnet hatte?

Die meisten Zettel kannte sie schon, sie hingen seit Tagen hier. Einer oder zwei schienen neu zu sein, man sah es an dem glatten Papier und der noch nicht von Regen und Sonne gebleichten Schrift:

*Arabisches Öl nimmt Rom immer gern, aber arabische Frauen lässt es allein.*

Es war der einzige Zettel mit diesem Thema. Wer außer der Frau konnte ihn hier hinterlassen haben? Lara starrte ihn an wie das Orakel von Delphi oder den Moderator bei der Eine-Million-Euro-Frage. Was für Menschen waren das, die hier und nicht in den sozialen Netzwerken ihre Wut loswurden? Vorsichtig fuhr sie mit den Fingerspitzen über den Zettel.

»*Cosa sta facendo qui? Porca miseria!*«, herrschte sie jemand an.

Völlig überrascht stolperte Lara nach vorn über die Eisenkette. In letzter Sekunde fiel sie dem Pasquino um den Hals, sonst wäre noch Schlimmeres passiert. Aber auch so schlug sie sich das Kinn am Symbol des zivilen Ungehorsams an. Fluchend betastete sie die schmerzende Stelle.

Es war einer der Stadtpolizisten, die hin und wieder unten auf der Hauptstraße patrouillierten. In der Hand hatte er eine Brioche, ganz offensichtlich kam er vom Café.

»Wissen Sie, wie alt die Skulptur ist? Sie ist schon genug beschädigt worden. Die Reinigung ist restauratorisches Kunsthandwerk, haben Sie eine Ahnung, was das kostet?«

Lara sortierte ihre Beine, von denen eines im abgesperrten Bereich stand, das andere außerhalb. Vorsichtig stakste sie über die Eisenkette. Dann wühlte sie hastig in ihrem Rucksack. Der Polizist beobachtete sie und seine Brauen zogen sich enger und enger zusammen. Endlich! Aufatmend förderte Lara das zerknitterte Empfehlungsschreiben von Jacobi an den Dialektologen der Uni Rom zutage. Der Polizist runzelte die Stirn, als sie es ihm reichte, und strich mit dem Finger über eine ziemlich große bräunliche Stelle. Upps! Da war wohl mal der Cappuccino der fiesen Paola drauf gelandet.

»Sie arbeiten hier?« Misstrauisch nahm er Lara ins Visier, als wäre sie terrorverdächtig.

»Dialektologie. Eine Kooperation zwischen der Uni München und der Università La Sapienza hier in Rom. Ich werte das aus. Sehen Sie« – sie zeigte ihm das letzte Foto, das sie gemacht hatte. Er runzelte die Stirn.

Endlich gab er ihr das Smartphone zurück. »Aber wenn ich Sie erwische, wie Sie selber hier posten, brumme ich Ihnen die Reinigungskosten auf«, meinte er dann. Der bohrende James-Bond-Blick milderte sich ab, als er nachfragte: »Und damit verdienen Sie Ihr Geld?«

»Na ja. Sie sehen ja, wie gefährlich meine Arbeit ist.«

Ein verstohlenes Grinsen huschte ganz schnell über sein Gesicht und verwandelte die Bond-Killer-Miene für einen Moment in etwas sehr viel Sympathischeres. »Okay. Aber nichts selbst dranhängen. Versprochen?«

»Versprochen.«

Lara fotografierte den Zettel und noch ein paar andere ab und verzog sich mit ihrer Ausbeute zurück ins Café. Es war auch allmählich Zeit, das Referat fertig zu machen. Da Tobias von Dialekten keine Ahnung hatte und Momus sich hier in Rom für die Uni auch nicht mehr interessierte als in München, war das Ende vom Lied, dass Lara wieder einmal ein Gruppenreferat fast allein formulieren durfte. Gut fühlte sich das nicht an, aber was sollte sie tun? Vielleicht konnte sie es jetzt im Café zu Ende schreiben.

Sie betrat den kleinen Garten und blieb stehen.

Dort saß sie. Allein an einem Tisch.

Lara überblickte schnell den Garten. Eine kleine amerikanische Reisegruppe hatte sich zum Mittagessen niedergelassen und kommentierte hörbar den Feigenbaum. Es gab keinen freien Tisch mehr. Kurz entschlossen trat sie an den der Frau mit dem Kopftuch und fragte: »Darf ich mich zu Ihnen setzen? Es ist nichts mehr frei.«

Die Frau schien überrascht, aber sie nickte.

»Okay, ich bestelle mir einen Kaffee. Bin gleich wieder da.«

Lara flitzte hinein und an die Bar. Es war laut und eng und warm. In dem kleinen Café drängten sich gerade die Mittagsgäste, die schnell auf ein Panino, einen Aperitif oder einen Espresso vorbeikamen und dann wieder in ihre Büros zurückwollten, und alle schienen gleichzeitig ihre Bestellungen und die letzten Neuigkeiten durch den winzigen Raum zu rufen.

Es dauerte eine Weile, bis sie endlich an der Reihe war und ihren Kaffee an der uralten Kasse bezahlen konnte. Wenigstens bedienten sie draußen, sodass sie sich nicht selbst mit dem randvollen Kaffee zwischen den wenigen Tischen hindurchwinden musste. Aufatmend stand Lara endlich wieder im Freien. Die Fremde war noch da.

»Ich habe Sie vorhin gesehen«, meinte sie, als sie sich ihr gegenüber wieder setzte. »Am Pasquino.«

Die Frau blickte auf. Nickte, sagte aber nichts, sondern senkte die untertassengroßen Gläser ihrer Sonnenbrille wieder über ihre Zeitung. Lara konnte arabische Buchstaben erkennen.

»Sie haben etwas gepostet. Hier«, Lara schob ihr das Smartphone mit dem Foto über den Tisch. »Entschuldigen Sie, wenn ich so direkt frage, aber ich arbeite an einem Forschungsprojekt über den Pasquino. Und Sie sind die Einzige, von der ich weiß, dass sie dort Zettel anbringt. Also …« Sie zögerte.

Paola kam, brachte Laras Kaffee und räumte ungefragt das Geschirr der Frau auf ihr Tablett. In letzter Sekunde riss diese ihr die Cappuccinotasse von der Untertasse. In aller Seelenruhe trank sie aus und stellte die Tasse dann betont langsam auf den Tisch. Ohne die Untertasse hinterließ sie einen braunen Kreis auf dem weißen Tischtuch.

Paola zog die Brauen zusammen und verzog sich dann.

»Scheint so, als wäre sie nicht nur zu mir ekelhaft«, grinste Lara.

Die Fremde machte weiter auf Sphinx. Ihre Sonnenbrille schien so fest auf der Nase festgeklebt wie die der Blues Brothers. Aber dann zuckten auf einmal ihre Mundwinkel. Sie musste lachen.

»Also … würden Sie mir vielleicht ein paar Fragen beantworten? Warum Sie das tun zum Beispiel. Warum nicht in den sozialen Netzwerken? Natürlich würde ich Ihren Namen vertraulich behandeln. Oh, und übrigens: Ich bin Lara.«

»Hayat.« Sie hauchte das H stark und betonte den Namen auf dem zweiten A. Schien zu überlegen und sah sich ein wenig nervös um, wobei sie immer ein Stück ihres weißen Kopftuchs auf die Lara abgekehrte linke Seite ihrer Wange zog. Lara fragte sich, nach wem sie Ausschau hielt. Hayat bemerkte ihren Blick und lächelte wieder. »Also gut. Warum nicht? Aber wirklich anonym, geht das? Das ist ja schließlich der Sinn der Sache.«

Lara fragte sich, ob das wirklich der Grund war. Hayat stand gewaltig unter Dampf, das konnte jeder sehen, dessen Blick weiter reichte als bis zur eigenen Cappuccinotasse. Und sie schien besorgt, dass jemand sie beobachten könnte. Oder bildete Lara sich das nur ein? Es war einfach aufregend, einen Menschen zu treffen, der mitten in der Pasquino-Sache steckte. Laras Puls erreichte Migräne-gefährliche Frequenzen, aber es störte sie nicht. Das erste Mal traf sie einen dieser gesichtslosen Rebellen!

»Also, um ehrlich zu sein, war das meine erste Nachricht am Pasquino«, erklärte Hayat. »Es war mir lieber als die Netzwerke, weil es hundertprozentig anonym bleibt. Niemand macht hinterher Ärger oder schmeißt dich aus seiner Freundesliste.«

Hätte sie mitbekommen, wie Lara vorhin beinahe verhaftet worden wäre, hätte sie das wohl weniger locker gesehen.

»Und außerdem lesen es so diejenigen, für die es bestimmt ist: die Leute von der Stadtverwaltung.«

Lara rückte ein wenig näher, um auch etwas Wärme von Hayats Heizpilz abzubekommen. »Aber würde das nicht auch anders gehen? Über einen Leserkommentar in einer Zeitung oder übers Internet?«

Hayat antwortete nicht sofort. »Nicht-digital ist Luxus heute«, sagte sie endlich. »Es ist das Einzige, was wirklich anonym bleibt. Wenn du irgendwo postest, auch unter Pseudonym, kann doch jeder, der will und ein bisschen was davon versteht, deine Identität rausfinden und ins Netz stellen. Bevor du deinen Cappuccino ausgetrunken hast. So ist es sicherer.« Wieder dieser gehetzte Blick in die Runde. Hatte sie vor etwas Angst? Vor jemandem?

»Was meinten Sie eigentlich genau damit, der Stadt seien die arabischen Frauen gleichgültig?«

Hayat zögerte und wirkte unangenehm berührt. Diese Frage schien ihr eindeutig zu weit zu gehen. Nervös blickte sie über die Schulter und wandte dabei den Kopf.

Da sah Lara den Bluterguss auf ihrer Wange.

# 6

»Was ist das?«, fragte Lara.

Hayat zog schnell das Kopftuch über die Stelle. »Ach das. Ich bin so ein Idiot. Der Küchenschrank.«

Sie bemerkte Laras misstrauischen Blick und lächelte gezwungen. »Wir sollten wohl besser mal über das Thema Vorurteile gegen den Islam reden.«

»Wieso?«, fragte Lara. »Ein Bluterguss sieht bei einer Muslima genauso aus wie bei einer Atheistin. Oder nicht?«

Hayat wirkte auf einmal genervt. »Okay, okay. Ich kann es nur nicht leiden, wenn mich alle so anstarren. Na klar, die denken sofort, alle muslimischen Männer prügeln ihre Frauen. Ich habe sogar überlegt, ob ich das Kopftuch abnehme, als ich mir in der Apotheke was dagegen gekauft habe.«

Lara erinnerte sich, dass es ihr einmal nach einem Sturz mit dem Fahrrad ganz ähnlich gegangen war. Die Apothekerin hatte sie angesehen wie ein Opfer und das war ihr sehr unangenehm gewesen. Andererseits war die Stelle, wo Hayats Wange angeschwollen war, nicht wirklich auf der normalen Höhe eines Küchenschranks.

»Okay«, sagte Hayat. Sie packte ihre Zeitung in den großen Shopper und stand auf. »Ich muss dann mal los. Nettes Gespräch.«

Lara kritzelte ihre Handynummer auf eine Serviette. »Fand ich auch. Hier – falls Sie Lust haben, es irgendwann fortzusetzen.« Sie überging Hayats misstrauischen Blick mit einem Lächeln und meinte: »Würde mich freuen.«

Langsam ließ sie sich wieder auf den Metallstuhl unter dem Heizpilz fallen und spürte, wie die Hitze von oben durch ihr alles andere als dickes Haar drang und die Kopfhaut austrocknete. Sie stützte die Arme auf den Tisch.

»Alles in Ordnung?«

Das auch noch. Der Polizist von vorhin hatte ihr gegenüber mit einem Espresso Platz genommen. »Ich muss gleich wieder zur Arbeit, aber Sie sahen so aus, als würde etwas nicht stimmen.«

Lara schüttelte den Kopf. »Nein, alles in Ordnung.«

»Dann ist ja gut. Ich habe Sie gesehen und dachte: Das ist die Gelegenheit. Es tut mir leid, dass ich Sie vorhin so angefahren habe. Ich bin Tonio.« Er lächelte. Lara fiel auf, dass er dadurch ein ganz klein wenig aussah wie Robert Downey Jr. Nun ja. Mit ein bisschen Fantasie. Und vielleicht war es auch ein wenig unpassend, einen Law-and-Order-Fetischisten wie Tonio mit einem charmanten Anarcho wie Downey zu vergleichen.

»Wenn Sie mögen, könnten wir mal einen Wein zusammen trinken.« Er reichte ihr seine Karte. Auf die Rückseite hatte er eine Handynummer gekritzelt.

Lara hatte sich noch nie mit einem Mann direkt nach der ersten Begegnung verabredet. Aber irgendetwas an dieser Stadt hier veränderte sie, löste Spannungen in ihr. Hayats Post hatte sich auf arabische Frauen bezogen, die von der Stadt im Stich gelassen wurden. Vielleicht konnte sie von Tonio erfahren, was es damit auf sich hatte. Außerdem war er nett, sah gut aus, und wenn Tobias mit anderen Frauen ausging, würde sie es ihm eben mit gleicher Münze heimzahlen.

»Warum nicht? Warten Sie.« Lara kritzelte ihre Nummer auf eine Serviette, zum zweiten Mal innerhalb von zehn Minuten, und schob sie ihm hinüber. Er lächelte, steckte das Papier ein und stand auf. Lara zögerte. Noch war die Gelegenheit nicht verstrichen. Sie konnte ihn zurückrufen. Fragen, was sie wegen Hayat tun sollte. Sie tat es nicht.

Sie hatte vielleicht eine halbe Stunde an dem Referat gearbeitet, da vibrierte ihr Smartphone. Eine Kurznachricht.

*»Piazza Navona, um 8? Tonio.«*

Lara überlegte. Seit drei Wochen war sie die Einzige, die wirklich intensiv an diesem Referat arbeitete. Warum sollte sie nicht auch einmal tun, was alle in ihrem Alter taten? Ausgehen – und vorher shoppen. Emma hatte ihr so oft gesagt, sie könnte viel mehr aus sich machen. Beim Campo de' Fiori, nur zehn Minuten von hier, gab es einen winzigen Laden, in dem Lara vor ein paar Tagen eine schicke helle Lederjacke und knallenge Slim-Fit-Jeans gesehen hatte. Was hinderte sie eigentlich daran, dorthin zu gehen und in ihren Marktwert an der internationalen Liebesbörse zu investieren? Und wenn es nur geschah, um Tobias klarzumachen, dass er nicht der Einzige war, der jederzeit jemand anderen finden konnte.

Lara überlegte. Dann tippte sie: »*OK. LG, Lara.*«

Als sie zwei Stunden später ihre vollen Tüten ins Innere des Palazzo wuchtete, begrüßte sie Jasmins Bacchus mit gespitzten Lippen. Irgendwoher klang klassische Musik, vermutlich aus Jasmins Wohnung. Die Tür war angelehnt, und bisher hatte sie so etwas bei niemand außer ihrer Vermieterin gehört.

Jasmins Kopf erschien und verschwand sofort wieder.

»Lara? Komm rein, ich habe frisches Marzipan.«

Es war das erste Mal, dass Lara Jasmins Wohnung betrat. Durch einen engen, gewundenen Flur konnte man nur den riesigen Marmorkamin am anderen Ende erkennen. Sie bugsierte ihre vollen Tüten vorbei an einer Nische mit einer Vase, in der ein getrockneter Lorbeerzweig stand. Der Flur öffnete sich nicht zum Wohnzimmer, wie Lara erwartet hatte. Der Kamin dominierte eine gewölbeartige Küche: eine alte Spüle mit Marmorablage, ein paar schwere Schränke, vollgeklebt mit orangestichigen Fotos. Und in der Mitte der Tisch mit einem Tablett frischen Marzipans. Lara wurde schwach. Mit einem leisen Plopp stellte sie die Tüten ab.

»Ich wollte euch am Freitagabend nächste Woche alle einladen«, sagte Jasmin. »In der *Casa del teatro* gibt es eine kleine Party und ich dachte, es wäre nett, wenn ihr auch kommt. Um acht. Du kannst gern jemanden mitbringen, wenn du möchtest.«

Lara war sich nicht sicher, ob sie den Freitagabend mit einem schalentiermümmelnden Haschkeks und einem kommunikationsgestörten Fressredakteur verbringen wollte. Aber was hatte sie sonst schon vor und Jasmin näher kennenzulernen lohnte sich sicher.

Sie hatte nur auf einen Espresso bleiben wollen, aber als daraus drei geworden waren, erzählte sie von Hayat und Tonios Einladung.

»Das ist das erste Mal, dass ich jemanden treffe, der am Pasquino postet.« Bisher waren die namenlosen Rebellen Schatten in der Nacht gewesen. Jetzt hatte einer ein Gesicht.

Jasmin lachte. »Der Pasquino! Ich glaube, es gibt hier im Viertel kaum jemanden, der noch nie einen Zettel drangehängt hat. Es gibt da ein paar ungeschriebene Gesetze, die seit Hunderten von Jahren gelten und die niemand missachtet. Du darfst nur im römischen Dialekt schreiben. Es muss Poesie sein. Es muss die Obrigkeit kritisieren – am liebsten die Kirche – und Dinge ansprechen, die im Argen liegen. Und es bleibt anonym. Einen Kommentar im Netz kannst du in einer Minute abgeben.

Du musst nicht nachdenken, du riskierst nichts, du musst dir keine Mühe mit der Formulierung geben. Aber eine Nachricht für den Pasquino schreibst du nur, wenn dir etwas wirklich wichtig ist.«

Das hatte etwas: Leute, die wie vor fünfhundert Jahren nachts durch die Straßen Roms schlichen und subversive Gedanken verbreiteten, die Stadtverwaltung in den Wahnsinn trieben und es geschafft hatten, selbst die Lakaien von Berlusconi auszutricksen. Irgendwie flog Lara auf so etwas. Auch bei Tobias hatten ihr die markigen Revoluzzersprüche gefallen. Vielleicht, weil sie anders waren als das tägliche Dahinplätschern zwischen Uni, Mensa und Kneipe, zwischen Waschmaschinenkauf und Allergieverwaltung. Intensiver. Unbedingt. Vielleicht auch einfach, weil sie ihr das Gefühl gaben, dass es Dinge gab, die ihm wichtig waren. Und dass auch sie zu diesen Dingen gehören konnte.

»Wenn ich daran vorbeigehe, stelle ich mir immer vor, wer die Schreiber wohl sein könnten«, meinte Jasmin. »Gibt es den mit der zittrigen Handschrift noch?«

Lara bejahte. Der war ihr auch schon aufgefallen. Bei seinen Texten musste sie am meisten nachschlagen: Dialektwörter, die wahrscheinlich schon zu Zeiten von Don Camillo altmodisch gewesen waren, und die selbst Fernando Ravaros *Dizionario romanesco* nur mit Glück aufführte. Der Dialekt war das todsichere Kriterium, dass nur die etwas posteten, die auch wirklich zum Club gehörten. Und dieser Schreiber gehörte gefühlte fünfhundert Jahre zum Club. »Den habe ich schon in meine Chartliste aufgenommen. Er hat ganz schön abgefahrene Ideen.«

Jasmin stellte ihre Tasse auf das schwere Holztablett mit Eisengriffen. Sie ließ es auf dem Tisch stehen, der viel zu gewaltig für dieses niedrige Gewölbe war. Dann begann sie, Zucker und Milch wieder in den großen Küchenschränken zu verstauen. »Ich denke immer, es muss ein alter Mann sein. Vielleicht ist er krank und will vor dem Ende noch das loswerden, was ihm vielleicht ein Leben lang auf der Seele gebrannt hat.« Sie sah Lara an und meinte plötzlich: »Du überlegst, ob es richtig war, dich mit diesem Polizisten zu verabreden, oder?«

Lara zuckte die Achseln. »Ach, ich weiß auch nicht. Ist irgendwie kompliziert.«

»Magst du ihn?«

Lara stützte den Kopf in die Hände. Es wurde kühl und die grob verputzten Steinmauern ließen sie das stärker empfinden. Sie zog die Jacke enger um sich. »Weiß nicht. Irgendwie schon. Aber ich mag auch Tobias.« Nachdenklich stopfte sie das letzte Stück Marzipan in den Mund. Allmählich wurde ihr schlecht. Zuerst die Brioche und jetzt das Marzipan. Ob sie die neue Jeans heute Abend noch zubekommen würde, war alles andere als sicher. Aber Schwangerschafts-Jeans mit Gummieinsatz waren auch keine wirklich sexy Alternative. »Was meinst du, soll ich Tonio nach Hayat fragen, wenn ich mit ihm ausgehe? Aber es geht mich doch eigentlich nichts an. Ach Mann, am besten frage ich ihn gar nichts und genieße einfach den Abend.« Das Ganze rührte an Themen, die sie aus ihrem Leben hatte aussperren wollen.

»Pst!«, sagte Jasmin auf einmal und hörte auf die Musik, die noch immer aus ihrer sicher nicht billigen Anlage kam.

Es war ein dunkler Klang von tiefen Männerstimmen und das Orchester schlug wie ein hastig gehender Puls, der sich ganz langsam beruhigt. Und darüber eine einzelne, helle Frauenstimme. Eine langsame, sehnsüchtige Tonfolge, die immer weiter nach oben strebte und dann wieder sanft nach unten drängte.

»*La forza del destino* von Verdi«, sagte Jasmin. »Der Schluss des zweiten Akts.«

Es gibt manchmal Augenblicke, da steht man jemandem gegenüber, und auf einmal gibt das Schicksal dem Herzen einen Stoß. Man weiß nicht, was einen mit dem anderen verbinden wird. Aber man weiß, dass die Gefühle nie wieder dieselben sein werden. Das passierte Lara mit dieser Musik. Eine ganz einfache Melodie, aber so überirdisch schön, dass sie wie gebannt zuhörte. Es dauerte nur ein paar Minuten.

»Die Heldin weigert sich eigentlich die ganze Oper hindurch zu handeln«, meinte Jasmin. »Und genau dadurch provoziert sie einen Schicksalsschlag nach dem anderen. Nicht zu handeln ist auch eine Handlung, weißt du? Als sie es auf die Spitze treibt und sich aus der Welt in eine Einsiedelei zurückzieht, beschwört genau das die endgültige Katastrophe herauf.«

Lara trank ihren Espresso aus. »Und wenn sie das Falsche getan hätte? Dann wäre doch auch alles in die Hose gegangen.«

Jasmin stellte das Tablett auf die große Marmorspüle. Ihre großen Hände mit den gepflegten Nägeln berührten die Tassen fast liebevoll. Es hatte etwas Nachdenkliches, aber diese Nachdenklichkeit war genauso intensiv wie alles andere an ihr. So, dass Lara den Blick nicht von ihr abwenden konnte. »Na ja, am Ende sind fast alle tot«, sagte Jasmin und ihr Lächeln hätte selbst George Clooney in die Knie gehen lassen. »Da wäre es doch vielleicht einen Versuch wert gewesen.«

Als Lara die Treppe zu ihrer WG hinaufstieg, wäre sie fast mit Francesco zusammengestoßen, der ihr – eine uralte Lederjacke überwerfend und das Handy am Ohr – eilig entgegenkam. »Ja, ich schaffe das noch, aber sag Catarì, dass sie es sich das nächste Mal gefälligst früher überlegen soll – *salve,* Lara – verdammt noch mal, das ist nun schon das dritte Mal diese Woche!«, rastete er plötzlich aus. »Mit wem hat diese unfähige Selbstdarstellerin eigentlich geschlafen, um diesen Job zu kriegen?!«

Lara blieb stehen und schnappte nach Luft. Na klar. Alle Frauen sind entweder Prinzessinnen oder Nutten oder beides in einer Person. Außer Mama natürlich. Oh Mann, was war das denn für ein Relikt?

Francesco bemerkte ihren Blick und räusperte sich. »Äh, ja, also, bin gleich dort. Bis nachher.«

Obwohl Lara klar war, dass Francescos Ärger nicht ihr gegolten hatte, fühlte sie sich auf einmal miserabel. Ihre Gefühle wussten nicht mehr wohin. Sie wollte mit Tonio ausgehen. Aber sie würde auch den ganzen Abend darüber nachdenken, ob sie ihm von Hayat erzählen sollte. Zwei Impulse zerrten an ihr und lähmten sie. In ihrem Kopf begann es wieder zu pochen. Die Schmerzen wurden schnell schlimmer, und sie presste ihre Finger auf die Stellen, die ihr der Arzt gezeigt hatte. Mit etwas Glück wurde sie die Migräne mit Akupressur los, aber sehr wahrscheinlich war das nicht.

Lara sah nach ihrem Laptop. Ein Bildschirm würde alles nur verschlimmern. Trotzdem schaltete sie ihn an und suchte im Internet die Musik von vorhin. Dann ließ sie sich aufs Bett sinken und schloss die Augen.

Drei- oder viermal spielte sie die Aufnahme ab.

Als sie nach einer Ewigkeit die Augen wieder öffnete, hatte sie das Gefühl, die Kopfschmerzen hätten etwas nachgelassen.

Warum nicht, dachte sie. Sie begann, ihr spaghettiglattes Haar zu stylen, und zwirbelte eine Strähne um den Hinterkopf, um es seitlich zu einem Pferdeschwanz zu binden. Dann schminkte sie sich und fand irgendwo ganz unten in ihrem Waschbeutel sogar noch einen Flakon Parfüm. Irgendwie hatte sie ihn voller in Erinnerung gehabt, womöglich hatte jemand, dessen Namen zu nennen überflüssig wäre, ihn benutzt. Aber es reichte noch und der Duft ließ die Kopfschmerzen fast ganz verschwinden. Schließlich packte sie die Tüten aus, um ihre

Errungenschaften gleich anzuziehen. Wenn sie ihren Eltern erzählt hätte, was die cremefarbene Lederjacke gekostet hatte, hätten sie sie im tiefsten Kreis der Hölle gesehen. Aber warum sollte sie nicht auch einmal mehr Geld ausgeben als sonst? Sie quetschte sich in die enge Jeans. Nach dem Marzipan war sie alles andere als sicher gewesen, ob sie noch zuging, aber zum Glück war der Stretchanteil hoch genug. Im Moment war sie sogar bequemer, als sie erwartet hatte. Als sie in den Spiegel sah, musste sie lachen. Emma wäre stolz auf sie gewesen.

# 7

Lara bereute es keine Sekunde, sich auf die Verabredung einge-
lassen zu haben. Tonio konnte auf eine trockene Art witzig sein
und wenn er nicht die komische Uniform trug, sah er eigentlich
ziemlich gut aus. Sie verbrachten mehrere Stunden in dem Café
auf der Piazza Navona, wo es jetzt, da die Touristen weg waren,
viel ruhiger und intimer war.

Beim zweiten Glas Wein erzählte sie von Hayat. »Ich weiß
jetzt nicht, was ich tun soll«, schloss sie. »Am Ende war es wirklich der Küchenschrank. Aber ich bin mir eben nicht sicher.«

»Ich darf dir dazu nichts sagen, das weißt du«, erwiderte
Tonio.

»Moment.« Lara stellte ihren Wein ab und starrte ihn an.
»Du darfst mir dazu nichts sagen – das heißt also, du kennst sie?
Du weißt von ihr?«

Tonio fing an, auf den Lippen zu kauen. Er wich ihren
Augen aus. Dann rief er den Kellner und zahlte. Es war überraschend günstig. Der Kellner kannte ihn offenbar, denn sie
wechselten ein paar Worte. Lara war sich sicher, dass sie allein
viel mehr bezahlt hätte.

Als der Kellner ging, sah sie Tonio herausfordernd an. Er seufzte. Dann zog er sie in die Mitte des Platzes zu dem großen beleuchteten Bernini-Brunnen.

»Es ist besser, du hältst dich da raus«, meinte er. »Sie war vor ein paar Tagen bei uns auf der Wache. – Hör mal, du sagst aber niemandem etwas davon, okay? Und schon gar nicht, dass du es von mir hast!«

»Natürlich nicht.«

»Lara, halt dich da raus. Sie war bei der Polizei. Das ist unser Job«, wiederholte er mit Nachdruck, aber er sah sie dabei nicht an.

Lara wollte nachhaken, aber er winkte ab. »Jetzt komm. Es ist ein schöner Abend. Du musst nicht mehr darüber nachdenken.«

Lara musterte ihn misstrauisch. Also hatte sie richtiggelegen. Hayat hatte offenbar sogar Anzeige erstattet. Tonio hatte recht, damit war der Fall für sie eigentlich erledigt. Aber irgendwie hatte sie trotzdem das Gefühl, dass er nicht mit allem herausgerückt war.

»Da ist noch etwas, das ich dir sagen muss«, meinte er. Lara hatte das Bedürfnis, sich den von den Heizpilzen versengten Scheitel zu reiben. Außerdem kniff die enge Jeans und hatte den knappen Slip zwischen ihre Pobacken rutschen lassen. Das juckte derart, dass sie immer wieder heimlich den Hintern zusammenkniff. Inzwischen war es dunkel und ziemlich kalt geworden und die Beleuchtung ließ das Wasser funkeln. Lara trat näher zu Tonio. Es war ein gutes Gefühl, mit diesem Mann an diesem Ort zu stehen wie die Heldin aus einer Filmromanze.

»Ich mag dich«, sagte er. »Es ist nur so …«

Laras Tagträume verflüchtigten sich mit einem fast hörbaren »Pffffft!« ins All. Na klar. Liebesfilme hatten keine Nerds als Heldin. Und solche Männer hatten immer schon eine

Freundin. Lara starrte in das funkelnde Wasser. »Ach so«, sagte sie schließlich. »Na klar – gar kein Problem.«

»Nein, das ist es nicht. Ich bin nur … Es hat nichts mit dir zu tun.«

Das sagten sie immer. Vermutlich hatte er sie ins Bett bekommen wollen und rückte jetzt nur damit heraus, weil er keine Lust mehr dazu hatte. Mistkerl. Aufreißer. Samensprinkler. Lara schüttelte den Kopf und kämpfte gegen ihr eigenes schlechtes Gewissen. »Schon klar. Alles okay.«

Tonio trat von einem Bein aufs andere. »Also, es ist nur so, dass ich … na ja, also ich stehe nicht auf Frauen.«

Laras Hände sackten herunter. Ihre Mundwinkel folgten.

Tonio stieß einen undefinierbaren Laut aus. »*Porca miseria,* kannst du dir vorstellen, wie schwierig das in meinem Job ist? Ich habe es niemandem dort gesagt. Und dir sage ich es auch nur, weil du nicht von hier bist. Und ich bitte dich, den Mund zu halten.« Tonio berührte ihren Arm. »Sind wir Freunde?«

»Freunde. Ja, äh. Ich meine – klar. Gar kein Problem.« Laras Lächeln geriet ein wenig schief. Das war ja wieder mal typisch. Vermutlich war Tonio der einzige schwule Polizist der italienischen Nachkriegsgeschichte. Oder seit Julius Cäsar.

Er brachte sie noch bis zur Haustür. Vorbei am Pasquino, dem beide unwillkürlich einen Seitenblick zuwarfen. Aber keiner sprach mehr. Das Schweigen war angenehm, trotzdem hatte Lara das Bedürfnis, es zu brechen.

»Wenn du willst, kannst du mich am Freitag nächste Woche begleiten«, schlug sie vor, als sie den Palazzo erreicht hatten. »Wir sind zu einer Party in die *Casa del teatro* eingeladen und Jasmin – das ist die Kuratorin – meint, wir könnten auch jemanden mitbringen.«

Tonio nickte. Dann beugte er sich vor und küsste sie wortlos auf die Wange.

Lara kramte nach ihrem Schlüssel. »Äh, also okay. Dann bis Freitag.«

Tonio schien zu zögern. Dann rief er sie noch einmal beim Namen. Irgendetwas in seiner Stimme klang anders. So, dass Lara sich wachsam umdrehte.

»Die Stadtverwaltung«, begann Tonio langsam. »Sie haben beschlossen, das Verbot, am Pasquino zu posten, durchzusetzen. Die Restaurierungskosten sind zu hoch. Sie denken sogar darüber nach, ihn in die Kapitolinischen Museen zu stellen wie den Marforio.«

Er hätte Lara genauso gut einen Schlag auf den Kopf geben können. Dann platzte ja ihr Forschungsprojekt!

Es war ihr ungläubiges Erschrecken, das ihn offenbar dazu brachte, zu begreifen, was das für sie bedeutete. »Es ist so gut wie sicher«, sagte er endlich. »Es gibt ein paar Gegenstimmen, aber sie werden sich nicht durchsetzen. Die endgültige Abstimmung ist im Mai. Es tut mir leid, Lara.«

Als sich die Tür hinter ihr schloss, spürte sie nicht einmal mehr das Bedürfnis, sich zu kratzen. Sie ließ sich im Flur auf dem kalten Boden nieder. Über ihr thronte der Bacchus und warf Küsse zum Ausgang. Lara kämpfte gegen die Enttäuschung und ein paar einsame Tränen.

Draußen wurde ein *motorino* abgeschaltet. Ein zweiter Schlüssel knirschte im Schloss. Auf einmal hörte sie Männerstimmen. Die Tür ging nicht auf, stattdessen hörte sie wieder das Knattern des *motorino,* das offenbar ein Stück weggefahren wurde. Lara gab der Versuchung nach, öffnete endlich ihre Hose und zog den Slip zurecht. In diesem Moment öffnete sich die Tür und sie hörte Francesco leise knurren »*Vammoriammazzato, meschino di merda!*«

*Stirb doch durch Mord, du Scheißspießer.* Der römische Dialekt packte verbal noch immer gern die Dolche aus, die ansonsten seit einigen Jahrhunderten nur noch im Museum zu sehen waren. Das Licht ging an und Francesco blieb im Eingang stehen. »Oh. Na so was.«

Lara fingerte noch an ihrem Hosenknopf herum. Die engen Jeans im Sitzen zu schließen, war offenbar nicht vorgesehen. Na großartig. An ihrem Marktwert auf der internationalen Liebesbörse musste sie noch hart arbeiten.

Francesco kam näher. »Warum sitzt du denn hier im Dunkeln?«

Blöde Frage. Ein Traumtyp war schwul. Der Pasquino war bald verbotene Zone. Und der verdammte Slip rutschte auch schon wieder in die Pofalte. »Mir geht's bestens. Sieht man doch. Alles klar.« Anklagend sah sie zu ihm auf. »Du willst nicht zufällig eine Revolte gegen die Bürgermeisterin anzetteln und dich danach in mich verlieben, damit mein Freund endlich kapiert, was er an mir hat?«

Francesco verzog keine Miene. Stattdessen streckte er ihr die Hand hin und zog sie auf die Beine, als wäre sie so leicht wie ein Kind. »Was für Romane liest du denn?«, grinste er. »Komm, ich bringe dich hoch.«

Lara hob abwehrend die Hände. »Schon gut. Ich brauche keinen Macho, der auf Beschützer macht.«

Francesco schälte sich aus seiner Lederjacke und legte sie sich über die Schulter. Mit der anderen Hand schob er sie behutsam in Richtung Treppe. »Das mit vorhin tut mir leid. Ich war stocksauer. Sie kann einem manchmal echt den letzten Nerv rauben. Meine Kollegin, meine ich. Ständig baut sie Mist und ich hänge dann mit drin.«

»Klingt nach Momus«, meinte Lara. »Scheißtag.«

Irgendwie tat es gut, dass auch andere Leute nervige Kollegen hatten. Und es tat gut, sich auch mal die Treppe hochschieben lassen zu dürfen. Nicht immer alles kommentarlos wegstecken zu müssen. Auf einmal fühlte sie sich weniger allein.

Sie waren auf dem Treppenabsatz vor seiner Wohnung angekommen. »Danke«, sagte sie und zog Francesco die letzte Stufe hinter sich hinauf. »Bis morgen dann.«

»Mmm. *Salve.*«

Sie war schon ein paar Stufen weiter hinaufgestiegen, als sie noch einmal stehen blieb. Francesco hatte seine Wohnungstür geöffnet und stand noch in dem Lichtstreifen, der auf den Gang fiel.

»Jasmin würde das ohne Probleme hinkriegen«, sagte Lara mit einem Anflug von Neid. »Einem Ex zeigen, was er an ihr hatte. Oder? Sie muss nur den Finger ausstrecken und halb Rom hängt daran.«

Er zuckte die Achseln. »Jasmin würde niemals für einen Mann etwas tun, was sie eigentlich gar nicht will. Nicht einmal, um ihm eins reinzuwürgen.« Er hatte die Brille abgenommen, um sich mit zwei Fingern über die müden Augen und die Nasenwurzel zu streichen. Im Dämmerlicht ließen die scharfen Schatten sein Gesicht schlanker wirken. »Aber du bist nicht Jasmin.« Dann wurde es dunkel und die Tür schlug mit einem Klicken zu.

# 8

Die ganze Nacht beschäftigte Lara, was sie von Tonio gehört hatte: Wenn der Pasquino zur verbotenen Zone wurde, musste sie dann zurück? Erst jetzt wurde ihr klar, wie sehr sie das Leben hier in Rom und in Jasmins Palazzo genoss. Selbst Tobias fehlte ihr weit weniger, als sie erwartet hatte. Sie wollte nicht zurück.

Lara beschloss, den Vormittag blauzumachen. Erst gegen elf stand sie auf. Die meisten Römer frühstückten, wenn überhaupt, einen Kaffee und eine Brioche. Aber nach der kurzen Nacht und angesichts der späten Stunde hatte sie Hunger. Jemand, dessen Namen zu nennen überflüssig wäre, hatte ihre Pilze aus dem Kühlschrank geholt und die Plastikschachtel auf den Herd gestellt. Mit brummendem Schädel versuchte sie sich an das Rezept für Pilzbruschetta zu erinnern, das ihr Emma vor ein paar Monaten gegeben hatte. Schnell rochen die winzige Küche und sie selbst nach Zwiebeln, Knoblauch und Balsamico. Die Pilze waren viel wässriger als damals bei Emma. Lara steckte die Nase in die Pfanne und zuckte mit den Achseln. Dann befreite sie die *caffettiera* von den mehrere Tage alten Espressospuren und setzte frischen Kaffee auf. Seufzend vor Erleichterung füllte sie den dampfenden Inhalt in eine große Tasse und goss Milch darauf. Sie setzte sich, stützte beide Ellbogen auf den Tisch und schluckte schnell. Es schmeckte viel zu bitter und war so heiß, dass sie sich fast die Zunge verbrühte. Waren Francescos letzte Worte am Abend eine Aufforderung oder eine Herabsetzung gewesen?

Die Pfanne zischte so laut, dass Lara fast nicht hörte, wie die Wohnungstür aufging. Erst als Momus mit einer Tüte in der Hand in der Küche stand, blickte sie auf. Momus stellte die Tüte, die offenbar eine Flasche Wein enthielt, haarscharf neben Laras Smartphone.

»Pass doch auf!« Hastig nahm Lara das Gerät vom Tisch und brachte es in Sicherheit. Dabei sah sie auf das Display. Eine Nachricht. Tobias?

»*Lara, ruf mich an, wichtig! LG Hayat.*«

Es musste wirklich dringend sein, denn bisher hatten sie sich nicht geduzt. Hayat hatte offenbar nicht mehr daran gedacht. Lara ging auf den winzigen Balkon, wo es etwas ruhiger war, und rief die Nummer an.

»Hayat? Du hast angerufen. Hier ist Lara.«

»Lara? Ich hab dich … ach ja, jetzt fällt es mir ein. Na klar.«

Ihre Stimme klang komisch. Oder bildete sie sich das ein?

»Es klang ziemlich dringend. Ist alles in Ordnung?«

»Ja, sicher. Entschuldige, stimmt, ich habe es blöd formuliert. Du musst ja weiß Gott was gedacht haben. Tut mir leid.«

Lara war sich nicht sicher, ob sie das glauben sollte. Außerdem war sie sauer. Wenn Hayat keine Lust hatte, sie zu sehen, sollte sie es eben einfach sagen.

»Ich wollte mich nur entschuldigen. Ich habe dich zuletzt so abgewürgt. Das ist eigentlich nicht meine Art. Ich war genervt. Okay?«

»Okay«, wiederholte Lara langsam.

»Treffen wir uns am Sonntag im Café? Zum Frühstück, so um zehn?«

Lara warf einen Blick in die Küche, wo Momus sich den Hals verrenkte. Offenbar hörte er mit.

»Ist gut. Bis dann.«

Beunruhigt trat sie wieder in die Küche. Momus machte sein Jesus-Gesicht – weihevoll allem Irdischen entrückte Augen, geschlossene Lippen –, packte den Wein aus und knüllte die Plastiktüte ins Regal. In der Pfanne roch es angebrannt. Knoblauch und Zwiebeln waren zu kleinen schwarzen Krümeln verschmort, die Pilze lagen in der angekokelten Masse. »Ach Mann, Momus, hättest du mich nicht rufen können? Oh Scheiße!«

Jasmins Party in der *Casa del teatro* entpuppte sich als ein mittlerer Kulturevent. Die *Casa* war ein Stadtpalazzo aus dem siebzehnten Jahrhundert, der zu einer Art Museum ausgebaut war. Wie schaffte es Jasmin, dachte Lara, als sie von der hell erleuchteten Marmortreppe her den ersten Raum betrat, selbst ihr berufliches Umfeld mit dieser unglaublichen Atmosphäre aufzuladen? Die Zimmer, in denen Stellwände, Fotos, Bühnenbilder und Kostüme von ihrer Arbeit erzählten, waren an sich nichts Besonderes: lange Fluchten mit Ziegelböden und Kassettendecken oder leicht abblätternden Deckenfriesen. Aber vom ersten Moment an, in dem Lara mit Tonio und Momus den Palazzo betrat, hatte sie das Gefühl, dass ihre permanent gespannten Muskeln sich ein wenig lösten. Dass irgendetwas Magisches in diesen Räumen war, etwas Starkes – und zugleich unendlich Filigranes. Lara hatte das Gefühl, eine bedrohte Welt zu sehen, die ihre größte Schönheit kurz vor dem endgültigen Verschwinden entfaltete. Vergeblich suchte sie den Grund für diese Wahrnehmung. Sie war einfach da.

Momus, der hinter Lara hereingestiefelt war, nahm zwei Gläser Prosecco von einem Tablett, drückte sie Tonio und ihr in die Hand und versorgte sich selbst. Jasmin war nirgends zu sehen, vermutlich steckte sie dort, wo der Menschenauflauf am größten war. Die halbe Stadt schien sich in dem winzigen Palazzo zu tummeln. Überall funkelten Glitzersteinchen, teure Pelzmäntel wurden ausgeführt und es duftete wie in einer Parfümerie. Mit Jeans und Schlabberpulli stand Lara inmitten all der festlich gekleideten Menschen wie ein wuscheliges Shetlandpony zwischen edlen Lipizzanern der Spanischen Hofreitschule. Leute, deren Namen sie sich nicht merken konnte, hielten Reden und schließlich eröffnete eine Sängerin die Feier mit einer Arie. Angekündigt wurde sie als Vittoria Caraffa. Na großartig. Das hätte Jasmin ihr ja sagen können, dass die »Party« ein Opernevent war. Vittoria Caraffa galt als der aufstrebende Stern von Mailand bis New York. Ein Modeltyp, groß, schlank, lange dunkle Haare und natürlich bildschön in ihrer langen, glänzenden Robe aus roter Seide.

Momus hatte sein Glas in einem Zug geleert und musterte Lara seitlich: »Ich hab dir noch gesagt, kauf dir so einen richtig geilen Fetzen, du weißt schon, so ein Designerteil, in dem sogar Frankensteins Oma noch 'ne gute Figur macht. Ich hab mir auch was gekauft, 'ne Unterhose vom Topdesigner. Die kannste tagelang tragen, ohne dass es riecht. Also, außer …«

Das fehlte gerade noch. Momus war imstande, ihr einen literarischen Vortrag über Unterhosen zu halten. Und das, was Lara zu diesem Thema im Bad der WG mitbekam, genügte ihr vollkommen. Tonio stand am Büfett, er schien einen Bekannten getroffen zu haben. So rettete sie sich zu einem gut aussehenden Mann, der allein vor einem der ausgestellten Kostüme stand. Die Ausstellung zeigte eine wilde Mischung Exponate, von der Commedia dell'arte über diverse, seinerzeit von der Inquisition verbotene Theater- und Musikstücke bis hin zu Fotos von Vittoria Caraffa, die dazu offenbar ein Aufnahmeprojekt mit Jasmin gemacht hatte.

Es fiel Lara schwer, einen Fremden anzusprechen, aber alles war besser als Momus und seine Unterhosen.

»Hallo«, lächelte sie. »Auch Fan von verbotener Musik?«

»Offensichtlich«, lächelte er zurück.

Lara folgte seinem Blick auf ihren Schlabberpulli. »Ich bin … ich komme von der Arbeit. Keine Zeit mehr, mich umzuziehen.«

»Oh. Und was arbeiten Sie?«

Lara erzählte ihm von ihrem Auftrag und dem Pasquino.

»Ein frühneuzeitliches Social-Media-Phänomen!«, wiederholte er lachend. »Ich kenne den Pasquino natürlich, wer nicht? Aber ich wusste nicht, dass jemand im Ausland sich dafür interessiert. Und schon gar nicht auf diese Weise.«

Am liebsten sprach Lara über ihre wissenschaftliche Arbeit. Es hatte den Vorteil, dass die Leute nicht allzu sehr nach ihr selbst fragten. Kaum etwas nervte sie mehr als Männer, die nach einer Viertelstunde Kreuzverhör glaubten, alles über sie zu wissen. Und sie damit gewissermaßen ihrem Revier einverleiben zu können. Wie ein Hund, der an einen Pfosten pinkelte.

Gerade als sie seinen Namen in Erfahrung bringen wollte, legte ein älterer Mann den Arm um seine Schultern, meinte, »Giorgio, wir müssen noch einmal über das Konzept sprechen, du weißt schon …«

Und während Lara noch rätselte, ob es sich bei dem Konzept um ein Regiekonzept handelte (und sie gerade ihre Chance vertan hatte, als Schauspielerin berühmt zu werden), oder um eine Art, Verdi zu dirigieren (und der geheimnisvolle Fremde ein genialer Musiker war), um ein Sanierungskonzept für eine marode Kulturinstitution (am Ende die *Casa del teatro*) oder ganz banal um irgendeine Präsentation, war er auch schon verschwunden.

Lara fühlte sich unwohl unter den vielen fremden Menschen, die sich untereinander alle zu kennen schienen, und obwohl sie noch hie und da ein loses Gespräch über ihr Projekt begann, dachte sie die meiste Zeit an Hayats seltsames Verhalten.

Endlich entdeckte sie Jasmin, die sich gerade aus einer Traube von Menschen löste. Sie hatte die Haare hoch aufgesteckt und hob sich eindrucksvoll von den Besuchern ab: Ganz offensichtlich hatte sie das Kostüm aus knallig orangefarbener Seide genau aus diesem Grund gewählt.

»Ich sterbe«, flüsterte sie Lara ins Ohr. »Meine Mitarbeiter kriegen den Rest allein hin, komm, lass uns irgendwohin abhauen.«

Lara wollte Tonio Bescheid sagen, aber er war nirgends zu sehen. Vielleicht war er schon gegangen. Lara suchte zweimal die Räume ab, dann ging sie achselzuckend zu Jasmin.

An der frischen Luft vor der Tür atmete Jasmin auf. »Du meine Güte. Ich liebe meinen Job, aber diese steifen Zeremonien bringen mich um. Noch eine halbe Stunde, und ich hätte angefangen, die Gläser zu zerschlagen, nur damit irgendwas passiert.«

Lara unterdrückte ein Lachen. Die Vorstellung war einfach zu komisch.

»Nach Hause?«

»Was hältst du von einem Absacker?«

Lara hatte erwartet, in das dunkle Gewirr der Gassen entführt zu werden. Die *Casa del teatro* lag nicht weit von der Piazza Navona entfernt, hier gab es jede Menge Bars. Stattdessen drehte sich Jasmin um und verschwand wieder im Inneren des Palazzo.

»Hier?«, stieß Lara hervor, als Jasmin ein paar Stufen herabstieg. Zögernd sah sie sich um. Hier unten war offenbar eine Art Bar eingerichtet, allerdings nicht die beste Adresse. In den Nischen, in denen ein Stockwerk über ihnen Repliken antiker Statuen standen, waren hier unten seltsame bunte Glastiegel, die sie irgendwie an Utensilien zum Grasrauchen erinnerten.

»Was ist? Die haben hier die besten Cocktails der Stadt. Los, komm schon!«

»Na klar«, seufzte Lara. »War ja auch absurd, mir vorzustellen, dass wir den Abend in einem spießigen Kaffeehaus auf roten Samtsesseln mit einem Prosecco verbringen.«

Aber ob sie wollte oder nicht, war jetzt ohnehin egal. Lara wäre Jasmin vermutlich fast überallhin gefolgt. Einfach deshalb, weil sie das Gefühl gehabt hätte, etwas unwiderruflich zu verpassen, wenn sie es nicht tat.

Der Rauch im Inneren roch irgendwie süßlich. Die rund zwanzig Gäste an der Bar und den zwei oder drei Bistrotischen trugen Rockerjacken oder schwarze Etuikleider, überall lagen Motorradhelme. Laras Eintreten senkte den Altersdurchschnitt um rund zwanzig Jahre. Im hinteren Bereich groovten zwei Fossilien am Mikrofon, die wahrscheinlich schon unter den Gründungsmitgliedern der ersten Anarchistenpartei Italiens gewesen waren: der Sänger ein weißhaariger Hippie, der Gitarrist ein Intellektueller mit langen grauen Locken und grasvergeistigtem Blick.

»Wo sind wir denn hier? Tortuga?«, fragte Lara.

Jasmin lachte und zog sie zur Theke.

Der Mann dort schien sie zu kennen. Ein älterer Typ mit Pferdeschwanz und unverkennbaren Narben von häufigen Einstichen an den Unterarmen. Er steckte Jasmin ungeniert seine Zunge in den Mund. Na gut. Es war ein offensichtlicher und durchaus intensiv zu nennender Zungenkuss. Jasmin schob ihn grinsend weg und bestellte zwei Cocktails.

Oh Mann, dachte Lara. Warum hat sie nicht Momus mitgenommen? Ganz gleich, wo sie heute Abend hingingen, sie war überall die Einzige, die falsch angezogen war. Selbst Jasmin in ihrem grellorangefarbenen Kostüm machte hier im aufblitzenden Discolicht eine bessere Figur.

»Long Island Iced Tea?«, fragte Lara, als der Junkie die beiden Gläser vor sie hinstellte. »Etwas weniger Starkes haben die hier nicht?«

»*Chissenefrega* – wen schert das?« Jasmin zwinkerte ihr zu. »Ich hasse Abhängigkeiten aller Art, aber zu viel Perfektion ist auch langweilig.«

Lara versuchte einen vorsichtigen Schluck. Das Zeug war wirklich ziemlich gut. Wieder roch sie den süßlichen Geruch. Nicht wirklich angenehm, aber auch nicht gerade unangenehm.

»Du vermietest das untere Stockwerk an eine Piratengang? Du magst es wild und gefährlich, was?«

Jasmin lachte und sah zur Decke, wo die bunten Lichterkreise tanzten. Die Musik dröhnte in ihren Ohren und es war schwer, sich zu verständigen. Allerdings musste Lara zugeben, dass die Fossilien am Mikro wussten, was sie taten. Die Bar musste verdammt gut isoliert sein, oben hörte man nichts davon.

»Es ist die einzige Art, mit dieser leeren Welt klarzukommen. Ein bisschen leben geht nicht, genauso wenig wie ein bisschen schwanger.«

Irgendwo in Laras Kopf sagte jemand, dass sie die nächsten drei Tage Migräne haben würde. Dass in den Keksen, die der Junkie vor sie hinstellte, sicher Hasch war, und Jasmin eine verrückte Altachtundsechzigerin, die seit vierzig Jahren von *Sex and Drugs* lebte. Lara kicherte mit ihr über Albernheiten, die das Lachen nicht lohnten, und sie öffnete ihren Zopf und ließ die hellblonden Haare in ihren erhitzten Nacken fallen. Auf ihrer Oberlippe hatte sich längst eine hauchdünne Spur Schweiß gebildet. Sie fühlte sich so leicht und so neu. Zum ersten Mal dachte sie nicht daran, wie es wäre, wenn Tobias bei ihr wäre. Eigentlich war es sogar ganz schön ohne ihn. Er hätte doch nur wieder die ganze Aufmerksamkeit auf sich gezogen. Es tat gut, dass diese Frau sich mit ihr unterhalten wollte und mit niemandem sonst. Jasmin schien sich nie Gedanken zu machen um Migräne oder gesundheitsschädliche Zusätze im Keks. Sie nahm das Leben, wie es gerade kam, und wenn ihr etwas auf

68

die Nerven ging, glich sie es mit etwas aus, das ihr gefiel. Und irgendwie schien es ihr dabei völlig egal zu sein, ob das Musik von Verdi war oder Long Island Iced Tea.

»Mit der Piratenbande liegst du nicht so falsch«, meinte Jasmin und wies auf den Junkie. »Gabriele da drüben ist Schriftsteller. Aber er würde sich schämen, wenn seine Texte beliebt wären, weil echte Revolutionäre nie beliebt sind. Deshalb verdient er sich hier seinen Lebensunterhalt. Und der mit der Gitarre, das ist Alessandro. Er spielt Kontrabass in der Oper, aber hier tobt er sich aus und macht seine eigene Musik. Und das hier«, sie zeigte auf eine ältere Frau mit raspelkurz geschnittenen Haaren an der Theke, »das ist Violetta. Sie ist Bildhauerin.«

»Und kann davon leben?«

Jasmin lachte. »Natürlich nicht. Ihr Geld verdient sie mit einer Soziologieprofessur.«

»Wow!«, meinte Lara anerkennend. »Das ist wirklich Tortuga.« Aber das Gefühl, hier ein Fremdkörper zu sein, verflüchtigte sich auf einmal. Wusste der Teufel warum, und es war auch egal. *Chissenefrega?*

»Ich habe mal Theater gespielt, bevor ich die *Casa* übernommen habe. *Povere gabbane d'istrioni*«, sagte Jasmin liebevoll: »*armselige Schauspielerkostüme*. Aber darunter atmet man die Luft des echten Menschseins vielleicht tiefer und intensiver.«

Da konnte Lara nicht mitreden. Das einzige Mal, als sie sich in ihrer Schultheatergruppe versucht hatte, hatte man sie ganz schnell zur Souffleuse gemacht. Neugierig war sie jetzt dennoch. Es war das erste Mal, dass Jasmin etwas von ihrer Vergangenheit erzählte. »Und deshalb wollen alle Schauspieler werden?«

Jasmin lachte schallend. »Oh nein. Bist du schon einmal aus einer völlig verrauchten Kneipe an die frische Luft gekommen? Es schmerzt richtig in den Lungen, sage ich dir. Wenn sie wüssten, wie diese Luft schmeckt, würde keiner Schauspieler sein wollen!«

Die beiden Fossilien hatten aufgehört zu spielen, die Konserve hatte übernommen. Irgendjemand drehte plötzlich lauter und einige schwere Akkorde rauschten in Laras vom Cocktail beschwerten Ohren. Sie hatte erwartet, dass Heavy Metal folgen würde, aber es war etwas Klassisches, wie die nächsten Takte verrieten. An der gegenüberliegenden Wand erschien ein Rechteck aus Licht.

»Der Gefangenenchor aus Verdis *Nabucco!*«, rief Jasmin und drehte sich zu der Projektion. »Ob du es glaubst oder nicht, Verdi war der Popstar des *Risorgimento* – der italienischen Unabhängigkeitsbewegung. Und das hier war die heimliche Hymne Italiens, der Freiheitsgesang! *Va, pensiero, sull'ali dorate – Flieg, Gedanke, auf goldenen Flügeln* singen die Juden in der babylonischen Gefangenschaft, aber jeder wusste, dass er die Italiener meinte. – Lichter!«

Irgendjemand hatte plötzlich Streichhölzer, Feuerzeuge und Kerzen, und ehe Lara wusste, wie ihr geschah, hatte sie auch eine Kerze in der Hand. Die ganze Bar sang den Chor mit und schwenkte die Lichter dazu. Jeder schien das Stück in- und auswendig zu kennen, als würden sie es mehrmals wöchentlich in Karaokebars singen. Die Musik hatte eine unglaubliche subtile Power, die sich langsam steigerte und die Melodie des einstimmigen Chors allmählich von einem leisen, zurückhaltenden Summen zu einem immer stärker werdenden Fluss anschwellen ließ. Lara begann leise mitzusummen. Jasmin wies auf die Projektion.

»Text!«, rief sie.

Lara schüttelte lachend den Kopf. Aber dann sah sie doch hin.

*Arpa d'or dei fatidici vati – Goldene Harfe der Seher.* Ganz plötzlich teilte sich der Chor und der Fluss wurde zu einem Aufschrei. Erschrocken hielt sich Lara zurück – aber dann merkte sie, dass die Spannung sich entlud. Als die Stelle zum zweiten Mal kam, stimmte sie einfach ein in den Schrei. Sie schrie ihre Gefühle heraus, erhitzt und überrascht, dass sie in ihr waren. Begriff auf einmal, dass sie nicht weniger davon hatte als andere. Sondern dass sie nur ein Leben lang gewaltsam den Deckel auf einen brodelnden Kochtopf gepresst und sich eingeredet hatte, er sei leer. Aus Angst, dass die ganze Umwelt mit in die Luft fliegen und pulverisiert würde, sobald sie ihn anhob. Irgendwann kehrte der Chor zu der einfachen Melodie vom Anfang zurück und verebbte endlich.

Laras Haare waren völlig verschwitzt. Ihr Cocktail war leer, ihr Schädel summte, die Brille klebte auf ihrer Nase. Und sie fühlte sich so leicht und befreit wie noch nie.

Als sie irgendwann kichernd unten im Flur des Palazzo an der kühlen Wand lehnten, hatte Lara das Gefühl, dass sie zum ersten Mal seit Jahren richtig da war. Ihr Leben nicht wie eine interessierte Zuschauerin verfolgte, sondern mittendrin steckte.

»Lebe wild und gefährlich«, gluckste Lara. »Na klar.«

»Ach, schau dir die Leute doch an, die ihr sicheres und immer gleiches Leben leben«, meinte Jasmin kichernd, während sie irgendetwas in ihrer Handtasche suchte. »Ist das nicht schrecklich? Alles ist sicher und die einzige Frage von Bedeutung ist: Gehe ich heute essen oder koche ich selbst? Und sie merken nicht, wie sie immer langweiliger und immer depressiver werden. Der Höhepunkt des Daseins ist dann, mal einem anderen Kerl schöne Augen zu machen, als ob man sich dadurch den verlorenen Spaß ins Leben zurückholen könnte. Wo ist denn der verdammte Schlüssel?«

Sie kramte weiter in ihrer Tasche und dabei fielen ein alter Lippenstift und ein Notizblock auf den Boden zu Füßen des

Bacchus. Jasmin machte keine Anstalten, die Sachen aufzuheben.

»Weißt du, Kindchen, diese Leute halten ihre Depression irgendwann für Normalität. Dabei ist es die Normalität, die sie depressiv macht.«

Jasmin fand endlich ihren Schlüssel. Sie hob ihn triumphierend ins Licht. »Wir Menschen sind von unseren Hormonen her noch immer Höhlenbewohner«, kicherte sie. »Wir sind einfach nicht dafür gemacht, gefahrlos zu leben. Sind unsere Gene. Tschuldigung.«

Sie schluckte, dann öffnete sie die Tür. »Gute Nacht.«

# 9

Wider Erwarten hatte Lara am nächsten Morgen keine Migräne. Noch nicht einmal eine Spur von Kopfschmerz. Im Gegenteil. Es ging ihr blendend.

Sie hatte nicht angenommen, dass Hayat ihr am Sonntag im Café ihr Herz ausschütten und alles erzählen würde. Aber dass sie derart über alles hinweggehen würde, nun auch wieder nicht.

»Hier, die habe ich mitgebracht. Selbst gebacken.« Hayat schob ihr eine Schachtel über den Tisch und lächelte.

Das passte alles nicht im Geringsten. Hayat hatte zuletzt angespannt gewirkt, fast so wie damals, als Lara ihren Krach mit dem Mann auf der Straße beobachtet hatte. Und jetzt tat sie so, als sei alles in bester Ordnung.

Zögernd öffnete Lara die Schachtel. Es waren Kringel darin, die mit Sesam bestreut waren.

»Mein Lieblingsgebäck«, sagte Hayat. »Und sorry.«

Sie waren ziemlich lecker, stellte Lara fest, als sie einen probierte. »Sesam und Honig?«

Hayat nickte. »Ich wollte dir sagen, dass ich deine Arbeit eigentlich ganz spannend finde. Ich habe früher, ehrlich gesagt, kaum eine Nachricht am Pasquino gelesen, aber seit ich dich kenne, habe ich es schon ein paarmal getan.«

Noch kauend, zeigte ihr Lara die Ausbeute von gestern. »Den hatte ich jetzt schon öfter. Immer dieselbe Handschrift. Er scheint regelmäßig zu schreiben und er ist gar nicht übel. Ein richtiger Philosoph.« Sie vergrößerte die Ansicht:

*Die Regierung verkauft uns, zuerst an Europa, jetzt an die Globalisierung. Und wenn wir Glück haben, sinkt unser Preis dadurch so sehr, dass wir uns irgendwann selbst wieder freikaufen können.*

Anfangs hatte sie sich für den Dialekt interessiert, aber inzwischen ging es Lara wie Jasmin: Sie begann sich vorzustellen, wer diese Zettel schrieb. Sie gab ihnen sogar Namen: *Il vecchio,* die zittrige Handschrift. *Il fabuloso,* das war der mit den großen, elegant geschwungenen Buchstaben. *La mamma,* das war die hastig hingeworfene, mit Fettflecken verschmierte Handschrift. Dieser hier war der *Slammer.* Und Lara war die Chronistin dieser stummen Rebellion. Das konnte die Stadtverwaltung nicht einfach abschaffen!

Hayat wies auf Laras Tasche. »Dein Handy hat gepiepst. SMS?«

»Sicher Werbung.« Lara sah nach. Natürlich war es so. Warum hoffte sie irgendwie doch noch, dass sich Tobias melden würde?

»Hast du keinen Freund oder Mann?«

Falsche Frage.

»Doch. In München. Aber wir sind getrennt. Also, nicht wirklich, nein. Ich weiß auch nicht. Ich habe jetzt ein halbes Jahr hier Zeit, um darüber nachzudenken, ob er der Richtige ist.«

»Und schreibt ihr euch nicht?« Das Thema schien Hayat brennend zu interessieren.

Lara zuckte die Achseln. »Wir skypen. Aber er meldet sich immer seltener.«

»Mach dir keine Sorgen«, lächelte Hayat. »Dass du für fast ein halbes Jahr wegfährst, muss doch ein harter Brocken für ihn sein. Das schluckt er nicht.«

Lara bezweifelte das. Aber jedenfalls würde sie hier nicht herumsitzen und Trübsal blasen. Zumindest so lange nicht, bis Jacobi und die Stadtverwaltung von Rom ihr ein Rückflugticket nach München ausstellten!

»Na hör mal. Was man nicht haben kann, ist interessant.«

Lara schob den Rest ihrer Brioche mit der einmaligen Vanillecreme in den Mund. Vielleicht hatte sie recht.

Das Handy piepste schon wieder. Genervt klickte Lara die Nachricht an, um sie zu löschen.

»*Habe deine Mail mit dem Referat bekommen*«, stand da. »*Rufe dich später an. Tobias.*«

Vor lauter Nervosität wäre sie fast über die Kette gestolpert, als sie zum Pasquino kam. Es war noch immer ein warmer Vorfrühlingstag, aber jetzt, wo die Wolken sich verdichteten, spürte man wieder, dass der Winter noch nicht lange zurücklag. Ein kalter Wind wehte vom Meer her. Sie fror in der dünnen cremefarbenen Lederjacke. Mit zitternden Händen fotografierte sie viel zu viel überflüssiges Zeug ab, ohne es wirklich zu lesen.

Hayat hatte recht gehabt. Tobias brauchte noch etwas Zeit, aber er hatte nicht aufgehört, sich für sie zu interessieren. Lara atmete durch und konzentrierte sich auf ihre Aufgabe. Auf einmal war alles klarer. Hinter ihr die Leute auf dem Weg zur Arbeit, die aus den Cafés kamen, wo sie schnell einen Kaffee und eine Brioche zu sich genommen hatten. Der verwitterte

Torso. Lara überflog die einzelnen Zettel. Wieder war einer von *Il vecchio*, dem zittrigen Schreiber, dabei.

Lara fotografierte ihn ab, für alle Fälle.

Langsam ließ sie das Smartphone sinken.

Es hatte keinen Sinn. Sie war so konzentriert wie ein Haufen Erstklässler beim Schulausflug. Blindlings fotografierte Lara noch ein paar Zettel ab und beschloss, sie zu Hause im Palazzo auszuwerten, wenn sie sich beruhigt hatte.

Als sie die Tür aufschloss, wäre sie fast in Francesco gerannt, der gerade aus dem Haus kam. Er bemerkte ihren Gesichtsausdruck, als sie flüchtig überlegte, was an ihm anders aussah als sonst, sagte aber nichts dazu. Stattdessen fragte er: »Na, Neuigkeiten vom Pasquino?«

»Ja, äh, weiß nicht«, erwiderte Lara fahrig. »Ich meine, natürlich.«

Sein Blick folgte Lara, als sie die breiten, ausgetretenen Stufen in dem kühlen Marmorgang hinaufstieg. Hinter der Wohnungstür verrieten Geräusche, dass Momus seine sexuelle Identität noch immer nicht gefunden hatte und weiter auf der Suche danach war. Zum Glück waren die Wände so dick, dass sie in ihrem Zimmer nichts davon hören würde.

Lara ließ sich aufs Bett fallen. Die Heizung funktionierte nicht richtig, auch hier fror sie. Jasmin hatte ihr die Reste der letzten Marzipanorgie mitgegeben und gedankenverloren mümmelte Lara sie in sich hinein. Es hatte keinen Sinn, sich jetzt verrückt zu machen. Tobias würde sich die Zeit nehmen, die er brauchte. Ihn mit einem Anruf unter Druck zu setzen, würde nur nach hinten losgehen.

Sie ging in die Küche, machte sich einen warmen Tee und starrte in den Hof. Francesco hatte gerade das Haus verlassen, Momus war unüberhörbar beschäftigt. Und Jasmin würde wie immer erst abends aus der *Casa del teatro* kommen. Lara schubste eine von Momus' Socken vom Stuhl und setzte sich. Der Tee tat gut und die Wärme entspannte sie.

Irgendwann hörte sie die Wohnungstür, dann rauschte im Bad Wasser. Zehn Minuten später kam Momus in die Küche. Er roch nach Laras Lavendelduschgel und machte ein Gesicht wie Coco Chanel beim Anblick einer Jeans im Grunge-Look.

»Sie ist weg«, sagte er unaufgefordert.

Lara war so aufgewühlt, dass sie ihm am liebsten alles erzählt hätte, aber stattdessen fragte sie: »War es nichts?«

Seine Mundwinkel verzogen sich in beunruhigendem Winkel nach unten. Wenn dieser sprechende Haschkeks jetzt auch noch zu weinen anfing, musste Lara ihn ja wohl oder übel trösten. Was sollte sie machen, wenn er in ihre schicke neue Jacke heulte oder womöglich hineinschnäuzte?

»Nie mit einem deiner Forschungsobjekte«, meinte er mit Grabesstimme.

Forschungsobjekt? Momus' Projekt war am Theater. Also eine Schauspielerin? Wortlos stand Lara auf und holte eine zweite Tasse aus dem Küchenschrank. Sie schenkte ihm ein, schob ihm die Tasse hin und setzte sich ihm gegenüber.

»Du hast es gut«, jammerte er. »Dein Forschungsobjekt ist aus Stein. Keine Versuchung. Keine Probleme.«

Da hatte er ausnahmsweise recht.

Momus trank den Tee in einem Zug weg. »Ich meine, was soll ich denn machen? So viel Aufwand und jetzt ist sie weg. Jetzt kann ich wieder anfangen, mir was Neues zu suchen.«

Er blickte auf und Lara an.

»Oh nein!«, wehrte Lara ab. »Nein, nein.« Weil sie plötzlich das Gefühl hatte, ihn zu verletzen, erklärte sie: »Ich wollte sagen: Nie mit Kollegen. Außerdem habe ich Nachricht von Tobias.«

Sein Blick wurde anklagend, als hätte sie ihm eine Packung Gummibärchen geklaut. »Das auch noch.«

Er öffnete den Kühlschrank, wo er offenbar während Laras Abwesenheit eine Packung Meeresfrüchte und eine Flasche Limoncello geparkt hatte. Schon beim Anblick der winzigen Beinchen kribbelte Laras Haut, als würden die Biester auf ihr herumkrabbeln. Momus griff nach dem Likör.

Wenn es etwas gab, das noch schlimmer war als ein in Selbstmitleid zerfließender Momus, war es ein in Alkohol und Selbstmitleid zerfließender Momus. Womöglich verewigte er sich noch mit einem Urinstrahl im Flur. Aber wie ihn trösten?

Erst jetzt fielen ihr die Pflanzen auf, die auf dem winzigen Balkon zum Hof hin standen. Hatte Momus die besorgt? Sah ihm gar nicht ähnlich, etwas zur Dekoration beizutragen.

Lara vergewisserte sich mit einem misstrauischen Blick, dass er keine Dummheiten machte, und ging zum Balkon.

Mit einem Seufzen drehte sie sich um.

»Momus. Was sind das für Pflanzen?«

Er brummte irgendetwas in sich hinein.

»Momus, ist das Marihuana?«

»Jetzt nerv nicht. Das Zeug zu kaufen ist viel teurer.«

»Sag mal, spinnst du?«

Momus grummelte noch irgendetwas. Dann kippte er einfach seinen Stuhl nach hinten an die Wand, schloss die Augen und begann zu chillen. Lara starrte ihn fassungslos an, dann die Pflanzen auf dem Balkon.

Immerhin schien die Gefahr einer urinalen Entgleisung gebannt. Lara beschloss, dass Momus' Pflanzen im Moment nicht ihr Problem waren. Also zog sie ihr Handy heraus und zappte sich durch die Fotos vom Mittag.

Drei Viertel konnte sie löschen. Sie hatte ihr Hirn wirklich ausgeschaltet vorhin und eine ganze Reihe Zettel abfotografiert, die sie längst im Archiv hatte.

Suchend glitten ihre Augen über das Display, während sie sich von einem Foto zum nächsten wischte. Eines war unscharf. Lara wollte es löschen, dann hielt sie inne.

Dieser Zettel war anders. Er war nicht im Dialekt geschrieben – ein klarer Verstoß gegen das ungeschriebene Gesetz des Pasquino.

Lara stutzte. Sah noch einmal hin.

Ruckartig blickte sie auf. Momus, der mit debilem Gesichtsausdruck im Nirwana chillte, reagierte nicht. Lara schob ihren Stuhl so plötzlich zurück, dass der Tisch ein Stück zur Seite rückte, Momus das Gleichgewicht verlor und auf allen vieren landete.

»He, spinnst du?«, nölte er.

Lara antwortete nicht. Starrte das Display an. Dann lief sie hinaus. Die Treppe hinunter und auf die Straße. Es wurde bereits dunkel, aber sie kümmerte sich nicht darum. Lief und lief durch die gewundene Gasse zurück zum Pasquino und hielt erst an, als sie ihn erreicht hatte.

Lara atmete hastig, die kalte Abendluft schnitt in ihre Lungen. Ihre Seite schmerzte vom Laufen und ihr Herz klopfte so schnell, dass ihr fast schlecht wurde.

Ihre Augen flogen über die Skulptur, der spärliche Schein der Beleuchtung reichte kaum aus. Fahrig tastete sie nach der Stelle. War er weg? Nein, da war er.

Lara starrte auf den Zettel. Nahm ihn vorsichtig ab.

*Apollon oder Dionysos? Wenn die Liebe dich finden soll, Lara, sag ihr endlich, wer du bist.*

Lara. LARA.

Die Nachricht war für sie.

# 10

**www.laras-kosmos.de**

Hallo Leute, willkommen in Laras Kosmos. Der Grund, warum ich diesen Blog online gestellt habe, ist eine Botschaft, die mich zum Nachdenken gebracht hat. Eine Botschaft am Pasquino, eine der sprechenden Statuen von Rom. Über die Kommentarfunktion könnt ihr euch an einer Diskussion beteiligen, ich freue mich auf viele spannende Ideen von euch. Die Frage lautete: *Apollon oder Dionysos?*

Vielleicht könnt ihr mir helfen, die Botschaft zu entschlüsseln. Oder habt einfach Lust, mit mir darüber zu diskutieren.

Apollon und Dionysos: griechische Götter, klar. Aber beim Surfen im Netz fand ich heraus, dass sie bei Friedrich Nietzsche für das kontrolliert-intellektuelle und das rauschhaft-emotionale Prinzip stehen. Okay, nicht wegklicken, ich dachte ja zuerst genau dasselbe: So klingt also ein Philosophie-Nerd. Und dann: Das passt ja mal wieder zu mir. (Nein, ihr bekommt kein Foto von mir auf dieser Seite!) Aber irgendwie fragte ich mich dann doch, wie man die beiden unter einen Hut kriegt: Apollon, den High-Society-Gott in Designerklamotten, mit Lyra und Masterabschluss – und Dionysos, der im Tarzan-Outfit Sauflieder grölt und die Nachbarn mit seinem Sexgestöhne weckt. Kurz gesagt: Verstand und Geschlechtsorgan. Jedenfalls fand ich heraus, dass in Delphi in Griechenland beide verehrt wurden: im Sommer Apollon, im Winter Dionysos. Ich weiß nur nicht, was das jetzt für mich bedeutet. Zwei Seiten derselben Münze? So nach dem Motto: Think and drink?

Jetzt bekommen die Seriositätsfaschisten sicher gleich Schnappatmung, weil sie das in der Schule mal anders gelernt haben. Leute, hört doch mal auf, an den Klischees aus den Fünfzigerjahren zu kleben! Wieso müssen Leute mit Hirn eigentlich immer aussehen wie ein Gymnasialprofessor aus der *Feuerzangenbowle*: humorlos, spitzbärtig, blutleer? Und wieso stellt ihr euch denkende Frauen noch immer mit dicken Brillen, grauen Haaren und schmalen Lippen vor? Glaubt ihr noch immer, wir Frauen haben nur zwei alternative Rollenmuster, die Nonne und die Nutte? Leute, wenn wir ehrlich sind: Die besseren Philosophen waren die Nutten. Man nannte sie Hetären. Gebildete Schlampen, bei denen die Männer das bekamen, wofür ihre Ehefrauen zu keusch waren. Nein, nicht Sex. Köpfchen. Und genau deshalb bin ich vorhin zum Campo de' Fiori gegangen und habe mir ein Paar knallrote High Heels gekauft. Zum Denken. Sonst trage ich so etwas ja nicht. – Herrje, kriegt doch nicht gleich Panik, weil ich das N-Wort verwende. Da bin ich in bester Gesellschaft: Héloïse, die berühmte mittelalterliche Denkerin, schrieb in ihren Briefen (wenn sie echt sind), dass sie lieber die Hure ihres Liebhabers Abaelard sein wolle als seine Frau. Unterschreibe ich. Tabus und freies Denken gehen nicht zusammen.

Wozu soll eine Philosophie gut sein, die nichts mit dem Leben zu tun hat? Der Zettel am Pasquino ist real. Und seien wir ehrlich, selbst Platon oder Hegel hatten nicht nur einen übergroßen Kopf. Sondern auch Geschlechtsorgane und sogar einen Darm, ob euch das nun gefällt oder nicht. Selbst das Gehirn eines vergeistigten Gnostikers hat eine Hardware. Und deshalb werde ich Leben und Denken nicht trennen, wenn ich über das große Theater schreibe, das wir die Welt nennen. Wenn ihr unbedingt ein Etikett für das braucht, was ich hier tue, nennt es meinetwegen philosophischen *Verismo*. Realismus. Und deshalb, weil Leben und Denken genauso eins sind wie Leben und Kunst, weil Philosophen ebenso für Menschen schreiben wie Künstler, starten wir mit den Worten von

Leoncavallos Tonio an das Publikum: *E voi, pi-uttosto che le nostre povere gabbane d'istrioni, le nostr'anime considerate, poiché siam uomini di carne e d'ossa, e che di quest'orfano mondo al pari di voi spiriamo l'aere. – Und ihr, die ihr unsere armseligen Schauspielerkostüme betrachtet, unsere Seelen: Wir sind Menschen, aus Fleisch und Blut. Und atmen dieselbe Luft auf dieser verwaisten Welt.*

Ich bin gespannt auf eure ersten Kommentare. Fangen wir an!

Als die Seite stand und Lara den ersten Eintrag las, musste sie lachen. Was war da bloß in sie gefahren? Vielleicht war im Moment alles etwas zu viel. Trotzdem ließ sie es stehen.

Das Semester ging zu Ende und sie flog nach München, um das Referat zu halten. Dort kam auch der Bulldozer wieder, der ihr regelmäßig Hirn und Gefühl zermalmte: ihre Migräne. Das Referat lief mittelprächtig. Momus setzte sich mit Laras Skript hin und zog eine Wahnsinnsshow ab, die sogar Jacobi beeindruckte. Tobias hielt seinen Teil ebenfalls nach dem Skript, aber danach war er irgendwie kurz angebunden. Kein Kaffee, kein Mittagessen in der Mensa. Es tat weh, schließlich hatte Lara das Referat ja vor allem für ihn gemacht. Offenbar war er sich doch nicht mehr sicher, ob er weiter mit ihr zusammen sein wollte. Dieses Hin und Her machte sie krank.

Sie sprach Jacobi auf das geplante Verbot der Pasquino-Nachrichten an. Ihre Professorin schien sich wenig Sorgen zu machen, sie meinte, sie wären rechtzeitig vorher fertig. Aber Lara wusste, dass ihr das nicht genügte. Vielleicht war es der für sie bestimmte Zettel, der es ausgelöst hatte. Es war nicht mehr nur ein Forschungsobjekt. Es war auch ihr Pasquino.

Nur Hayat hatte sie von der seltsamen Nachricht erzählt. Sie hatte gefragt, ob Lara nicht herausfinden wollte, wer die Nachricht geschrieben hatte. Ein paar Tage lang hatte Lara es ausgehalten: dass sie jede Nacht stundenlang wach lag und sich genau das fragte. Es konnte nur Zufall sein. Aber da meldete sich immer wieder diese Stimme in ihrem Inneren. Und fragte, wie viele Laras wohl regelmäßig zum Pasquino gingen und die Botschaft auch gefunden hätten? Und warum der Pasquino? War er womöglich Teil der Botschaft?

Es gab nur einen Weg, das herauszufinden.

»Du willst was?«, fragte Momus, als Lara ihm am Frühstückstisch von ihrem Plan erzählte. »Und wieso soll ich da mitkommen? Kriegst du Anmachsprüche am Pasquino oder ich?«

Der Duft von Espresso und heißer Milch schwebte lautlos zwischen ihnen. Sonst stand Momus später auf, und das sah man ihm auch an. Er trug eine lange schlabbernde Hose, die vermutlich in ihrem früheren Leben mal die lange Unterhose eines Gebirgsjägers gewesen war. Dazu ein verwaschenes Frotteeshirt und Socken, die Wolfgang Joop in den sofortigen Suizid getrieben hätten. Sein Gesicht hatte eine Farbe wie von Natur aus laktosefrei.

»Sagen wir mal so: Deine Krabbelviecher im Kühlschrank könnten versehentlich im Müll landen. Oder deine herumliegenden Klamotten. Oder deine nächste Flamme bekommt einen Hinweis, dass du unter einer hartnäckigen Pilzerkrankung im Genitalbereich leidest.«

»Hä? Aber ich hab doch gar nicht …« Momus starrte sie an. »Spinnst du?«

Lara holte tief Luft und nahm einen großen Schluck von ihrem Milchkaffee. Nachts allein stundenlang am Pasquino zu lauern, konnte gefährlich sein. Momus hatte zwar nicht gerade die Statur eines Wrestlers, aber diesem mümmelnden Haschkeks würde sich kaum jemand freiwillig nähern. Sie hatte seinen Glanzauftritt mit ihrem Referat nicht vergessen. Jetzt war Schluss damit, dass sie immer die Klunker fabrizierte, mit denen die anderen dann über den roten Teppich stolzierten. Es wurde Zeit, dass sie auch einmal an sich dachte.

Etwas von dieser Entschlossenheit schien sich in ihrem Gesicht zu spiegeln. Momus verzog die Lippen, zuerst ironisch, dann beleidigt und schließlich unsicher. »Okay. Ist gut«, sagte er schließlich. »Ich mach es.«

Gegen vier Uhr morgens brachen sie auf. Die Straßen waren jetzt ruhiger, die Restaurants hatten geschlossen, und die meisten Nachtschwärmer waren zu Hause. In der Dunkelheit drohten die mehrstöckigen Häuser den kleinen Platz zu ersticken. Die Straßenlaternen beleuchteten den Pasquino und tauchten ihn in orange-weißes Licht. Irgendwo ganz oben, in einer der Wohnungen mit Dachterrasse, brannte noch eine einzelne Lampe. Lara und Momus drückten sich in einen Hauseingang im Schatten. Selbst wer direkt an ihnen vorbeikam, musste schon sehr genau hinschauen, um sie zu bemerken. Momus war von oben bis unten in Schwarz gekleidet und auch Lara hatte ihre dunkelblaue Winterjacke über Jeans und Pulli gezogen. Sie fröstelte und war todmüde, aber ihr schneller Herzschlag hielt sie wach.

»Hier«, sagte Momus und reichte ihr ein Stück Stoff. Alarmiert betrachtete Lara den länglichen Fetzen. War das eine seiner Socken?

Als sie dankend ablehnte, zog sich Momus selbst das Gebilde über Kopf und Gesicht. »Tarnung«, murmelte er dumpf darunter hervor. Irgendwie roch es verdächtig.

»Ist das nicht ein bisschen übertrieben?«, flüsterte Lara. »Wir wollen doch keine Bank überfallen.«

Momus legte den Finger an die Stelle, wo sich seine Lippen befinden mussten, und zeigte auf den kleinen Platz. Lara dachte gerade, dass er zu viele Krimis sah, da registrierte sie den Schatten.

Er bewegte sich langsam über den Platz zum Pasquino. Blieb ab und zu stehen, als zögerte er. Und sah sich um. Momus und Lara wechselten einen Blick – soweit das unter Momus' improvisierter Strumpfmaske möglich war. Momus gab einen erstickten Laut von sich.

Die schattenhafte Gestalt hatte den Pasquino erreicht. Das Papier in ihrer Hand leuchtete bleich im Schein der Straßenlaternen. Sie zog etwas ab, vermutlich den Schutzstreifen eines doppelseitigen Klebebands. Dann drückte sie das Papier gegen den Sockel des Pasquino.

Momus würgte plötzlich. Mit einem Laut, als würde er sich gleich übergeben, zog er sich die Maske vom Kopf und spuckte angewidert etwas aus. Das glaub ich nicht, dachte Lara. Es war tatsächlich eine Socke!

Die Gestalt am Pasquino war herumgefahren und wollte an ihnen vorbei in einer der dunklen Gassen verschwinden. Lara stellte sich ihr in den Weg. Für einen Augenblick sah sie das Gesicht.

»Paola!«, stieß sie hervor. Die Kellnerin aus dem Café unterm Feigenbaum!

Paola starrte zurück. Dann rannte sie davon und wurde nach wenigen Schritten von der Dunkelheit verschluckt.

Keuchend kam Momus heran. »Scheißsocke«, meinte er. »Hab sie beim Einatmen in den Mund bekommen. Hast du ihn erkannt?«

Wortlos rannte Lara zum Pasquino. Als sie aufgebrochen waren, hatte sie in letzter Minute noch eine Taschenlampe eingesteckt, die sie jetzt einschaltete. Fieberhaft suchte sie in dem dünnen Lichtstrahl den Zettel. Da war er.

*Die Reichen führen Krieg gegen die Armen. Sie könnten ihn gewinnen – oder auf der Guillotine landen!*

Kein Wunder, dass Paola nicht erkannt werden wollte. Das war schon grenzwertig. Deshalb also der Kommentar, als sie gesehen hatte, dass Jacobi und Lara die Zettel abfotografiert hatten. Das eröffnete völlig neue Möglichkeiten! Lara machte ein Foto mit ihrem Smartphone. Hochzufrieden steckte sie das Gerät in die Tasche. Den geheimnisvollen Verehrer hatten sie nicht gefunden, aber etwas, das fast genauso gut war. Wenn sie Paolas Chef verriet, dass er einen weiblichen Trotzki oder Bakunin als Kellnerin beschäftigte, konnte sie sich einen neuen Job suchen! Dieses Miststück würde jedes einzelne Mal bereuen, an dem ihr Kaffee halb kalt gewesen war oder sie sie von oben herab behandelt hatte!

Lara konnte es kaum erwarten, am nächsten Tag ins Café und zu ihrem persönlichen *Blair Witch Project* namens Paola zu kommen. Sie war nicht die Einzige, die unausgeschlafen war. Die Hexe von Blair hatte ebenfalls dunkle Ringe unter den Augen und bewegte sich geduckt, als hätte sie jemand vermöbelt.

Als sie Laras Kaffee abräumte, blickte diese vielsagend zu ihr auf. Sie schob das Display ihres Laptops ein wenig zurück, sodass Paola das Bild sehen konnte, das den gesamten Bildschirm einnahm.

Paola wurde schlammgrau. Verschütteter Milchschaum quoll über den Rand der Untertasse und rutschte langsam nach unten. Das ist dafür, dass du meinen Kaffee immer schon abräumst, wenn er noch halb voll ist, dachte Lara, die den Anblick schamlos genoss. Dass du mich behandelst wie die letzte Bittstellerin. Und dass du gesagt hast, ich sei nicht einmal hübsch – in einem Moment, als ich nichts mehr gebraucht hätte als ein Kompliment.

»Bitte«, flüsterte Paola mit belegter Stimme. »Verraten Sie das niemandem.«

Lara kippte den Stuhl nach hinten und blickte in die noch kahle Krone des Feigenbaums. »Ihr Chef liest so etwas wohl nicht so gern?«

Paolas Gesichtsfarbe näherte sich der einer Wasserleiche nach sieben Tagen im Tiber. »Mein Chef! Oh Gott!«

Schweiß stand auf ihrer Stirn. »Ich verspreche Ihnen, Sie bekommen nur noch den besten, frischesten Kaffee. Sie bekommen ihn, wenn alle anderen warten müssen. Aber bitte verraten Sie mich nicht. Er schmeißt mich raus.« Ihre Lippen zitterten wie fahle Blätter im Herbst. Die müden Augen hatten auf einmal etwas Verlorenes. Als ob die tiefen Ringe darunter die Macht hätten, jede Kraft aus ihnen zu saugen.

Ein schaler Geschmack mischte sich in die Süße des Triumphs. Lara zögerte.

»Ich habe drei Kinder. Ich brauche diesen Job.« Paola wischte sich mit dem Ärmel über die Stirn und sah sich nervös um. Im Eingang der Bar wurde die massive Gestalt des Inhabers sichtbar, der soeben lässig den Blick über den Garten streifen ließ und an ihnen hängen blieb. Seine Stirn runzelte sich.

»Bitte!«, flüsterte Paola. Sie lud die leere Tasse auf ihr Tablett und sagte: »Ich bringe Ihnen noch einen.«

Jetzt tat sie Lara wirklich leid. »Okay«, sagte sie.

Als Paola ihr den frischen Kaffee mit einem kleinen, verschwörerischen Lächeln hinstellte, war Lara zuversichtlich, dass sie sich in ihrem Café von nun an wie zu Hause fühlen konnte. Das war viel mehr wert als eine kleine, hämische Rache, die ihr nicht viel brachte, aber die letzte Kraft aus Paolas müden Augen ziehen würde.

Lara war mit ihrer ersten Ausbeute vom Pasquino fast fertig und beschloss, das schöne Wetter zu nutzen, um erste Kategorien zu erstellen. Die Nachrichten mussten nach Themen und sprachlichen Kriterien sortiert werden, und diese eher langweilige Aufgabe machte sie am besten an einem schönen Ort. Die Sonne schien ihr auf das Display und sie rückte ihren Stuhl etwas weg, um besser arbeiten zu können. Während sie sich durch die Fotos zappte, fiel ihr Blick über den Rand des Bildschirms auf den Tisch ganz dicht an der Straße.

War das Hayat? Sie saß mit dem Rücken zu ihr, aber so viele Frauen mit straff gewundenen Kopftüchern gehörten hier nicht zu den Stammgästen. Lara überlegte. Dann klappte sie den Laptop zusammen und steckte ihn in ihren Rucksack, nahm ihren Cappuccino und ging hinüber.

»Hi, hast du mich nicht ge…«

Lara unterbrach sich mitten im Satz.

Hayat hatte erschrocken aufgesehen. Sie hatte ihre Sonnenbrille nicht auf und hastig fingerte sie danach. Die untertassengroßen Gläser verdeckten ihre Augen aber nicht schnell genug. Lara hatte Zeit gehabt, ihr ganzes Gesicht zu sehen. Die braunen, ungeschminkten Augen. Und den neuen, dunklen Bluterguss darunter.

# 11

Für einen Moment überlegte Lara, ob sie nicht einfach so tun sollte, als hätte sie nichts bemerkt. Einfach Hallo sagen und weitergehen. Hayat schien ja auch bemüht, sie zu meiden. Es würde nur Schwierigkeiten bringen, wenn sie sich einmischte. Hatte sie überhaupt das Recht, sich hier einzumischen? Am Ende stand sie noch als Rassistin da. Noch konnte sie einfach gehen. Die imaginäre Falltür zwischen sich und ihrer Freundin herablassen.

»Das ist nur ...«

Hayat starrte sie mit ihren riesigen ungeschminkten braunen Augen an wie ein verlorenes Kind. Vielleicht war es dieser Blick, der den Ausschlag gab. Hätte Lara auch nur eine Sekunde gezweifelt, wenn Hayat keine Muslima wäre? Das Recht war für alle gleich. Sollte sie wegsehen, nur wegen ihrer Religion?

»Es wäre Zeit für die Wahrheit, oder nicht?«

Lara hatte nicht den Eindruck, als würde sie eine Erklärung bekommen. Sie fragte sich, ob sie doch lieber gehen sollte. Da wies Hayat wortlos auf den Stuhl ihr gegenüber.

Lara setzte sich. Langsam, unsicher, ob sie sich nicht in etwas hineinziehen ließ, was ein paar Nummern zu groß für sie war.

»Er hat mich früher nie geschlagen.« Hayat blickte nervös über die Ränder ihrer Sonnenbrille. »Es war mir so peinlich. Was hättest du denn wohl gedacht? Alle Muslime prügeln ihre Frauen?«

»Oder einfach: Sie ist mit einem Arschloch verheiratet.«

Hayat stieß einen trockenen Laut aus. Sie zögerte, setzte zu sprechen an und unterbrach sich wieder. Als ob die Hayat, die alles in sich vergraben wollte, mit einer anderen Hayat kämpfte. Mit einer, die unendlich froh war, endlich mit jemandem reden zu können. Mit jemandem, der weit außerhalb stand.

»Er war nicht immer so. Am Anfang hat er mich auf Händen getragen. Mich behandelt wie eine Prinzessin. Dann kamen die Islamisten und in meiner Stadt zogen plötzlich Vergewaltigerbanden durch die Straßen. Wir Frauen haben uns kaum noch aus den Häusern getraut, und wenn, dann nur von Kopf bis Fuß verschleiert und zu mehreren. Irgendwann gingen wir nach Europa. Zuerst lief alles gut, ich fand Arbeit und Freunde. Aber er nicht. Er war nur kurz auf der Schule gewesen und es fiel ihm schwer, die Sprache zu lernen. Da wurde er immer wütender. Schimpfte, was das für ein Land sei, wo sie den Frauen Arbeit geben und den Männern nicht. Damals habe ich gemerkt, dass er nicht hergekommen war, um mich zu beschützen. Sondern um selbst mehr Geld zu verdienen.« Sie unterbrach sich und sah sich nervös um. Erst als sie sicher war, dass niemand zuhörte, redete sie weiter. Die Worte strömten durch den gebrochenen Damm aus Lügen und gutem Benehmen und wurden schneller und schneller.

»Seine Mutter hatte ihm sein Leben lang erzählt, wie großartig er sei. Und dann sah er hier diese Frauen, die ein Gehalt bekamen, von dem er nur träumen konnte. Und sich nicht für ihn interessierten. Da hatten die Bauernfänger leichtes Spiel. Er ist schon immer religiös gewesen. Aber auf einmal war es anders. Die alte Moschee war ihm nicht mehr gut genug, er suchte sich eine andere. Dort fing er an, mit diesen Typen rumzuhängen. Sie konnten ihm einreden, dass diese Frauen zwar erfolgreicher waren, aber dafür unmoralisch. Dass ihn sein Glaube all denen überlegen machte, die auf ihn herabsahen. Und je radikaler er sich diesem Glauben verschreiben würde, desto höher stünde er.« Ein bitterer Laut stahl sich mit den Worten über ihre Lippen.

»Irgendwann reichte ihm auch das nicht mehr. Ich sollte meinen Job aufgeben. Es gehe nicht, dass die Frau Geld verdient und der Mann nicht, meinte er. Als ich nicht wollte …« Sie unterbrach sich und zog mit zitternden Händen ihre Tasse heran. Lange, länger als sonst, hielt sie sie an die rauen Lippen. Es klirrte leise, als sie sie wieder abstellte.

»Er erklärte, es sei ein Ausraster gewesen. Es tat ihm leid. Er hat geweint und geschworen, es würde nicht wieder vorkommen. Ich habe ihm geglaubt.«

Lara hatte schon gehört, dass Männer, die ihre Frauen schlugen, das oft sagten. Sie konnte es nachempfinden, was es bedeutete, zu hoffen, dass der Mensch, den man liebte, sich ändern würde. Und enttäuscht zu werden, wieder und wieder. »Aber es passierte doch?«

Hayat nickte. »Er war es gewohnt, dass es – ganz gleich, wie mies es für ihn lief – immer noch jemanden gab, der schwächer war als er: seine Frau. Aber seit ich arbeitete und er keinen Job fand, war das vorbei. Auf einmal verbot er mir, mich mit Kolleginnen zu treffen. Ohne sein Wissen irgendwohin zu gehen.«

Die Worte flossen jetzt zielgerichteter, je mehr es wurden. Mit ihnen kamen die Tränen. Lara zog drei der hauchdünnen Papierservietten aus dem Spender und reichte sie ihr. Hayat putzte sich notdürftig die Nase.

»Irgendwann hielt ich es nicht mehr aus. Ich wollte die Scheidung. Aber er wollte nicht. Eine Scheidung ist eine Schande, sagte er. Und wer nimmt noch eine geschiedene Frau?

Die Nachbarin meinte, es sei meine Schuld, ich müsse besser auf ihn einwirken, ihn nicht wütend machen. Aber die Anlässe wurden immer banaler. Irgendwann ging ich zur Polizei.«

Tonio.

»Sie sagten, sie könnten natürlich mit zu mir kommen«, berichtete Hayat stockend. »Mit ihm reden. Aber meistens würde es dann noch schlimmer. Ich solle mir noch mal überlegen, ob ich ihn wirklich anzeigen wolle. Vielleicht wollten sie auch einfach keinen Ärger.«

Sie lächelte, ein gut erzogenes Kind, das seinen Tränen durch das Lächeln die Traurigkeit nimmt, um niemanden zu verstören. Weil Mädchen eben lächeln. »Du darfst nicht glauben, dass bei uns alle Männer so sind. Aber die, die so sind, haben die absolute Macht. Weil sie die Männer sind.«

Lara wusste nicht, was sie erwidern sollte. Es fühlte sich an, als rauschten in ihrem Kopf die Gedanken wie wild gewordene Vogelschwärme durcheinander. Ihre Brust fühlte sich eng an.

»Und da bist du zum Pasquino?«

Hayat nickte. »Das war noch besser als Internet. Niemand kann erkennen, wer du bist. Du verlierst kein Ansehen. Man merkt noch nicht einmal, dass du eine Frau bist.« Sie fummelte in ihrer Tasche nach etwas, ließ sie dann aber wieder auf die Knie sinken.

»Ich habe mich so geschämt. Du hättest doch gedacht, dass wir alle Opfer sind. Ich wollte kein Opfer sein.« Sie presste die Lippen aufeinander, um die Tränen zurückzuhalten. Lara versuchte, ihre Gedanken zu ordnen. Was sollte sie sagen? Sollte sie Hayat noch einmal zur Polizei schicken? Mit Tonio reden? Einfach behaupten, dass alles gut werden würde? Fragen, wo das nächste Frauenhaus war? Oder …

Als sie im Palazzo ankamen, konnte Lara an Hayat beobachten, wie sie selbst vor ein paar Wochen gewirkt haben musste. Hayat saugte den Palazzo förmlich auf, ihre dunklen Augen sprangen herum wie neugierige Kinder. Das Haus schien mit ihr dasselbe zu machen wie damals mit Lara.

Momus' Reaktion fiel aus, wie es Lara in ihren schlimmsten Vorstellungen befürchtet hatte. Nicht genug damit, dass sie im Flur über eine seiner Unterhosen und eine leere Schachtel mit veganer Wurst steigen mussten. Er grummelte etwas von Brüdern und Ehrenmördern und brachte Lara komplett auf die Palme.

»Habe ich da was missverstanden?«, zischte sie. »Wie war das mit *no nations, no borders?* Alles ist eins und deine Milch ist meine Milch und so?«

»Ja schon, aber nicht umgekehrt. Das hier ist mein Zimmer und da setzt keine von euch einen Fuß rein.«

Und schlug die Tür hinter sich zu, ehe Lara nach Luft schnappen konnte.

Typisch. Da hatte sie einmal eine nette Mitbewohnerin in Aussicht, die das Zusammenleben mit Momus erträglicher gestalten konnte. Und er tat alles, um sie innerhalb der ersten Minute zu verscheuchen.

Hayats Blick blieb noch ein, zwei Sekunden auf Momus' geschlossene Zimmertür gerichtet. Dann fragte sie trocken: »Will der nur spielen oder müssen wir ihn anleinen?«

Lara war so erleichtert, dass sie sich nicht ausmalen wollte, was passieren würde, wenn Momus Hayat das erste Mal fragte, ob sie eine WG mit oder ohne Sex wollte. Aber irgendwie würde sie das schon verhindern. Notfalls mit einer Socke, die sie ihm in den Mund stopfte!

Hayat schien sich der Tragweite einer WG mit Momus noch nicht bewusst zu sein. Ganz im Gegenteil. Endlich all das erzählt zu haben, was sie hinter ihrem steinernen Vorhang verborgen hatte, schien sie unendlich zu erleichtern. Sie wirkte für ihre Verhältnisse geradezu überdreht und schien fast vergessen zu haben, was der Grund für ihren Besuch hier war.

Lara zeigte ihr den Hof und Hayats Blicke saugten sich fest an den Pflanzenkübeln und den noch winterlich trockenen Dornenranken der Bougainvillea. Nur winzige zarte Blätterspitzen verrieten, dass die Pflanze noch lebte und es kein totes Skelett war, das seine leblosen Arme nach den oberen Fenstern ausstreckte. Ihre Nasenflügel bebten, als sie den leichten Duft von Bittermandeln wahrnahm, und sie horchte auf, als sie die Musik hörte. Die *Mattinata* von Leoncavallo. Jasmin hört sie oft. Lebensfreude, die sich in immer höhere Ekstase schraubt wie eine Lerche an einem klaren Morgen.

Lara biss sich auf die Lippen. Ein wenig Sorge hatte sie jetzt doch, ob das klappen würde. So gut kannte sie Hayat ja noch nicht. Erst jetzt kam ihr der Gedanke, dass sie auf eine Orgienveteranin wie Jasmin vielleicht nicht so gut reagieren würde. In ihrem langen Mantel, mit dem fast gleichfarbigen Kopftuch und den flachen Sneakers hätte der Kontrast zu Jasmin – barfuß und im knapp den Hintern bedeckenden Hippiekleidchen – stärker kaum sein können.

Als sie Hayat vorstellte und fragte, ob sie erst einmal hier wohnen dürfte, meinte Jasmin nur: »Prügelnde Ehemänner, das kenne ich. Gab es zu meiner Zeit ja weiß Gott genug. Man sollte sie austauschen, ehe sie damit anfangen.«

Lara stotterte hastig irgendetwas, ehe sie noch Tipps geben konnte, wie man prügelnde Ehemänner am besten durch neue ersetzte. Aber Hayat fing an zu lachen. Es klang ein bisschen unsicher, aber es war tatsächlich ein Lachen. Nicht das höfliche Kleinmädchenlächeln. Ein richtiges Lachen.

»Ich weiß genau, wie das ist, ich steckte auch mal in so einer Beziehung«, meinte Jasmin verständnisvoll. »Drogen, Alkohol, Promiskuität – das volle Programm. Meine Güte«, sie zeigte auf eine Narbe an ihrem nackten, nicht mehr ganz glatten Oberschenkel. »*Salò* für Leute ohne künstlerisches Talent.«

Sprach's und räkelte sich in ihrem Liegestuhl, als hätte sie gerade erzählt, mit einem allseits begehrten Filmstar verheiratet gewesen zu sein. Lara hoffte inständig, dass Hayat den Film von Pasolini nicht kannte. *Salò* galt nicht umsonst bis heute als Inbegriff aller Arten von Perversion und Gewalt. Wenn Jasmins Beziehung auch nur ansatzweise an das herankam, war es ein Wunder, dass sie – psychisch und physisch – noch aufrecht stehen konnte.

Ausgerechnet Francesco, der genau in diesem Moment mit seinem Laptop herauskam, bemerkte, wie Lara fast an ihrer eigenen Spucke erstickte. Er bot an, Hayat zu helfen, falls sie etwas aus ihrer Wohnung holen wollte. Und schien als Einziger entschlossen, ganz normal zu sein. Lara sank auf einen der Stühle. Sah von Hayat zu Jasmin, die sich mit ihrer gezackten, vom Meister des Bösen verpassten Narbe als eine Art Harry Potter für Pasolini-Fans geoutet hatte. Und schließlich hinauf zu ihrer WG, wo Momus vermutlich schon die Kondome suchte. Und fragte sich, wie um Himmels willen, das gut gehen sollte.

# 12

Lara trat auf den winzigen Platz, ihr übernächtigter Körper fröstelte in der morgendlichen Frühlingsluft, der Gefangenenchor aus Verdis *Nabucco* tönte in voller Lautstärke aus den Kopfhörern. Zu ihrer eigenen Überraschung hatte sie in der ganzen Woche höchstens eine oder zwei Minuten darüber nachgedacht, ob sie sich durch die Sache mit Hayat Schwierigkeiten einhandelte. Stattdessen fühlte sie sich größer und stärker, und auch der Pasquino, wo sie sich kennengelernt hatten, schien an Bedeutung zu wachsen. Er war die Stimme der Entrechteten, der Aufschrei der leidenden Massen, der Gefangenenchor! Lara hatte mehr Lust auf ihn denn je und arbeitete, bis sie Ringe unter den Augen und fahle Haut vom Schlafmangel hatte. Auf einmal war es gar nicht mehr so wichtig, ob die Nachricht damals wirklich an sie gerichtet gewesen war. Womöglich, dachte sie, während sie ihr Smartphone zückte, hatte sich ja einfach jemand einen Scherz erlaubt. Womöglich hieß dieser Jemand Momus. Nicht umsonst hatte er sich selbst nach dem Spöttergott benannt.

Da sah sie das Papier. Aus einem weißen Block mit Ringheftung.

*Jeder neue Ort, den du betrittst, wird dich verändern. Alles ist im Fluss. Es ist deine Entscheidung, wohin.*

Ohne nachzudenken, riss sie den Zettel ab. Ihre Hände waren eiskalt, aber sie steckte sie nicht in die Taschen, sondern hielt das Papier minutenlang vor sich, bis ihre Brille von ihrem ungläubig hastenden Atem beschlug. Dieselbe Handschrift. Dieselbe direkte Anrede. An sie.

Der Text passte zur ersten Botschaft. Die Liebe konnte sie erst finden, wenn Lara selbst wusste, wer sie war. Und aus irgendeinem Grund schien der Verfasser ihr dabei helfen zu wollen. Aber warum sprach er sie nicht einfach an? Hing es von ihr ab, ob er sich je zu erkennen geben würde?

Sie war so durcheinander, dass sie zu Hause fast in Momus gelaufen wäre, der in Schlafanzughose, mit strähnigen Haaren und mürrischem Gesicht auf der Treppe hockte.

»Sie hat dieses Kopftuch an. Immer wenn ich dabei bin. Was glaubt sie denn, dass ich sie sofort aufs Kreuz lege, sobald sie es auszieht? Also, so hübsch ist sie jetzt auch wieder nicht.«

Lara hatte völlig andere Dinge im Kopf. Sie wollte an ihm vorbei, zögerte. Häuslicher Friede garantierte eine ungestörte Beschäftigung mit den Nachrichten vom Pasquino. Widerwillig setzte sie sich neben Momus. Die Marmorkälte der Stufen drang durch ihre dünnen Jeans.

»Du hast doch immer geschimpft auf diese muslimische Laizistengruppe, die gegen Kopftücher an der Uni war. Hast du nicht immer gesagt: ›Soll doch jeder anziehen, was er will‹?«
Lara hatte das anders gesehen: Schließlich waren muslimische Frauen bis vor ein paar Jahrzehnten ziemlich gut ohne Kopftuch zurechtgekommen. Das ja auch nichts rein Islamisches war: Auch anderswo hatte frau es früher für nötig gehalten, sich durch Kopfbedeckungen als anständig zu markieren. Ob das

allerdings ausreichte, um respektiert zu werden, hielt Lara für fraglich. Respekt gab es nur auf Augenhöhe. Außerdem hatte Zeynep aus der Germanistik immer gesagt, dass manche Radikale den Frauen einredeten, sie seien Schlampen, wenn sie kein Kopftuch trügen, und dass sie schon deshalb keins anziehen würde, um den Gruppendruck nicht zu verstärken. Aber das war Hayats Sache, und Toleranz bedeutete nicht, dass es Lara gefallen musste.

Momus verzog die Lippen wie ein verzogener Teenager. »Ja schon, aber nicht, wenn sie es wegen mir tut. Ich meine, wie fühle ich mich denn da?«

Trotz ihrer Anspannung verkniff sich Lara ein unwillkürliches Grinsen. Um sich diesen Hanfstängel vom Leib zu halten, musste man nicht gerade Lara Croft sein. Sie rutschte auf dem Marmor herum und hoffte, die Reibung würde genug Wärme an ihrem Hintern erzeugen, um sie vor einer Blasenentzündung zu bewahren. Sie wusste nicht recht, was sie sagen sollte. Gemessen an den Galaxien, die Momus und Hayat trennten, lief es ohnehin überraschend gut.

»Was haste denn da?«, mümmelte Momus. Ungefragt nahm er Lara den Zettel vom Pasquino aus der Hand.

»Hä? *Jeder neue Ort, den du betrittst, wird dich verändern. Alles ist im Fluss. Es ist deine Entscheidung, wohin.*« Er sah sie an. »Machst du jetzt einen auf philosophisch? Lebenshilfe oder so 'n Scheiß?«

»Das hing am Pasquino. Für mich. So wie kürzlich schon mal.« Unter allen Umständen, die auf diesem Planeten in den nächsten fünfhundert Jahren denkbar waren, wäre Momus Sonderhagen der letzte Mensch gewesen, dem Lara von ihren innersten Gefühlen erzählt hätte. Aber jetzt wusste er nun mal schon Bescheid. Und vielleicht war ein Hirn wie seins imstande, aus einer verqueren Perspektive heraus die Lösung zu finden.

»Einerseits habe ich gehofft, dass noch eine Nachricht kommt. Zugleich finde ich es gruselig. Am Ende ist es ein irrer Stalker.«

Momus knabberte an seinem Fingernagel, pulte damit im Mund herum und betatschte dann wieder das Papier. Was Lara sonst Brechreiz verursacht hätte, war heute nebensächlich.

»Hast du das mal Jasmin gezeigt? Die kennt doch jeden hier. Vielleicht hat sie einen Tipp.«

Das war gar nicht so dumm. Offenbar hatte er sich doch noch nicht das letzte bisschen Grips aus der Birne gekifft.

»Umgekehrt kennst du nicht so viele Leute hier«, bemerkte Momus. »Also ist die Auswahl nicht so groß.«

Lara blickte nach oben zu der Wölbung, wo sich Stucknymphen und Faune tummelten. Ein kalter Luftzug strich durch das Treppenhaus, aber sie stand nicht auf. »Das hat gestimmt. Bis Freitag vor einer Woche.«

Momus sah sie mit einem Ausdruck messerscharfer Intelligenz an und Lara erklärte: »Die Party. In der *Casa del teatro*. Du warst doch auch da. Danach hat es angefangen.«

»Stimmt, ja. Mann. Da war die halbe Stadt.« Momus zog einen halb zerdrückten Keks aus seiner Tasche und begann wieder vor sich hin zu mümmeln wie ein Hamster auf Coca. »Mit wem hast du denn geredet? Gab es jemanden, mit dem du besonders gut konntest? Oder hattest du einen One-Night-Stand?«

Genervt blickte Lara ihn an. Momus hob entschuldigend die Hände. »Okay, okay, ist ja nicht so abwegig. Ich hatte einen.«

»Du?« Der Typ war echt das Letzte. »Mit wem denn?«

Momus sah zum marmornen Treppengeländer, um ihrem Blick auszuweichen. Fassungslos starrte Lara ihn an. Momus schreckte wirklich vor nichts zurück.

Auf einmal begann Momus zu grinsen. Er schaute ihr wieder ins Gesicht und das Grinsen wurde breiter.

»Du verdammter Mistkerl! Du hast mich angeschwindelt!«

Momus' Lachen klang wie das Fiepen eines besoffenen Riesenmeerschweinchens. Lara musste so lachen, dass sie kaum noch Luft bekam. Sie ließ eine Reihe von Schlägen auf ihn einprasseln und hinter den abwehrend erhobenen Händen schüttelte er sich wie eine Spinne auf Drogenentzug.

»Du bist so was von daneben, echt …« Sie saßen eine ganze Weile da, und jedes Mal, wenn sie sich ansahen, brachen sie gleichzeitig wieder in Gelächter aus.

»Kein One-Night-Stand«, sagte Lara schließlich. Sie überlegte, mit wem sie geredet hatte. Da waren so viele Leute gewesen. Bildfetzen jagten sich in ihrem Kopf, wirre, bunte Abschnitte, Details von Gesichtern. Dazu kamen die Bewohner des Palazzo. Tonio. Da die Briefe nicht im Dialekt geschrieben waren, konnten sie sogar von jemandem sein, der gar nicht perfekt Italienisch sprach.

»Also, an deiner Stelle würde ich wirklich mal Jasmin fragen«, meinte Momus. »Soll ich?« Er streckte die Hand mit den angeknabberten Nägeln aus.

»Nein, danke. Das mach ich schon selbst.« Momus würde es vergessen, und selbst wenn nicht, würde sie das Blatt nie zurückbekommen.

Jasmin war noch in der *Casa del teatro,* also setzte sich Lara mit ihrem Laptop und einer Wolldecke in den Innenhof und checkte Tobias' Profil in den Netzwerken. Sie fragte sich, was sie zu finden hoffte. Schließlich konnte er sich kaum hierher gebeamt haben, um die Zettel für sie an den Pasquino zu hängen.

Die erste Zeit hier hatte sie es vermieden, auf seinem Profil zu surfen, und sie hatte auch ganz genau gewusst, warum. Es tat weh. Ein Schwimmbadfoto von ihm mit nacktem Oberkörper erinnerte sie schmerzlich daran, wie gut er aussah. Lara quälte sich durch Kommentare wie *»sexyyyy!!!!«*, *»leider geil!!!«*

oder »*wow!*« von Frauen, deren Namen sie teilweise nicht einmal kannte. Aber das Schlimmste war sein Beziehungsstatus. Er hatte ihn in »kompliziert« geändert. Sie war nicht mehr seine offizielle Freundin.

Tränen schossen Lara in die Augen. Vergeblich kämpfte sie gegen das taube Gefühl an, das sie mit einem Schlag aus ihrem Refugium zwischen den alten Mauern, dem verwunschenen Brunnen und den blühenden Blumen riss und dann dumpf im Magen lag.

Hier draußen war es wärmer als drinnen und die Sonne kam nun auch heraus. Lara schob die Wolldecke von den Schultern und wollte sich ausloggen, als sie die unauffällige Nachricht von vor zwei Tagen bemerkte.

»*Habe etwas getan, das mir ziemlich blöd vorkommt. Oder nicht? Drückt mir die Daumen.*«

Kein Foto, kein Link. Nichts weiter. Natürlich gab es einige, die Fragen stellten, was er denn getan hatte, aber er legte sich nicht fest. Typisch Tobias. Die »Ich bin der geheimnisvolle Fremde«-Nummer beherrschte er perfekter als Ralph Fiennes in *Der englische Patient.* Meistens stellten sich die angeblichen Geheimnisse als etwas völlig Belangloses heraus, um das er ein großes Spektakel gemacht hatte. Andererseits hatte er auch, als er sie das erste Mal eingeladen hatte, erst eine Ewigkeit um den heißen Brei herumgeredet. Man konnte bei ihm nie wissen.

»Hi. Auch einen Kaffee?«

Lara zuckte zusammen. Sie hatte gar nicht bemerkt, dass jemand in den Hof gekommen war. Eine dampfende *caffettiera* wurde neben ihr auf dem Eisentisch abgesetzt.

Francesco stellte zwei schlichte weiße Espressotassen daneben. »Ich brauche eine Pause. Seit einer Stunde hänge ich an dem Artikel über ein Restaurant in Trastevere und komme nicht voran.« Er bemerkte ihren überraschten Blick und lächelte ihr über die Brillengläser hinweg zu: »Ich habe dich von oben gesehen. Wie geht es Hayat?«

»Ganz gut. Aber sie hat noch keinen Anwalt.« Zögernd loggte sich Lara aus und klappte ihren Laptop zu. Francesco hatte in einer Minute von sich aus mehr gesagt als sonst in einer Woche. Das Letzte, was sie jetzt brauchte, war ein Fressredakteur auf Brautschau. Aber dann stieg ihr der Kaffeeduft in die Nase und sie lächelte zurück.

Kaum hatte sie Tobias' Profil geschlossen und war wieder in der Gegenwart, fühlte sie sich besser. Der Kaffee vertrieb das dumpfe Gefühl in ihrem Magen und sie lehnte sich aufatmend zurück. Die dornigen Zweige der Bougainvillea reckten sich bis an ihr Fenster – bereit, in wenigen Wochen in Farben und Trieben zu explodieren. Sie sog den Anblick der bröckeligen Mauer, des verwaschenen Holzes der Abdeckung auf dem Brunnen auf, versicherte sich, dass sie hier war. Und Francesco hatte sich – ganz ohne Heiratsantrag – mit einem Buch in den anderen Liegestuhl unter einem verkrüppelten Olivenbaum verzogen, der mit einiger Todesverachtung zwischen den Pflastersteinen Wurzeln geschlagen hatte.

Wie ein Fachbuch über Gourmetküche sah der Schinken nicht aus, ein bilderloses, abgegriffenes Taschenbuch, auf billiges Papier gedruckt und sichtlich schon ein paar Jahre alt. *Panta rhei* stand auf dem Cover. Nun wurde Lara doch neugierig. »Was liest du da?«

»Was? Ach das.« Er grinste schief und rückte seine Brille zurecht. Er wirkte verlegen. »*Panta rhei* – griechisch für *alles ist im Fluss*. Über Philosophie.« Es schien ihm peinlich zu sein. Wenigstens machte er ein Gesicht, als hätte sie ihn mit einer Pornozeitschrift erwischt. »Habe ich eine Ewigkeit nicht mehr gelesen.«

*Alles ist im Fluss?* Oh nein. Nicht Francesco!

»Das stand auch auf einem Zettel, den ich gestern am Pasquino gefunden habe«, erwiderte Lara. Sie zog die Worte ein wenig in die Länge.

Francesco blickte auf und wirkte etwas desorientiert. »Pasquino. Ach stimmt, du analysierst die Zettel, das sagtest du mal. Einer davon hat also geschrieben, dass alles im Fluss ist?«

»Nicht einer«, entgegnete Lara bedeutungsvoll. »*Er.*«

Francesco sah ihr eine gefühlte Ewigkeit durch die Brillengläser ins Gesicht, ohne zu schalten. »Er«, wiederholte er schließlich. »Verstehe. Skandalös.«

Begriff er nicht oder versteckte er sich hinter der scheinbaren Begriffsstutzigkeit?

»Schreibst du mir diese Nachrichten? Es gibt nicht so viele Leute, die wissen, was ich mache. Und dass ich sie dort finden werde.«

Francesco setzte sich auf und legte das Buch zur Seite. Mit einer Bewegung, die bei Tobias' *Game of Thrones*-Frisur sexy ausgesehen hätte, fuhr er sich mit beiden Händen durch das viel zu kurze Haar. »Okay, okay, langsam für Anfänger. Was für Nachrichten?«

»*Apollon oder Dionysos? Wenn die Liebe dich finden soll, Lara, sag ihr endlich, wer du bist. Jeder neue Ort, den du betrittst, wird dich verändern. Alles ist im Fluss. Es ist deine Entscheidung, wohin.*«

Sie schaute ihn erwartungsvoll an, aber nichts in seinem Gesicht verriet, dass ihm irgendetwas daran bekannt vorkam. Nicht einmal seine Pupillen wurden weiter. Sie hatte mal einen Bericht über Lügendetektortests gesehen, da hatte es geheißen, das sei ein untrügliches Signal für einen Schwindel. Hier kam gar nichts. Kein Signal. Nur absolutes Unverständnis. Und jetzt ein bisschen Mitleid.

Lara presste die Lippen aufeinander. Fressredakteur auf Brautschau? Fehlanzeige. Stattdessen erzählte sie ihm hier von

Liebesbriefen und dass sie ihn für den Autor hielt! Gratulation, Lara. Da hinten steht ein Fettnäpfchen, in das bist du heute noch nicht getreten.

»Also …« – Francescos taktvolle Zurückhaltung ließ sie die Peinlichkeit noch stärker empfinden, »… diese Sache mit dem Fluss ist der bekannteste Ausspruch von Heraklit. Jeder Facebook-Klugscheißer findet ihn auf Hunderten Zitateseiten im Netz. Und was den Pasquino betrifft – nein, ich hänge da nichts dran. Schon lange nicht mehr.« Er presste die Lippen zusammen und blickte in sein Buch. Auch ohne diese Geste wäre ihr aufgefallen, dass die Erwähnung an etwas rührte, das mit Verbitterung verbunden war. Vielleicht schon lange Zeit.

»Tut mir leid«, brachte Lara irgendwie heraus. In welchem Loch konnte sie verschwinden? »Ich wollte nicht … mir ist nur sonst keiner mehr eingefallen …«

Was im Klartext hieß, dass er der Letzte war, mit dem sie sich Romantik hätte vorstellen können. »Äh, ich meine … also, das soll jetzt nicht heißen … aber … na ja, du weißt schon … irgendwie …«

Francesco runzelte die Stirn. In einer Sekunde würde er seinen Kaffee einpacken und sich beleidigt nach oben verziehen. Und ihr in Zukunft auf der Treppe mit eisigem Schweigen begegnen.

»Du findest Zettel am Pasquino. Und du denkst, dass irgendjemand sich bei Nacht und Nebel dorthin schleicht, um sie für dich anzupinnen?«

Als Nächstes würde er fragen, ob sie schon mal auf eine narzisstische Persönlichkeitsstörung getestet worden sei. Oder sonst irgendwie einen an der Waffel hatte.

Francesco hob die Brauen und einen Moment saß sie Mr. Spock gegenüber. »Wenn sich da jemand einen Spaß macht, hat er immerhin Sinn für absurden Humor.«

»Also, ich … ähm … hatte es für eine Art Liebesbrief gehalten.«

Gab es Liebesbriefe nur für diese Männerträume mit großen Kulleraugen und großen Kullerbrüsten, die mit aufgeplusterten Lippen aufgeplusterte Typen anhimmelten? Schon klar, wenn einer was an Lara Markward schrieb, dann waren es wahrscheinlich Rechnungen.

»*Wenn die Liebe dich finden soll, sag ihr, wer du bist.* Da scheint dich jemand immerhin zu kennen.«

»Na toll. Heißt das, ich weiß nicht, wer ich bin?«

Francesco zuckte die Achseln. »Er weiß offenbar, dass so ein Satz dich neugierig macht. Ob es stimmt – keine Ahnung.«

Lara wurde nachdenklich. Grübeln war eigentlich nicht ihr Problem. Um genau zu sein, war sie darin Weltmeisterin. Aber bedeutete das, dass sie sich selbst auch kannte? Wusste, wer diese Lara war, mit den spaghettiglatten blonden Haaren und der Nerdbrille und dem komischen Forschungsprojekt?

»Was meinst du denn, wer ich bin?«

Francesco verschluckte sich fast an seinem Kaffee. »Oh nein! Der Brief ging an dich, nicht an mich.«

»Du könntest mir helfen.«

»Du mogelst!«

»Ein Tipp?«

»Ich unterstütze keine Mogelei. Außerdem habe ich keinen.«

Lara rückte ihren Liegestuhl näher an seinen. Der Oleander in seinem gewaltigen Terrakottakübel, der seine Zweige in der Lehne verhakt hatte, schwankte bedenklich. »Okay, dann das andere: *Alles ist im Fluss.* Du kennst den Typen, von dem das ist?« Sie hatte da etwas im Hinterkopf, aber erstens wusste sie es wirklich nicht mehr genau und zweitens hatte sie sich daran gewöhnt, dass es Männer abtörnte, wenn sie auf alles eine Antwort hatte, also wartete sie seine ab.

»Heraklit von Ephesos, lebte um 500 vor unserer Zeitrechnung, plus/minus ein paar Jahrzehnte. Also, ich kann mir nicht helfen, aber der hat den Brief wohl kaum geschrieben.«

Lara zwang sich zu einem humorfreien Lächeln, aber Francesco ließ sich seine Informationen wie Würmer aus der Nase ziehen.

»Okay, alles verändert sich. Auch an mir?«

»Besonders an dir. Wenn du in einen Fluss steigst, kommst du nicht als dieselbe heraus, als die du reingestiegen bist. Du änderst dich, jede Sekunde. Physikalisch gesehen hat Heraklit damit nicht einmal unrecht.«

»Inwiefern?«

Er vergrub die Nase in seinem Buch, aber Lara hatte genug von Geheimnissen bei Männern. »Jetzt sag schon!«

Francesco begriff, dass es für den Moment mit dem Lesen vorbei war. Er legte seinen Schinken auf dem Tuffsteinbrunnen ab, gefährlich nah an dessen Öffnung. Schlug die Wolldecke zurück und schenkte sich Kaffee nach. Mit quälender Langsamkeit rückte er seinen Liegestuhl zurecht, setzte sich quer darauf und stützte die Ellbogen auf die Knie.

»Also, physikalisch gesehen verlieren wir jeden Moment irgendwas, zum Beispiel Wärmeenergie. Aber auch Hautschuppen, Haare – etwa hundert pro Tag – und so weiter. Unsere Zellen teilen sich, neue entstehen, alte sterben ab. Wir atmen ein und aus. So nehmen wir auch Wärme von anderen auf. Inhalieren zum Beispiel ihren Atem. Oder eine Hautschuppe.«

»Igitt!«

»Ja, Schätzchen, Philosophie ist nichts für Weicheier.«

Francesco quittierte ihren Gesichtsausdruck mit einem subversiven Funkeln in seinen Augen, das sie ihm nicht zugetraut hatte. »Es gab griechische Philosophen, die glaubten, dass alles aus Atomen besteht – unteilbare kleinste Materieeinheiten. Das passt auch zum Thema: dass jeder Ort dich verändert. Hier in Rom stehst du allerdings gar nicht so schlecht da. Du kannst Atome von großen Dichtern und Philosophen einatmen.«

»Oder die von Mussolini.«

Er machte ein Gesicht wie Peter Pan, dem man gerade gesagt hatte, er solle endlich mal erwachsen werden. »*Rilassati*, Lara – entspann dich mal. Ist dir eigentlich bewusst, dass es keine moralische Verpflichtung gibt, permanent in Katastrophen zu denken?«

Vielleicht hatte er ja recht. Allein hier in diesem Innenhof musste es Tausende von Atomen geben, die jede Sekunde auf sie einschlugen. Die kleinen Blumen, die aus den Mauersteinen wuchsen und vielleicht Blütenstaub verbreiteten. Der riesige Oleander, der Sauerstoff produzierte, den sie einatmete. Der uralte Brunnen, dessen Feuchtigkeit vielleicht hin und wieder ein Atom der Mauer mit verdunstete. Der Olivenbaum und der alte Rosenstock, der neben der Mauer aus dem Boden brach. Und natürlich der Duft von Bittermandeln, der sich selbst hier draußen nie ganz verflüchtigte. Duftmoleküle, Licht, das ihre Augen durchdrang, Bilder, Staub in der Atemluft. Auf einmal war da eine überwältigende Menge an Molekülen und Atomen, die ihre Substanz mit der Laras vereinten und ein Teil von ihr wurden. Überall und jede Sekunde, winzige Teilchen, die winzige Reaktionen provozierten, in der Summe so gewaltig wie die im CERN. Das würde erklären, warum jeder neue Ort sie verändern würde. Hätte sie dem Fressredakteur gar nicht zugetraut.

»Ist das eure Verkaufsmasche? Bei deinem Magazin, meine ich. Geh essen und du entwickelst dich? Weil du neue Atome aufnimmst, so nach dem Motto: Friss dich zur Erleuchtung?«

Eine erschrockene Bewegung ließ ihm die Brille auf die Nase rutschen und verwandelte ihn wieder zurück in den gewohnten Francesco. Dann musste er mitlachen.

»Manchmal ...« Er unterbrach sich, lachte wieder und schüttelte den Kopf. »Ach, Blödsinn.«

Die Geste hatte etwas Verlegenes, das irgendwie ganz süß war.

»Was ist Blödsinn?«

»Nein, nein, ist nicht wichtig. Aber irgendwie scheint es dir nahezugehen, was der Typ schreibt.«

»So viele Männer flirten nicht mit mir. Oder – na ja, was immer er da eben tut. Es interessiert mich, klar.«

»Weil du tatsächlich das Gefühl hast, dass etwas nicht stimmt mit deinem Leben?«

Lara antwortete nicht. Genau das hatte sie empfunden, als sie die erste Nachricht gefunden hatte. Dass es jemanden gab, der ganz genau wusste, wie sie tickte und was mit ihrem Leben nicht stimmte. Mit ihr nicht stimmte.

»Irgendwie eine gruselige Vorstellung. Dass jeder Ort einen verändert. Dann hat man ja gar keine Kontrolle darüber, was mit einem passiert. Du steigst in einen Fluss und kommst als Zombie wieder raus.«

Francesco winkte ab. »Ich glaube nicht, dass er meint, du mutierst gerade zum Zombie. Wäre jedenfalls eine ziemlich komische Art, seine Liebe zu erklären.«

Zugegeben. Aber normale Männer standen ja auch nicht auf Lara. Sonst hätte sie wohl kaum jedes Mal ins Klo gegriffen.

War es so? Dass jede Minute, jeder Augenblick einen unweigerlich veränderte, ohne dass sie die geringste Chance hatte, sich dagegen zu wehren? Auch nur zu bestimmen, in welche Richtung die Veränderung ging?

Francesco schien darauf zu warten, dass sie etwas sagte. Als nichts kam, meinte er: »Das ist das Leben, sich ständig zu verändern. Es heißt, dass sich in rund sieben Jahren jede Zelle deines Körpers mindestens einmal erneuert. Nach spätestens sieben Jahren hast du keine Zelle mehr von früher. Bist ein völlig neuer Mensch.«

»Irgendwie unheimlich.«

»Wieso? Nur Tote verändern sich nicht mehr. Und selbst denen wachsen angeblich noch tagelang die Haare.«

Francesco stand auf, trank seinen Kaffee aus und sammelte seine Sachen ein. »Ich muss weiterarbeiten. Ciao, bis dann.«

# 13

Lara musste noch eine ganze Weile warten, bis Jasmin aus der *Casa del teatro* nach Hause kam. Und als sie endlich kam, war sogar für einen Dialektnerd offensichtlich, dass jetzt der falsche Moment für Recherchefragen war. Wie so oft hatte Jasmin einen Mann im Schlepptau und wie so oft war er mindestens zehn Jahre jünger als sie. Kichernd wie zwei Siebzehnjährige verschwanden sie in ihrer Wohnung. Vielleicht sollte sie es machen wie Jasmin, dachte Lara beeindruckt. Anstatt um den Pasquino zu schleichen und auf Liebesbotschaften zu warten, lieber einen gut gebauten Kerl aufreißen, es sich ein- oder zweimal nach allen Regeln der Kunst von ihm besorgen lassen und dann den Schleudersitz betätigen. Aber realistisch gesehen, war sie nicht der Typ Frau, den gut gebaute Kerle gern nackt in der Dusche anketten würden. Die gut gebauten Kerle hielten sie meistens für die Nachhilfelehrerin dieses Typs Frau.

Lara musste ein oder zwei Stunden warten, bis sie Jasmin allein im Hof auf dem Liegestuhl entdeckte. Sie trug jetzt ein bequemes langes Strickkleid und hatte die Augen geschlossen. Aber das Leben wartete nur darauf, wieder aus ihr hervorzubrechen, genau wie aus dem Rosenstrauch neben ihr, an dem sich die ersten Blätter zeigten.

Als Lara ihr erklärte, worum es ging, stellte sie zuerst die gleiche Frage wie Momus: Ob Lara auf dem Fest in der *Casa del teatro* jemanden kennengelernt hatte?

»Da waren so viele Leute.« Lara überlegte. »Sag mal, du hast doch sicher eine Gästeliste. Ist die geheim?«

Jasmin, die ihre Augen noch einmal für einen Moment geschlossen hatte, öffnete sie wieder. »Entschuldige. Mein Kopf ist heute schon den ganzen Tag Matsch. Das Wetter. Nein, die Liste ist natürlich kein Geheimnis. Die Adressen darf ich dir nicht geben, das kannst du dir vorstellen. Es sind bekannte Leute dabei. Aber die Namen – die standen ja teilweise sogar in der Zeitung. Ich bringe sie dir nachher vorbei, okay? Jetzt will ich noch ein paar Minuten die Beine hochlegen.«

»Klar«, sagte Lara, obwohl sie das Gegenteil meinte. Sie zögerte einen Moment, dann fiel ihr etwas ein. »Du hast doch sicher auch öfter mit der Stadtverwaltung zu tun. Stimmt es, dass sie vorhaben, die Zettel am Pasquino zu verbieten?«

Jasmin hob die Lider nur halb. »Gehört habe ich nichts. Gut, es wäre nicht das erste Mal. Aber geändert hat das noch nie etwas. Streng genommen war es ja ohnehin nie wirklich erlaubt.«

Da war etwas dran. Staatlich genehmigten Widerstand konnte man ins Klo spülen. Aber was, wenn der Pasquino hinter Glas oder gar in ein Museum gestellt wurde? Der Gedanke war beklemmend.

Es dauerte eine Weile, bis Jasmin Laras ungeduldiges Herumrutschen auf den Liegestühlen und ihr Auf- und Ablaufen im Hof nicht mehr aushielt und die Liste holte. Lara nahm den Print hastig entgegen.

»Das sind ja zweihundert Namen!«

»Zweihundertvierunddreißig«, berichtigte Jasmin und legte sich wieder hin. Ganz offensichtlich wollte sie jetzt nicht mehr gestört werden.

Lara seufzte. Eins war sicher: Sie würde schon vom Durchsehen Migräne bekommen.

Zuerst strich sie alle Frauennamen durch. Dann Momus und die bekannten Namen: Politiker, Künstler, die geladen gewesen waren und mit denen sie nicht gesprochen hatte. Danach waren es etwas weniger. Trotzdem, bis sie die alle im Internet gesucht und zugeordnet hatte, würde das nächste Jahrtausend anbrechen.

Blödsinn, sagte sie sich. Irgendjemand macht sich einen Spaß draus, dich zu veralbern. Und in ein paar Monaten bist du doch ohnehin wieder in München und suchst einen Job. Vergiss es!

Natürlich vergaß sie es nicht.

Es war etwa drei Uhr nachts – behauptete zumindest der Wecker – als Lara aufwachte und nicht mehr einschlafen konnte. Lichtstreifen fielen in ihr Zimmer und immer wieder hörte sie draußen eine der hektischen Sirenen. Seufzend ging sie irgendwann in die Küche, machte sich einen Kräutertee und schaltete den Laptop an.

Aus müden Augen und durch einen Fleck ihrer Nachtcreme auf den Brillengläsern starrte sie mit verwirrtem Haar auf den Bildschirm. Sie gab einen um den anderen Namen in die Suchmaschinen ein. Ein gutes Drittel konnte sie aussortieren, weil die Fotos alte Leute zeigten. Viele hatte sie nie gesehen oder erinnerte sich nicht an sie. Es blieben fünf übrig, die infrage kamen:

Matteo Cavalli.

Silvio de Blasi.

Carlo Brioschi.

Ettore di Scala

und natürlich Giorgio. Corelli war der Nachname. Der Mann, mit dem sie gleich am Anfang gesprochen hatte.

Seufzend sah Lara auf die Uhr über der Küchentür. Vom Balkon her fiel Licht auf den winzigen Herd, auf dem noch der kleine Topf mit den Resten von Momus' Fertigsauce stand. Inzwischen war es halb sechs. Es lohnte sich kaum noch, wieder ins Bett zu gehen. Am besten machte sie sich einen starken Kaffee und holte sich ein paar *biscotti*.

Erst jetzt bemerkte sie Hayat. Sie saß so reglos am Fenster, dass man sie fast für einen Teil der Einrichtung hätte halten können.

»Was machst du denn hier?«

Lara hatte sich darauf gefreut, die ersten kühlen Morgenstunden allein unten im Hof zu verbringen. Die Feuchtigkeit, wenn die Sonne den Tau noch nicht aufgesogen hatte. Die Frische des unverbrauchten Tages, die noch alle Möglichkeiten offenließ.

»Ich konnte nicht schlafen.«

Lara warf einen bedauernden Blick aus dem Fenster, wo der junge Tag sich mit einem zarten Goldschimmer am Horizont ankündigte. Dann holte sie eine zweite Kaffeetasse und nahm am Tisch Platz.

»Danke.« Hayat setzte sich zu ihr. »Ich werde nicht ewig hierbleiben können.«

Lara hatte noch etwas von Jasmins Marzipan gefunden und schob es in die Mitte. »Jetzt mach dir darüber erst mal keine Gedanken.«

Hayat führte die Tasse langsam zum Mund, als müsste sie erst überlegen, ob es wirklich richtig war, das zu tun. Als wartete sie darauf, dass ihr jemand sagte, ob es in Ordnung war, jetzt hier zu sitzen. Es passte überhaupt nicht zu der Selbstsicherheit, die sie sons an den Tag gelegt hatte. Als ob ihr alles, was sie aufrecht gehalten hatte, unter den Füßen weggerissen worden wäre.

»Vielleicht war es doch keine so gute Idee, hierherzukommen«, sagte sie plötzlich und stellte die Tasse wieder ab. »Ich will dich nicht in Schwierigkeiten bringen. Er wird das nicht auf sich sitzen lassen. Es verletzt seine Ehre, dass ich ihn verlasse. Wenn er wüsste, dass ich in einer WG mit einem unverheirateten Mann wohne …«

Lara kämpfte gegen ein mulmiges Gefühl an. Als ob der kleine Raum plötzlich noch enger würde. Ihr fiel auf, dass Hayat nie den Namen ihres Mannes nannte. Als ob sie Angst davor hätte.

»Warst du bei der Anwältin, die wir herausgesucht haben?«

Hayat biss sich auf die Lippen. Dann schüttelte sie den Kopf. »Wenn ich gegen ihn vorgehe, könnte alles noch schlimmer werden. Und er darf auf keinen Fall herausfinden, wo ich wohne.«

»Aber du kannst dich nicht ewig verstecken. Im Moment bist du noch krankgeschrieben, aber irgendwann willst du doch wieder zur Arbeit. Oder wenigstens aus dem Haus?«

Hayats Lippen zitterten, als sei ihr erst jetzt bewusst geworden, was sie losgetreten hatte. Lara spürte ihre Zerbrechlichkeit, die sie jahrelang hinter der Maske der funktionierenden Stütze ihres Mannes versteckt hatte. Die gute Ehefrau, die ihn verteidigte. Ihm versicherte, wie großartig er war. Und die sich vielleicht lange nicht mehr gefragt hatte, wer sie selbst eigentlich war und was sie brauchte. Das plötzlich herausfinden zu müssen, ganz allein, war vielleicht fast noch beängstigender als ein eifersüchtiger Exmann.

»Momus sieht mich manchmal so genervt an.« Ihre Lippen zitterten. Sie stützte den Kopf in die Hände und rieb sich die Schläfen, als hätte sie Schmerzen.

»Tu mir den Gefallen und denk nicht über Momus nach.« Lara griff über den Tisch nach ihrer Hand und drückte sie. Sie spürte, wie Hayat um die Liebe und den Respekt ihres Mannes gekämpft hatte, vielleicht gar nicht so viel anders als sie selbst um Tobias' Liebe gekämpft hatte. Wie sie zerrissen war zwischen Vergangenheit und Zukunft, zwischen Tradition und Freiheit. Jetzt, da sie ihren Kokon verlassen hatte, wusste sie nicht mehr, wohin sie gehörte.

»Hey, du bist nicht allein. Okay? Wir sind ein Team. Versprochen?«

Hayats Augen füllten sich mit Tränen. Ihre Lippen zitterten noch stärker, aber sie lächelte. »Versprochen.«

# 14

Der Tag verlief chaotisch. Jacobi rief an, als Lara sich gerade auf der Toilette niedergelassen hatte. Das Handy in der einen, die Klorolle in der anderen Hand kämpfte sie gegen den natürlichen Drang und hielt krampfhaft das Mikrofon zu. Jacobi hatte wegen des Pasquino-Verbots nachgefragt. Tatsächlich sei das im Gespräch, es gebe aber noch keine Entscheidung. Lara solle sich auf jeden Fall darauf einstellen, dass sie vielleicht doch vor Ende Mai zurückkommen musste. Und entsprechend mehr Material sammeln. Als sie endlich auflegte, lehnte sich Lara erschöpft zurück und vergaß sogar, dass sie sich vor der Klobrille immer ein wenig ekelte.

Den ganzen Tag fühlte sie sich gehetzt und die Gedanken an die Rückkehr und das Ende des Studiums bedrängten sie wie ein Heer dunkler Wolken. Unten im Hof erzählte Silvia ausführlich von ihrem Jüngsten, der einen Laden aufmachen wollte. Erst am Abend fand sie wieder die Ruhe, sich mit der Suche nach dem Schreiber zu beschäftigen.

Ganz oben auf ihrer Liste stand Giorgio Corelli, der sie in der *Casa del teatro* vor Momus' mehr oder weniger literarischen Ergüssen gerettet hatte. Er war Designer, wie das Netz verriet. Offenbar arbeitete er auch mit einem Bühnenbildner zusammen – demselben, der auch Jasmins Projekt mit Vittoria Caraffa begleitet hatte. Das Gespräch der beiden hatte sich also offenbar auf ein neues Projekt bezogen. Hochinteressant. Im Internet hatte er keine persönliche E-Mail-Adresse angegeben. Es gab nur eine für das gesamte Büro, in dem er arbeitete. Das bedeutete, dass vermutlich eine Sekretärin die Nachrichten lesen würde.

Lara schob den Laptop zurück und warf dabei eine von Momus' Socken und ein paar grünbraun vertrocknete längliche Blätter vom Küchentisch. Sie konnte Jasmin nach ihm fragen. Oder Momus, der über seinen Job Kontakte zum Theater hatte. Nein, nicht Momus. Er war imstande, Giorgio eine E-Mail zu schreiben, in der Dinge standen wie »*Alter, meine Mitbewohnerin sabbert sich ab nach dir, schreib ihr doch mal, bevor sie mit ihren Pheromonen die halbe Stadt verpestet*« oder Schlimmeres. Laras Blick fiel noch einmal auf das vertrocknete Grünzeug, das auf dem Laminat zerbröselte. War das das Zeug, das er auf dem Balkon anbaute?

Sie ließ es liegen und starrte wieder auf den Bildschirm. Giorgios Büro lag in der Nähe des Tibers. Nicht weit vom Campo de' Fiori.

Als sie ein paar Tage später in der Nähe seines Büros wartete, kam sie sich plötzlich albern vor. Andererseits konnte sie Giorgio schlecht per E-Mail an seine Sekretärin fragen, ob er es war, der ihr die Briefe schrieb.

Es war der erste wirklich warme Tag heute und Lara schwitzte, obwohl das Top den Rücken fast frei ließ. Die Mode bot dieses Frühjahr keinen Mittelweg zwischen ultraspießig und ultrasexy und so hatte sie sich angesichts der Situation für die zweite Variante entschieden. Allerdings fühlte sie sich darin absolut nicht wohl. Sie merkte, wie wenig sie daran gewöhnt war, Dinge zu tragen, die an anderen immer richtig gut aussahen. Passte die Brille eigentlich dazu oder wirkte sie wie ein Nerd in Verkleidung? Der Verschluss des BH kniff und sie schob ihn ein Stück höher.

Sie zappte sich durch ein paar uralte SMS, um den Eindruck zu erwecken, sie sei beschäftigt. Als sich die Glastür des Bürogebäudes bewegte und sie gerade nachsehen wollte, bemerkte sie die alte Lederjacke. Francesco kurvte sein *motorino* unter die Pinien am Ufer und bugsierte es gewagt auf den winzigen Raum zwischen einem uralten Cinquecento und einem nagelneuen BMW. Natürlich – das Restaurant in Trastevere! Vermutlich hatte er auf dem anderen Flussufer keinen Parkplatz mehr gefunden. Lara wünschte, sich in ihre einzelnen Atome zu verflüchtigen, aber wann hätte so etwas je funktioniert? Er hatte sie bemerkt. Lächelte und kam über die Straße herübergelaufen.

Natürlich fragte er, worauf sie wartete. Lara druckste herum, dann entschied sie sich einfach für die Wahrheit. Jeden Moment konnte Giorgio auf die Straße treten, bis dahin musste sie Francesco loswerden.

»Giorgio Corelli?« Francesco wirkte eher erschrocken als überrascht. Er schubste die Brille wieder an ihren Ort und schüttelte den Kopf. »Nie im Leben.«

Was ging ihn das eigentlich an? Lara linste an ihm vorbei zur Glastür. »Wieso nicht?«

Francescos dunkles Lachen klang trockener als sonst, fast sarkastisch. Es passte nicht zu der ruhigen, zurückhaltenden Art, die er sonst zeigte. »Es klingt nicht gerade nach Corelli, was du über diesen Schreiberling weißt. Wer immer er ist, er will offenbar nicht, dass du ihn siehst. Warum wohl? Vermutlich kennt er dich und weiß, dass du nicht allzu viel von ihm hältst.«

Ein echter Hauptgewinn. Und als wäre das noch nicht genug gewesen, legte er noch eins drauf: »An deiner Stelle würde ich mir meinen eigenen Reim auf die Texte machen und nicht hier herumstehen wie ein dreizehnjähriges Groupie auf Autogrammjagd.«

»Hast du mich gerade Groupie genannt? Ich glaube, du hast nicht mehr alle Tassen im Schrank! Ich habe dich nicht nach deiner Meinung gefragt und …«

»Hallo«, sagte jemand. »Wir kennen uns doch.«

Giorgio sah unverschämt gut aus mit der dunklen Sonnenbrille und dem blendend weißen Hemd.

»Fressredakteur!«, zischte Lara noch in Francescos Richtung. Dann drehte sie sich um. »Hallo. Was für ein Zufall!«

Jasmin hätte diesen Satz sicher so sagen können, dass jeder Mann sofort in die Knie gegangen wäre. Nur leider war sie nicht Jasmin.

Giorgios Lächeln erstarrte und er zuckte die Achseln. »Entschuldigung. Ich wollte nicht stören.«

»Nein, warten Sie – ich wollte nicht abweisend sein.«

Sie hörte Francesco in ihrem Rücken einen abfälligen Laut von sich geben, aber sie hatte sich vorgenommen, ihn zu ignorieren. »Natürlich erinnere ich mich.«

Giorgio sah Francesco, der sich über die Straße in Richtung Trastevere verzog, sichtlich irritiert hinterher. »War das Ihr Freund?«

Laras Gesicht fühlte sich an, als wäre sie in den letzten paar Stunden in der Sauna eingesperrt gewesen. »Nein! Um Himmels willen. Er ist mein Mitbewohner. Also, nicht in meiner Wohnung. Er wohnt unter mir. In Jasmins Palazzo.«

Giorgio steuerte auf die Ufermauer unter den Pinien zu, genau dorthin, wo Francescos *motorino* stand, und Lara blieb nichts anderes übrig, als ihm zu folgen. Von hier aus war die Sicht über den Tiber bis zum Petersdom und der Engelsbrücke fast unverstellt. Der Fluss hatte noch nicht den sommerlichen Tiefstand und die damit verbundenen fauligen Gerüche erreicht. Ein frischer Wind mischte sich mit Giorgios teurem

Herrenparfüm. Gegenüber begann das bunte Gewirr der Gassen von Trastevere mit ihren Restaurants und Bars, ein anarchisches Gegenbild zu den strengen Formen der Vatikanstadt. Dahinter erhob sich der Gianicolo mit seinen Ausflugsbars und dem weithin sichtbaren Garibaldi-Denkmal, der Hügel des doppelgesichtigen Gottes Janus, der den Übergang zu jedem neuen Anfang hütete. Ein Postkartenmotiv. Und davor sie, Lara, mit diesem Traumtyp.

Sie sagte ein paar Belanglosigkeiten und versuchte, das Gespräch auf den Pasquino zu lenken.

»Ich habe doch von meiner Arbeit am Pasquino erzählt. Neuerdings finde ich da ganz verrückte Nachrichten. Ich habe fast das Gefühl, sie sind an mich gerichtet.«

Giorgio lehnte sich auf die Brüstung. Die Sonne glänzte auf seiner schicken, straff nach hinten gekämmten Frisur. Er sah über den Tiber und dann auf seine teure Uhr. »Ich sollte los. Ach, ich wollte noch fragen, wie es Jasmin geht. Sie sah nicht gut aus auf der Party.«

Ganz offensichtlich hatte er keine Lust auf das Thema. Jasmin schlecht aussehend? Eher würde das Monumento Vittorio Emanuele II einstürzen, das die Römer liebevoll die »Schreibmaschine« nannten. Jasmin war keine dreißig mehr, aber Lara traute ihr zu, auch einen Mann wie Giorgio problemlos um den Finger zu wickeln.

Ganz offensichtlich war ihr Gesicht ein aufgeschlagenes Buch. Giorgios Brauen über den tief liegenden Augen hoben sich. Er fühlte sich offenbar genötigt, seine Frage zu erklären. »Jasmin ist stark, wissen Sie. Aber nicht unbegrenzt. Sie ist eine Rebellin, aber sie merkt nicht, wann sie zu weit geht und sich selbst schadet.«

»Warum erzählen Sie mir das?«

Giorgio sah noch einmal auf seine Uhr, aber er ging nicht weg. »Passen Sie ein bisschen auf sie auf«, sagte er. »Sie ist eine großartige Frau. Aber sie neigt dazu, sich selbst mit zu zerstören, wenn sie wieder einmal alte Traditionen einreißt.«

»Sie waren ihr Freund?«

Jetzt endlich lächelte er doch. War das ein Ja-Lächeln oder ein Nein-Lächeln?

»Jasmin hat Kraft und Kreativität. Passen Sie auf, dass sie beides nicht wieder vergeudet.« Er zwinkerte ihr zu. »Was man Ihnen vermutlich auch einmal sagen sollte.«

Kraft und Kreativität? Jasmin, das glaubte sie sofort. Aber sie, Lara? Sie hatte keine wilden Jahre aufzuweisen und machte nicht aus jedem Mann, der ihr über den Weg lief, innerhalb von Minuten einen willenlosen Trottel. Allerdings war sie auch nicht so geblendet, dass sie nicht bemerkt hätte, wie er versuchte, vom Pasquino abzulenken. Sie beschloss, die Flucht nach vorn zu wagen.

»Wenn es Ihnen recht ist – hier ist meine Handynummer. Falls Ihnen doch etwas zu der Sache am Pasquino einfällt.«

Er stutzte einen Moment. Lara lächelte harmlos.

»Na ja. Sie kennen sicher viele Leute hier. Und vermutlich auch den einen oder anderen, der dort schreibt. Könnte ja sein.«

Giorgio nickte ihr zu. Er wandte sich zum Gehen, hielt aber dann noch einmal inne. »Ach so, wenn Sie so etwas mögen – ich hätte da vielleicht einen Tipp für Sie.«

Er suchte etwas in seiner Ledertasche und reichte ihr ein Faltblatt. Dann nickte er ihr zu und verschwand zwischen den Autos unter den Pinien.

# 15

Hallo Leute, schön, dass ihr mir so zahlreich Feedback gegeben habt! Ich bin wirklich schwer beeindruckt, wie viele von euch meinen ersten Eintrag gelesen haben.

Ein paar von euch konnten nicht so viel mit meinem philosophischen *Verismo* anfangen, aber okay, man kann es nicht jedem recht machen. Den meisten gefiel die Idee und darüber freue ich mich wirklich. Und deshalb will ich euch von der nächsten Nachricht erzählen, in der *Alles ist im Fluss* stand. Und dass ich einen Verdächtigen habe, der die Texte vielleicht schreibt: Giorgio.

Aus einem Flyer habe ich nämlich erfahren, dass er in seiner Freizeit Poetry Slam macht. Und da er es war, der ihn mir gegeben hat, nehme ich an, dass ich zu seinem nächsten Auftritt in zwei Wochen eingeladen bin. Poetry Slam bedeutet, dass er es gewöhnt ist, kritische Texte zu schreiben. Und das spricht für … erraten.

Ich weiß, Poetry Slam, Pasquino … das ist nicht gerade akademische Philosophie. Aber war Sokrates vielleicht Professor? Leute, nüchtern betrachtet, war er hart an der Grenze zum Obdachlosen. Philosophie, habe ich einmal gelesen, bedeutet vor allem Staunen. Kann man vom Leben abgehoben staunen? Ich nicht, und wenn ihr es könnt, verratet mir bitte, wie es geht. Ich will jedenfalls nicht in eine Matrix staunen, mit kaltem Herzen und unberührtem Geist. Ich will über Dinge wütend werden, will sie lieben, wie Menschen nun einmal lieben, ich will, dass das Denken mich zerreißt, mich schallend lachen lässt und meiner Seele echte Tränen entlockt! Dass es mich zu Boden wirft und wieder aufrichtet! Warum sollte das, was meinen Kopf bewegt, mir weniger wichtig sein als das, was meine Gefühle beschäftigt? Warum sollte ich mich mit etwas beschäftigen, was mich nicht beschäftigt?

Über uns liegt noch immer der Schatten Kants: die tief sitzende Überzeugung, dass an Dingen, die Spaß machen, etwas faul sein muss. Die *fröhliche Wissenschaft*, die *gaia scienza* Nietzsches, hat bei uns immer noch etwas Anrüchiges. Vielleicht sollten wir, um einen bekannten Satz dieses Philosophen abzuwandeln, endlich wieder an eine Philosophie glauben, die zu tanzen versteht! Und glaubt mir, ich kenne hier eine ältere Frau, bei der tanzt die Philosophie nur zum Dithyrambos – gewissermaßen als Hymne für Dionysos.

Ich werde mir den Slam jedenfalls unbedingt ansehen, und ich müsste mich sehr täuschen, wenn Giorgio nicht einen Text auf Lager hätte, dass alles im Fluss ist. Was könnte er damit meinen? Mit meinem Mitbewohner hatte ich schon eine lange Debatte darüber. Wenn euch etwas dazu einfällt, dann beteiligt euch doch an der Diskussion.

Die nächsten Tage schlichen dahin. Es fühlte sich an wie eine Ewigkeit, bis die erste Woche vorbei war. Es war der erste Montag nach der Begegnung mit Giorgio, als Lara schon von Weitem den hellen Zettel an der üblichen Stelle am Pasquino bemerkte. Sie blieb stehen, direkt vor dem Eingang einer Bar, aus der Kaffeeduft und irgendein aktueller Hit drangen. Unwillkürlich sah sie sich um.

Dann lief sie zum Sockel. Die letzten Schritte rannte sie fast. Atemlos erreichte sie den Pasquino.

Lara riss den Zettel ab und starrte ihn an.

*Es liegt an dir, ob du zum Tier oder zur Göttin wirst.*

Jasmin stand in einem schwarzen Kostüm mit auffälligem Cache-Cœur-Kragen inmitten ihrer Handwerker. Sie trugen große Stellwände hin und her, und ein furchtbar nervöser Hausmeister wuselte zwischen ihnen herum, als Lara mit dem Impetus einer Tarantellatänzerin in die *Casa del teatro* platzte.

Der Hausmeister wollte eine Tirade vom Stapel lassen, die vermutlich selbst Julius Cäsar eingeschüchtert hätte, aber Jasmin brachte ihn mit einer Handbewegung zum Schweigen. Lara reichte ihr wortlos den Zettel.

»Gerade eben?« Jasmins schwarz umrandete Augen blickten auf das Schreiben und dann auf Lara.

Lara ließ sich in einen der Stühle fallen, die sonst für Besucher bereitstanden. Der Handwerker, der ihn gerade hatte wegschaffen wollen, sah Jasmin fragend an, doch sie schüttelte den Kopf.

»Es ist Giorgio«, sagte Lara und blickte zu Jasmin auf. »Es passt alles zusammen. Er schreibt, er weiß von meiner Arbeit und er scheint mich kennenlernen zu wollen. Aber ich habe keine Ahnung, warum er an den Pasquino hängt, was er mir genauso gut persönlich sagen könnte. Und deshalb weiß ich nicht, was diese Zettel wirklich bedeuten. Es macht mich verrückt!«

Jasmin überlegte einen Moment. Dann zog sie ein uraltes Handy aus ihrem Divenkostüm und wählte eine eingespeicherte Nummer. »Ciao, Francesco. Hier ist Jasmin.« Sie wechselte ein paar Worte mit ihm, lachte und ging in dem leeren, weiten Raum auf und ab. Die Kassettendecke und der Ziegelboden erinnerten an die Renaissance und im hereinfallenden Licht verschwammen ihre Konturen zu einem Trugbild wie eine ferne Erinnerung. Endlich legte sie auf und kam zurück. »Francesco trommelt die anderen zusammen. Vielleicht fällt uns ja heute Abend gemeinsam etwas ein. Und bis dahin ...« – sie machte eine Bewegung mit der Hand – »bis dahin könntest du mir hier helfen, für die nächste Ausstellung Platz zu machen. Wenn du Lust hast.«

Lara hatte Lust, aber sie war doch überrascht, wie viel Spaß es ihr machte. Jasmin plante nach ihrem Opernprojekt schon wieder etwas Neues. *Inszenierte Orte in Rom* sollte die neue Ausstellung heißen. »Ich wollte dich ohnehin darauf ansprechen«, meinte Jasmin. »Der Pasquino ist so ein inszenierter Ort in Rom. Und wer kennt ihn besser als du? Im Klartext: Würdest du dich mit ein paar von deinen Fotos an der Ausstellung beteiligen?«

Lara suchte nach Worten. Die *Casa* ließ sie jetzt, fast leer, erst wirklich ahnen, wie viele Menschen in den Jahrhunderten vor ihr hier gestanden hatten. Es roch nach Terpentin und frisch gesägtem Holz, aber auf einmal schmeckte sie fast den beißenden Rauchgeruch, der hier früher dominiert haben musste. Fragte sich, welche verstohlenen Küsse unter den hölzernen Kassettendecken getauscht worden waren, welche geheimen Pläne vielleicht besprochen worden waren, vor den riesigen Marmorkaminen oder unter den niedrigen Gewölben im Erdgeschoss – Pläne, die den einen als Befreiung, den anderen als Bedrohung erschienen, die um jeden Preis abgewendet werden musste. All die Gedanken, Sehnsüchte und Hoffnungen schloss die Casa in sich ein, ein Universum von unendlichen Welten. *Das große Theater der Welt,* wie sie früher gesagt hatten. Hier wurde es noch einmal zum Leben erweckt. An der Uni arbeitete sie über die Dinge. Hier konnte sie mit den Dingen arbeiten. Sie zum Reden bringen und Menschen mit ihnen sprechen, sie berühren und sie ihren Duft schmecken lassen.

»Du musst dich nicht sofort entscheiden«, hörte sie Jasmins Stimme.

»Natürlich will ich!«

Die Aussicht, mit dem Pasquino-Projekt bei Jasmin mitarbeiten zu dürfen, beflügelte Lara so sehr, dass sie ihre Grübelei fast vergaß. Sie schob Stellwände hin und her und brütete mit Jasmin über den Plänen für die Anordnung der neuen Exponate. In kürzester Zeit drückten ihre zu engen Schuhe. Sie zog sie aus und lief in Socken über den harten Ziegelboden, die Jahrhunderte unter den ungeschützten Füßen. Jasmin zeigte ihr Filme, die zur Auswahl standen, und mehr als einmal mussten sie beide über absurde Wendungen oder schlecht gemachte Renaissance-kostüme lachen. Nach zwei Stunden waren Laras Füße eiskalt und ihre Seele erhitzt von Glückshormonen.

Was Jasmin genau mit Francesco besprochen hatte, erfuhr Lara, als Jasmin sie ins Auto packte.

*Bracciano* stand auf dem Ortsschild, das sie eine gute halbe Stunde später erreichten.

Jasmin parkte nicht weit von etwas, das aussah wie eine Ritterburg aus dem Märchenbuch. Riesige Zinnen und schwere runde Türme, gemauert aus Quadern. Lara hielt den Atem an, als sie die Aussichtsterrasse erreichte. Hinter ihnen erhob sich die Burg aus dem Felsen, als würde sie daraus hochwachsen. Efeu und wilder Wein krallten sich in die Mauern, griffen nach den Zinnen und brachen aus Pechnasen ans Licht, schoben sie Millimeter für Millimeter zurück ins Dunkel der Geschichte. Unter ihnen erstreckte sich das verwirrende Spiel niedriger Dächer mit gelben und braunen Ziegeln, die an den schwindelerregend steilen Abhang geklebt schienen wie ein Wespennest. Hier oben fegte ein kühler Wind die Wolken vom Himmel und die Haare in Laras Gesicht. Ganz unten lag ein riesiger, fast kreisrunder See, auf den die tiefstehende Sonne ein glühendes Band warf. Als würde eine gigantische Kreatur sie durch diesen Spiegel ansehen.

»Castello Orsini-Odescalchi. Früher, als sie diese Mantel-und-Degen-Filme gedreht haben, war es Filmkulisse«, erklärte Jasmin. »Als ich nach meiner ersten Scheidung herkam, habe ich mir hier Geld dazuverdient. Sie suchten ständig Komparsen und billige, junge Schauspieler für winzige Nebenrollen.«

Wie sie da so stand mit dem Wind in ihrer grauen Mähne, war es ihr durchaus zuzutrauen. Jasmin hatte Leben genug in sich, um nicht nur ihre eigene Person, sondern auch ein paar fiktive bis zum Platzen damit zu füllen. Jemandem mit ihrem Temperament musste die permanente Spannung am Set, das Gefühl, sich aus dem normalen Leben ausgeklinkt und Narrenfreiheit zu haben, entgegenkommen. Zumindest, wenn sie nicht gerade mit Pasolini gedreht hatte. Lara wurde neugierig.

»Auch für *Salò?*«

Jasmin lachte, ohne die Frage zu beantworten. »Jedenfalls, heute mache ich noch hin und wieder Kooperationen mit Ausstellungen hier. Oder komme einfach zum Entspannen her, so wie alle. Ich mag diese Seen. Sie sind fast alle kreisrund. Das liegt daran, dass das ganze Gebiet vulkanisch ist.«

Lara musste lächeln. Buchstäblich ein Tanz auf dem Vulkan – typisch Jasmin. Aber sie musste zugeben, dass die Vorstellung die Luft auf ihrer Haut prickeln ließ. Irgendwo, in ein paar Hundert oder Tausend Metern Tiefe brodelten vielleicht die Ausläufer eines Supervulkans. Und obwohl das nicht bedeutete, dass er jeden Moment ausbrechen konnte, machte der Gedanke, dass diese Schönheit bedroht war, sie noch faszinierender. »Na komm«, meinte Jasmin. »Fahren wir runter zum See. Die anderen müssten schon da sein.«

»Schon wo sein?«


Sie brachte Lara hinunter zur Seepromenade. Durch Touristen und römische Ausflügler drängten sie sich über den schmalen Weg vorbei an Souvenirgeschäften und Restaurants unter Palmen. Jasmin führte Lara in ein winziges Strandrestaurant, dessen Besitzer sie – wie irgendwie fast jeden – ganz offensichtlich kannte. Er führte sie in den Garten unter eine dicht bewachsene Pergola. Direkt dahinter erstreckte sich die glatte Fläche des Sees.

»Glyzinien«, sagte Jasmin nachdenklich. Wie zärtlich berührte sie die trockenen Äste. »In ein paar Wochen werden sie blühen. Sie sind hochgiftig. Aber das ist irgendwie mit allem so, was schön ist.«

Der Frühling war nicht mehr aufzuhalten, überall hatten sich die dürren Zweige fast über Nacht mit Blättern bedeckt. Die ersten Zitronenblüten mussten aufgegangen sein, ihr süßer Duft hing in der Luft. Und inmitten all dieses aufblühenden Grüns saß Hayat mit einer Decke, von oben von Heizpilzen bestrahlt. Sie hatte sich endlich aus dem Haus gewagt!

»Du bist ja verrückt«, lachte Lara an Jasmin gewandt. »Uns alle einzuladen. Nur wegen eines Zettels am Pasquino?«

Jasmin zuckte die Schultern. »Na hör mal. Ein geheimnisvoller Philosoph pinnt Liebesbriefe an eine Statue. Und das soll kein Anlass sein, euch einzuladen?«

Zwei Plätze am Tisch waren noch frei und jetzt waren vom Haus her Stimmen zu hören.

Francesco blieb unschlüssig in der Tür stehen. Lara war sich auch nicht sicher, ob sie Lust auf den Fressredakteur hatte, der sie ein Groupie genannt hatte. Doch sie bekam keine Gelegenheit für weiteres Grübeln. Etwas rannte von hinten in Francescos Rücken und schubste ihn in die Abendsonne. »Sorry«, grinste Momus. »Was stehst du hier aber auch im Eingang rum wie der Typ aus Platons Höhlengleichnis?«

Momus und philosophische Bildung? Nicht Momus, durchzuckte es Lara. Während sie ihn misstrauisch von der Seite ansah und sich vornahm, dieses Höhlengleichnis noch heute im Internet zu recherchieren, kam der Aperitif.

Lara blickte auf die rot glühende Fläche des Sees, wie flüssige Lava, befühlte die herabhängenden Glyzinienzweige, deren erste klebrig-grüne Blätter ahnen ließen, welches Duftfeuerwerk in wenigen Wochen von ihnen ausgehen würde. Die Stimmen der Touristen waren hier kaum noch zu hören. Nein, nicht einmal Godzilla würde ihr diesen Abend verderben.

Kaum stand der *Antipasto* auf dem Tisch, fragte Momus, wo denn nun der Zettel vom Pasquino sei. Jasmin hatte offenbar kein Blatt vor den Mund genommen. Lara wühlte in ihrer Tasche danach und reichte ihn Momus. Dann konzentrierte sie sich gleich wieder auf den fantastischen marinierten Fisch aus dem See.

Momus bewegte die Lippen beim Lesen und fing an zu kichern wie ein Teenager, der zum ersten Mal heimlich Schnaps probiert. »Tier oder Göttin? Also, wenn du einen Tipp willst: Das kannst du beides in einem haben. Wenn du so richtig tierisch wirst, bist du automatisch Göttin. Nämlich Sexgöttin. Der Typ hat was Perverses, find ich gut.«

Lara nahm ihm den Zettel aus der Hand. »Ja, schon klar. Aber wenn er wollte, dass ich Rainer Langhans und Uschi Obermaier zu meinen philosophischen Vorbildern mache, hätte er das auch direkt sagen können.«

Momus spießte drei Bissen auf einmal auf seine Gabel und verdrehte die Augen. Die Sonne war verschwunden und der See wurde dunkler. Mit der Dämmerung kam die Kühle, aber Decken und Heizpilze hielten sie warm.

Der Kellner brachte Spaghetti al Lago mit einem Sugo aus Süßwasserfischen, was die Diskussion bis auf Weiteres zum Erliegen brachte. Francesco fragte nach der *Casa,* und es war Lara, die begeistert von ihrem Besuch dort erzählte. Momus steuerte ein paar Anekdoten vom Theater bei, die so verrückt waren, dass sie immer wieder laut lachen mussten. Am Ufer rollten vom Wind getriebene Wellen an den Strand. Die Zweige der niedrigen Weide im Sand schwankten, als die Sonne hinter den Zinnen verschwand.

Als Nächstes kamen gegrillte Fischfilets, die spektakulär dufteten. Jasmin hatte einen Weißwein bestellt, der sicher nicht auf der Karte stand. Die Uhr, die in Laras Kopf tickte, erinnerte sie daran, dass all das in weniger als vier Monaten vorbei sein würde. Zum Teufel, dachte sie, während der Wein ein wohlig rebellisches Gefühl in ihr aufkommen ließ. Warum habe ich eigentlich nicht mein ganzes Leben so verbracht? An solchen Orten, mit diesen Leuten?

Längst war es dunkel geworden und nur noch die Marmorwindlichter mit den großen geschwungenen Glasschirmen und die Lampen im Garten spendeten Licht. Kaffeeduft breitete sich aus und der Espresso stand schon auf dem Tisch, als Francesco schließlich auch einen Blick auf den Zettel vom Pasquino warf. »Ein normaler Schreibblock«, meinte er achselzuckend. »Den kriegt man überall.«

»Brillant, Sherlock.« Lara hatte ihm noch nicht ganz verziehen, aber ihre Stimmung war milder. »Ist das alles?«, witzelte sie. »Ich meine – Name, Adresse, Sternzeichen, Haarfarbe, Gesundheitszustand?«

Francesco hob die dunklen Brauen über der Brille und für einen Moment blitzte hinter den Gläsern etwas auf, das reflexartig wieder verschwand. »Das ist offensichtlich: Name: Torsten Sonderhagen, genannt Momus; wohnhaft: im Palazzo; Sternzeichen: Nervensäge; Haarfarbe: braun, zumindest im ungewaschenen Zustand. Im gewaschenen … hm, da möchte ich mich nicht festlegen; Alter: Anfang zwanzig; Gesundheitszustand: …« Er musterte Momus, der gerade zu der niedrigen Bruchsteinmauer gegangen war. Offenbar unternahm er den Versuch, mehrere Eidechsen mit einem seiner Haschkekse ins Nirwana zu beamen. »… unklar.«

Wer immer der Schreiber war, er offenbarte ungeahnte Spuren von Witz an dem Fressredakteur. Bisher hatte Lara gedacht, dass Francesco so etwas in kaum nachweisbarer Konzentration besaß. Sie war fast bereit, ihm seinen Auftritt bei Giorgio zu verzeihen, da meinte er: »Schwachsinn. Wollt ihr jetzt alle die Groupies für einen Pseudoliteraten spielen?«

Laras freundschaftliche Gefühle zersprangen mit einem Klirren.

Jasmin sah ihn mit einem Blick an, der selbst Hannibal Lecter dazu gebracht hätte, sich zu entschuldigen, aber er verzog sich mit seinem Espresso ein Stück ins Abseits, fischte ein Buch aus seiner Tasche und klappte es auf.

»Ein bisschen Brainjogging würde dir auch mal ganz guttun, mein Lieber«, sprang Jasmin Lara bei. Lara ergänzte in Gedanken boshaft, dass ein bisschen konventionelles Joggen auch nicht schaden würde.

»Was meint er mit Tier und Göttin? Real und abstrakt? Oder nah und fern? Oder natürlich und vergeistigt?«

»Na, sag ich doch«, ätzte Momus von der Mauer her, wo die Eidechsen mit der nächtlichen Kältestarre offenbar schon in ein artgerechteres Nirwana gefallen waren. »Viehischer Sex wie bei den Bonobos. Oder Keuschheitsgürtel auf zwei Beinen.«

Er warf Hayat einen Blick zu, den sie mit einem schnellen, falschen Grinsen erwiderte. Dieser Vollidiot, durchfuhr es Lara siedend heiß. Offenbar hatte er Hayat doch gefragt, was sie von einer Bonobo-WG hielt – obwohl er hoch und heilig versprochen hatte, es nicht zu tun! Ehe sie sich in die Haare geraten konnten, meinte Lara: »Hört sich beides nicht nach Kompliment an.«

Jasmin zückte ihr Smartphone und gab den Satz kurzerhand in die Suchmaschine ein. Sie hob die Brauen und überprüfte ein paar Links, die wohl ähnliche Formulierungen aufführten.

»Hier.« Sie reichte Lara das Phone. »Giovanni Pico della Mirandola, Philosoph der Renaissance. Hier ist eine Übersetzung seiner *Rede über die Würde des Menschen* von Dora Baker. Schau mal, das kommt doch hin, oder?«

Lara nahm das Gerät. »*Von keinen Schranken eingeengt sollst du deine eigene Natur selbst bestimmen nach deinem Willen, dessen Macht ich dir überlassen habe. Ich stellte dich in die Mitte der Welt,*

133

*damit du von dort aus alles, was ringsum ist, besser überschaust. Ich erschuf dich weder himmlisch noch irdisch, weder sterblich noch unsterblich, damit du als dein eigener, gleichsam freier, unumschränkter Baumeister dich selbst in der von dir gewählten Form aufbaust und gestaltest. Du kannst nach unten in den Tierwesen entarten; du kannst nach oben, deinem eigenen Willen folgend, im Göttlichen neu erstehen.«*

Überrascht bemerkte Lara die plötzliche Stille. Als sie aufsah, blickten sie alle an.

»Da meint offenbar jemand, dass mehr in dir steckt, als du denkst«, sagte Jasmin endlich.

Es war einer dieser sonderbaren Momente in Laras Leben, in denen sie wusste, dass es gerade irgendwo in ihrer Seele Klick gemacht hatte. Dass sich die unsichtbare Uhr, die ihre Lebensabschnitte bemaß, gerade weitergedreht hatte. Und dass es von hier aus kein Zurück mehr gab. Auf dem See, weit über dem brodelnden Vulkan irgendwo in der Tiefe, leuchteten die Lampen an den Fischerbooten. Ein kühler Hauch wehte zum Ufer. Jasmin reichte Lara noch eine Decke und der raue Wollstoff kratzte leicht an ihrem Hals.

»Nicht eingeengt«, meinte Hayat endlich. »Das klingt irgendwie … beängstigend. Ich meine, wo bleibt denn dann alles, was wichtig ist. Familie. Religion. Traditionen. Das macht uns zu dem, was wir sind. Menschen sind wie Bäume. Ohne Wurzeln gehen sie zugrunde.«

»Scheiß auf Tradition«, erwiderte Momus. »Klingt allerdings nach Stress, dieser Giovanni. Das war's dann mit Chillen.«

Francesco riskierte einen Blick über sein Buch. Nun ja. Einen Wimpernschlag.

»Aber wer sagt einem dann, was richtig ist?«, fragte Hayat. Sie blickte hinaus auf den nächtlichen See und fröstelte. »Das ist unheimlich. Dann gibt es ja überhaupt keine Wahrheit. Aber wenn es keine Wahrheit gibt, gibt es auch kein Richtig und kein Falsch. Kein Gut und Böse. Keine Moral, kein Gewissen.«

Jasmin zuckte die Achseln. »Wahrheit wird überschätzt.«

»Verantwortung«, sagte Francesco plötzlich aus dem Hintergrund. Unter den Glyzinien sitzend wurde sein Gesicht nur von einem der Windlichter beleuchtet. »Moral und Gewissen funktionieren auch ohne Wahrheit, vielleicht sogar besser. Weil der Wille frei ist, verpflichtet er auch, denn wer nicht festgelegt ist, muss Verantwortung übernehmen. Selbst entscheiden, was richtig und gut ist, anstatt darauf zu warten, dass es jemand anders tut. Gott. Der Staat. *La Mamma*. Mr. Right. Das meint Pico und das meint auch der Schreiberling.«

Ein elektrischer Schlag durchzuckte Lara. Das hatte allerdings etwas mit dem Pasquino zu tun und es erklärte, warum sich der Schreiber genau diesen Ort ausgesucht hatte: das Symbol der Meinungsfreiheit. Denn sie beruhte auf der Grundidee, dass jeder Mensch einen freien Willen hatte und das Recht, ihn zu benutzen. Er forderte sie auf, Verantwortung zu übernehmen und sich das Denken nicht abnehmen zu lassen. Es versetzte ihr einen kleinen Stich, dass Giorgio das offenbar für nötig hielt.

Francescos Mundwinkel zuckten und er klappte sein Buch zu. »Ich fange an, den Kerl zu mögen. Er scheint auch nichts übrigzuhaben für Groupies. Ende der Vorstellung, mehr ist nicht drin.«

Musste dieser Typ eigentlich permanent ätzen?

### www.laras-kosmos.de

Vielen Dank für eure tollen Kommentare zu meinem letzten Eintrag. *Philofan* hat geschrieben, dass ich Immanuel Kant und seine transzendentale Freiheit nicht so schlechtmachen soll. Wollte ich gar nicht, ich wollte nur mehr Farbtöne ins philosophische Prisma bringen. Aber für dich habe ich heute etwas, das dir vielleicht besser gefällt: nämlich das Höhlengleichnis aus der *Politeia*, Platons Dialog über den Staat. Platon hat da nämlich erklärt, wie Erkenntnis funktioniert, kurz: was passiert, wenn man über den Tellerrand guckt und sein Hirn benutzt. Im wahrsten Sinne des Wortes ganz großes Kino. Stellt euch Otto Normalverbraucher als eine Art Höhlenmensch vor. Er ist so blöd, dass er nicht kapiert, dass die Welt außerhalb seiner Höhle weitergeht. Der Höhlenmensch sieht die Schatten von allem, was draußen vorbeigeht, wie auf einer Kinoleinwand an der Höhlenwand tanzen. (Ich habe mich bloß gefragt: Wenn die nie rausgehen, wovon leben die Höhlenmenschen, Platon? Von Grottenolmen und Grundwasser? Das erklärt er leider nicht.)

Aber egal, jetzt kommt das Action-Element: Einer von diesen Höhlenmenschen hat plötzlich die Idee, doch mal seine Nase aus dem Loch zu stecken. Was passiert? Logisch: Der Idiot, der die letzten Jahre wie ein Maulwurf gelebt hat, sieht erst mal gar nichts. Die Sonne brennt in seinen Augen und blendet ihn. Von Sonnenbrand steht nichts bei Platon. Aber hätte er meine lichtempfindliche Babyhaut gehabt, hätte er das sicher auch mit reingenommen. Egal, ihr habt natürlich schon begriffen, was er meint: Die Sonne ist die Wahrheit (anders als mein Mitbewohner Francesco hat Platon zur

Wahrheit offenbar ein unverkrampftes Verhältnis, na ja, er gilt ja auch als der erste Philosophenfundi). Und die tut anfangs erst mal weh. Erkenntnis ist Schmerz. Ich dachte mir, dieses Höhlengleichnis wäre ein Wahnsinns-Slogan, so nach dem Motto: *Mit unseren Sonnenbrillen gestalten Sie philosophische Erkenntnis zum Wellness-Erlebnis!*

Okay, zurück zu Platon. Sobald der Höhlenmensch sich an das Licht gewöhnt hat, sieht er die echten Tiere, von denen er bisher nur die Schatten kannte. Und begreift, dass sein ganzes bisheriges Leben ein Haufen Dreck war. Ein bisschen wie Keanu Reeves in *Matrix*. Und er begreift, dass man auch von Steaks, von Mango-Avocado-Salat und Feigenmarmelade leben kann, statt immer nur von Olm. Also geht er zurück, um seine Kumpels zu holen. Aber die haben keinen Bock auf Erkenntnis. Und verdreschen ihn.

Fazit: Wer schlau ist, muss leiden. Philosophenschicksal.

Erkenntnis tut also gleich doppelt weh: einmal beim Erkennen und dann, wenn man die Kumpels ins Boot holen will. Was ich mich nun frage: Ist es so auch mit dem freien Willen? Natürlich ist es anstrengender, seine Entscheidungen unabhängig zu treffen. Ohne Mama. Ohne Kerl. Ohne Gott. Das tut vielleicht weh. Und wenn man mit lauter Leuten zu tun hat, die es genauso gewöhnt sind – mit Mama, Kerl und Gott – kann man schon mal Prügel beziehen. Davon konnten unkonventionelle Menschen schon immer ein Lied singen.

Platons eigene Staatsvision war ja nicht gerade sperrangelweit offen für freien Willen. Aber der dachte wahrscheinlich, was er Sokrates sagen lässt: dass jemand, der das Richtige erkennt, es automatisch auch tut. Das war wohl der Grund, warum die Religionen so gern auf Platon zurückgegriffen haben. Aber ist das so? Dann dürfte es keine hochintelligenten Meisterverbrecher geben. Und was ist mit Dingen, die nicht so eindeutig in Falsch und Richtig einzuteilen sind wie die Frage, ob ich meiner Oma das Handtäschchen klauen soll oder nicht?

Okay, das war's von mir für heute. Ich bin total überdreht und gleichzeitig ist mir das alles auch ein bisschen unheimlich.

Seufzend blickte Lara von dem schmalen Lichtkegel ihrer Nachttischlampe ins Dunkel. Im Bett sitzend, stopfte sie sich noch ein Kissen in den Rücken. Sie war todmüde, aber es ließ ihr keine Ruhe, was Francesco gesagt hatte. Mit zusammengepressten Lippen suchte sie den Begriff Verantwortung im Zusammenhang mit Philosophie und legte eine halbe Datenbank zu dem Thema an. Endlich rieb sie sich die brennenden Augen, stellte den Laptop auf den Nachttisch und knipste das Licht aus.

Etwas fühlte sich ungewohnt an, so sehr, dass es fast beängstigend war. Bekam sie einen neuen Migräneanfall? Oder kündigte sich Schlimmeres an? Ängstlich horchte sie in ihren Körper. Aber das Einzige, das sie spürte, war eine sonderbare Erregung. Eine Erregung, die tiefer war als alles, was sie sonst fühlte, verborgen wie ein unterirdischer Vulkan. Als ob ihr ganzer Körper irgendwie mehr Teil der Welt sei als sonst. So musste sich ein Drogentrip anfühlen, nur dass es bei ihr offenbar ihr eigener Körper war, der die Drogen produzierte. Das war alles Francescos Schuld. Seine Worte ließen sie nicht los und ärgerten sie maßlos.

# 16

Irgendwann, nachdem sie sich stundenlang von einer Seite auf die andere gewälzt hatte, tastete Lara halb blind im Dunkeln nach ihrem Schlüssel, setzte sich auf und atmete tief durch. Sie konnte Licht in die Angelegenheit bringen oder sich den Rest der Nacht hier um die Ohren schlagen. Lara suchte den Schalter ihrer Lampe und fegte dabei ihre Brille vom Nachttisch.

Fluchend tastete sie im Dunkeln danach. Die Brille schien noch intakt zu sein. So ganz gerade saß sie allerdings nicht mehr auf der Nase.

Sie schob die Decke zurück und tappte, ohne Licht zu machen, zur Tür. Auf dem Flur verriet der Geruch von angebranntem Tomatensugo, dass sie die Küche passierte. Ihre Zehen wurden kalt, aber die einzigen Schuhe außer Momus' stinkigen Latschen, die sie zu greifen bekam, waren ihre Denker-High-Heels, die sie sich zu ihrem ersten Blogeintrag gekauft hatte. Nicht ideal, aber besser als eine Erkältung. Sie fand die Wohnungstür. Dann klickte hinter ihr das Schloss, als die Tür zufiel.

Es dauerte eine Weile, bis sie sich im Dunkeln die Treppe in den ersten Stock hinuntergetastet hatte und die Klingel fand. Sie klingelte fünf- oder sechsmal, bis sie im Inneren einen dumpfen Knall hörte, als wäre ein Körper von einigem Gewicht aus dem Bett gefallen. Jemand fluchte. Ermutigt klingelte sie noch einmal.

Schritte näherten sich. Endlich öffnete Francesco die Tür. Er hatte sich einen Morgenmantel übergeworfen, was unwillkürlich den Verdacht erweckte, dass er darunter nicht viel trug. Seine Haare standen in alle Richtungen ab, als hätte er neben einer Explosion gestanden. Aus halb blinden Augen blinzelte er sie an, ohne sie offenbar zu erkennen. Erst jetzt kam er auf die Idee, seine Brille aufzusetzen.

Als er die verquollenen Augen ungläubig zukniff und dann an seine Brille griff, um noch einmal hinzusehen, blickte Lara an sich herunter. Nahm zur Kenntnis, dass sie mit nichts als ihrem geblümten, allerdings nur bis knapp über den Hintern reichenden Nachthemd, ihren knallroten Denker-High-Heels und einer reichlich schief sitzenden Brille bekleidet vor seiner Wohnungstür stand. Und dass man das durchaus falsch interpretieren konnte. Die Wut weigerte sich beharrlich, der Scham Platz zu machen, und kochte stur noch einmal auf. Die gegensätzlichen Gefühle prallten aufeinander. Weil keines sich durchsetzte, blieb sie einfach stehen.

»Hast du einen Schlaganfall oder klettert ein Killerkommando der CIA gerade die Wand zu deinem Fenster hoch?«, fragte Francesco endlich, als sie einfach nur paralysiert dastand. »Wenn es etwas anderes ist, gute Nacht.«

Er wollte die Tür wieder schließen. Was der Wut in Laras Gefühlscocktail die Oberhand verschaffte. Francesco würde nicht genüsslich weiterschnarchen, während sie sich den Rest der Nacht schlaflos von einer Seite auf die andere wälzte!

»Du hast mich Groupie genannt.«

Francesco, der die Hand schon auf die Türklinke gelegt hatte, blieb stehen. Er rückte seine verrutschte Brille gerade und warf ihr von der Seite einen Blick zu. Gab ein Stöhnen von sich.

Schloss die Tür aber nicht. Ein eisiger Hauch streifte durchs Treppenhaus und über Laras nackte Schultern.

»Du bist so was von vorgestern. Was kommt als Nächstes: Das Weib an sich und generell verkörpert das Böse? Der Trieb wohnt im Weib und der Geist im Mann? Na klar, superlogisch. Deswegen sind die meisten Triebtäter ja auch Männer.«

Francesco riss die verschlafenen Augen auf wie ein kleiner Junge, der mit einer Wasserpistole spielt und daraufhin Bilder von Erschossenen gezeigt bekommt. Er räusperte sich und versuchte, irgendwohin zu schauen, wo ihr Nachthemd aus seinem Blickfeld war. Ihm war anzusehen, dass er am liebsten zurück ins Bett, sich die Decke über den Kopf ziehen und sich einreden wollte, dass er im Halbschlaf geträumt hatte, wie ihm ein nackter Nerd mitten in der Nacht eine Debatte reindrückte. Aber Lara war schon vor Stunden an dem Punkt angelangt, an dem ihr das egal war.

»Also, wenn du schon von Verantwortung schwafelst, musst du Sartre kennen, der ist dafür schließlich Spezialist. Und musst wissen, dass bei dem die Existenz der Essenz vorausgeht.«

Francesco nahm die Brille ab, fuhr sich mit der Hand über die Augen und setzte sie wieder auf. »Okay. Ich träume wirklich nicht.«

»Das bedeutet: Zum Teufel mit deinem abstrakten Gequatsche!« Es gab Dinge, die einer Frau den Schlaf rauben durften, aber ein philosophierender Fressredakteur gehörte definitiv nicht dazu. »Es sind nicht irgendwelche geistigen Ideen irgendwo jenseits der realen Welt, die wichtig sind. Sondern Erfahrungen. Echte Erfahrungen. Existenzielle Erfahrungen. Wie Liebe. Tod. Angst. Hass. Verzweiflung. Trotz. Diese Erfahrungen bekommt man nicht, wenn man einen auf Superhirn macht und ansonsten nur Spaghetti futtert. Aber nur an solchen Erfahrungen merke ich, dass ich existiere. Und nur durch sie komme ich an das heran, was Sartre Verantwortung nennt. Weil es niemanden gibt, der mir abnimmt, wie ich mit den Erfahrungen umzugehen habe. Mir bleibt also gar nichts anderes übrig, als es selbst zu tun. Von wegen Groupie!«

Das Schweigen war mit den Händen zu greifen. Der zweifelnde Ausdruck in Francescos dunklen Augen erinnerte Lara an irgendetwas. Aber sie kam nicht darauf, was es war.

»Beeindruckend«, sagte er schließlich und das vage Bild in Laras Erinnerung verpuffte. »Aber das Beispiel hinkt trotzdem. Sartre hat zwar gern von Verantwortung geredet, aber das hat ihn nicht davon abgehalten, mit seinen Groupies in die Kiste zu steigen. – Es mag ja eine existenzielle Erfahrung sein, mitten in der Nacht halb nackt in einem eiskalten Marmortreppenhaus zu stehen. Aber ich bin zu verantwortungsbewusst und auf jeden Fall zu müde, um jemanden zu töten oder sonst irgendwie flachzulegen. Zumindest für den Moment.«

Ein Grinsen umspielte seine Mundwinkel und gab Lara den Rest.

»Das ist einfach, nicht wahr?«, fuhr sie ihn an. »Sich über mich lustig zu machen! Viel einfacher, als diese existenziellen Erfahrungen selbst zu machen. In deiner Wohnung oder einem langweiligen Büro hocken, über Restaurants schreiben, dabei fett werden. Das Existenziellste, womit du dich beschäftigen musst, ist die Frage, ob eine Saltimbocca ohne Salbei ein Weltuntergang ist oder nicht. Und dabei heimlich unter dem Tisch philosophische Schinken lesen wie ein Vierzehnjähriger geklaute Pornohefte! Ich sage dir was, das ist vielleicht bequem, aber es ist auch unsäglich feige.«

Francesco starrte sie einen Moment an. Irgendwo in seinem Gesicht zuckte ein Muskel. Seine Lippen bewegten sich, als wollte er etwas sagen. Dann zogen sich seine geraden dunklen Brauen zusammen.

Lara sah die Tür auf sich zukommen. Sie konnte gerade noch einen Schritt zurückstöckeln, da knallte sie direkt vor ihrer Nase zu.

# 17

Der nächtliche Überfall auf Francesco war Lara so peinlich, dass sie ihm die nächsten Tage nicht begegnen wollte. Sie ging früh aus dem Haus und kam zurück, wenn er gewöhnlich noch unterwegs war. Hin und wieder sah sie ihn in Sportklamotten von hinten, dann wartete sie, bis er draußen war. Sie wusste wirklich nicht, was in dieser Nacht in sie gefahren war.

Umso intensiver verfolgte sie Tobias' Aktivitäten in den sozialen Netzwerken.

Manchmal saß sie in ihrem Stammcafé und checkte sein Profil, wenn sie eigentlich ihre Zeit am Pasquino hätte verbringen sollen. Der Frühling machte sich inzwischen überall bemerkbar. Der Feigenbaum über ihr trieb frische hellgrüne Blätter und immer öfter sah man Menschen auf den Dachterrassen sitzen. Nachbarn, die sonst nur schnell eine Brioche holten, blieben länger und tauschten im Stehen Neuigkeiten aus.

»Hübscher Typ«, meinte Paola, als sie Laras Kaffee brachte und auf das Display sah. »Aber ganz schön selbstverliebt. Oder?«

Überrascht blickte Lara von ihr wieder zu Tobias' Profil. Seit der Nacht am Pasquino benahm sich Paola wie eine höfliche Aufziehpuppe.

Paolas Gesicht verspannte sich. »*Scusi.* Tut mir leid.«

Sie wirkte müde, unter ihren Augen lagen dunkle Ringe. War wohl heute Nacht wieder mal am Pasquino gewesen und hatte linke Revoluzzerparolen gepostet. Das würde Lara gleich nachher überprüfen.

»Schon okay.« Dankbar zog Lara ihren Kaffee zu sich heran und genoss das brühend heiße Brennen auf ihrer Zunge. Sie zögerte ein wenig, dann fragte sie: »Warum selbstverliebt?«

Paola kontrollierte mit fahrigen Händen, ob ihr halb langer Pferdeschwanz noch straff gebunden war. Lara fiel auf, wie abgearbeitet diese Hände aussahen. Viel älter, als sie gedacht hatte. Das, oder sie benutzte weder Handcreme noch Spülmaschine. »Na gut, wir zeigen alle mal Fotos, auf denen wir sexy aussehen«, sagte Paola endlich. »Aber die hier sehen aus, als ob er sich damit als Parfümmodel bewerben wollte.«

Lara verschluckte sich fast an ihrem Kaffee. Vor ein paar Monaten noch wäre so eine Bemerkung für sie die reinste Ketzerei gewesen. Der Halbgott Tobias, der sich aus Gründen, die nur er kannte, in einen Dialektnerd verliebt hatte! Jetzt wischte sie mit einer der viel zu dünnen Papierservietten den Milchschaum von ihrem Shirt und scannte mit gerunzelten Brauen noch einmal das Foto. Heiliger *pisello!* Paola hatte recht.

Lara hatte schon fast nicht mehr damit gerechnet, vor dem Slam noch einmal von Giorgio zu hören. Sie saß in Nachthemd und warmen Kuschelsocken, die Zahnbürste im Mund und jede Menge Fotos vom Pasquino vor sich, auf ihrem Bett, als das kurze Signal ertönte und die Nachricht auf dem Bildschirm erschien.

*»Nicht vergessen: heute Abend.«*

Laras Herz machte einen olympiaverdächtigen Sprung. Unwillkürlich sah sie in Richtung des Fensters, als ob sie die anderen Bewohner des Palazzo aus dem Innenhof beobachten könnten. Für einen Moment überlegte sie allen Ernstes, ob sie

Jasmin oder Hayat bitten sollte, mitzukommen. Idiotin, sagte sie sich. Kann es sein, dass du Angst hast, hier jemanden kennenzulernen? Weil du ihn in ein paar Monaten sowieso verlierst, wenn du nach Deutschland zurückgehst? Oder hat etwa Julia ihre Freundin angerufen, als Romeo unten am Balkon stand?

Der Slam fand in einer uralten Kneipe in Trastevere statt. Draußen drängten sich die Leute und schubsten sich von einer Bar zur nächsten weiter. Manche steuerten ein konkretes Ziel an, andere warteten auf Freunde, suchten einen freien Platz für ein Glas Wein oder einen Aperitif oder machten einfach ihre *passeggiata*. Die Kneipe lag in einer gekrümmten Seitenstraße in den Eingeweiden eines niedrigen Stadtpalazzo. Vielleicht hatte hier früher eine der Kurtisanen gelebt, die sich an den reichen und adligen Klerikern im Vatikan eine goldene Nase verdient hatten. Jetzt verhieß ein handgeschriebenes Pappschild am Eingang, dass Lara hier richtig war. Und vielleicht gleich die Antwort auf die Frage nach dem Fluss, in dem alles war, erhalten würde.

Ihr Herz hämmerte, als sie den schlauchartigen Innenraum betrat, der sich im Schummerlicht verlor. Seitlich zog sich fast über die ganze Länge eine Bar. Man hatte die Barhocker entfernt, auch Tische fehlten. Stattdessen waren die Stühle mit dem Rücken zum Eingang auf die improvisierte Bühne hin ausgerichtet. Das reinste Höhlengleichnis.

Die Schatten ließen auch nicht lange auf sich warten. Wenn Lara erwartet hatte, eine Art Pasquino-Event mit offenem Visier zu erleben, hatte sie falschgelegen. Die nächsten fünfzig Minuten hätte sie liebend gern aus ihrem Gedächtnis gestrichen. Nacheinander betraten Typen die Bühne, die sie sich in ihren kühnsten Albträumen nicht vorgestellt hatte. Einer referierte über die tieferen philosophischen Gedanken seiner Katze, ob die Mäusejagd nicht ein Symbol für den Raubbau am Planeten war.

Eine Frau machte auf Rotzgöre und schrie das Publikum mit allen Synonymen für Vagina an, die das Lexikon hergab. Nach und nach näherte sich die Luft gemeingefährlichen $CO_2$-Werten. Das Event war vor allem ein Beweis dafür, dass Narzissmus das Grundproblem aller Gesellschaften darstellte. Sonderbar, dachte Lara, dass keiner der Poeten sich dieses Thema vorgenommen hatte.

Endlich kam Giorgio.

Er war ganz in Schwarz, trug einen Rollkragenpulli und Jeans. Was an Momus mit seiner Hanfstängelfigur lächerlich ausgesehen hätte, wirkte an ihm ziemlich sexy. Giorgios Muskeln stammten sicher nicht aus der Drogerie, sondern waren durch Schwimmen oder Ähnliches ehrlich erarbeitet. Er bemerkte Lara im Publikum und warf ihr einen Blick zu, der ihren Blutdruck eigentlich auf den Nürburgring hätte jagen müssen. Verblüfft stellte sie fest, dass er es nicht tat.

Giorgios Text war mit Abstand der beste. Es ging um den Ausverkauf der Natur und er hatte eine gute Sprache – rhythmisch und melodisch. Aber kein Wort, das auch nur im Entferntesten an die Nachrichten am Pasquino erinnerte. Und irgendetwas fehlte Lara in seinen Versen: das Gefühl, aus einer völlig verqualmten Kneipe plötzlich an die frische Luft zu kommen. Luft, die in den Lungen schmerzte, wie Jasmin gesagt hatte. Wieder dachte sie, dass er etwas von einem Schauspieler hatte. Aber sie kam nicht darauf, von welchem.

Als Giorgio sich am Ende durch die ins Freie strömenden Besucher drängte, fiel ihr auf, dass einige Frauen sich nach ihm umdrehten und ihn ansprachen. Beunruhigt fragte sich Lara, ob sie nicht drauf und dran war, mit einer italienischen Version von Tobias eine Dummheit zu begehen. Ob sie nicht besser die Flucht ergriff, ehe sie auf einem weiteren Profil in den sozialen Netzwerken bewundernde Kommentare unter Schwimmbadfotos lesen musste. Umso mehr als er ganz offensichtlich nicht der

Schreiber war, den sie suchte. Sie hätte enttäuscht sein müssen, aber vielleicht war es nur noch nicht ganz in ihr Inneres vorgedrungen.

Giorgio holte ungefragt an der Bar zwei Gläser Rotwein und stellte sie auf den frei gewordenen Platz neben Lara.

»Na?«, fragte er und setzte sich rittlings auf den Stuhl in der Reihe vor ihr. Verschränkte die Arme auf der Lehne und sah sie aus seinen tief liegenden Augen an. »Lust auf ein Glas Wein?«

»Danke.« Die Veranstaltung war nur mit Drogen zu ertragen. Lara stutzte, dann musste sie innerlich lachen. Der Gedanke hätte von Jasmin sein können.

»Wir müssen nicht hierbleiben, wenn es dir nicht gefällt. Ich habe auch noch eine gute Flasche Wein zu Hause«, meinte Giorgio, ohne das Kinn von den verschränkten Armen zu nehmen.

Nervös trank Lara einen Schluck Wein, aber das hatte nur den Effekt, dass ihre Haut anfing zu glühen. Wie so oft blockierten sich unterschiedliche Gefühle in ihrem Inneren gegenseitig. Die ganze Sache ging ihr zu schnell. Giorgio interessierte sie, aber er legte ein Formel-1-verdächtiges Tempo vor. Das erweckte den Verdacht, dass Nerds eigentlich nicht in sein Beuteschema passten und er Lara vielleicht einfach nur nebenher mitnehmen wollte. Sonst hätte er sich sicher mehr Mühe gegeben, sie zu umwerben. Existenziell eben.

»Du sagtest kürzlich, dass Jasmin sich verausgabt. Was meintest du damit?« Zum Teil interessierte es sie wirklich. Aber vor allem wollte sie etwas Tempo herausnehmen.

Giorgio, der sie immer noch ansah, hob überrascht das Kinn. Er runzelte die Brauen. »Wie kommst du jetzt auf Jasmin?«

Lara machte den Mund auf, aber dann fiel ihr ein, dass die meisten Frauen es aus gutem Grund vermieden, Männern in solchen Situationen ehrlich zu sagen, was sie dachten. Sie beschloss zu lächeln und zu ihrer Verwunderung funktionierte es.

»Das zu erklären würde bis morgen früh dauern«, winkte er ab. Seine Augen schweiften zur Theke, wo der Barkeeper ihn fragend ansah. Dann schob er den schmalen schwarzen Ärmel über dem Handgelenk zurück, ohne auf die Uhr zu sehen. Er hatte sichtlich keine Lust auf das Thema. »Sie will es eben allen möglichen Leuten zeigen. – Sag mal, wollen wir nicht ...«

»Und deshalb verausgabt sie sich so?«

Giorgio schob den Stuhl abrupt ein Stück zurück. »Sie hat oft Streit. Mit der Stadtverwaltung. Mit allen.«

Jasmin wirkte gar nicht wie jemand, der oft Streit hatte. Lara hatte gedacht, dass sie Konflikte mit einer Flasche Wein löste. Mit dem Inhalt natürlich, nicht, indem sie damit zuschlug. Höchstens in extrem problematischen Fällen.

Lara hatte fast erwartet, dass Giorgio gehen würde, aber er schien es sich anders überlegt zu haben. Rückte seinen Stuhl wieder dicht an ihren heran und sah ihr in die Augen. Beziehungsweise auf sein Spiegelbild in ihrer Brille. »Aber jetzt will ich deine Meinung hören: Wie fandest du es?«

»Oh, gut, gut. Ganz toll.« Lara zögerte und blickte zum Ausgang, wo sich die Menge allmählich verflüchtigte. Die Betreiber der Bar begannen, die Stühle aufzuräumen und stellten die Barhocker wieder an ihren Platz. Das Kratzen der Stuhlbeine auf dem Steinboden wurde unangenehm laut und vertrieb die letzten Nachzügler aus den Sitzreihen. Wenigstens kam jetzt durch die geöffnete Tür etwas Sauerstoff, aber mit den Keimen, die in der Luft schwirren mussten, konnte man noch immer den Mars besiedeln. »Also, abgesehen davon, dass die meisten echt das Letzte waren ... echt super.«

Giorgio lachte leise. »Ich hoffentlich nicht.«

»Nein, nein. Ich weiß, das ist jetzt kein Kompliment, aber ... du weißt schon. Ich fand's gut. Ja.«

Vielleicht war ihm das nicht genug. Er runzelte die Stirn. »Siehst du das anders? All diese Leute, die hier wegen jeder Kleinigkeit durch die Stadt brausen, anstatt die Metro zu nehmen, und die ihren Müll überall hinschmeißen!«

Was Lara vor einem halben Jahr noch zum Niederknien gebracht hätte, hörte sich auf einmal schal an. Im Grunde sah sie es kein bisschen anders. In einer Metropole wie Rom war das Thema Umwelt existenziell wichtig, das war schon Julius Cäsars Urgroßvater bekannt gewesen. Aber vielleicht genau aus diesem Grund hatte sie plötzlich das Gefühl, dass es Giorgio nicht wirklich um die Sache ging. Dass er sich sehr bewusst ein Thema ausgesucht hatte, bei dem er davon ausgehen konnte, dass die meisten Besucher seiner Meinung waren – oder zumindest die, auf die es ankam. So wie bei Marco Masini in *Vaffanculo: Siamo tutti conformisti travestiti da ribelli – wir sind alle Konformisten und geben uns als Rebellen.*

»Schreibst du eigentlich auch an den Pasquino?«, fragte sie. Irgendwo hatte sie gelesen, dass man am ehesten die Wahrheit erfuhr, wenn man die Leute überrumpelte.

Giorgios edles Profil zuckte einen Millimeter zurück. »Ich slamme.«

War das ein Ja-Stutzen oder ein Nein-Stutzen?

»Auch nicht so ganz privat? Ich meine, jemand wie du, der etwas bewegen will …?«, fragte sie hoffnungsvoll.

Giorgio verzog die Lippen, die an ein Michelangelo-Modell erinnerten. »Der Pasquino ist ein altmodisches Relikt. Das ist nichts für moderne Poesie. Poesie muss gehört werden. Man muss den Leuten ihre Fehler ins Gesicht schreien, sonst lernen sie nichts.«

Giorgios Sex-Appeal zerplatzte wie eine Seifenblase. Nichts hasste Lara mehr, als wenn sie jemand zu etwas bekehren wollte. Selbst wenn sie seiner Meinung war. Es war die Dosis Moralin, die etwas Unmenschliches hatte und absolut letal war für jede Erotik. So sehr sie die letzten Wochen auf diesen Abend hingefiebert hatte, jetzt wäre sie am liebsten gegangen. Auf einmal fühlte sich der Raum leer an.

»Na ja, wir sind alle freie Menschen«, versuchte sie etwas Luft aus ihm zu lassen. »Natürlich hast du recht, aber das muss jeder für sich entscheiden.«

»Ich dachte, es würde sich lohnen, dich kennenzulernen, und jetzt redest du wie meine Mutter!« Giorgio stürzte den Inhalt seines Glases hinunter. »Wenn du ein Kind hast, verbietest du ihm doch auch, auf die Straße zu rennen, oder etwa nicht?«

Lara zuckte mit den Achseln, aber im Inneren war sie wirklich sauer. Sie redete also wie seine Mutter? Na großartig. Das hieß im Klartext, dass er sie so sexy fand wie ein trockenes Brötchen. »Schon«, meinte sie, ohne sich etwas anmerken zu lassen. »Aber andere Menschen sind nicht deine Kinder, oder?«

Ein ganz kleiner Stich zuckte durch ihr Bewusstsein und sagte: Du bist schlecht! Und frigide dazu. Über einen Mann, hinter dem offenbar das gesamte weibliche Publikum zwischen siebzehn und siebenundfünfzig her ist, macht man sich nicht lustig. Einem Sherlock Holmes sieht man so eine Bemerkung nach, besonders, wenn er sie mit der sonoren Stimme eines Benedict Cumberbatch von sich gibt. Eine Frau, selbst wenn sie aussähe wie Jennifer Lawrence, landet todsicher in der Schublade liebestötender Blaustrumpf. Erotisch gesehen hatte sie sich gerade selbst nach Sibirien verbannt. Nach Proxima Centauri. In eine weit, weit entfernte Galaxis. Lara holte tief Atem und ignorierte die innere Stimme. Stattdessen trank sie aus, verabreichte ihm die üblichen Wangenküsschen und zwinkerte ihm zu: »Nun ja, ich muss dann mal. Auf die Straße rennen. Schönen Abend noch – Nanny!«

**www.laras-kosmos.de**

Beim vorletzten Mal habe ich euch von Giorgio erzählt, meinem »Verdächtigen«. Manche von euch haben das kommentiert. Sophia schreibt viel über den Zusammenhang von Poesie und Philosophie: dass die Trennlinie zwischen beiden nicht von Anfang an gezogen wurde und bis heute nicht überall gezogen ist. Du hast recht, Sophia, doch in diesem Fall lagen wir wohl beide falsch. Nach dem Treffen mit Giorgio kann ich ihn ausschließen, und mehr noch – mein Date mit ihm ging total in die Hosen. Keine Sorge, ich habe nicht vor, euch hier mit Klatschgeschichten zu langweilen. Aber irgendwie hat es mit der letzten Pasquino-Nachricht zu tun, mit Giovanni Pico della Mirandola und seiner *Rede über die Würde des Menschen*. In der es um den freien Willen geht.

Es gibt Hirnforscher, die meinen, diesen freien Willen gäbe es nicht. Wir seien Opfer neuronaler Prozesse. Aber ganz ehrlich, sag das mal einem, der sich freiwillig zu Tode gehungert hat. Offenbar können wir mit unserem Willen selbst lebenserhaltende Triebe austricksen. Man kann jetzt natürlich sagen, dass der Wille zu hungern irgendwo im Vorderlappen angelegt ist. Aber warum? Warum erleben zwei Typen dasselbe, und der eine hungert sich danach zu Tode und der andere nicht? Mag sein, dass neuronale Prozesse etwas abbilden. Aber sind sie deshalb auch dafür verantwortlich? Provokant gesagt: Ist das Bild einer Erschießung, wie es zum Beispiel Goya gemalt hat, auch verantwortlich für den Tod dieser Menschen? Sorry, kann ich mir nicht vorstellen.

In der Renaissance, als unser Pico lebte, als es noch nicht selbstverständlich war, dass jeder Mensch eine Würde und damit Rechte hat – also auch Ungläubige, Ketzer und irgendwann, am unteren Ende der Nahrungskette, sogar Frauen – war es eine mittlere Revolution, Menschenwürde und freien Willen zu verbinden. Weil Menschen dadurch Rechte hatten – einfach nur deshalb, weil sie Menschen waren. Und deshalb, Leute, törnt es mich ab, wenn mir jemand die Welt erklären und dabei gleichzeitig auch noch sagen will, was ich zu denken habe. Denn es bedeutet im Klartext, dass ihm meine Menschenwürde und meine Individualität vollkommen egal sind.

Ich fasse es nicht, dass ich das Treffen mit Giorgio wegen dieser Gedanken habe platzen lassen. Dieser Pico hat tatsächlich mein Date gesprengt!!

Seltsam, dass es sich so gut anfühlt.

# 18

»Den kannst du knicken«, meinte Jasmin, als sie noch einmal die aktuelle Liste mit Pasquino-Verdächtigen auf Laras Handy durchgingen. Sie saß am Steuer ihres uralten Alfa Romeo und fuhr rund zwanzig Stundenkilometer über den zulässigen hundertdreißig auf der Autobahn Rom–Florenz nach Norden. Aus dem Lautsprecher tönte Marco Masinis *Vaffanculo* und durch die einen Spalt offenen Fenster kühlte der Fahrtwind das sonnenaufgeheizte Innere des Wagens. »Silvio de Blasi. Ein alberner Animateur mit dem IQ einer leeren Suppenschüssel. Ich hatte ihn nur eingeladen, weil er in der Stadtverwaltung gut vernetzt ist.«

Lara klickte ihn weg und schluckte Marzipan hinunter. »Ein Animateur?«

»Ach, Kleines. Die werden heutzutage sogar Präsident.«

Lara grinste bei der Anspielung auf den Expräsidenten Berlusconi, der in seiner Jugend in Nachtclubs und auf Kreuzfahrtschiffen gesungen hatte. Sie stopfte sich noch mehr Marzipan aus der mitgebrachten Tüte in den Mund, obwohl sie, seit sie im Palazzo lebte, die historischen Schichten unter den Straßen Roms schon mit mindestens einem zusätzlichen Kilo belastete. Aber irgendwie war es ihr egal.

»*Io non voglio insegnarvi la vita*«, schnauzte der Rocker aus dem Lautsprecher, »*perchè ognuno la impara da sé!*« – *Ich will euch nicht das Leben lehren, weil es jeder selbst lernt!*

»Nicht gerade Verdi«, grinste Lara.

Jasmin zuckte die Schultern. »Doch. Finde ich schon. Aber egal, schalten wir um.« Sie wechselte den Kanal und eine uralte Aufnahme von *Tosca* mit Maria Callas dröhnte durchs Auto. Jasmin zog die elegante Sonnenbrille mit den hellbraunen Gläsern wieder ins Gesicht. Mit dem wallenden grauen Haar sah sie aus wie eine Diva. Ein riesiger smaragdgrüner Seidenschal lag locker um ihren Hals und fiel auf das schwarze Kleid. Am Steuer des archaischen Alfa und mit den Klängen von Puccini hätte sie jedem Filmplakat der Sechzigerjahre eine Coolness verliehen, die damals nur die Männer hatten.

Lara steckte das Handy wieder ein. »Der nächste Kandidat war ohnehin Cavalli. Danke fürs Fahren.«

Es war später Vormittag und die Autobahn fast frei. Eine der nächsten Ausfahrten musste es sein. Lara sah aus dem Fenster, wo die Vulkanhügel rechts und links des Tibertals zu sehen waren. Immer wieder lagen auf ihren Spitzen oder knapp darunter Dörfer, die waghalsig an die Hänge gequetscht waren.

»*Figurati* – nichts zu danken. Ich muss ihn sowieso wegen des neuen Projekts sprechen.«

Lara hatte keine Ahnung, was genau Jasmin für die Ausstellung in der *Casa del teatro* plante, aber in jedem Fall würde es sich lohnen, das Ergebnis abzuwarten. Jasmin hatte eine Begabung, Dinge zum Leben zu erwecken. Irgendwie schaffte sie es, dass etwas, für das man sich niemals interessiert hätte, plötzlich atmete, lebte und litt.

»Das steht dir, was du da trägst. Neu?« Jasmin wies mit dem Kopf auf Laras neue Jeans, über die ein ungewöhnlich geschnittener Pullover fiel. Außerdem hatte sich Lara eine neue, verboten teure Sonnenbrille in ihrer Stärke gegönnt. Es wurde immer wärmer und der UV-Schutz ihrer alten reichte bestenfalls gegen Nordlichter.

»Die Stadt tut dir gut, weißt du?«, meinte Jasmin. »Als du in Rom ankamst, warst du ein Mädchen, das für ein nettes Wort auf allen vieren gekrochen wäre. Du hast dich verändert.«

War das ein Kompliment? »Ich habe zugenommen«, erwiderte Lara misstrauisch.

Jasmin lachte laut heraus. »Na und?«

Sie hatte recht. Lara hätte nie erwartet, dass sie sich ganz allein freier und sicherer fühlen würde als mit vertrauten Menschen um sie herum. Aber das Gegenteil war der Fall. Die Stadt belebte sie. Sie zog Kraft aus der Vergangenheit und hauchte ihr ihren jahrtausendealten Atem ein. Sogar die Migräneanfälle kamen seltener.

»Was willst du eigentlich machen, wenn du fertig bist?«, fragte Jasmin. Sie betätigte den Blinker und folgte dem Schild *Alt Stazione* an der Ausfahrt.

Die Schranken mit den Mautautomaten und den großformatigen Anzeigen Telepass oder Bargeld kamen auf sie zu. Jasmin rollte auf eine der Bargeldschranken zu, schob das Mautticket in den Automaten und warf ein paar Münzen ein. Die Schranke öffnete sich, aber Lara antwortete noch immer nicht. Die ganzen letzten Jahre hatte für sie festgestanden, dass sie Lehrerin werden würde. Sie war die Erste in ihrer Familie, die studierte, vielleicht war das der Grund. Sie hatte sich nichts anderes vorstellen können. Aber jetzt auf einmal war das anders. Vermutlich war es die Begegnung mit Giorgio gewesen, die es ihr bewusst gemacht hatte. Zum ersten Mal seit Jahren gab es etwas, das ihr wirklich tief im Inneren das Gefühl gab, dass es für sie richtig war. Und seit das so war, war der Gedanke an das Ende des Studiums auf einmal ein dunkler Schatten, der von Tag zu Tag bedrohlicher zu werden schien.

Jasmin schien zu spüren, dass ihre Frage etwas ausgelöst hatte. Während sie die uralte Kiste durch die bewachsenen Tuffsteinhügel steuerte, sah sie immer wieder zu Lara hinüber. Villen und Weinberge zogen an ihnen vorbei. Die enge Straße war uneben und voller Schlaglöcher, sodass Lara die sechzig Stundenkilometer, die sie fuhren, vorkamen wie hundertachtzig.

Es dauerte eine Weile, bis Lara sagte: »Ich bin mir plötzlich nicht mehr sicher, ob es das Richtige ist, Lehrerin zu werden. Ich hätte viel Freizeit – Ferien und so. Wenn ich heirate und Kinder bekomme, könnte ich auch nach längerer Zeit wieder einsteigen.«

Jasmin ließ die Seitenscheibe weiter herunter und der Wind fegte durch ihre Haare. Es wurde jetzt richtig warm. »Aber?«

Lara blickte durch die blonden Strähnen, die ihr wild um den Kopf flogen. »Ich weiß nicht. Vielleicht werde ich dann keine Zeit mehr haben für das, was mir wirklich wichtig ist.«

»Wenn der Job dir nicht wirklich wichtig ist, such dir einen anderen. Ist auch nicht anders als mit Männern, Kleines. Wenn die Liebe weg ist, kannst du keine Beziehung künstlich am Leben erhalten. Ob es nun eine mit einem Kerl ist oder mit einem Job.«

»Schon, aber wovon soll ich dann leben? Vielleicht habe ich einfach Angst, für mich selbst verantwortlich zu sein«, zweifelte Lara. »Aber ich frage mich wirklich, ob Lehrerin noch das Richtige ist.«

Als sie den Ort Bagnoregio nach einer gefühlten Unendlichkeit erreichten, folgte Jasmin den Schildern in Richtung Civita. Sie erreichten einen Parkplatz unter Pinien, wo Jasmin das Auto abstellte. Lara wusste, dass sie das letzte Stück zu Fuß gehen mussten. Die Altstadt war denkmalgeschützt und es gab keinen Verkehr mehr dort, abgesehen von den paar Lieferwagen, die die wenigen Restaurants und Läden versorgten. Bisher wirkte alles eher unspektakulär. Eine Straße, die bergab führte und oberhalb der sich die üblichen Verwaltungsgebäude eines kleinen italienischen Ortes erhoben. Touristen, die offenbar dasselbe Ziel hatten, und deren aufgeregte Gespräche wie ein Wespenschwarm durch die Luft surrten. Der Geruch nach *motorini* oder einer Ape und auf einmal der von Kaffee. Vermutlich war eine Bar in der Nähe.

Eine Sekunde später blieb Lara atemlos stehen.

Die Straße endete abrupt an einer Fußgängerbrücke – fast mehr eine Rampe. Abartig steil wie eine Kurzfassung der Chinesischen Mauer wand sie sich drachengleich über einen guten Kilometer Tal. Dahinter, hoch oben auf dem Tuffsteinhügel, hinter dem sich die Landschaft in aquarellklaren Pastellfarben ausbreitete, lag der Ort.

Die Häuser drängten sich auf dem engen Gipfel, als hätten sie Angst abzustürzen. Und tatsächlich schien das keine überzogene Sorge zu sein. Überall an den Hängen verrieten Ruinen und Abbruchstellen, die noch nicht neu bewachsen waren, dass der Berg tatsächlich erodierte.

Der Weg hinauf war lang und steil und die glatten Steinplatten machten ihn selbst für ihre Sneakers mühsam. Am Ende kamen noch Stufen hinzu, und ausgerechnet heute schien der Sommer entschieden zu haben, einen ersten Versuch zu unternehmen. Als Lara endlich in den kühlen Schatten des gewaltigen Torbogens am Ende der Rampe trat, schwitzte sie und war völlig außer Atem.

»Jedes Mal, wenn ich heraufkomme, denke ich, hätte ich bloß meinen Hexenbesen mitgenommen. Na ja. Egal.« Jasmin, die hinter ihr den breiten Torbogen erreicht hatte, war genauso außer Atem wie Lara. Für ihre Verhältnisse war sie fast bleich. In dem burgartigen Torbogen, gegenüber einem winzigen Souvenirladen in der Befestigung, gab es gemauerte Sitze. Lara war dankbar, dass Jasmin sich setzte und sie auch einen Moment im

Schatten Luft holen konnte. Touristen drängten sich an ihnen vorbei auf das Licht am Ende des Ganges zu, wie in eine andere Welt.

Als sie schließlich die andere Seite erreichten, stieß Lara überwältigt hervor: »Oh mein Gott!« Sie standen auf einem Platz wie aus einem Werbefilm über Italien. Pflanzenumrankte uralte Tuffsteinhäuser mit niedrigen Dächern, Blumen auf den Treppenstufen überall, ein kleines Café. Auf dem Boden wurde die Feuchtigkeit des morgendlichen Regens von der Sonne aufgesogen und der zarte Dunstschleier zeichnete die Bruchstellen und Risse in den Mauern weicher und die Farben heller. Es war, als wäre sie in eine unwirkliche, ferne Vergangenheit katapultiert worden.

»Matteo dreht weiter hinten, da, wo sie auch den Pinocchio-Film gemacht haben.«

»Kennst du ihn schon länger?«, fragte Lara neugierig. Die Art, wie Jasmin von ihm sprach – irgendwie distanziert, obwohl sie ihn gut zu kennen schien – erweckte den Verdacht, dass er einer ihrer Liebhaber gewesen war.

Jasmin antwortete nicht, sondern ging über den Platz. Lara folgte ihr verzaubert durch kleine Straßen, die zu eng und zu gewunden für Autos waren. Sie nahm die Bilder gierig in sich auf – eine Kirche, ein Brunnen, ein Bogen über einer Seitenstraße, eine Treppe, die irgendwo ins Nichts zu führen schien. Winzige verborgene Gärten hinter Mauern, die plötzlich abrupt endeten. Überall drohten die Tuffsteinhäuser abzurutschen und als Steinlawine den Hang herabzustürzen. In Lara war plötzlich Trauer – und ein starkes, unwiderstehliches Bedürfnis, dieses Ende irgendwie aufzuhalten. Die Tatsache, dass er jederzeit verloren gehen könnte, machte diesen Ort noch zauberhafter.

Jasmin steuerte auf eines der Häuser am Hang zu, an das sich ein kleiner, mit Weinreben und Oliven bepflanzter Garten schmiegte. Davor standen Scheinwerfer, Kameras auf Schienen bewegten sich hinter einer Absperrung, ein paar Leute liefen hektisch hin und her und brüllten Anweisungen an Menschen in Kleidern, wie man sie aus den alten Filmen mit Marcello Mastroianni kannte.

Lara erkannte Matteo Cavalli sofort wieder – und er Jasmin. In seinem Gesicht zuckte etwas.

Die Maskenbildner verstanden ihr Handwerk. Als er herüberkam, sah er wirklich aus wie ein Arbeiter aus den Vierzigerjahren. Dreckverschmiertes Gesicht, künstlich fettig gemachtes schwarzes Haar, und wenn sie nicht direkt vor ihm gestanden und den Duft eines ziemlich teuren Herrenparfüms wahrgenommen hätte, hätte sie geschworen, dass er auch so roch, wie er aussah.

»Ciao«, sagte Jasmin kurz. »Ich warte, bis du Pause hast, dann können wir über das Projekt reden. Du erinnerst dich an Lara?«

Cavalli warf Lara einen kurzen Blick zu. »*Come no?* Natürlich.«

Das war eindeutig gelogen. Die Frage, wer das denn nun wieder war, den Jasmin im Schlepptau hatte, war so offensichtlich in sein Gesicht gepinnt wie die Hinweisschilder zum Telepass-Gate an der Autobahnmautstation. Außerdem wirkte er jetzt, da er direkt vor ihr stand und nicht auf attraktiv getrimmt war, auch deutlich älter, als sie ihn in Erinnerung gehabt hatte. Er musste weit über fünfzig sein. Den konnte sie also auch abhaken.

Die Regisseurin nickte Matteo Cavalli eine halbe Stunde Pause ab und sie gingen zurück zum Café auf dem Platz. Cavalli holte drei Espressi und setzte sich damit zu ihnen. Die nächsten Touristen, die sich auf dem Platz eingefunden hatten, musterten ihn mit großen Augen. Vermutlich dachten sie, Peppone aus *Don Camillo* sei, um einige Kilo leichter, auferstanden. Ein paar machten sogar heimlich Fotos von ihm, was er mit einem Achselzucken zuließ. Jasmin und Matteo hielten Distanz, die so wenig zu Jasmin passte, dass Lara allmählich sicher war, dass Matteo einer ihrer Exmänner war. Die Neugierde hielt sich die Waage mit der Enttäuschung, dass er wieder nicht der Gesuchte war.

»*Inszenierte Orte.* Und dazu brauchst du mich?« Cavalli hatte sich eine Zigarette angezündet. »Es sind aber Orte außerhalb des Theaters.«

»Das hat dich doch noch nie gestört. Sobald sich an diesen Orten hübsche weibliche Zweibeiner aufhalten, machst du ohnehin jeden davon zu einer Bühne.« Jasmin wedelte den Rauch ein Stück von sich weg, was Cavalli mit einem halb überraschten, halb amüsierten Gesichtsausdruck zur Kenntnis nahm. »Das Theater atmet nicht mehr, Matteo. Es ist nur noch ein verkrampfter Pubertierender, der intellektuell masturbiert anstatt auszusprechen, was uns umtreibt. Wir Menschen mögen es nun mal dramatisch.« Sie begleitete das mit einem Lächeln, das alle Oberlehrer darauf verwies, dass ihr die doppelte Bedeutung des Wortes »dramatisch« – *theatralisch*, aber auch einfach: *ein Theaterstück betreffend* – absolut bewusst war. »Deshalb suche ich die Orte, an denen dieses Bedürfnis sich Luft verschafft – zumindest so lange, bis das Theater sich selbst wiedergefunden hat. Und ich brauche jemanden, der das mit seinem Körper ausdrücken kann. Ich sage es ungern, aber du bist so einer.«

Die Blicke, die zwischen den beiden hin- und hergingen räumten Laras letzte Zweifel aus, dass da etwas gelaufen war. Und es war offenbar nicht friedlich zu Ende gegangen. Aber warum arbeitete Jasmin dann noch mit ihm zusammen? Warum tat sie sich das an? Auf einmal begann sie zu verstehen, was Giorgio gemeint haben musste. Dass sie sich verrannte.

Cavalli hob die Brauen. »Wenn ich es mache, will ich vorher das Konzept sehen. Und wenn es mir nicht zusagt, bin ich raus.«

Jasmin wirkte nicht allzu beeindruckt. »*Rilassati* – krieg dich ein. Du bringst jedes Mal meine Projekte vor deine Privatinquisition, aber das hat noch nie etwas geändert.«

Lara wurde immer neugieriger auf das, wovon Jasmin nicht sprach. Wie viele solcher Geschichten gab es in ihrer Vergangenheit noch? Sie schien ständig auf höchster Energiestufe zu leben, knapp vor dem Kurzschluss. Das schien Lara auf einmal fast genauso interessant wie die Spur zu dem geheimnisvollen Schreiber.

Sie wunderte sich nicht allzu sehr, dass Matteo am Ende brummte, er werde es sich überlegen. Jasmin sah ihm nach, als er wieder zum Set zurückging, und zuckte die Achseln. Doch dann zog sie plötzlich ein Zigarettenetui aus ihrer Tasche.

»Du rauchst?«

»Nein«, erwiderte Jasmin kurz angebunden. Sie zündete die Zigarette an und inhalierte schnell und fahrig. Der Rauch biss in Laras ungeübten Lungen. Nach dem vierten oder fünften Zug entspannte sich Jasmin ein wenig.

»Weißt du was, ich habe da noch ein paar Telefonate zu führen und Formulare auszufüllen. Am besten mache ich das gleich hier, dann ist es erledigt. Geh doch so lange ein bisschen spazieren. Es lohnt sich wirklich.«

»Bist du sicher?« Jasmin wirkte auf einmal seltsam unausgeglichen. Lara begriff auf einmal, dass sie sie mitgenommen hatte, weil sie nicht allein mit Cavalli hatte sprechen wollen. Da gab es noch mehr, das war offensichtlich. Aber warum auch immer, Jasmin mochte jetzt nicht darüber reden.

»Okay. Ich bin in einer Stunde wieder da.« Lara schob ihren Stuhl zurück und stand auf.

Sie ließ sich treiben. Folgte ziellos der Straße, die sie am meisten reizte, durchquerte schluchtenartige Gassen, endete an einer bröckelnden Mauer. Aus dem porösen Tuffstein wuchsen duftende Kräuter, die Vulkanhügel verloren sich in blaugrünen Pastelltönen am Horizont. Sie kehrte um. Feigenblätter neigten sich aus geheimen Gärten über die Gassen. Uralte Weinstöcke und Efeu krallten sich in die sterbenden Mauern, zwangen ihnen Lebensatem auf, winzige hellblaue Blüten wuchsen selbst auf dem Felsen. Schweißperlen bildeten sich auf Laras Oberlippe, sie sog den Atem des Ortes auf, spürte kaum, wie ihre Füße zu rebellieren begannen. Der Schleier, der seit der Trennung von Tobias zwischen ihr und der Welt zu hängen schien, bekam Risse. Sie wurden größer und ließen mehr und mehr Licht an ihre Augen. Das Pastell frischte sich zu sommerklarem Blau und Gelb auf, vertiefte die Farben und intensivierte die Blumendüfte aus den Kübeln. Die Sonne wärmte ihren Rücken und ließ unter ihren Nackenhaaren Feuchtigkeit entstehen. Ihre Füße traten auf den vulkanischen Boden wie in einem Tanz.

Lara fand einen Aussichtspunkt, von dem aus man zum modernen Teil der Ortschaft zurückblicken konnte. Aufatmend setzte sie sich auf die Mauer.

»Kaum zu glauben, dass das früher einmal verbunden war, nicht wahr?«, sagte jemand.

Die Stimme erinnerte Lara an etwas. Eine Nacht im Treppenhaus. Eine Tür, die auf sie zukam. Langsam drehte sie sich um.

Francesco mussten die gleichen Gedanken durch den Kopf gegangen sein. Er räusperte sich. Die Andeutung eines Lächelns flog über sein Gesicht. »Meine Großeltern hatten früher hier oben ein Haus. Das gibt es schon lange nicht mehr, aber ich komme jedes Mal herauf, wenn ich unten meine Eltern besuche. Und auf der Piazza traf ich Jasmin.«

Das waren verdammt viele Worte für Francesco.

»Störe ich dich?«, fragte er, als Lara nichts sagte.

»Nein, nein – entschuldige. Ich habe nur gerade ...« ... *überlegt, was anders war,* fügte sie in Gedanken zu. Natürlich. Die Haare waren länger. Der GI-Schnitt hatte sich in den letzten Wochen in etwas verwandelt, das Lara an die Renaissancegemälde aus dem sechzehnten Jahrhundert erinnerte. Außerdem wirkte Francesco um mindestens eine Kleidergröße reduziert.

»Also dann, willkommen bei den Etruskern«, wechselte er das Thema, gerade als das Schweigen anfing, peinlich zu werden. »Wir waren die härteste Konkurrenz der Römer vor Asterix. Die Berge hier sind durchlöchert von Gräberstädten. Die Etrusker galten als dekadent, weil sie reich waren und ihre Frauen gleichberechtigt. Na ja – für antike Verhältnisse jedenfalls. Ja, ich denke, die Römer waren neidisch. Jedenfalls hatten sie, kaum hatten sie die Etrusker endlich besiegt, nichts Besseres im Sinn, als es ihnen gleichzutun.«

Es gelang ihm tatsächlich. Lara musste lachen. Offenbar hatte der Fressredakteur die abgebauten Kleidergrößen direkt in Sympathiepunkte transformiert.

»Heute also mal nicht auf der Jagd nach dem geheimnisvollen Schreiberling vom Pasquino?«, fragte Francesco.

Volltreffer. Lara bemühte sich, ihre Gesichtszüge in den Griff zu bekommen. Okay, »sympathisch« würde sie noch einmal überdenken.

»Erzähl mir nicht, dass du der Einzige im ganzen Viertel bist, dem der Pasquino am Arsch vorbeigeht«, meinte sie herausfordernd.

»Wenn dann gehe ich dem Pasquino am Arsch vorbei«, erwiderte er unbeeindruckt. »Weil der Pasquino ein Stück Stein ist und nirgendwo hingeht.« Francesco lehnte sich neben sie an die Brüstung. Obwohl er noch immer die abgewetzte Lederjacke trug, schien er nicht zu schwitzen. Für einen Moment blitzte wieder das verräterische Funkeln in den dunklen Augen auf. »Also gut, klär mich auf: Was bedeutet der Pasquino für dich? – Mal abgesehen von Mr. X.«

Es wäre nicht das erste Mal, dass sich dieser Szenefreak verständnisvoll gab, um sich dann über sie lustig zu machen. Aber nicht mit ihr. Dieses Mal würde sie nicht in das Fettnäpfchen treten, das er so fürsorglich vor sie hingestellt hatte.

»Oh, das ist schnell erklärt. Ich bin ein petrophiles Pasquino-Groupie. Das heißt, ich finde kalten Stein antörnend. Ich denke ja nur mit den Eierstöcken, die ich jedem an den Hals schmeiße. Das ist es doch, was du denkst, oder?«

Francescos Lippen zuckten. »Eierstöcke an den Hals schmeißen?« Er presste die Lippen aufeinander, schaffte es aber nicht, gegen das Lachen anzukämpfen. »Bitte, können wir Frieden schließen? Ich will mir das nicht wörtlich vorstellen müssen.«

Lara rutschte an der Mauer zu Boden und streckte die Beine aus. Der von der Sonne aufgewärmte Tuffstein in ihrem Rücken war kratzig wie ein trockener Schwamm und duftender wilder Thymian kitzelte ihren Nacken. Francesco setzte sich neben sie, und als sie sich ansahen, mussten sie beide lachen.

»Weißt du, diese Sache damals an meiner Wohnungstür …«

»Tut mir leid. Das war … so peinlich.«

Francesco schüttelte den Kopf. »Nein, … na gut. Doch. War es.« Er grinste und Lara versank irgendwo in einer Nekropole.

»Aber dann ließ es mir irgendwie keine Ruhe. Ich habe ein paar alte Schinken wieder herausgezogen und gelesen, und dabei sind mir ein paar wirklich spannende Gedanken gekommen. Also …« – er lächelte auf einmal, und dieses Mal wirkte es weder berechnend noch ironisch – »… vielleicht sollten wir öfter mal streiten.«

# 19

Eine Aufforderung, sich zu streiten, war nicht das galanteste Angebot, das Lara sich vorstellen konnte, aber für einen Dialektnerd gar nicht mal so schlecht. Und irgendwie war sie doch neugierig geworden, was noch alles in dem Fressredakteur steckte. Jedenfalls trafen sie sich tatsächlich ein paar Abende später im Hof des Palazzo. Lara hatte Cantuccini gekauft, die für die gesamte Platonische Akademie gereicht hätten, und Francesco spendierte eine Flasche Likör, der fantastisch roch.

»Süßholz«, sagte er. »Hat meine Schwester selbst gemacht. *Salute.*«

Sie stießen an und Lara erzählte von ihrem Blog und ihrem letzten Eintrag über den freien Willen (wobei sie das Debakel mit Giorgio tunlichst verschwieg). Aber sie zeigte Francesco die Kommentarspalte mit den Einträgen von Sophia und Philofan, von Socratino und Hypathia95, wie sich die Leser ihres Blogs eben nannten.

»Weißt du«, meinte sie, »was mir keiner von ihnen sagen konnte: Was ist mit dem Bauch? Manchmal tut man etwas, weil man es für richtig hält, obwohl man eigentlich lieber etwas anderes täte. Zum Beispiel treu bleiben, obwohl man gern fremdgehen würde. Ist da der Wille nun frei oder nicht? Bleibe ich treu, weil mein freier Wille das will, oder weil mir sonst mein Partner wegläuft? Ziehe ich die Sneakers an, weil ich es will oder weil ich mich nicht traue, High Heels zu tragen?«

Francesco musste lachen. »Steht bei Schopenhauer«, erwiderte er und schob ihr den Teller hinüber. »Mach deine Hausaufgaben! Über das dumpfe Wollen können wir nicht entscheiden, aber darüber, ob wir ihm nachgeben. Also sind wir frei, trotz Bauch. Theoretisch könnte ich also sogar diese fantastischen Cantuccini verweigern. Will ich aber nicht. Und was die Schuhe betrifft – ausgezeichnete Entscheidung«, zwinkerte er mit einem Blick auf Laras Denker-High-Heels. Ein Kompliment! Es fixierte das Honigkuchenpferdegrinsen in Laras Gesicht wie Montagekleber, und sie brauchte gute zehn Minuten, bis sich die entsprechenden Muskeln normalisierten.

Irgendwann hatten die anderen sie wohl lachen gehört. Zuerst wurden Jasmin und Hayat neugierig, am Ende tauchte sogar Momus auf. Ein kiffendes Riesenmeerschweinchen, das philosophiert – um ein Haar hätte er es tatsächlich geschafft, die Runde zu sprengen. Es dauerte keine fünf Minuten, da hatten Hayat und er sich in den Haaren: Sie fand ihn sittenlos und er sie verklemmt – schlimmer als Lara, und das würde schon einiges heißen. Es war Jasmin, die den Abend rettete: Er sollte nicht so intolerant gegenüber Spießern sein – und Hayat gegenüber Anarchos. Ihr Zwinkern dabei hätte jeden Mann zwischen acht und achtundachtzig in die Knie gehen lassen. Und irgendwie – das war das Verrückte – funktionierte ihr Vorschlag. Irgendwie.

Der Abend blieb nicht der letzte seiner Art. Lara begann, sich auf die Philosophenrunden zu freuen. Sie hoffte, dass jemand da war, wenn sie nach Hause kam. Oft roch sie schon am Nachmittag die Bittermandeln, die Jasmin im Ofen trocknete, oder Silvia, die im Hof rumorte und von ihren Kindeskindern erzählte. Lara liebte es, wenn sie hörte, wie Francescos *motorino* knatterte und im Parkverbot vor der Haustür abgestellt wurde (hin und wieder erwischte ihn Tonio dabei, der sich leider nicht mit Cantuccini und Likör besänftigen ließ). Wenn Jasmin Musik abspielte und sie draußen saßen und redeten, als gäbe es kein Morgen. Wenn Lara mit heißen Wangen die Denker-High-Heels von den schmerzenden Füßen streifte und mit tausend absurden Thesen im Kopf ins Bett fiel. Dann fühlte sie sich so gut wie noch nie.

Der Weg durch das gemeinsame Treppenhaus war seit Francescos Versöhnungsangebot auch deutlich entspannter. Lara traf ihn öfter in Sportkleidung – es musste ihm wohl jemand gesagt haben, dass ein paar Kilo weniger kein Schaden wären. Hin und wieder alberten sie ein oder zwei Minuten herum. Einmal aufgetaut konnte er sogar ziemlich witzig sein. Was zwischen Jasmin und Matteo war, hätte sie natürlich brennend interessiert, aber Jasmin hätte lieber auf eine Zyankalikapsel gebissen, als darüber zu sprechen.

Der Sommer war nun deutlich zu spüren. Doch unter den großen Blättern des Feigenbaums in Laras Stammcafé war es noch immer angenehm, selbst wenn der Taubenkot in den Straßen allmählich zu feinem Staub trocknete und mit dem leichten Wind über den Boden wehte.

Als Paola zwei Wochen später Laras Kaffee und ihre Lieblingsbrioche brachte, stand sie sichtlich unter Strom. Ihre bleiche Haut war stellenweise gerötet und die Augen geschwollen, als hätte sie geweint. Beinahe hätte sie den Teller noch im letzten Moment fallen gelassen, aber Lara rettete ihn mit einem improvisierten Stunt.

»Alles okay?«, fragte sie. So richtig ins Herz geschlossen hatte sie Paola zwar nicht, aber seit ihrer nächtlichen Begegnung am Pasquino verband sie etwas.

Paola sah sich über die Schulter um, ihre ungeschminkten breiten Lippen pressten sich aufeinander. Nervös blickte sie zum Eingang des Cafés, von wo aus ihr Chef manchmal seine Mitarbeiter beobachtete. Als sie ihn nicht sah, zog sie sich plötzlich einen Stuhl heran und setzte sich zu Lara.

»Gestern waren hier zwei Typen von der Stadtverwaltung. Die haben sich über den Pasquino unterhalten.«

Lara blickte auf und ließ die Brioche fallen. Sie landete auf dem Tisch neben dem Teller. Von einer Sekunde auf die andere schien sich das schützende Blätterdach tiefer über sie zu neigen. Sie zu erdrücken.

»Sie haben gesagt, dass sie ihn ins Museum oder hinter Glas stellen wollen. Damit niemand mehr Zettel dranhängen kann«, erzählte die Kellnerin hastig. Sie legte ihre Hand auf Laras, eine kalte, raue, abgearbeitete Hand mit Nägeln, bei denen die Zeit zum Feilen fehlte. »Wissen Sie etwas darüber?«

Lara schüttelte den Kopf. Anfangs hatte ihr Tonios Warnung keine Ruhe gelassen. Jedes Mal wenn sie ihn sah, hatte sie nachgefragt, ob es Neuigkeiten gebe. Aber nachdem so lange nichts passiert war, hatte sie irgendwann damit aufgehört. »Ich dachte, das sei vom Tisch.«

»Sie sagten, diese alten Traditionen bräuchte doch heute sowieso keiner mehr. Wir seien ein freies Land. Aber diese Freiheit existiert nicht«, sagte Paola bitter. Ihre Lippen hoben sich kaum von der fahlen Haut ab, die durch das schwarze T-Shirt noch betont wurde. »Ich meine, wo ist die Freiheit, wenn ich meinem Chef sage, dass ich keine Überstunden machen kann, weil ich alleinerziehend bin? Er würde mir antworten, ich soll mir einen anderen Job suchen. Wo ist die Freiheit, wenn das bisschen, das man verdient, kaum zum Leben reicht? Ich arbeite wie ein Tier und habe noch nicht mal das Geld, um meinen Kindern anständige Klamotten zu kaufen. Der Pasquino ist der einzige Ort, wo man sagen kann, was man denkt. Wo man wirklich anonym bleibt und niemand die Daten verkauft.«

Noch nie hatte Paola es gewagt, sich während der Arbeit zu setzen. Lara hatte zu wissen geglaubt, was der Pasquino für sie bedeutete. Aber jetzt begriff sie, dass sie keine Ahnung davon gehabt hatte. Die Brioche lag warm und duftend vor ihr, aber ihr Magen zog sich zusammen.

Paola drückte Laras Hand und stand auf, als sie aus dem Augenwinkel ihren Chef bemerkte. Er behielt sie von der Tür aus scharf im Auge, aber sie blieb trotzdem noch einmal stehen. In ihren müden Augen flackerte ein fiebriger Glanz, als sie sagte: »Sie können es verbieten. Sie können Stacheldraht um den Pasquino herumziehen, dann werden wir drüberklettern oder den Stacheldraht einreißen. Sie können ihn hinter Glas stellen, dann werden wir unsere Zettel einfach an die Scheibe hängen.«

Lara hatte gehofft, dass Paola ihretwegen keine Schwierigkeiten bekommen würde, aber zwei Tage später wurde sie enttäuscht.

»Ettore di Scala ist nicht unser Mann. Zumindest nicht in dieser Sache.«

Hayat stand so plötzlich an Laras Tisch im Café, dass diese zusammenzuckte. Sie war es wirklich. Trug trotz der bewegungslosen Hitze, die Lara schon in ihrem leichten T-Shirt Schweißperlen auf die Stirn trieb, ein Kopftuch und den langen Mantel. Aber sie war hier. Wochenlang war sie nur selten auf die Straße gegangen. Erst seit ein paar Tagen redete sie davon, dass sie über eine ehemalige Kollegin einen neuen Job in Aussicht hatte. Vielleicht war heute das Vorstellungsgespräch gewesen.

Hayat setzte sich und knallte mit funkelnden Augen ein paar Ausdrucke vor Lara hin, als hätte sie einen Algorithmus errechnet, um die Lottozahlen für die nächste Woche vorherzusagen. »Di Scala schreibt an den Pasquino. Er ist nicht der

Schreiber, den wir suchen, aber seine Texte sind auch nicht schlecht.«

Sie wies ungeduldig auf die Prints und lächelte triumphierend.

Das schien ja aufschlussreich zu sein. Lara zog die Blätter zu sich heran und musste lachen.

»Ettore di Scala? Dieser Langweiler von der Tageszeitung, der nur übers Wetter und Vernissagen schreibt, die sowieso alle gut finden?«

Hayat bejahte, sichtlich zufrieden, dass es ihr gelungen war, Lara zu überraschen.

»*Die Mächtigen glauben, sie müssten uns erziehen. Mit diesem Argument hat auch die Kirche die Inquisition legitimiert*«, las Lara. »*Was für eine Freiheit ist das, die an die Reichen zu verkaufen ist!*« Sie sah Hayat an. »Das sind meine Fotos, die habe ich in den letzten zwei Wochen gemacht. Aber wie kommst du darauf, dass das von ihm ist?«

Hayat grinste breit. Sie hatte noch einen Trumpf im Ärmel. »Hier.«

Sie schob Lara ein zerknittertes Stück Papier herüber. Jemand hatte mit Kugelschreiber ein paar Straßen skizziert und ihre Namen aufgeschrieben. Das Papier war warm und ganz leicht feucht, als hätte Hayat es die ganze Zeit in der Hand getragen. Und tatsächlich hatte sie ein paar verräterische blaue Spuren auf der Handinnenfläche.

»Das ist eine Handschriftenprobe. Ich habe di Scala vor der Redaktion angesprochen und gebeten, mir eine Wegbeschreibung aufzumalen.«

Lara verschluckte sich fast an ihrem Kaffee.

»Das habe ich für dich getan, du Dussel«, grinste Hayat. »Du hast gestern ständig davon geredet, dass jetzt nur noch er und dieser Brioschi auf deiner Liste stehen. Ich wollte die Handschrift mit der auf deinen Briefen vergleichen. Aber da lagen noch mehr Fotos auf dem Küchentisch. Und als es zu den Briefen nicht passte, habe ich es mit den anderen verglichen.« Das war eine Hayat, die Lara noch nicht kannte. Vielleicht die echte Hayat, die all die Jahre irgendwo unter falschem Lächeln und verbotenen Tränen begraben gewesen war. Ehe ihre Träume verflogen waren wie Staub in der Luft. Ehe ihre Gefühle eingemauert wurden hinter Erziehung und Tradition. Eine Hayat, die man mögen musste.

»Der Hammer«, sagte Lara, als sie endlich ihre Sprache wiederfand.

Der Kellner kam und räumte ab. Ein junger Mann mit aschblondem Haar, den sie noch nie gesehen hatte. *Zoltan* stand auf dem Namensschild an seiner Brust.

»Wo ist denn Paola?«, fragte Lara. »Normalerweise arbeitet sie doch um diese Uhrzeit.«

»Paola kommt nicht mehr«, erwiderte er kurz angebunden. »Der Chef hat sie gefeuert. Tut mir leid, ich muss arbeiten.«

»Paola ist gefeuert?« Hayat sah nicht so aus, als täte ihr das leid.

Lara wäre es noch vor ein paar Tagen genauso gegangen. Aber nicht mehr, seit sie Paola zuletzt gesehen hatte. Geistesgegenwärtig fragte sie: »Könnten Sie mir vielleicht Paolas Adresse geben?«

»Adresse?« Zoltan sah sich nervös um. »Ich weiß nicht ...«

Jetzt oder nie. War es erlaubt zu lügen, um jemandem zu helfen? »Ja ich weiß, das ist blöd.« Lara lächelte ihr schlechtes Gewissen und ihre gute Erziehung weg. Sartre wäre stolz auf sie, dachte sie – auch wenn sie noch nicht wusste, ob sie selbst es auch war. »Es ist nur so, ich hatte mir Geld von ihr geliehen, das wollte ich ihr zurückgeben. Heute. Hier. Und wenn sie nicht mehr kommt ... das wäre mir so peinlich. Es ist nicht wenig, sie wird es brauchen.«

Er zögerte und sah wieder zur Tür, wo sein Chef erschien.

»Via Roberto Fragasso 14. Paola Emiliani. Aber sagen Sie nicht, dass Sie das von mir haben.«

Die Via Roberto Fragasso war ein mieses Dreckloch im Süden von Rom. Das glanzvolle EU-Rom mit seinen schicken Hotels und Golfanlagen, mit den gepflegten Borghese-Gärten im Zentrum war hier so weit weg, als läge es auf einem anderen Stern. Eine Mietskaserne reihte sich an die andere. Auf den Balkons flatterte Wäsche, die Autos an den verschmutzten Gehwegen waren alt und ungepflegt. Kinder brüllten aus den viel zu dicht gedrängten offenen Fenstern. Den Geräuschen nach zu urteilen, musste nicht allzu weit entfernt eine Bahntrasse vorbeiführen. Die Schwüle schien sich zwischen den abgasgeschwärzten Mauern noch mehr zu fangen. Junge Männer, die ganz offensichtlich keine Arbeit und auch sonst nichts zu tun hatten, lungerten an den Straßenecken herum. Dafür nervten sie mit aufdringlichen Anmachsprüchen. Lara fragte sich, ob es nicht doch besser gewesen wäre, Hayats Angebot, sie zu begleiten, anzunehmen. Aber dann dachte sie, dass das ja auch nichts geändert hätte. Das hier war ihre Sache, und Hayat hatte genug eigene Probleme.

Nummer 14 war eine der Mietskasernen. Es dauerte eine ganze Weile, bis Lara den richtigen Namen fand. Auf ihr Klingeln meldete sich eine gehetzte Stimme.

»*Si?*«

»Paola? Hier ist Lara. Vom Pasquino.«

Einen Moment war Funkstille.

»Lara?«

Hinter Paola war Kindergeschrei zu hören, dann ein scharf gerufener Befehl.

»Was ist denn?«

Lara zögerte. Aber der Gedanke, dass sie vielleicht schuld an Paolas Rauswurf war, ließ ihr keine Ruhe. Das bleiche Gesicht mit den geröteten Stellen und den fiebrigen Augen ging ihr nicht aus dem Kopf.

»Ich will nicht aufdringlich sein. Aber ich habe mich gewundert ... und wollte wissen ...« Sie verstummte. Was für eine blöde Idee, herzukommen, dachte Lara.

Der Türöffner summte.

Über die Treppe gelangte sie in den dritten Stock. Ein dunkler Gang, an dessen Wänden der Putz abblätterte, führte von dem mit Graffiti verschmierten Aufzug zu den Wohnungen. Das Licht flackerte, als ob die Lampe jederzeit ihren Geist aufgeben wollte, was Lara das Gefühl gab, allein durch einen U-Bahn-Schacht zu gehen. Unwillkürlich beeilte sie sich. Paolas Apartment lag ganz am Ende. Als Lara klingelte, drängten sich drei kleine Kinder hinter ihr.

Sie war nicht mehr verweint, aber sie sah müde aus. Trug einen alten Jogginganzug und die Haare offen, als wäre sie zwar seit Stunden wach, hätte aber noch keine Zeit zum Duschen gehabt. Im Flur stand ein Wäscheständer und auch auf dem Balkon, dessen Tür am Ende der Wohnung offen stand, hing offenbar Wäsche. Die Küche quoll über von frisch gespültem Geschirr. Auf dem Boden im Flur lagen Spielsachen und es roch nach verbrannter Milch und Waschmittel.

»Ist kein Palast hier«, meinte Paola und bot Lara einen Platz auf dem abgewetzten Sofa mit dem unmöglichen graubraunen Muster an. »Ich würde gern mehr arbeiten, aber ich kann nicht, wegen der Kinder. Mein Mann hat uns vor zwei Jahren verlassen.«

Sie ging in die winzige, dunkle Küche gegenüber dem Wohnzimmer. »Entschuldigung, die Milch ist gerade übergelaufen. Kaffee?«

Lara bejahte. Paola hatte offenbar den Tag genutzt, um ihre Wohnung in Ordnung zu bringen: Berge von Wäsche zu waschen, das Geschirr zu spülen. Die Wände waren fast kahl, nur hin und wieder ein paar Fotos von lachenden Kindern, mit einem Reißnagel befestigt oder in einem billigen Rahmen. Der Boden aus schlichten Vinylfliesen wirkte irgendwie nackt. Lara, die ihre Schuhe ausgezogen hatte, fröstelte trotz der Schwüle.

»Was ist eigentlich passiert?«, fragte sie. »Ich habe nur gehört, dass du nicht mehr kommst. – Ist es okay, wenn ich Du sage?«

Paola zuckte die Achseln. »Tun sowieso alle.« Sie setzte die *caffettiera* auf den Herd und stellte das Gas an. Da die Wohnung winzig war, konnte Lara sie über den Flur sehen. Paolas Blick streifte ein Foto, das an den Kühlschrank gepinnt war. Es dauerte einen Moment, bis Lara begriff, dass die Frau auf dem Foto Paola war. Der Mann neben ihr hatte den Arm um sie gelegt. Sie trug ein Baby auf dem Arm, lachte. Paolas Blick blieb für den Bruchteil einer Sekunde daran hängen. An einer Erinnerung, dachte Lara, die ihr ins Gedächtnis rief, dass das Leben nicht immer so gewesen war.

»Der Chef hat gesagt, dass irgendeine große Firma ein Auge auf seinen Laden geworfen hat«, erklärte Paola. Ihr Mund wurde wieder hart und sie öffnete den Kühlschrank, um frische Milch zu holen. »Er muss wirtschaftlicher arbeiten, sonst muss er verkaufen. *Macchiato?*«

»Ja, gern einen Schuss Milch. – Und da wirft er eine alleinerziehende Mutter raus?«

Paola stieß einen bitteren Laut aus. »Ich habe ihm wohl nicht so oft wie die anderen gesagt, wie großartig er ist. Oder es war wegen vorgestern. Als ich dich nach dem Pasquino fragte.«

Es fühlte sich an wie ein Schlag. Oh nein, dachte Lara. Bitte nicht wegen mir! Bitte nicht!

Paola brachte zwei Tassen *caffè macchiato.* Die Kinder kamen mit ins Wohnzimmer und wollten Süßigkeiten. Zwei von ihnen drängten sich auf Paolas Schoß und fingen an zu streiten.

Paola gab ihnen eine Packung Kekse und sie verschwanden wieder.

»Hast du schon angefangen, einen neuen Job zu suchen?«, fragte Lara.

Paola antwortete nicht. Stattdessen legte sie plötzlich die Hände an die Stirn. Mit ihren unfrisierten Haaren und den mageren Schultern wirkte sie so verletzlich und armselig, dass es Lara die Kehle zuschnürte.

»Es ist mir alles zu viel«, flüsterte Paola. »Wenn ich nicht arbeite, bin ich hier. Die Kinder ... ich liebe sie, aber sie fressen mich auf. Wenn ich abends alle endlich im Bett habe und der einzige Moment des Tages da ist, an dem ich Zeit für mich habe, bin ich so fertig, dass mir einfach nur die Augen zufallen.«

Das Mitleid tat weh. Paola bemerkte Laras Blicke.

»Tut mir leid.« Sie brachte ein sichtlich erzwungenes Lächeln zustande. Ungeschminkt und unfrisiert und in ihrem uralten Jogginganzug sah sie müde und zehn Jahre älter aus. Ihre Lippen begannen plötzlich zu zittern. Die Tränen wollten aus ihr hervorbrechen. Aber dann warf sie einen Blick in den Flur, wo die Kinder sich um die Kekse zankten, und sie zwang sie wieder zurück hinter das harte Lächeln.

Nicht einmal ihre Verzweiflung gehörte ihr allein.

### www.laras-kosmos.de

Das Leben hat mir heute klargemacht, dass ich nie an eine Philosophie glauben könnte, die den Einzelnen nicht in den Mittelpunkt stellt. Menschenrechte, der kategorische Imperativ und selbst so schlichte Regeln wie: Was du nicht willst, das man dir tu ... werden immer da und von denen formuliert, wo das Individuum im Zentrum steht. Und deswegen blogge ich heute darüber: zum Teufel mit Wahrheit und Idealstaat! Ich habe nie begriffen, wieso Sartre den Existenzialismus humanistisch nannte. Jetzt, nach einem Besuch bei einer fiesen Kellnerin, ist es mir klar.

Da saß sie nun. Allein, überfordert, übermüdet. Ohne jemanden, der sie liebte, ohne das geringste Stückchen Raum für sich allein. Verzweifelt. Wer jede Sekunde darum kämpfen muss, wenigstens das schlimmste Chaos zu vermeiden, der hat wohl keine Zeit, anderen Komplimente zu machen, selbst wenn sie sie gerade noch so dringend brauchen. Ich kann mir nicht einmal ansatzweise vorstellen, was es bedeutet, drei kleine Kinder allein großzuziehen. Das schlechte Gewissen, weil man ihnen weniger Aufmerksamkeit widmet, als sie brauchen und verdienen. Weil man selbst zu erschöpft ist, zu verzweifelt. Zu sehr damit beschäftigt, das Geld zu verdienen, um ihnen Schulsachen zu kaufen. Ihre Betreuung zu garantieren. Und jetzt hat sie den Job verloren, der sie halbwegs über Wasser gehalten hatte.

Für einen Moment kam es mir schäbig vor, den Pasquino, der so wichtig ist, zu benutzen, um jemandem wie mir romantische Botschaften zu schicken. Für Paola ist der Pasquino der einzige Ort auf der Welt, wo sie – ein paar Sekunden lang – sie selbst sein kann. Sagen darf, was ihr fast die Luft abschnürt. Und das, was sie fühlt, was sie sich von der Seele schreibt, ist wichtiger, tiefer und existenzieller als Briefchen und Wissenschaft.

Ich habe so genug von einer Welt, in der der Einzelne mit seinem Leben und Sterben gleichgültig ist, in der er mit seinen Tränen, seiner Einsamkeit und seiner Kreativität langsam verhungert und erfriert. Ich habe so genug von dem Schwarm, der jede Individualität im Keim erstickt, sobald sie nicht mehr konsumiert, genug von der Unmenschlichkeit einer Gesellschaft, in der Mitgefühl als dumm gilt. Niemand wird wahrscheinlich je erfahren, ob Paola Fähigkeiten hatte, die sich vielleicht nicht verkaufen lassen, aber auf andere Weise von Bedeutung sind. Talente, die geknebelt wurden, zermahlen in einem Netz aus Verpflichtungen, Sorgen und Angst um die Zukunft.

Und mir ist klargeworden, wie sehr ich selbst in den letzten Jahren durch dieses Leben gehetzt bin. Ich habe mir nur die Zeit vertrieben, ohne zu begreifen, dass es eines Tages die Zeit sein wird, die uns vertreibt.

# 20

Lara saß auf ihrem Bett in dicken Socken – in alten Häusern funktionierte der Übergang vom Winter zum Sommer irgendwie nie so richtig. Die Begegnung mit Paola hatte sie im Innersten aufgewühlt. Sie fühlte sich mitschuldig, aber das war nicht alles. Gegen Paolas tagtäglichen Kampf waren ihre eigenen Sorgen der reinste Luxus. Mitgefühl war eine scheußliche Sache, weil es wehtat und einen die ganze Zeit grübeln ließ. Sie konnte Paola keinen neuen Job verschaffen, und auch keinen Mann, damit sie wenigstens von jemandem geliebt wurde. Das Einzige, was sie tun konnte, betraf den Pasquino. Sie konnte dafür kämpfen, den Ort zu erhalten, an dem Paola ab und zu, ein paar Augenblicke lang, sie selbst sein konnte.

Als Lara Tonio anrief, war er überrascht und schien sie irgendwie rasch loswerden zu wollen.

»*Chi è?*«, fragte eine Männerstimme im Hintergrund. »Wer ist dran?« Ein leichter Akzent, der Lara an jemanden erinnerte, aber sie hatte anderes im Kopf. Außerdem hatte Tonio eine große Familie und teilte sich die Wohnung sicher mit einem seiner Brüder.

»*Dopo, aspetta!* Nachher. – Also, ich kann dir nichts Neues sagen«, erklärte Tonio schnell. »Aber ruf doch einfach mal direkt bei der Stadtverwaltung an. Die wissen sicher mehr. Ciao, Lara.« Und weg war das Gespräch.

Lara überlegte einen Moment. Der letzte Mann auf ihrer Liste, Carlo Brioschi, arbeitete in der Stadtverwaltung. Kurz entschlossen rief sie Jasmin an.

Das Timing war perfekt. Jasmin hatte nächste Woche einen Termin bei Brioschi und bot ihr an, mitzukommen. Francesco würde sie bestimmt bis zum Kapitol mitnehmen.

Erst als sie in dem winzigen fensterlosen Bad stand, fiel Lara ein, dass sie seit ihrem nächtlichen Überfall nicht mehr bei Francesco geklingelt, sondern sich zu den abendlichen Runden im Hof immer per SMS mit ihm verabredet hatte. Die ganze Zeit, während sie sich umzog und schminkte, ging ihr das durch den Kopf. *Jetzt hör auf!*, sagte sie sich und schob ein T-Shirt vom Waschpulverbehälter auf der Maschine, das Momus dort aufgepflanzt haben musste wie die amerikanische Flagge auf dem Mond. *Es gibt keine moralische Verpflichtung, permanent in Katastrophen zu denken.* Lara stutzte und runzelte die Stirn. Wo hatte sie das schon einmal gehört? Sie seufzte und bemerkte, dass sie mit ihren nackten Füßen auf einer von Momus' Unterhosen stand.

Als sie dann vor der schweren geschnitzten Tür im zugigen Treppenhaus wartete, kamen die Bilder wieder. *Eierstöcke an den Hals schmeißen. Petrophiles Groupie.* Oh Mann, was hatte sie sich nur dabei gedacht?

Die Tür ging auf.

»*Salve*, komm …« Francesco unterbrach sich und sein Grinsen wurde breiter. Offenbar schien ihm auf einmal derselbe Gedanke durch den Kopf zu gehen. Lara schüttelte den Kopf und versuchte, das Lachen zu unterdrücken. Zu spät.

»… Komm rein, wollte ich sagen«, grinste Francesco. Seine Haare waren wirklich länger, sein Gesicht wirkte dadurch viel weniger rund. Wäre die komische randlose Brille nicht gewesen, hätte er gar nicht so schlecht ausgesehen.

»Moment, ich hole noch meinen Laptop.« Er verschwand, während Lara im Flur wartete.

Die Wohnung war ähnlich geschnitten wie ihre WG oben. Francesco hatte seinen Flur allerdings auf der linken Seite mit einem langen, deckenhohen Bücherregal zugestellt. In einem Fach entdeckte sie ein achtlos hingeworfenes uraltes Handy neben ziemlich teuer aussehenden Lederhandschuhen und einer zerknüllten Papiertüte. Auf der Kommode gegenüber lag nur der Schlüssel in einem Schälchen aus Olivenholz. Die Garderobe beherbergte nicht die alte Lederjacke, die er sonst trug, sondern einen Mantel, der alles andere als billig aussah, aber achtlos über den Haken geworfen worden war. Francesco schien einen gewissen Sinn für Luxus zu haben – und für das genaue Gegenteil. Entweder, weil er sich nicht von Statussymbolen tyrannisieren ließ. Oder, und das wäre die beunruhigende Variante, weil er eine gespaltene Persönlichkeit hatte. Und sie jetzt gleich mit Mr. Hyde aufs *motorino* steigen musste.

Während sie wartete, wanderte ihr Blick über die Rücken der Bücher. Auch hier zeigte sich die offensichtliche Liebe zum extremen Gegensatz: Manche waren sichtlich alt und hatten schöne Ledereinbände mit goldenen Lettern. Andere waren die üblichen billigen Taschenbücher, die man an jedem *Edicola*-Stand bekam. Dazwischen, wild durcheinandergewürfelt mit den letzten paar Ausgaben von *Mangiare,* gab es auch noch ein paar der teuren, aber eher unansehnlichen Leineneinbände der großen Verlagsbuchhandlungen. Francesco schien eine Vorliebe für philosophische Titel zu haben, die so gar nicht zu seiner Tätigkeit passte. Beruflich beschäftigte er sich ja eigentlich eher mit dem Füllen von Bäuchen als von Köpfen.

Laras Augen blieben an einem Band hängen. Giovanni Pico della Mirandola: *Oratio de hominis dignitate – Rede über die Würde des Menschen.*

»Das gibt's doch nicht!«, entfuhr es ihr.

»Was?« Francesco trat aus dem hinteren Zimmer und sah sie, im Türrahmen stehen bleibend, irritiert an. Er hatte seine Jacke über die Schulter gehängt, unter dem rechten Arm klemmte der Laptop.

Lara starrte einen Moment zurück. Das Gefühl, vielleicht den geheimnisvollen Schreiber gefunden zu haben, ließ den Pegel an Glückshormonen in die Höhe schnellen. Gleichzeitig flutete Panik ihr Nervensystem angesichts der logischen Schlussfolgerungen. Wie so oft blockierten sich beide Impulse gegenseitig in einer Art Gefühlsstarrkrampf, sodass sie wieder einmal ihr intelligentestes Fischgesicht zeigte. »Giovanni Pico della Mirandola«, brachte sie endlich heraus. »*Rede über die Würde des Menschen*? Du hast das Buch?«

Francesco schien noch immer nicht zu begreifen. Oder nichts begreifen zu wollen. Er folgte ihrem Blick zu dem Buch. »Willst du es ausleihen?«

Ziemlich mieser Versuch. Dass er das vergessen hatte, konnte er ihr nicht weismachen. Nicht, nachdem sie deswegen genau hier mitten in der Nacht mit einem Nichts bekleidet gestanden hatte. Nicht, nachdem sie in Bagnoregio die Fehde wegen dieser nächtlichen Begegnung beendet hatten.

»Das war auf der Nachricht am Pasquino, über die wir gesprochen haben. Du weißt schon, die … als wir auf Sartre kamen.« Lara räusperte sich.

Francesco starrte seinen Laptop an, als könnte daraus plötzlich eine Art Homunculus oder ein Flaschengeist kriechen und das Bild der nächtlichen Begegnung zerplatzen lassen, das so deutlich zwischen ihnen hing, dass es fast real zu sehen war.

Um ihn nicht anschauen zu müssen, ließ sie ihre Blicke wieder über das Regal schweifen. Platon. Platon. Platon. Nietzsche. – Moment mal: *Nietzsche???* Sie schnappte nach Luft. Apollon und Dionysos – das war doch von ihm!

Jetzt drehte sie sich zu Francesco um. Lehnte sich an das Regal, verschränkte die Arme und sah ihn herausfordernd an. Es war Zeit, dass er den Mund aufbekam.

Es war tatsächlich Francesco, der das Schweigen brach.

»Das sind Klassiker.«

Lara schnaubte. »Du hast all die Bücher, aus denen der Schreiber am Pasquino zitiert. Aber du sagst, du bist es nicht. Und hast keine Ahnung, wer es sein könnte. Weißt du eigentlich, wie sich das anhört?«

Francesco verdrehte die Augen. Lara war sich auf einmal nicht mehr sicher, ob er wirklich genervt oder einfach der beste Schauspieler war, der ihr je begegnet war. »Meine Güte, man könnte fast glauben, du bist verliebt in jemanden, von dem du nicht mal weißt, wer er ist! Himmel, Lara, die Schablonen für solche Briefe gibt es wahrscheinlich fix und fertig im Netz auf ein paar einschlägigen Seiten. Man sucht sich ein, zwei Sprüche aus, ergänzt den Namen und ein paar Äußerlichkeiten – fertig ist die Anmache. Das Einzige, was der Typ offenbar wirklich über dich weiß, ist, dass du von so etwas angezogen wirst wie ein Werwolf vom Vollmond.«

Sprach's und rauschte an ihr vorbei. Im Hinausgehen fischte er den Schlüssel von der Kommode und drehte sich in der Tür um. »Kommst du jetzt oder nicht?«

# 21

Auf dem Weg zum Kapitol versuchte Lara ein-, zweimal, ein unverfängliches Gespräch zu beginnen. Francesco war kurz angebunden und schien beinahe froh zu sein, dass man auf dem *motorino* mitten im lauten und stinkenden Verkehr sowieso nicht viel sprechen konnte. Sie fuhren in einer Traube hupender *motorini*, permanent gefährdet, von Autos gerammt zu werden oder ihrerseits Fußgänger zu überfahren. Zumindest fühlte es sich für Lara so an. Fluchend mit allem, was der Dialekt hergab und mit Manövern, die selbst Captain Kirk zu gewagt gewesen wären, schien Francesco wild entschlossen, gar nicht erst den Anflug von Audrey-Hepburn-Romantik aufkommen zu lassen. Als er sie an der Treppe am Fuß des Hügels absetzte, waren Laras Knie weich – allerdings weniger des Fahrers als der Fahrt wegen. Er verabschiedete sich mit den üblichen oberflächlichen Wangenküsschen und sie hätte geschworen, dass auch er froh war, als sie endlich auf den Gehsteig wankte. Doch als sie die Treppe hinaufging, bemerkte Lara, dass er ihr noch einen Moment mit gerunzelten Brauen nachsah. Erst als hinter ihm mehrere Autos hupten, fuhr er weiter.

»Bereit?« Jasmin wartete etwas oberhalb auf der *Cordonata,* der von Michelangelo entworfenen Rampe, wo sie die Straße besser überblicken konnte. Um sie herum wälzten sich Touristenmassen, die kühlen Morgenstunden nutzend, den Berg hinauf. Lara nickte und versuchte, sich zu sammeln. Dass hier einmal die Burg von Rom gestanden hatte, war bestenfalls noch zu erahnen. Der ganze Hügel war mit Marmor zugekleistert wie ein Kuchen mit Marzipandeckel. Blöder Vergleich, dachte Lara, die noch immer um ihre Fassung rang. Dies war einer der ältesten und ehrwürdigsten Orte von Rom. Und sie hatte so viel Respekt davor wie die Gänse, die sie hier als heilige Tiere der Göttin Juno gehalten hatten. Aber die hatten immerhin mit ihrem Geschnatter die Stadt vor einer Invasion gerettet.

Das Rathaus, der *Palazzo Senatorio,* war eines der Gebäude an der Piazza mit der Reiterstatue des Kaisers Marc Aurel. Ein Senatorenpalast aus dem dreizehnten Jahrhundert mit einer schlichten, fast schroffen und gleichzeitig eindrucksvollen Fassade. Lara und Jasmin waren beide außer Atem, als sie endlich oben ankamen, und Lara beschloss, dass Francesco für den Moment nicht ihr Problem war. Wenn sie jetzt unkonzentriert war, vergab sie womöglich die Chance, auf die sie eine Woche lang gewartet hatte.

Im Inneren war es wie in alten Gemäuern auch zu dieser Jahreszeit üblich eher kühl, und Laras erhitzter Körper fand zur Normaltemperatur zurück. Zwei Frauen wurden von Jasmin auf dem Gang mit Küsschen auf beiden Seiten begrüßt und Lara als Gemeinderätinnen vorgestellt. Das Büro mit dem Türschild *Brioschi/Manzoni* war ganz in Weiß gehalten, schlicht und funktional. Die Einrichtung war alt, neu schien nur die funkelnde Kaffeemaschine am Fenster zu sein. Der Anblick erinnerte Lara daran, dass sie eigentlich längst eine Tasse hätte brauchen können. Das schwüle Wetter verwandelte ihr Gehirn in gekochten Blumenkohl. Immerhin blieb die befürchtete Migräne bisher aus.

Sie hatte Carlo Brioschi etwa in Francescos Alter geschätzt, das kam hin. Die feinen, dünner werdenden braunen Locken über der Denkerstirn waren nach hinten gekämmt, die lebhaften dunklen Augen hatten etwas Jungenhaftes. Die meisten Leute hier wirkten jung: Lara erinnerte sich von der Party an Brioschis Kollegin Federica Manzoni, eine hübsche, energische Mittdreißigerin mit kurzem Bob und schlichtem Make-up. Sie schüttelte ihnen die Hand und ließ sie dann mit Carlo allein.

»Wir kommen wegen der Zuschüsse für die neue Ausstellung«, sagte Jasmin, kaum dass sie sich gesetzt hatten. Sie machte nie lange Umwege, ob es nun um Männer ging oder um Projekte. »Lara kennst du schon?«

Carlo reichte ihr die Hand. »Ich erinnere mich. Tut mir leid, ich wusste nicht, dass Sie Jasmins Assistentin sind. Sie hatte noch nie eine Assistentin. – Kaffee?«

Lara nickte und sah Jasmin an, aber die machte keine Anstalten, die Sache richtigzustellen. Jasmins Assistentin. Die Vorstellung leitete Energie in ihren Körper. Schade, dass sie so absurd war. Sie fühlte sich sehr viel besser an, als im *Oberbayerischen Schulanzeiger* nach Lehramtsstellen zu suchen. Durch die Fenster sah sie auf die Touristenmassen, die – dank Isolierglas für sie geräuschlos – die Marc-Aurel-Statue bewunderten. Der Himmel hatte sich verdunkelt, draußen wurden Regenschirme aufgespannt. Brioschi schaltete das Licht an.

»Es ist so«, meinte er, während er zwei Tassen Kaffee zubereitete, »wir haben weniger Geld dieses Jahr. Das ist ärgerlich, und glaub mir, uns trifft es am meisten.« Er stellte eine Tasse vor Lara hin, die andere an seinen eigenen Platz. Seine Bewegungen waren ausladend wie die eines Schauspielers, der heute einen Buchhalter spielt und morgen einen Sonderermittler.

»Natürlich.« Jasmin blieb ungerührt. »Lass die Spielchen, Carlo. Du willst die Summe drücken und ich will den üblichen Zuschuss. Wir werden uns etwas einfallen lassen müssen.«

Carlo hob die Brauen.

»In keiner Stadt gibt es so viele inszenierte Orte wie in Rom«, mischte sich Lara ein. »Plätze, Treppen, Kirchen, die

186

jedes Kind dem Namen nach kennt. Jeder dieser Orte ist ein Theater und an so vielen finden tatsächlich Konzerte statt.«

»Ganz abgesehen von dem allsonntäglichen Theater«, ergänzte Jasmin mit einem hinreißenden Lächeln. Lara hielt die Luft an. Mit einer solchen Äußerung konnte man Geldgeber leicht verprellen. Wenn Carlos Verhältnis zur Kirche weniger entspannt war, war es das.

Carlos Lippen zuckten. Jasmin stand auf, und selbst Lara konnte nicht anders als sie anzusehen. Es war unglaublich, wie bei dieser Frau jede Gemeinheit mehr Sex-Appeal hatte als bei anderen im ganzen Leben zusammenkam.

»Meine Freundin Maggie würde für die Erforschung eines einzigen der Orte, die ich ausgewählt habe, ERC-Forschungsgelder von zwei Millionen beantragen. Und bekommen. Zwei Millionen«, lächelte Jasmin und hob beide Hände, als wäre sie eine Kabarettistin und würde sich über den Staatshaushalt lustig machen. »Nur um die Resozialisierung von Wissenschaftlern in die Welt außerhalb der Uni wieder um ein paar Jahre zu verschleppen. Für wie viele überflüssige und sinnlose Forschungsprojekte will die EU noch Geld ausgeben, bis sie mal eins in der Kultur fördert, von dem die Leute, die hier leben, auch etwas haben?« Sie bemerkte Laras Gesichtsausdruck. »Nun schau nicht so. Jedes zweite Uniprojekt taugt schließlich nur für Klopapier.«

Lara musste sich eingestehen, dass ihr selbst diese Gedanken auch schon durch den Kopf gegangen waren – wenn auch in nicht ganz so schonungslosen Worten. Wem würde ihre Forschung eigentlich nützen? Natürlich hätte sie auch gern etwas Sinnvolles getan. Aber sie wusste ja nicht einmal, wovon sie in wenigen Monaten leben sollte.

Carlo runzelte die Stirn.

»In deiner üblichen rücksichtsvollen und charmanten Art willst du mir vermutlich vorschlagen, dass ich EU-Gelder beantragen soll, wenn mein eigener Etat nicht reicht?«

Jasmin lehnte sich zurück. »Erzähl mir nicht, du hättest das noch nie gemacht. Letztes Jahr habt ihr es für das Dante-Projekt der Stadt getan. Und bekommen.«

»Das war Dante, Jasmin. Ein gesamteuropäischer Geist von universaler Bedeutung.«

»So wie die ganze Stadt Rom ein Ort von universaler Bedeutung ist.« Jasmin setzte sich plötzlich auf seinen Schreibtisch und schob seine Tasse ein Stück zur Seite. »Gib dir einen Ruck, Carlo! Das hier ist Rom. Mittelpunkt des Imperiums und Malariasumpf. Heilige Stadt und Sündenpfuhl, Zentrum der Christenheit und Hort all dessen, was diese Christenheit verbietet, Postkartenidylle und Dreckloch, Wölfin, Hure und Heilige. Und du kannst für die Orte, an denen diese Geschichte zum Leben erwacht, nicht ein paar lausige Cent erübrigen?«

Brioschi begann zu schwitzen. Lara bewunderte Jasmin. Sie nahm kein Blatt vor den Mund und gab keine Sekunde lang vor, jemand anderes zu sein, als sie war. Lara hätte viel darum gegeben, auch nur einmal so unverfroren sein zu können.

»Es sind Orte mitten in der Stadt, die auch von Touristen besucht werden«, mischte sie sich ein, weil sie das Gefühl hatte, auch etwas sagen zu müssen. »Von der Kirche bis zu den Häusern von Kurtisanen. Manche sind in jedem Reiseführer beschrieben, andere sind echte Geheimtipps.«

Jasmin nahm den Ball auf, ehe Lara begriff, dass sie selbst ihn ihr zugespielt hatte. »Wie zum Beispiel der Pasquino. Ach, *a proposito:* Stimmt das eigentlich? Dass ihr ihn verlegen wollt?«

Carlo stutzte, und auch Lara brauchte einen Moment, bis sie begriff, welche Vorlage ihr hier gegeben wurde.

»Die Verlegung in die Kapitolinischen Museen ist noch nicht sicher«, erwiderte Carlo zögernd. Jasmin hatte ihn sichtlich überrumpelt, sodass er sich keine Antwort zurechtlegen konnte.

Lara sah Jasmin hilfesuchend an, aber die rutschte nur von Carlos Schreibtisch, setzte sich wieder auf ihren Stuhl und nickte ihr zu. Jetzt oder nie. Lara atmete tief durch. Irgendwo in ihr sagte eine Stimme, dass es ihr nicht zustand, sich in fremde Angelegenheiten einzumischen. Sie ignorierte sie. »Ich muss mit Ihnen darüber reden. Bitte!«

Brioschi rutschte mit seinem Stuhl ein Stück zurück und hob die Hände. »Das können wir nicht jetzt besprechen, da müssten Sie einen Termin …«

»Ich weiß, dass es mich nichts angeht«, unterbrach ihn Lara. »Aber können Sie mir nicht eine Gelegenheit geben, vor der endgültigen Entscheidung mit dem Stadtrat zu sprechen? Seit Monaten arbeite ich am Pasquino. Ich lese jeden Zettel, vielleicht als Einzige seit Jahren oder noch länger. Der Pasquino ist nichts, was man in ein Museum stellen kann. Er lebt. Durch die Menschen, die ihre Zettel dort anhängen. Das zu verhindern würde seine Seele zerstören.«

»Ich verstehe das, persönlich«, sagte Carlo. Einen Moment hatte Lara das Gefühl, dass er es tatsächlich tat. Er nestelte an seiner Krawatte, schien ihrem Blick auszuweichen. Plötzlich zuckte ein verstohlenes Lächeln um seine breiten Lippen. War das ein Eingeständnis, dass er selbst zu diesen Menschen gehörte? Eine winzige Hoffnung kam auf, da sagte er abschließend: »Aber ich bin da nicht der richtige Ansprechpartner. Ich entscheide das nicht.«

Lara wünschte sich einen Augenblick lang das Ego einer Castingshow-Teilnehmerin. Die Sorte, die genau wusste, wann sie zu heulen hatte, damit sie wieder eine Runde weiterkam. Aber hier ging es nicht um sie. Es ging um ungeweinte Tränen wie die von Paola, um die Menschen, für die der Pasquino der einzige Ort war, an dem sie wirklich aussprechen konnten, was ihnen die Luft zum Atmen abschnürte. Wenn sie jetzt nachgab, würde Brioschi den Pasquino vielleicht vergessen, sobald sie durch die Tür ging. Das durfte er nicht. Sie durfte es nicht zulassen. Sie musste ihn überzeugen – jetzt.

»Lassen Sie mich Ihnen davon erzählen«, begann sie. »Wenn Sie diese Menschen so kennen würden wie ich, wenn Sie ihre Geschichten kennen würden, wenn sie wüssten, welche verlorenen Träume hinter diesen Zetteln stehen ...« Ihre Stimme versagte, und wütend über sich selbst, versuchte sie es von Neuem. Es gelang ihr nicht.

Die Muskeln auf Carlos Stirn lockerten sich ein wenig. Er hob die Brille von seinem Schreibtisch und sah Lara an, dann Jasmin. Auf einmal hatte sie das Gefühl, zu ihm durchzukommen. Ein wieselschneller Blick aus den lebhaften Augen traf sie und er strich seine Locken zurück, fuhr sich über die Schläfe. »Also, ich weiß nicht ... ich kann es versuchen. Aber versprechen kann ich Ihnen nichts.«

»Das war der Wahnsinn!«, rief Lara, kaum dass sie wieder draußen vor dem *Palazzo Senatorio* standen. Der Marmorboden glänzte noch vor Feuchtigkeit und die Sonne verschwand immer wieder hinter dramatisch aussehenden Wolken. »Absoluter Hammer! Wow! Ich fühle mich, als hätte ich Zaubertrank geschluckt! Er wird uns das Geld geben, oder? Und er wird mir diese Gelegenheit verschaffen. Es ist eine verschwindend kleine Chance, aber es ist eine.«

»Das ist es«, meinte Jasmin. »Aber ist er unser Schreiber?«

»Keine Ahnung. Ach, was soll's. So gut habe ich mich zum letzten Mal mit vier gefühlt!« Lara sah mit glänzenden Augen auf den Verkehr, der unter ihnen am Fuß der Treppen zum Kapitol vorbeibrauste. »Seit ich bei Paola war und gesehen habe, was der Pasquino bedeutet – was er wirklich bedeutet – seitdem habe ich plötzlich das Gefühl, dass ich eine Aufgabe habe.«

Jasmin erwiderte das Lächeln. »Was hältst du davon: Ich springe kurz in die Apotheke da unten und dann stoßen wir darauf an, ja?«

Apotheke? Lara hatte gedacht, dass dieses Wort in Jasmins Wortschatz gar nicht existierte.

Jasmin schleppte Lara in ein Café, dessen Inhaber sie – mal wieder – bestens zu kennen schien. Nannte ihn Simone, herzte und küsste ihn und bestellte zwei Gläser Wein und Marzipan.

Marzipan? Lara sah sich um. Das Café war größer als die meisten römischen Bars, die oft nur aus einem Zimmer mit Theke, ein paar Tischen und einer Toilette bestanden. Für ein normales Café war es auch ziemlich schick eingerichtet. Die Theke war riesig und bot in verglasten Auslagen ein Schlemmerparadies, das ein wunderbares Coverfoto für die aktuelle Ausgabe von *Mangiare* abgegeben hätte. Für einen Moment wanderten ihre Augen über die rosa, pistaziengrünen und goldgelben Träume von Macarons und Pralinen. Es schien hier eine eigene Konditorei zu geben – anders als im *Café Piazza del Fico*, wo sie die Brioche immer vom Bäcker holten. Das verrieten die süßen Düfte – Mandeln, Karamell, Schokolade, der Teig von Macarons. Und irgendwo dazwischen ein anderer, herber Duft, der sich in das schwelgerische Konzert mischte und eine andere Tonart hereinbrachte. Waren das Bittermandeln?

Jasmin zog sie an einen der winzigen hölzernen Tische, die eher in ein venezianisches Café als hierher in den Süden gepasst hätten, und ließ sich aufatmend auf den mit rotem Samt bezogenen Stuhl fallen.

»Ich habe das Rezept von ihm«, erklärte Jasmin, als Simone das Marzipan brachte. »Ich musste dafür mit ihm schlafen, aber das war es wert.«

Lara sah sie an und Jasmin lachte schallend. Ein paar Köpfe drehten sich in ihre Richtung. »Blödsinn. Er hat es mir gegeben, nachdem ich ein Jahr lang Stammgast war. Das Einzige, was ich tatsächlich dafür getan habe, war, einige Liter ziemlich guten Wein hier zu trinken. Also – auf den Triumph der Freiheit!«

Die Gläser stießen leicht zusammen und erzeugten einen Sphärenklang. Für einen Moment verzerrte sich Jasmins Bild hinter dem gewölbten Rund zu unwirklicher Fremdheit. Simone verschwand zur Theke und füllte eine Etagere mit Schokotrüffeln.

Lara nahm ein Stück Marzipan und in die Süße mischte sich der leicht bittere Geschmack. Es war tatsächlich dasselbe Rezept. Jasmin hatte einen Dessertwein bestellt, der den bittersüßen Geschmack der Mandeln noch verstärkte. Die Aromen der süßen Köstlichkeiten und der leichte Geruch des Sommerregens in unzähligen Mänteln und Jacketts verbanden sich damit zu einem betörenden Konzert.

»Und der Schreiber?«, nahm Jasmin das Thema von vorhin wieder auf. »Carlo könnte es sein. Aber was, wenn nicht? Die Liste hast du jedenfalls durch.«

Lara zögerte. Die Wirrnis ihrer Gefühle, die sie nicht zuordnen konnte, war noch stärker als die der unzähligen Düfte hier. »Ich war bei Francesco«, sagte sie endlich. »Vorhin, als er mich hergebracht hat. Ich habe seine Bücher gesehen. Er hat sie alle.«

»Alle was?«

»Alle, die der Schreiber vom Pasquino gebraucht hätte, um die Nachrichten zu schreiben!« Lara wusste noch immer nicht, ob sie sich darüber freuen sollte. »Aber er kann es nicht sein. Es sei denn, er ist der beste Lügner, der mir je begegnet ist.« Sie trank noch einen Schluck von dem Wein, der die überreizten Nerven angenehm beruhigte. »Was hat Francesco eigentlich früher gemacht? Bevor er für *Mangiare* arbeitete, meine ich?«

Jasmin verfolgte einen Lichtreflex im dunklen Rubinrot in ihrem Glas. »Das habe ich mich auch schon gefragt. Er wohnt jetzt seit gut zwei Jahren hier. Er wirkt so zurückhaltend, aber ich glaube, das ist nicht seine eigentliche Art.«

»Als ob er mit angezogener Handbremse leben würde«, meinte Lara überrascht. »Genauso habe ich das auch empfunden.«

Lara kniff die Lippen zusammen. Als Nächstes würde sie Jasmin fragen, ob er eine Freundin hatte! Was war eigentlich los mit ihr? Okay, Francesco sah mit den längeren Haaren definitiv besser aus und abgenommen hatte er auch ein bisschen. Aber es war absoluter Blödsinn, dass er ihr auch attraktiver vorkam. Er war derselbe Mann wie damals, und ein neuer Haarschnitt und eine bessere Figur veränderten gar nichts.

Jasmin nahm eine der Kugeln in die Hand und steckte sie in den Mund. Langsam und genießerisch ließ sie sie zergehen, auf ihre unnachahmliche Weise, jeden Moment voll und ganz bei dem zu sein, was sie gerade tat. »Er hatte eine Freundin, als er damals einzog«, bemerkte sie. »Das ist aber schon länger vorbei. Seitdem ist er Single, soweit ich weiß.«

Lara ertappte sich dabei, dass sie das erleichterte. Idiotin, dachte sie. Du wärst die perfekte Frau für Cyrano de Bergerac gewesen. Sobald du denkst, dass er dir diese Briefchen schreibt, würdest du sogar den Glöckner von Notre Dame anhimmeln. Francesco hatte recht. Du bist ein Groupie.

»Ach, ich überlege, ob ich das mit den Briefen nicht einfach vergessen soll«, gab Lara widerwillig zu. Sie zwang sich zu einem Grinsen. »Platon dreht sich sowieso im Grab um, wenn seine Sprüche für Marzipanrunden verwendet werden.«

»Wer sagt das denn?«, lachte Jasmin, und trotz oder gerade wegen ihrer Falten um den Mund, als sie den Kopf zurückwarf, drehten sich wieder mehrere Männer nach ihr um. »Marzipan wäre langweilig und süß ohne das leichte Gift der Bittermandeln. Ich finde, das passt sogar sehr gut zu Platon. Erkenntnis tut weh oder wie war das mit dem Höhlengleichnis? Aber was soll's? Ein Leben ohne schmerzhafte Erkenntnis ist wie wenn du Sex hast, ohne dass die Gefühle deine Nervenenden zum Glühen bringen.«

Sie bemerkte Laras Blick und lachte. »Ach komm. Ich bin bloß eine alte Frau, die anfängt philosophisch zu werden, wenn sie ein halbes Glas Wein trinkt.«

Lara musste mitlachen. »Und ganz sicher die Einzige, die es schafft, in zwanzig Sekunden von Marzipan zu Platon und Sex zu kommen!«

Als sie gemeinsam nach Hause gingen, atmete Lara die Stadt ein. Sie hatte das Gefühl, mit den schiefen Platten unter ihren Füßen eins zu werden, mit den Palazzi, den Pinien, die ab und zu an den Bushaltestellen wuchsen, wo der gierige Krake Rom ihnen Platz dafür gelassen hatte.

Jasmin hielt noch einmal an einem Souvenirstand an, um den jährlichen *Piselli*-Kalender zu kaufen – in dem für jeden Monat ein ehrwürdiges klassisches Kunstwerk sein steinernes Gemächt ins Bild reckte.

»Der ist für dich.«

Lara platzte heraus. »Für mich? Hayat kriegt einen Herzinfarkt, wenn ich den ins Klo hänge!«

»Ach, unterschätze die mal nicht«, meinte Jasmin trocken. »Ich habe sie kürzlich mit meiner Ausgabe des *Decamerone* erwischt. Der unzensierten.«

Sie lachten beide zugleich los.

»Dein Telefon klingelt«, kicherte Lara.

»Hab keins mit. Das muss deins sein.«

Überrascht wühlte Lara in ihrem Rucksack. Tatsächlich. Ihr Handy vibrierte und klingelte wie verrückt.

»Ja?«, lachte sie noch immer atemlos.

Einen Moment war nur Schweigen am anderen Ende. Dann hörte sie die vertraute Stimme.

»Lara? Hier ist Tobias.«

# 22

Mit allem hatte Lara gerechnet, aber nicht mit Tobias. Nicht jetzt nach all den Wochen. Natürlich wollte sie ihn zurück, und als er vorschlug, dass er nach Rom kommen könnte, sagte sie Ja. Aber obwohl sie sich vorzustellen versuchte, in seine grünen Augen zu sehen und seinen durchtrainierten Körper in den Armen zu halten, gelang es ihr nicht so recht. Als wäre das Bild direkt vor ihrem inneren Auge – und sie käme doch nicht heran. Es war wie durch eine blinde Scheibe in ein Aquarium zu blicken.

Tobias hatte sich für die nächste Woche angekündigt und danach würde ihr nicht mehr viel Zeit in Rom bleiben. Lara arbeitete wie eine Besessene am Pasquino und schwitzte, weil sie oft stundenlang im Café Dialektausdrücke nachschlug, während die Sonne von Tag zu Tag heißer glühte. Es fiel ihr schwer, ihre Gefühle zu sortieren, sie hatte das Gefühl, von ihnen zerrissen zu werden. So lange hatte sie auf diesen Anruf gehofft. Aber auf der Fahrt nach Bagnoregio hatte Jasmin Laras Tagträume plötzlich zu Möglichkeiten gemacht, die ihr seitdem nicht mehr aus dem Kopf gingen. Sie wollte nicht, dass alles wieder so wie früher wurde. Andererseits konnte sie nicht bleiben, ohne Job. Und schließlich fragte sich Lara, ob Francesco recht hatte.

Woran merkte man, ob jemand einfach nur aus dem Netz ein paar Sätze zog oder die Nachrichten eigens für sie schrieb? Was war es, was Lara einzigartig machte?

»Was fasziniert Sie eigentlich so daran?«

Der Mann war alt, so alt, dass sich auf Glatze und Gesicht schon dunkle Altersflecken ausgebreitet hatten. Er trug trotz der Wärme einen leichten Mantel, der sicher schon einige Jahre alt und eine Nummer zu groß war, und hatte kleine, aber lebhafte dunkle Augen, die vom Alter noch nicht blass geworden waren.

»Sie kommen oft hierher. Machen Fotos von den Zetteln und so. Warum?«

Lara wischte sich ein paar Schweißtropfen von der Stirn und legte den Laptop ab. Erst jetzt merkte sie, wie durstig sie war. Sie holte ihre Wasserflasche aus dem Rucksack und trank gierig. Obwohl sie nicht gerade glücklich über die Unterbrechung war, erklärte sie kurz, was sie tat. Er hob die buschigen weißen Brauen. »Dialektstudien?«, brummte er. »Verrückt. Ich hatte gedacht, Sie sind von der Stadt. Oder Journalistin oder so.«

»Sie kommen also auch oft hierher?«

Der Alte lachte. »Schon länger, als Sie auf der Welt sind. Wahrscheinlich auch schon länger, als Ihre Eltern auf der Welt sind. Als das Zweite Vatikanische Konzil tagte, war ich schon eine ganze Zeit lang dabei.«

Das Zweite Vatikanische Konzil? Wann um Himmels willen war das gewesen? 1565?

»1965«, beantwortete er die unausgesprochene Frage. »Das war das Jahr, als es endete.«

Laras Mund öffnete sich wie der eines Fischs an Land, als sie begriff. Sie starrte den alten Mann an. Ihr Puls beschleunigte sich auf eine Geschwindigkeit, mit der sie eine Rakete zur ISS hätte jagen können. »Sie sind der Mann mit der zittrigen Handschrift!«

»Zittrig? Das habe ich nicht gehört«, kicherte er. Aber dann hielt er die Hand ausgestreckt vor sich hin. »Parkinson. Schon ein paar Jahre. Ich bin Giuseppe. Beppe, wenn Sie wollen. Wenn du willst. Kannst Du sagen.«

Die Fragen sprudelten so schnell in Laras Gehirn, dass sie erst eine Art synaptische Schüttellähmung überwinden musste, ehe sie den Mund aufbekam. Der Dritte, dachte sie atemlos. Nach Hayat und Paola war er der Dritte, dem sie diese Frage stellen konnte: »Warum hast du damit angefangen?«

Der Alte griff in die Tasche. Umständlich holte er ein Etui mit Tabak und Papier hervor und begann, sich eine Zigarette zu drehen. »Warum?«, wiederholte er und leckte über das Papier. Seine Gesichtszüge schienen einzufallen und die Finger glitten fahrig über die Zigarette. »Warum?«, murmelte er. Langsam und umständlich, als müsste er sich jede Bewegung überlegen, zündete er die Zigarette an. Er nahm ein paar Züge, ehe er antwortete.

»Als ich klein war, herrschte hier Mussolini. Da gab es kein lautes Brüllen auf den Straßen, kein lautes Anpreisen von Meinungen. Nur verstohlenes Flüstern. Heimliche, schnelle Worte an Straßenecken. Gedanken wie Diebe, die das Tageslicht scheuten. Die man nicht aufschreiben durfte, damit man jederzeit behaupten konnte, sie wären niemals gesagt worden. Ich erinnere mich, wie meine Eltern mir beibrachten, dass ich bestimmte Dinge nicht aussprechen durfte. Ich bin mit zwei Meinungen aufgewachsen, mehr noch, mit zwei Weltbildern. Eins für die Familie und eins für draußen.«

So ähnlich hatte sie das auch schon über die DDR oder den Nazi-Faschismus gehört. Allerdings kannte Lara das nur aus Geschichtsbüchern. Jemanden zu treffen, der das selbst erlebt hatte, der die Anfänge des modernen Pasquino kannte, war so aufregend, dass sie einfach nur atemlos zuhörte.

197

Der Alte zog an seiner Zigarette. Sie dachte schon, er würde nicht weitersprechen. Da fuhr er fort: »Aber weißt du Kind, das ist nicht so einfach.« Die alte, brüchige Stimme bekam plötzlich Kraft. »Natürlich funktioniert es, wenn sich alle daran halten. Aber all diese abgespaltenen Gedanken verschwinden ja nicht, nur weil sie nicht sein dürfen. Sie bleiben im Inneren. Weil sie da aber nicht hingehören, weil sie nicht tun können, wozu Gedanken eben nun einmal da sind, verändern sie sich. Sie gären. Fangen an, dich zu vergiften. Und sie pervertieren: Aus ganz normalen, guten Gedanken werden schlimme. Gedanken, die sich in die Seele fressen, die böse sind und gefährlich. Sie werden zu einer Würgeschlinge, die sich jeden Tag enger und enger um deinen Hals legt. Und dann gibt es eben auch noch den Körper. Der will rufen und schreien. Und sich Luft machen.«

Wie bei Paola. Eine Erinnerung irgendwo aus den Tiefen von Laras Bewusstsein kam hoch. Sie lag weinend auf dem Bett in ihrem abgedunkelten Kinderzimmer. Draußen die Stimmen. Das schwierige Kind in der perfekten Familie. Die Traurigkeit, die nicht sein durfte. Die erst im Studium gewichen war, wenn sie sich in italienische Dialekte vergraben konnte. Lara konnte das beklemmende Gefühl nachempfinden, wenn einem die eigenen Gedanken nicht mehr gehörten. Wenn sich das, was man dachte, so sehr von dem, was man denken sollte, unterschied, dass man zu zweifeln begann. Zuerst an dem, was man fühlte. Ob man wirklich nicht wollte, was man wollen sollte. Und irgendwann auch an dem, was man sah. So lange, bis einem selbst der gewohnte Schulweg unwirklich vorkam, als könne er plötzlich verschwinden oder ganz anders aussehen. Es war ein Gefühl, wie langsam verrückt zu werden.

Der Alte zog heftig an seiner Zigarette, sodass der Tabak vorn hellrot aufglühte. »Als wir Mussolini dann endlich los waren, hat sich in der Kirche dennoch nichts geändert. Wenn der Pfarrer etwas Schlimmes tut, dann muss man ein Tuch darüberbreiten. Schweigen und wieder schweigen. So hatten wir wieder zwei Wahrheiten. Die eine war für draußen und die für drinnen musste begraben werden. Sie nur zu denken war gefährlich.«

Lara öffnete die Augen weit und suchte in dem verwitterten Gesicht nach der Antwort, die sie bereits kannte. »Du bist missbraucht worden?«

Er antwortete nicht. Blies ein paar Rauchwolken in die Luft. Und sagte endlich: »Man hätte jeden vernichtet, der es gewagt hätte, darüber zu sprechen. Ein Abtrünniger. Ein Heide, wer den Namen des guten Herrn Pfarrer in den Dreck zieht. Niemand hätte dir für den Rest deines Lebens noch irgendwo Arbeit gegeben. Früher hat man die Leute exkommuniziert, aber das war dasselbe.« Er zog an seiner Zigarette, als holte er die Erinnerungen daraus.

»Dann kamen die Achtundsechziger und alle fragten sich, warum besonders die Frauen sich nie aufgelehnt hatten, selbst wenn man ihnen alle ihre Rechte nahm. Oder die ihrer Kinder. Aber es ist kein Wunder, weißt du. Wer so sehr dazu erzogen wird, anderen zu gefallen, erträgt es nicht, gehasst zu werden. Ausgeschlossen zu werden.«

Er wies mit dem Kopf auf den Pasquino. »Hier wurden wir alles los. Dieser Klumpen Marmor hat vielleicht mehr Leben gerettet, als du dir je vorstellen kannst.«

Er drückte seine Zigarette aus und warf sie einfach auf den Boden. Im Gehen nickte er ihr zu und blieb dann noch einmal stehen. »Wenn die eine Wahrheit eine Lüge ist und die andere unerträglich«, sagte er, »was machst du dann?«

Im letzten Eintrag habe ich geschrieben, dass ich nichts mehr von Wahrheit und Idealstaat hören will, wenn der Einzelne dabei nicht zählt. Es war eine Begegnung am Pasquino, mit einem alten Mann namens Beppe, die mir klargemacht hat, warum.

Ich konnte mir nur ansatzweise vorstellen, was das, was er mir erzählte, bedeutete. Vielleicht habe ich in diesem Moment zum ersten Mal begriffen – wirklich begriffen – dass Wahrheit ein Machtinstrument ist. Da sind diese Leute in der Lage gewesen, den Atlantik zu überqueren. Sie haben Torpedos und Kanonen und Flugzeuge gebaut, aber gleichzeitig haben sie steif und fest behauptet, dass Jungfrauen schwanger werden, und wenn der Pfarrer kleine Jungs missbraucht hat, durfte das nicht stimmen. Irgendwann stand ich vor diesem Blumenstand. Der Duft war so stark, dass ich die ganze Zeit hinsah. Da habe ich eine Rose gekauft und auf dem Rückweg dem Pasquino gebracht. Weil der Pasquino ein Ort ist, an dem über alles gelacht werden darf. Auch über die Wahrheit. Und weil nichts so gefährlich ist wie absolute Wahrheiten.

Ich weiß selbst, wie verrückt das alles ist. Aber irgendwie gingen mir diese Worte nicht aus dem Kopf: *Wenn die eine Wahrheit eine Lüge ist und die andere unerträglich, was machst du dann?*

Die Erde hat ein Magnetfeld, das sie vor Einschlägen aus dem All schützt. Als ich mit Beppe am Pasquino stand, brach mein persönliches Magnetfeld zusammen. Alle Erfahrungen, von denen er mir erzählte, schienen plötzlich auf mich einzuschlagen, und ich konnte mich nicht davor schützen. Irgendwann kam ich zurück nach Hause und ich weiß nicht, wie lange ich von dem alten Mann erzählt habe, von der Rose und der zittrigen Handschrift. Ich konnte gar nicht mehr aufhören, habe geredet und geredet und geredet. Gemerkt habe ich es erst, als ich aufhörte und mich alle anstarrten.

Es war Francesco, der Dostojewskis Großinquisitor erwähnte – diese gruselige Fantasie aus *Die Brüder Karamasow*. Jesus startet da einen zweiten Versuch, auf die Erde zu kommen, aber der geht total in die Hose, denn er hat die Rechnung ohne den Großinquisitor gemacht. Der will ihn sofort als Ketzer verbrennen lassen, weil er findet, dass Jesus den Menschen zu viel Freiheit lässt. Er meint nämlich, dass Menschen durch Freiheit sowieso bloß unglücklich werden. Und dass sie nur darauf warten, ihre Freiheit sofort dem erstbesten Tyrannen auszuliefern. Der Mensch ist für ihn von Natur aus ein Sklave und sucht nur immer nach etwas, wovor *er sich beugen, wem er sein Gewissen übergeben kann, und auf welche Weise sich endlich alle Menschen zu einem einzigen, einstimmigen Ameisenhaufen vereinigen könnten.* Er will sie zu diesem glücklichen Häuflein Ameisen machen (oder zu Kindern, Hauptsache sie benutzen ihre Zungen nicht zum Reden, sondern nur zum Lutscherschlecken). Okay, ein paar von ihnen wollen das nicht. Die bekommen dann natürlich kein Kinderglück, sondern werden verbrannt. Kollateralschaden, ansonsten: happy heile Welt. Alle sind froh, keiner beschwert sich (ist ja auch zu gefährlich).

Es gab eine heiße Diskussion über dieses Thema. Dann fiel mir ein, dass es in Schillers *Don Carlos* auch so eine Szene gab. Der König, ganz ähnlich wie Dostojewskis Großinquisitor, gibt an: Hey, ist doch super in meinem Gottesstaat, alle halten schön brav das Maul, so haben alle Ruhe und Frieden. Allerdings ist sein Gegenüber nicht Jesus, sondern ein gewisser Marquis von Posa. Und der hat absolut keine Lust darauf, am opiumgetränkten Schnuller der Religion zu nuckeln. Unbeeindruckt nennt er dieses Orwell'sche Nazi-Paradies *die Ruhe eines Kirchhofs*. Keine Lust auf Fruchtgummis in die Schnauze und selbige halten: *Geben Sie Gedankenfreiheit!*

Vielleicht bin ich heute zum ersten Mal wirklich imstande zu verstehen, was dieser Satz bedeutet. Heute, da ich mich zum ersten Mal frage, was ich tun würde, wenn man seine Meinung nicht mehr frei äußern könnte. Wenn einem das Maul mit Belanglosigkeiten gestopft wird, damit man die Wirklichkeit nicht mehr beim Namen nennt. Wenn Freiheit nicht mehr Spaß wäre. Sondern anstrengend oder gar gefährlich.

Den Pasquino gibt es für alle, die sich über die Inquisitoren lustig machen und deswegen nicht gleich auf dem Scheiterhaufen landen wollen. Und sagt mir jetzt nicht, dass es heute keine Scheiterhaufen mehr gibt. Nicht jeder Scheiterhaufen ist aus brennendem Holz.

# 23

Den ganzen Weg zum Pasquino wälzte Lara die Gedanken an den gestrigen Abend hin und her. Irgendwann, als sie müde geworden waren, hatte Jasmin wieder nach dem geheimnisvollen Schreiber gefragt. Lara hätte ihr sagen können, dass sie einen Verdacht hatte, warum er sich nicht meldete. Weil er ihr nämlich gegenübersaß. Francesco hatte ihren Blick bemerkt und schnell weggesehen. Laras Puls war in Frequenzen geschnellt, in denen sonst der Gefühlsstarrkrampf lauerte. Wenn er es wirklich war – was sollte sie dann tun? Würde sie sogar auf Frankensteins Monster fliegen, wenn es der Autor der Briefe wäre?

Schon von Weitem sah sie das Papier in der Sonne gleißen. Dieses Mal hielt sie es nicht aus zu warten, bis niemand zusah. Ohne Rücksicht auf die Touristengruppe, die gerade, einem blau-weiß gestreiften Schirm folgend, vorbeikam, rannte sie zum Pasquino und riss den Zettel ab.

*Werde, die du bist!*

Sie schnappte Worte auf wie »anzeigen« und »Anarchie«. Die Touristen machten ihrem Unmut noch eine Weile Luft, dann verschwanden sie hinter ihrem Führer um die nächste Straßenecke. Lara beachtete sie nicht weiter.

*Werde, die du bist!* Sie meinte, den Satz schon einmal irgendwo gehört zu haben. Der Verdacht, dass auch er aus Francescos philosophischer Bibliothek stammte, lag nahe. Aber sie war sich alles andere als sicher, ob sie die Bestätigung wirklich haben wollte.

Seufzend lehnte sich Lara an einen der Pfeiler, an denen die Eisenkette um den Pasquino befestigt war. Er drückte auf ihren Hintern, der wieder einmal in einer Slim-Fit-Jeans steckte, die sie noch vor einem halben Jahr als viel zu eng verworfen hätte. Auf ihren von dem locker sitzenden Top frei gelassenen Rücken brannte die Sonne. Sie zog ihr Handy heraus und wollte gerade im Internet nach dem Wortlaut suchen, als es klingelte. Hayats Name erschien auf dem Display.

Sie klang völlig durcheinander. »Lara, du musst sofort kommen, schnell! Ich bin an der Engelsbrücke!«

Ihr Mann, dachte Lara erschrocken. Er hatte sie gefunden. Verdammt, warum hatte sie es noch nicht auf die Reihe bekommen, sich einen Anwalt zu suchen!

Lara warf Handy und Zettel in den Rucksack und lief los.

Es war ein verdammt weites Stück vom Pasquino zur Engelsbrücke, wenn man rannte. Lara durchquerte die Gassen zum Corso Vittorio Emanuele II und drängte sich an Touristengruppen und Leuten auf dem Weg zur Arbeit vorbei in Richtung Vatikan. Sie fing sich ein paar ungehaltene Ellbogenstöße ein, als sie sich durch eine Menschentraube an einer Bushaltestelle arbeitete. Ihre Lungen pumpten Schwüle, die sich in ihnen zu fangen schien und sie beschwerte wie Meerwasser die Kleider eines Ertrinkenden. Verschwitzt und völlig abgehetzt erreichte sie endlich die Brücke.

»Gut, dass du kommst.« Hayat kam ihr schon entgegen. Sie wirkte beunruhigt, aber ansonsten sah sie aus wie immer. Ihre Agoraphobie hatte sie jedenfalls wieder im Griff.

Keuchend sah Lara sich um. Wo war der Mistkerl? Ihre verschwitzte Hand klammerte sich um das Pfefferspray, aber nur ein paar Touristen standen am Rande der Brücke. »Dein Mann«, brachte sie hervor.

»Was? Nein, nicht der.«

Lara taumelte und musste sich an einem der Engel festhalten. Die verschwitzten Haare klebten und juckten in ihrem Nacken, Strähnen fielen ihr ins Gesicht und nahmen ihr die Sicht. Warum zum Teufel, wenn ihr nicht eine ganze verdammte Islamistenbrigade auf den Fersen war, jagte Hayat sie hierher?

»Da drüben!«

Laras Lungen brannten und sogen krampfhaft den letzten Sauerstoff aus der Schwüle. Noch immer keuchend und kaum fähig, klar zu sehen, folgte sie Hayats ausgestrecktem Zeigefinger.

Auf der steinernen Brüstung der Engelsbrücke stand Momus. Zwischen den überlebensgroßen Marmorstatuen nahm er sich klein und hager aus – ein ziemlich bekiffter Engel zwischen all den heldenhaften, erhabenen oder kontemplativen Geistwesen, der Engel der Junkies.

Ein paar Schaulustige waren stehen geblieben und bildeten einen Halbkreis um ihn. Direkt unterhalb von ihm redete ein großer dunkelhaariger Mann auf ihn ein. Obwohl sie ihn erst gestern gesehen hatte, brauchte Lara einen Moment, bis sie begriff, dass es Francesco war. Es war die Sonnenbrille, die ihn so veränderte, die so ganz anders war als die runde, altmodische, die er sonst trug. Es gab einen kleinen elektrischen Schlag in ihrem Inneren.

»Er ist stockbesoffen.« Hayat zeigte auf Momus. »Jammert, dass seine große Liebe ihn verlassen hat, weil er so ein Chaot ist. Auf einmal kletterte er auf die Brüstung und wollte in den Tiber springen.«

In letzter Zeit war Momus tatsächlich ziemlich oft über Nacht weg gewesen. Nicht dass Lara das bedauert hätte. Sie war dankbar gewesen, dass er statt ihrem nun das Klo seiner neuen Flamme versaute. Endlich hatte sie genug Luft für ein Grinsen. »Momus ein Chaot? Wie ist sie nur darauf gekommen?«

Um sein Leben machte sie sich kaum Sorgen. Okay, Momus besaß eine gewisse Fähigkeit zur Theatralik bei der Inszenierung seines Selbstmitleids. Aber auch eine gesunde Portion Narzissmus, und man musste nicht Einstein sein, um die Wahrscheinlichkeit einer allzu selbstzerstörerischen Aktion als ziemlich gering einzuschätzen.

Als sie sich mit Hayat durch die Schaulustigen nach vorn drängte, war Francesco noch immer dabei, auf Momus einzureden: »Jetzt hör auf, das wird sowieso nicht funktionieren.«

»Weil ich es in Wirklichkeit gar nicht will?«, erwiderte Momus mit Grabesstimme, den Blick unentwegt auf die dunkle Wasserfläche unter ihm gerichtet. Mit dem langen, vom Winde verwehten Haar und vor dem dramatisch gewittrigen Himmel bot er ein Bild des Todesengels Azrael. Na ja. Wenn der denn auf Gras stand.

»Nein, weil du schwimmen kannst, du Idiot!« Francesco erblickte Lara und Hayat und stieß einen Seufzer der Erleichterung aus. »Na endlich! Vielleicht hört er auf dich.«

Momus hatte sie in seiner Wehleidigkeit offenbar noch gar nicht bemerkt. Als Francesco seine Aufmerksamkeit von ihm abwandte und Lara ansprach, wollte er sich neugierig zu ihnen umdrehen. Leider war er wirklich stockbesoffen. Er torkelte. Verlor das Gleichgewicht.

»Scheißeeeee!«

Mit einem Aufschrei rannten alle ans Geländer.

Weiß aufschäumende Wasserperlen verrieten, wo Momus in den Fluss gestürzt war. Jetzt tauchte sein Kopf daneben aus dem Wasser.

»Hilfe!«, schrie Momus. Er spuckte etwas aus und ruderte wild. Obwohl die Strömung nicht stark war, wurde er langsam unter die Brücke getrieben. »Ich ertrinke!«

Lara fing an zu lachen und auch Hayat konnte nicht anders. Während sie sich noch schüttelten, lief Francesco in einem Tempo, das ihm vor drei Monaten niemand zugetraut hätte, zum Ufer. Zwei Stufen auf einmal nehmend, hechtete er die Treppe zum Wasser hinunter.

Sein Training schien sich auszuzahlen. Als Lara und Hayat unten ankamen, hatte er über den Uferpfad schon den schmalen Grasstreifen ein Stück flussabwärts erreicht, der sich zum Tiber hin in graubraunen Matsch auflöste. Hier unten roch es faulig, und am Ufer lag ein toter Fisch zwischen Plastikbechern. Auf allen vieren kam Momus aus dem Wasser. Von seinen Jeans und seinem T-Shirt tropfte gelblicher Schaum. Francesco hielt ihn am Kragen mit angewidertem Gesichtsausdruck von sich weg.

»Er muss zum Arzt«, rief er ihnen entgegen. »Kann jemand nachsehen, wer hier in der Nähe gerade Notdienst hat?«

»Ich bin nicht suizidgefährdet«, fauchte Momus und spuckte Schmutzwasser aus. Er verbreitete einen Duft, den ein gewitzter Parfümeur vermutlich *Eau Cloaca maxima* genannt hätte. In seinen Haaren hing ein aufgeweichtes Stück Brot und woher die bräunliche Spur auf seiner Hose kam, wollte Lara lieber nicht wissen.

»Ich weiß«, erwiderte Francesco trocken. »Aber bei dem Dreck, der in der Brühe hier schwimmt, bist du durchfallgefährdet. Die Coli-Bakterien dampfen nur so aus deinen Poren.«

Zu dritt versuchten sie, den völlig verdreckten und nach Abwässern und Schlimmerem riechenden Momus in den Palazzo zu befördern. Ehe er zum Arzt konnte, brauchte er dringend eine Dusche. Oder noch besser eine Ganzkörperdesinfektion.

Seine Kleider stanken, dass sich vermutlich eine grüne Smog-wolke über Rom legen würde, wenn sie sie verbrannten. Oder die Pest ausbrechen würde, wenn sie die Mülltüte nicht richtig zumachten.

»Du siehst toll aus«, bemerkte Jasmin, die, durch die Geräu-sche angelockt, an ihrer Wohnungstür erschien.

»Ist ja gut, ist ja gut!« Der Unfall schien Momus ausgenüch-tert zu haben. Er schob alle helfenden Hände weg und stieg selbst die Treppe hinauf, um zu duschen. Hayat folgte ihm und Lara wollte ihnen nach, als Giorgio hinter Jasmin in der Tür erschien.

Also doch, dachte Lara. Er war ihr Liebhaber. Was sollte das dann, sich mit ihr zu verabreden?

»Meinen Sohn muss ich ja nicht vorstellen«, sagte Jasmin, als Lara nicht aufhörte, ihn anzustarren.

Einen Moment herrschte Schweigen. Francesco nickte Giorgio wortlos zu, er schien nicht überrascht. Also deshalb hatte er ihn gekannt!

»Er hat gesagt, ich rede wie seine Mutter!«, stieß Lara unter-drückt hervor, als sie neben Francesco die Treppe hinaufging. Sie kämpfte gegen das Lachen an. »Wenn ich gewusst hätte, wer diese Mutter ist, wäre ich jedenfalls nicht so sauer gewesen!« Deshalb hatte er auch gemeint, dass sie auf Jasmin aufpassen sollte. Offenbar hatten die beiden nicht das beste Verhältnis, sonst hätte er das selbst tun können. Seit Lara hier lebte, hatte er sich jedenfalls nie blicken lassen.

»Jasmins Affäre mit Matteo Cavalli«, erklärte Francesco kurz. Er hatte die Sonnenbrille in die Brusttasche gesteckt. Also Kontaktlinsen, dachte Lara. Momus' *Eau Cloaca maxima* hatte ein wenig auf ihn abgefärbt. Aber irgendwie störte es sie nicht. »Er hat sie in Grund und Boden prozessiert, um das Sorgerecht zu bekommen. All die Jahre konnte sie froh sein, ihren Sohn überhaupt mal zu Gesicht zu bekommen. Er hat ihn mit Geld zugeschüttet, damit er bloß nie auf die Idee kommt, seine Mutter wäre eine Alternative. Und jetzt ist es zu spät.« Er blieb am Treppenabsatz zu seiner Wohnung stehen. »Bring Momus zum Arzt«, sagte er mit einem kurzen Lächeln, das sie nie erwartet hätte. »Notfalls zum *Pronto Soccorso*, auch wenn ihr ein paar Stunden warten müsst.«

»Geht klar.« Lara wollte die Treppe hinauf, aber nach zwei oder drei der flachen Marmorstufen blieb sie noch einmal stehen. »Da war wieder ein Zettel am Pasquino«, sagte sie. »Bist du es?«

# 24

Ettore di Scala wirkte sichtlich überrascht.

»Ob ich etwas über den Pasquino schreiben möchte?«

Um die dreißig, schätzte Lara, als sie ihn am nächsten Tag im Pantheon traf. Obwohl der riesige Tempel nicht weit vom Pasquino wie immer überfüllt war, hatte sie Ettore sofort wiedererkannt, mit seinen hellbraunen wilden Locken und in der typischen Journalistenuniform: Sakko, Hemd, Jeans.

Aus Francesco hatte sie nichts herausbekommen – er war wortlos in seiner Wohnung verschwunden. Lara war fast dankbar, dass er die unvermeidliche Gewissheit noch hinauszögerte. Es blieben ihr ohnehin nur noch wenige Wochen in Rom. Eine neue Gefühlsverwirrung war das Letzte, was sie brauchen konnte.

Unter der Kuppel mit den strengen Kassetten und der Öffnung, durch die ein gleißender Strahl der römischen Sommersonne fiel, drängten sich Touristen. Dadurch war es weit weniger kühl, als Lara gehofft hatte. Einst gebaut als Kultstätte für all die Götter fremder Völker, die in Rom keinen eigenen Tempel besaßen, war es das monumentalste Beispiel historischer *political correctness*. Im positiven Sinne, dachte Lara, denn Leute, die unbekannten Göttern vorsorglich Kollektivtempel bauten, waren ihr lieber als solche, die unliebsamen Meinungen mit Inquisition oder Mörderbanden an den Kragen gingen.

Sie hatte di Scala einfach angerufen, sich auf Jasmin berufen und um ein Treffen gebeten. Carlo Brioschi hatte sich endlich gemeldet, aber nur, um ihr mitzuteilen, dass die Verhandlungen um das Schicksal des Pasquino sich zäh gestalteten. Vielleicht konnte sie ja mit medialer Aufmerksamkeit etwas nachhelfen.

»Ich könnte in der Lokalredaktion nachfragen«, überlegte di Scala. Er wirkte nervös und seine Hände suchten fahrig immer wieder die Taschen seines Sakkos. »Vielleicht möchte dort jemand etwas schreiben. – Könnten wir hinausgehen? Ich würde gern eine Zigarette rauchen.«

Lara beschloss, einen Vorstoß zu wagen. »Das, was ich vorhabe, muss Ihnen doch entgegenkommen.«

Di Scala blieb mitten in der Schleuse für die Touristen stehen und runzelte fragend die Stirn.

Lara angelte nach ihrem Rucksack und reichte ihm wortlos die Ausdrucke seiner Pasquino-Schriebe. »Ich forsche darüber, wissen Sie.«

Di Scala lachte laut. Jemand hinter ihnen schimpfte, weil es nicht weiterging. Sie traten unter den Säulen des Vorbaus hinaus und die Hitze schlug ihnen entgegen wie eine Wand. Aber Ettore schien das nicht einmal zu merken.

»Sie haben etwas von Jasmin, wissen Sie? Sie war früher auch so. Hat einen angestrahlt und dann irgendeine Gemeinheit aus der Tasche gezogen.«

Er war nach Giorgio nun schon der Zweite, der ihr das sagte. Sie fragte sich, wie sie alle darauf kamen. Sie hatte so viel mit Jasmin gemeinsam wie ein Panino vom Vortag mit einer frischen, duftenden Brioche. Jetzt, auf dem weiten Platz inmitten der wogenden Massen, zündete di Scala sich aufatmend seine Droge an. Dann schlug er den Weg in eine der umschatteten Seitenstraßen links von dem monumentalen Gebäude ein, wo es ruhiger war und Antiquariate und einige teuer wirkende Läden mit riesigen Schaufenstern lagen. Auch Lara war dankbar, der glühenden Sonne zu entkommen.

»*A proposito* Jasmin, wie geht es eigentlich Francesco? Ich habe ihn damals in der *Casa del teatro* gar nicht gesehen.«

Jetzt war es Lara, die ihn überrascht ansah. »Sie kennen Francesco?«

Ettore di Scala schob die Zigarette in den Mundwinkel, um in seiner Ledertasche nach etwas zu kramen. Dann reichte er ihr seine Karte. »Wenn Sie ihn sehen, sagen Sie ihm doch, dass er sich mal wieder melden soll. Er hatte immer die besten Beiträge. Ohne ihn ist es nicht mehr wie vorher.«

»Francesco hat bei Ihrer Zeitung gearbeitet?«

»Ja natürlich, wussten Sie das nicht? Stimmt, er erzählt ja nie viel von sich. Jeder hätte gedacht, dass er eine große Karriere vor sich hat. Aber irgendwann hat er von einem Tag auf den anderen gekündigt.«

»Und warum? Ich meine, das war doch sicher ein guter Job, oder?«

Ettore zog an seiner Zigarette und tat ein paar nervöse Züge.

»Ja, schon. Keiner hat es verstanden. Ich glaube, er hatte einfach keine Nerven für die harten Seiten der Branche. Oft ist es eine Gratwanderung. Und nicht jeder Chefredakteur hat es gern, wenn ein Nachwuchsjournalist … na ja. Er hat sich ein paarmal furchtbar mit dem Chef angelegt. Fand, dass seinen Artikeln die Zähne gezogen wurden.«

»Im Ernst jetzt?«

Ettore war vor einem der luxuriösen Modegeschäfte mit Klerikerbedarf stehen geblieben. Im Schaufenster waren ein Kardinalsoutfit in Purpur und mehrere Ordensgewänder ausgestellt. Elegante Puppen mit schwarzen und grauen Stehkragen lächelten Lara an. Ettore stand davor wie ein Delinquent vor dem Inquisitionstribunal.

»Er war so ein Idealist. Philosophiestudium und so.«

»Philosophie?«, echote Lara. Ein Journalist mit Philosophiestudium konnte Briefe wie die am Pasquino morgens auf dem Klo entwerfen, ohne auch nur ein Buch öffnen zu müssen. Allerdings würde sich Francesco eher auf eine Streckbank schnallen lassen, als die Frage zu beantworten, ob er dahintersteckte.

»Das hat er Ihnen auch nicht erzählt? Er hatte sogar ein Stipendium an der *Scuola Normale Superiore* in Pisa. Das bekommen nur die Besten. Komisch.«

Ettore drückte seine Zigarette an der Wand neben dem Schaufenster aus und warf sie dem Inquisitionstribunal zu Füßen in eine Pfütze.

»Ich habe nie verstanden, wieso er im Food-Journalismus gelandet ist. Aber gut, ist wohl sein Ding. Sagen Sie ihm jedenfalls, er soll sich melden. – Ach, und mit dem Pasquino, das lasse ich mir durch den Kopf gehen.«


Es roch nach Kaffee mit Kardamom und nach Hayats sagenhaften Sesamkringeln, als Lara zurückkam. Erst jetzt merkte sie, wie hungrig sie war. Sie ging in die Küche, um sich ein Glas Wasser und etwas zu essen zu holen, und blieb überrascht in der Tür stehen.

Hayat saß am Küchentisch, mit einem Mann, den sie als ihren Bruder Saleh vorstellte. Jetzt, da sie es sagte, sah man die Ähnlichkeit, vor allem um die Augen herum. Allerdings war Saleh sicher fünf oder gar zehn Jahre älter als sie. Die langen Locken, die ihm bis auf die Schultern reichten, waren von grauen Strähnen durchzogen und hinter der randlosen Brille gruben sich erste Fältchen in das bartlose Gesicht. Lara hatte gar nicht gewusst, dass Hayat sich nun doch an ihre Familie gewandt hatte. Bisher hatte sie keine Ahnung gehabt, wo sie überhaupt lebten und was sie von einer Scheidung halten würden. Was das Letztere betraf, musste man sich offenbar keine Sorgen machen. Saleh sah weit mehr nach John Lennon aus als nach Osama bin Laden. Trotzdem schlich Momus hinter Lara im Schlafanzug durch den Flur und murmelte etwas von Ehrenmördern.

»Hab ich es dir nicht immer gesagt?«, maulte Saleh, der das offenbar gehört hatte, seine Schwester an. »Islamisten-Kollaborateure wie du und dein Ex sind schuld, dass unser Image überall so schlecht ist!«

Hayat unterdrückte ein Grinsen. »Saleh arbeitet seit zehn Jahren für eine arabische Frauenrechtsorganisation. Und ungefähr genauso lange redet er an mich hin, dass ich den Schleier des Patriarchats zerreißen und mich von den radikalisierten Unterdrückern befreien soll, die mit ihrem Frauenhass nur verdrängte Sexualität oder auch Homosexualität kompensieren würden.«

Lara grinste. Das klang, als könnte Momus ruhig schlafen. Sie ging an die Spüle, füllte sich ein Glas mit Wasser und leerte es hastig. Die Hitze hatte ihr die Kehle ausgedörrt.

»Stimmt doch!«, erwiderte Saleh und schob seinen Stuhl heftig zurück, in bedenkliche Nähe des Gewürzregals. »Solange wir aus lauter Toleranz die Toleranz beerdigen, solange der Westen mit seinen schlimmsten Feinden Geschäfte macht, solange Aufklärung, Menschenrechte und Zivilisation ins Klo gespült werden, sobald ein Salafist ›Rassismus‹ schreit, solange wird niemand in der arabischen Welt frei atmen können. Wenn wir die arabischen Frauen nicht befreien, werden wir nie Freiheit haben, lies mal Adonis oder Nizar Qabbani!«

Hayat holte eine dritte Tasse und schenkte Lara Kaffee ein. Sie legte noch einen Sesamkringel dazu und zwinkerte. »Hab ich erwähnt, dass mein Bruder der Che Guevara der arabischen

Welt ist? Er wollte schon immer alles einreißen – und da habe ich eben versucht, das, was er übrig lässt, zu bewahren.«

Mit einem unterdrückten Grinsen biss Lara in den Kringel. Süße und Sesam explodierten in ihrem Mund und dankbar lehnte sie sich an die Spüle.

»Ich muss los«, meinte Saleh und stand auf. »Diese Anwältin ist gut, Hayat. Ruf sie an und hör endlich auf, dich zu verstecken. *Stand up for your rights!* Wir brauchen einen weiblichen Bob Marley in der arabischen Welt, so sieht es aus.« Im Hinausgehen pochte er mit der Hand an die Badezimmertür, hinter der Momus verschwunden war, und rief: »Proletarierinnen aller Länder, vereinigt euch!«

Aus dem Bad kam ein unverständliches Grunzen, dann fiel die Wohnungstür hinter Saleh zu.

»Wir haben uns lange nicht gesehen«, erklärte Hayat, als Lara stumm zuerst die Tür und dann sie ansah. »Saleh ist immer schon seinen eigenen Weg gegangen. Als er damals unser Dorf verließ, wollte er erst einmal gar nichts mehr mit seiner früheren Welt zu tun haben.«

Lara verdrückte den Kringel und nahm dankbar noch einen zweiten, als Hayat ihr wortlos den Teller herüberreichte. Der heiße Kaffee tat gut und sie mochte den Kardamom, den Hayat immer dazugab. Momus kam aus dem Bad in die Küche geschlurft. Er trug jetzt Jeans und sein Che-Guevara-T-Shirt.

»Ist er schon weg? Cooler Typ, dein Bruder«, meinte er zu Hayat und schüttelte die *caffettiera*. Als er Wasser hörte, stellte er die Kanne einfach wieder auf den Herd.

Hayat beobachtete ihn, dann fuhr sie fort: »Er nannte meinen Mann ein reaktionäres Arschloch. Ich würde schon sehen, was ich mir da einbrockte, wenn ich ihn heirate. Er war total auf der sozialistischen Linie, die damals bei uns unter den Intellektuellen üblich war. Sein Mundwerk hat ihn auch nach Europa gebracht. Zuerst war das Regime hinter ihm her, dann die Islamisten.«

»Wirst du diese Anwältin anrufen?«

Hayat zuckte die Achseln. »Ich brauche noch etwas Zeit.«

Lara stellte ihre Tasse in die Spüle. »Ich bin noch mal weg, etwas recherchieren.«

»Wenn du zum Abendessen da bist, kannst du mitessen.«

Lara war so überrascht, dass sie in der Tür stehen blieb.

War das Momus gewesen?

»Also, ich mach Chapatis mit Kichererbsen.« Er grinste verlegen. »Hayat ist dabei und Jasmin hat gleich gesagt, wir können alle zusammen im Hof essen. Also, du musst nicht, wenn dir das nicht schmeckt.«

»Doch.« Irritiert wechselte Lara einen Blick mit Hayat. Momus leierte eines der abendlichen Treffen an und wollte auch noch dafür kochen? »Danke.«


»Er hat was?«, fragte Francesco, als Lara ihm eine Minute später davon erzählte. »Hat sich wohl beim Sturz von der Brücke den Kopf angeschlagen. Na, egal. Komm rein.« Er sprach laut, um die Musik zu übertönen, die er laufen hatte. Schlicht, aber schön, lebhafter, als sie es von Francesco erwartet hätte. Gut gelaunt wie ein Morgen am Meer, mit Wind und Sonne im Haar.

Es war das erste Mal, dass Lara mehr von Francescos Wohnung sah als den Flur. Unter ihrem Zimmer lag Francescos Wohnzimmer. An allen Wänden Bücherregale, dazwischen eine Ledercouch und ein Tisch aus Eisen mit Glasplatte.

Francesco machte eine einladende Bewegung und regulierte den Lautsprecher herunter. »Kaffee?«

»Nein danke, ich habe gerade von Hayat welchen bekommen.« Lara ließ sich auf die Couch fallen. »Was ist das, was du da hörst?«

»Tosti, *Malía*. Dann ein Wasser?«

Lara bejahte dankbar. Sie war schon wieder durstig und auch hier war die Sommerhitze zu spüren, obwohl Francesco auf der Sonnenseite die Fensterläden geschlossen hatte. Bei ihm bestand der Boden nicht aus Holzdielen, sondern aus Terrakottafliesen, die sich angenehm unter den Füßen anfühlten.

Als Francesco mit zwei Gläsern Wasser zurückkam, zog Lara den Zettel vom Pasquino heraus und hielt ihn Francesco hin. Wer eine halbe philosophische Bibliothek im Haus hatte, kannte sicher den Satz. Wenn er ihn nicht selbst geschrieben hatte.

»*Werde, die du bist!*«, las Francesco die Nachricht. Er stellte die Gläser ab, fuhr sich mit beiden Händen durch die Haare und griff danach. »Ach, das ist einfach. Nietzsche. Er bringt das immer wieder. Schon bei den früheren Werken, dann im *Zarathustra* und ganz ähnlich als Untertitel zu *Ecce homo*. – Warte, ich habe die Stellen gleich.«

Er ging zu dem Regal auf der linken Seite und zog ein paar Bände heraus, um darin zu blättern. »Ist im Grunde eine ähnliche Richtung wie bei Pico«, meinte er, während er blätterte. »Sinngemäß so: Du hast es in der Hand, was aus dir wird, weil der Mensch irgendwas zwischen Tier und Übermensch ist. *Gott ist tot,* also trag die Verantwortung gefälligst selber. Vereine das Apollinische und das Dionysische in dir – also Hirn und Trieb – und mach dich zu deinem eigenen Kunstwerk: wie ein richtiger Freigeist, der auf Spießernormen pfeift. Okay, das ist nicht ganz der Wortlaut«, grinste er ihr über den Rand des Buches zu und wieder war da dieses Funkeln hinter den Brillengläsern. »Ach, da ist es ja: *Die fröhliche Wissenschaft: Was sagt dein Gewissen? – Du sollst der werden, der du bist.*«

»Der Typ geht also davon aus, dass ich mein Leben null im Griff habe«, meinte Lara. »Allmählich fange ich wirklich an, ihn zu hassen.«

218

Francesco sah sie überrascht an. Lara griff nach ihrem Glas und lehnte sich zurück. Also kein Fressredakteur, der sich nur für Saltimbocca interessierte. Sondern vielleicht den Revoluzzern gar nicht so unähnlich, nur ohne das Getöse. Jetzt wollte sie doch mehr wissen. »Ich wusste, dass du mir weiterhelfen kannst«, sagte sie lauernd. »Philosophiestudium und so.«

Francesco legte das Buch, das er gerade aufgeblättert hatte, zurück. Einen Moment starrte er sie an. Dann ging er zu der gusseisernen Stehlampe am Regal und knipste sie an.

»Du hast über mich recherchiert«, stellte er fest, während er das nächste Buch herauszog. Er stand mit dem Rücken zu ihr, sodass sie nicht erkennen konnte, wie er das fand.

Lara erzählte ihm von dem Treffen mit di Scala. Warum sie ihn aufgesucht hatte.

»Ettore? Der erinnert sich an mich?« Verblüfft drehte er sich um. Die Brille war ein Stück nach vorn gerutscht, und zum zweiten Mal fiel ihr auf, dass er eigentlich hübsche Augen hatte.

»Als ich herkam, war es ein Job«, sagte Lara nachdenklich. »Aber jetzt ist es mehr. Viel mehr. Ich merke erst nach und nach, was der Pasquino bedeutet, was er wirklich bedeutet. Ich meine, ich bin in einer Welt aufgewachsen, in der es nur um Selfies und Klamotten und Kerle ging, darum, seine Allergien zu verwalten, und ob man sich die Marken-Waschmaschine kaufen kann oder ein Billigprodukt nimmt. Hier geht es um viel mehr. Obwohl es nur Papier ist, kommt es mir vor, als wäre in jedem einzelnen dieser Zettel an diesem verdammten Stück Stein mehr Leidenschaft als in meinem ganzen bisherigen Leben. Weil es um etwas geht. Etwas, worüber man sich aufregen kann, etwas, das einen verrückt macht und einem den Schlaf raubt, was einen in Rage bringt, …« Sie unterbrach sich. Das fehlte noch, dass der Dialektnerd hier auf seinem Sofa einen intellektuellen Orgasmus bekam. Sie biss sich auf die Unterlippe und grinste schief. »Hast du nicht auch früher an den Pasquino geschrieben?«

Francesco verdrehte die Augen und wollte abwinken. Dann lächelte er plötzlich. »Okay, erwischt. Ja. Habe ich. Als ich studierte.«

»Ettore sagte, du warst an der *Scuola Normale Superiore.* Die ist in Pisa.«

Francesco blickte auf und schien überrascht. »Das hat er dir erzählt? Du meine Güte. Was denn noch alles? – Das mit dem Pasquino war vorher. In Pisa habe ich dann gemerkt, dass die anderen Männer lieber Poetry Slam machten, als anonyme Satiren zu schreiben. Damit bekam man mehr Frauen ab.«

Lara bemühte sich, ihre mit einem Schlag eingefrorenen Gesichtszüge aufzutauen, ehe er etwas merkte.

»Wem es um die Sache ging, schrieb am Pasquino. Wem es um Groupies ging, machte Slam?«

»So in etwa. Mir ging es immer um die Sache. Idiot.«

Lara grinste. Da hatten sie einiges gemeinsam.

»Und wie bist du bei *Mangiare* gelandet? Ich meine – die *Normale,* dann ein toller Job bei einer guten Zeitung … und jetzt ein Food-Magazin: *Werde, der du bist?*«

Er zuckte die Schultern. »Es ging mir auf die Nerven, immer nur zu schreiben, was andere von mir wollten. Ich bin Journalist geworden, weil ich die Leute zum Denken bringen wollte. Ich meine, eine freie Gesellschaft lebt von Widersprüchen, oder? Es muss einem nicht alles gefallen, aber ich wollte Diskussionen anregen, nicht den Trottel für meinen Chefredakteur spielen. Und dann habe ich mir irgendwann gedacht, wenn ich sowieso nur der Trendclown sein soll, der Ideen vorkostet, dann kann ich das auch bei einem Magazin tun, das so etwas offen zugibt. Und im Übrigen auch gut bezahlt.«

Lag es an den rebellischen Worten, die sie ihm nicht zugetraut hatte, dass sie sich hier plötzlich so wohlfühlte?

Francesco bemerkte ihren Blick und blätterte hektisch in dem Buch. »Wo ist es denn? Ich weiß, dass es hier steht.«

Er nahm die Brille ab und fuhr sich über die Augen. Lara runzelte die Stirn. Wie zum Teufel hatte er sie sofort so durchschaut? Er hatte recht, mit allem. Sie war ein grünes Groupie gewesen, als sie herkam, ohne den blassesten Schimmer, wer sie wirklich war und wie sie es werden wollte. Der Schreiber hatte sie dazu gebracht, sich diese Frage zu stellen, vielleicht zum ersten Mal in ihrem Leben. Sie hatte den Mann gesucht, der die Briefe schrieb, und jetzt, da sie fast sicher war, dass sie ihn vor sich hatte, fand sie jemanden, mit dem sie nicht gerechnet hatte: sich selbst.

Auf einmal machte ihr der Gedanke Angst, dass sie in gut zwei Wochen zurück nach Deutschland gehen würde. Wo all das hier so weit weg war.

Irgendwo klingelte ein Handy.

Beim dritten Klingeln blickte Francesco auf und fragte: »Willst du nicht rangehen?«

Hektisch wühlte Lara in ihrem Rucksack. »Ja?«, keuchte sie.

»Hi, wo steckst du denn? Ich wollte dir meine Ankunftszeit für morgen durchgeben.« Tobias.

# 25

Als Tobias aus der Metro die Treppe zur Straße heraufstieg, kamen die Gefühle wieder hoch. Der große, schlanke Körper, auf den er sehr achtete und den er trainierte. Die blonden Haare, das Lächeln, das Lara so geliebt hatte. Sie lief einfach auf ihn zu und umarmte ihn.

Es war im Palazzo, als Lara spürte, dass sich Tobias hier nicht gut anfühlte. In dem Moment, als sie mit ihm durch die Tür trat. Er betrachtete den Bacchuskopf und verzog das Gesicht, als er seinen Rucksack daran vorbeimanövrierte. Von Francesco war nichts zu sehen. Jasmin saß im Hof, aber Tobias wollte seinen Rucksack loswerden, also begleitete sie ihn nach oben. Momus empfing sie mit einem halben Seitenblick und grummelte irgendwas Unverständliches. Hayat hatte sich in ihr Zimmer verzogen.

Als er auf Laras Bett saß, versuchte sie, denselben Stolz zu spüren wie früher. Dass dieser Traumtyp mit ihr zusammen war. Aber irgendwie gelang es ihr nicht. Er musterte das neue blaue Kleid, das Lara extra für diesen Anlass gekauft hatte – mit tiefem Ausschnitt und weitem Rock.

»Wow. Gar nicht meine Lara.«

Gar nicht seine Lara.

So viele Wochen hatte sie sich nichts sehnlicher gewünscht, als mit ihm zusammen zu sein. Und jetzt, wo er da war, war sie sich plötzlich nicht mehr sicher, was sie wollte. Sie hatten sich lange nicht gesehen, da war ein Gefühl der Fremdheit nichts Ungewöhnliches. Tobias und sie mussten sich erst wieder näherkommen. Vielleicht war es das Beste, es langsam angehen zu lassen.

Also schlug Lara vor, ins *Café Piazza del Fico* zu gehen. Als er ihr gegenübersaß mit seinen grünen Augen und dem Körper, mit dem er jederzeit zum Casting für *Magic Mike* hätte gehen können, bemühte sie sich zu empfinden, was sie früher empfunden hatte. Sie versuchte, ihm von Paola zu erzählen. Ihrer schrulligen Art und ihren fiesen Sprüchen, aber auch ihren Sorgen. Tobias zuckte nur die Achseln und meinte: »Wenn sie so ein Ekel ist, sei doch froh, dass sie nicht mehr hier arbeitet.« Er nahm ihre Hände und sah ihr in die Augen mit diesem Blick, der die Frauen in die Knie gehen ließ. »Na, egal. Wollen wir … zurück in dein Zimmer gehen?«

Lara lachte trocken. »Später. Ich muss noch arbeiten. Du hast frei, ich nicht.«

»Ach, vergiss doch die Arbeit. Hey, ich bin extra tausend Kilometer geflogen, um bei dir zu sein. Ich wollte mal sehen, ob du mich gar nicht vermisst.«

Das Lächeln, mit dem er seine Worte begleitete, hätte Lara vor einem halben Jahr dahinschmelzen lassen. Jetzt schob sie seine Arme weg. »Im Ernst, es ist wichtig. Ich habe ja nur noch zwei Wochen hier, da will ich noch so viel wie möglich sammeln. Wenn du magst, komm doch kurz mit zum Pasquino. In der Nähe gibt es ein paar Geschäfte mit CDs. Oder du gehst auf die Navona oder machst Sightseeing, bis ich fertig bin. Okay?«

Tobias zuckte wieder die Achseln. Und Lara fragte sich, wieso sie gerade eben, als er sie endlich zum ersten Mal seit Monaten wieder angefasst hatte, lieber zum Pasquino als mit ihm ins Bett gehen wollte. Irgendwas stimmte wohl wirklich nicht mit ihr.

Normalerweise wurde sie hier ständig angesprochen und nach dem Weg gefragt. Heute war es anders, was vermutlich daran lag, dass sie deutsch sprachen. In den Gassen, von denen sie in den letzten Monaten buchstäblich ein Teil geworden war, war sie auf einmal wieder eine Fremde. Auch Tobias schien irgendwie verstimmt zu sein. Er ging elastisch mit federnden Schritten und sah sich nach allen Seiten um wie immer. Aber er redete nur noch, wenn Lara ihn ansprach. Es war heiß und es schien ihn zu stören.

Als sie den Pasquino erreichten, überlegte Lara, ob sie nicht einfach blaumachen sollte. Es war ja wirklich nicht seine Schuld, dass sie wieder einmal unter Gefühlsstarrkrampf litt. Jemanden wie Tobias schubste man nicht von der Bettkante, und streng genommen war es zu heiß zum Arbeiten. Unter ihrem BH sammelte sich längst die Feuchtigkeit und juckte, die Stadt war das reinste Dampfbad. Und es gab schlechtere Aussichten, als mit diesem Traumtypen unter der Dusche die Luftfeuchtigkeit noch um einige Prozent zu erhöhen. Sie wollte gerade ihre Arme um ihn legen und ihm sagen, dass sie es sich überlegt hatte – da bemerkte sie den Zettel.

Der erotische Anflug gefror in der Luft.

Sie starrte auf den Pasquino.

Dann ging sie zum Sockel und riss den Zettel ab.

Dasselbe Papier. Dieselbe Schrift.

*Per aspera ad astra. – Durch raue Zeiten zu den Sternen.*

Wer zum Teufel konnte das sein? Lara quetschte den letzten Saft aus ihren Hirnsynapsen, aber es fiel ihr nichts ein.

»Wieso reißt du das jetzt ab?«, fragte Tobias, der ungehalten in Richtung Navona gestarrt hatte. »Ich glaube kaum, dass man das darf.«

»Aber der ist für mich! Da waren andere …«

»Für dich?« Tobias' Brauen über den rätselhaften Augen zogen sich zusammen und er wandte sich brüsk ab. »Ich sollte vielleicht besser noch einen Kaffee trinken gehen. Du hast ja zu tun. So wirklich vermisst hast du mich offenbar nicht.«

Lara schwankte einen Moment. Aber als sie den Zettel sah, war ihr klar, dass sie jetzt nicht einfach mit Tobias nach Hause gehen und alles wegvögeln konnte. Was immer er auch tun würde, das hier war sie. Es war ihre Welt, ihr Inneres, das, was sie berührte.

Vielleicht war das die merkwürdigste Erkenntnis aus ihrem ganz persönlichen Fall Pasquino. Dass es ein Leben gab, das nicht nur aus einem anderen Menschen bestand, sondern aus vielen Dingen, über die sie auch lachen oder weinen konnte, wenn sie allein war. Aus Geschichten wie der von Paola oder Hayat oder Francesco, die alle eins gemeinsam hatten: Sie waren echt. Hier war nichts zurechtgestylt auf einen bestimmten Lebensentwurf, bestimmte Freunde oder einen bestimmten Mann. Sie waren das Leben, mit all seinen Unberechenbarkeiten, mit all seinen Höhen und Tiefen. Es hatte nichts zu tun mit dem gleichmäßigen, leidenschaftslosen Dahinplätschern zwischen Selfie-Optimierung und Allergieverwaltung. Es war die Gratwanderung zwischen Schmerz und Glück, zwischen Verzweiflung und Leidenschaft, die, wie Jasmin sagen würde, ihre Nervenenden zum Glühen brachte. Nervenenden, die dafür gemacht waren, zu glühen.

Tobias sah sie an, als erwarte er eine Erklärung. Lara betrachtete sein schmales, attraktives Gesicht mit den blonden Haaren und den breiten Lippen, nach denen sie sich so gesehnt hatte.

Dann sagte sie leise: »Okay. Wir sehen uns nachher.«

Gerade sitze ich in der glühenden Hitze auf einem der Pfeiler, die die Eisenkette um den Pasquino halten. Mein Freund ist unterwegs, ich habe ein paar Minuten. Und will euch von dem neuen Zettel erzählen, den ich dort gefunden habe. *Per aspera ad astra. Durch raue Zeiten zu den Sternen.* Ich habe das schon mal im Netz gesucht. Es geht wohl auf ein Drama von Seneca zurück, in dem es heißt, der Weg zu den Sternen sei nicht weich und eben. Da ist wieder das Höhlengleichnis, oder? Man kriegt nichts geschenkt, auch nicht Erkenntnis? Allerdings weiß ich nicht, ob Seneca mich hier weiterbringen wird, denn streng genommen ist das Zitat ja nicht einmal von ihm. Ich muss unbedingt mit Francesco darüber sprechen. Und wenn euch etwas einfällt – ihr wisst ja, schreibt mir einen Kommentar.

Apropos. Wenn ich mir ansehe, was ihr gepostet habt, bekomme ich den Eindruck, dass der letzte Eintrag, gelinde gesagt, polarisiert. Ich hätte nicht gedacht, dass Wahrheit ein so heißes Thema ist. Immerhin haben wir eine Aufklärung hinter uns und uns von Kant auffordern lassen, uns unserer Vernunft zu bedienen. Nietzsche hat Gott, also den Inbegriff der Wahrheit, für tot erklärt, Feuerbach hat ihn seziert und Freud das, was dann noch von ihm übrig war, auf die Couch gelegt.

Das Verrückte ist, dass ihr in euren Kommentaren ganz schön heftig aufeinander einhackt. Leute, tut mir den Gefallen und hört auf damit! Hinter den Nicknames stehen echte Menschen mit echten Gefühlen. Hypathia95 könnte die Nachbarin sein, die euch morgens auf der Treppe immer so nett zulächelt. Socratino der Verkäufer in eurer Lieblingsbuchhandlung. Und so weiter. Wenn sie nicht eurer Meinung sind, macht sie das noch lange nicht zu euren Feinden. Vertretet eure Meinung, vertretet sie gern auch provokant, aber werdet nicht persönlich. Seit ich am Pasquino arbeite, weiß ich, welche Geschichten hinter namenlosen Äußerungen stehen können. Welche grausamen, belebenden, faszinierenden Schicksale, wie viel Menschlichkeit. Die Meinungen gehen auseinander, doch all diese Menschen haben gute Gründe, warum sie ihre Meinungen so und nicht anders vertreten. Jedes Leben verläuft anders, jede Erfahrung unterscheidet sich von der anderen. Ihr erinnert euch sicher an Dostojewskis Großinquisitor: Der denkt, dass die Menschen zwar gern glauben, sie wären frei, aber in Wirklichkeit nur eins wollen: nämlich jemandem ihr Gewissen übergeben und sich zu einem einzigen, einstimmigen Ameisenhaufen vereinen. Ich sage euch ganz ehrlich, dass es mir graut vor einzigen, einstimmigen Ameisenhaufen. Es wird oft geredet von der Intelligenz des Schwarms, so nach dem Motto: Fragen wir das Publikum. Aber sorry – für mich klingt das nach Großinquisitor.

Schwärme sind sinnvoll, da, wo sie naturgemäß vorkommen: im Ameisenhaufen. Aber Schwärme nutzen Schwarmintelligenz nicht als Erweiterung der individuellen Intelligenz. Es ist ihre einzige Intelligenz. Schwärme sind die Lösung der Natur für Lebewesen, deren IQ nicht einmal reicht, um eine Suppenschüssel von der Toilette zu unterscheiden. Ein Heringsschwarm kann bei Gefahr zum Beispiel blitzschnell die Richtung ändern. Der einzelne Hering sieht dabei nicht unbedingt die Gefahr, er macht einfach, was die anderen machen. Wenn der einzelne Hering nachdenken würde, gäbe es eine Massenkarambolage. Also betreibt er Outsourcing von Intelligenz. Wie die Untertanen des Großinquisitors.

Ich glaube, es war Hannah Arendt, die ausführlich beschrieben hat, wie erschreckend effizient Großinquisitor-Systeme damit funktionieren. Die sagte, dass totalitäre Bewegungen Massenbewegungen sind und den Individualismus liquidieren. In Schwärmen – und nichts anderes ist letztlich die Masse – tun Menschen Dinge, die sie sonst nicht täten. Weil die Verantwortung dafür ja irgendjemand anders hat. Oder, wie Hannah Arendt (wenn auch in anderem Zusammenhang) sagte: »*Wo alle schuld sind, ist es keiner.*« Das Problem bei Schwärmen ist, dass sie sich einen Dreck für den Einzelnen interessieren. Der Schwarm muss jede Individualität bekämpfen, weil er sonst gar nicht bestehen kann. *Menschen sind für Sie nur Zahlen, weiter nichts*, instruiert Schillers Großinquisitor den König und bezeichnet das als *Elemente der Monarchenkunst*. Die Ameise, die im Wohnzimmer verhungert, ist dem Schwarm völlig gleich. DAS ist der Preis der Schwarmintelligenz.

Nein, je länger ich mich mit Wahrheit beschäftige, desto unheimlicher wird sie mir. Wo immer es nur eine Wahrheit gab und Zweifel nicht erlaubt waren, da gab es keine Freiheit und keine Individualität. Über einzigen Wahrheiten scheint irgendwie immer der Schatten des Schwarms zu liegen. Wo immer eine Wahrheit die einzige sein will, frage ich mich, ob sie nicht einfach nur Angst hat, als Lüge aufzufliegen. Ob die Idee der einzigen Wahrheit nicht der brillanteste Schachzug der Lüge ist. Da sind mir Leute wie Sartre lieber, der sagt, dass der Mensch frei ist, ob er will oder nicht, und dass er, *einmal in die Welt geworfen, für all das verantwortlich ist, was er tut*. Und deswegen, tut mir bitte den Gefallen und redet auch weiterhin nicht mit einer Stimme!

Als Lara Tobias später im Café abholte, behandelte er sie auffallend zurückhaltend. Im Palazzo stellte sie ihn Jasmin vor und versuchte, im Innenhof ein Gespräch mit ihr anzufangen. Aber es war sonderbar verkrampft. Am Nachmittag meldete sich Carlo Brioschi. Sie durfte tatsächlich vor dem Stadtrat sprechen! Lara war völlig aus dem Häuschen, so lange hatte sie darauf gewartet! Es war eine verschwindend kleine Chance, aber es war eine! Tobias nahm es mit einem Schulterzucken zur Kenntnis.

Am Abend versuchten sie doch noch so etwas wie Intimität zustande zu bringen. Es war mit Abstand der schlechteste Sex ihres Lebens. Laras Gedanken waren überall, nur nicht bei Erotik, und Tobias brauchte eine Ewigkeit, bis er in die Gänge kam. Als er kam, starrte er die Wand hinter ihrem Kopf an, sodass Lara das Gefühl hatte, er wollte einfach nur irgendwie zum Schluss kommen und am liebsten vergessen, wen er da gerade unter sich hatte.

Am nächsten Morgen stand er auf, ohne auf Lara zu warten. Als sie in die Küche kam, stand sein gepackter Rucksack im Flur. Tobias trank seinen Kaffee aus, steckte den Rest seiner Brioche in den Mund und schob das Flugticket in die Tasche seiner Jeans.

»Es war wohl keine so gute Idee, herzukommen«, meinte er kühl und stand auf. »Bleib sitzen. Ich fahre allein zum Flughafen. Irgendwie werden sie mein Ticket schon umgebucht kriegen.«

Als die Tür ins Schloss fiel, nahm Lara sich felsenfest vor, nicht zu weinen. Sondern zur Tagesordnung überzugehen: frühstücken, danach den Laptop holen und an die Arbeit. Irgendwann gegen Abend Tobias eine SMS schicken. Etwas Unbeeindrucktes wie: »*Hoffe, du bist gut angekommen. Mir geht's auch gut.*«

Natürlich funktionierte das nicht.

Sie sah nach den Brioches. Noch zwei da.

Kaffee. Leer.

Sie spülte die *caffettiera* aus. Füllte sie neu. Während das Feuer auf dem Gasherd sein eintöniges Rauschen begann, ließ sich Lara langsam auf einen Stuhl sinken. Sie fühlte sich leer.

Irgendwo klickte ein Türschloss. Schritte. Die *caffettiera* kochte und brodelte. Lara reagierte nicht.

»Guten Morgen. – He, bist du da?«

Erst als die große Hand ihre Schulter berührte, bewegte Lara den Kopf. »Morgen.«

Jasmin nahm die *caffettiera* vom Feuer und stellte das Gas ab. »Alles in Ordnung? Momus rief an, er wollte, dass ich ihm seine Tasche in die *Casa del teatro* mitbringe. Da habe ich die *caffettiera* gehört.«

Lara versuchte, sich zu konzentrieren. Richtig. Momus war gar nicht im Haus.

Jasmin sah sich um. Das gebrauchte Geschirr. Der weggerückte Stuhl. Erst jetzt, als ihr Gesicht juckte, merkte Lara, dass sie geweint hatte.

»Tobias?«, fragte Jasmin.

Lara nickte und sah mit verquollenen Lidern zu ihr auf. »Sieht so aus, als wäre ich nicht gemacht für Beziehungen.«

Jasmin zog sich einen Stuhl heran und setzte sich. »Jetzt hör mir mal zu, Kleines. Ich habe in meinem Leben mehr Männer gehabt, als du Jahre auf dem Buckel hast.« Sie überlegte einen Moment, räusperte sich und meinte: »Na ja. Waren wilde Zeiten. Was ich sagen will, ich kann also als Expertin auf dem Gebiet gelten. Richtig?«

Lara nickte und Jasmins voluminöse Lippen verzogen sich zu einem Lächeln. »Also, was ich dir sagen kann: Es gibt kein *gemacht für Beziehungen* oder *gemacht für Beziehungen, die im Desaster enden*. Es gibt nur *gemacht für die eine Art Menschen* oder eine andere.«

Lara suchte ein Taschentuch. Sie gehörte nicht zu den Frauen, die dekorativ weinen konnten und tränenüberströmt noch attraktiver aussahen. Bei ihr baumelte in Nullkommanichts eine Rotzglocke an der Nase. Aber während sie die Küchenrolle fand und sich die Nase putzte, hörte sie doch zu.

»Du hast jetzt ein eigenes Leben, eigene Wünsche und Ideen, und lebst nicht mehr das von anderen mit, um ihnen zu gefallen. Das Leben von Tobias. Das hat er gespürt. Deshalb ist er abgefahren.«

Die Worte drangen langsam durch die Watteschicht, die sich um sie gebildet zu haben schien und sie in einen Kokon eingeschlossen hatte.

»War es bei dir auch so? Damals, mit Matteo Cavalli?«

Jasmin schien mit der Frage nicht gerechnet zu haben. Sie zögerte, dann sagte sie: »Ich war jung damals. Als ich endlich begriff, hatte er schon das Sorgerecht für meinen Sohn und ich blieb zurück mit meiner Leere und einem Berg Anwaltsschulden.«

Überrascht sah Lara auf. »Wie hast du es geschafft? Das zu überwinden – und das alles hier aufzubauen?«

Jasmin holte eine Tasse, schenkte Kaffee ein und schob sie ihr über den Tisch. »Du kannst es Glück nennen, aber ich denke, ich habe einfach etwas geliebt. Wirklich geliebt. Und ich rede nicht von einem Mann. Ich rede von Dingen, die man nicht anfassen kann. Was einen aufrecht hält, wenn man verlassen wird, den Job und die Freunde verliert und im Netz einen Shitstorm provoziert hat.«

Laras Tränen versiegten. Ohne den Kaffee anzurühren, fuhr sie sich noch einmal mit dem rauen Küchentuch über die Nase. Begann auf einmal zu begreifen. Kunst, Philosophie – den meisten dienten sie nur dazu, Eindruck zu schinden. Jasmin bezeichnete sie als legale Drogen, aber es war weit mehr als das.

»In all den Wochen hast du Tobias hin und wieder erwähnt«, sagte Jasmin. »Aber wenn man dich zum Leuchten bringen will, muss man über ganz andere Dinge sprechen.«

Sie nahm Laras Hand und zog sie in den Flur, wo der große, dunkel gerahmte Spiegel stand.

Langsam, als hätte es Angst, sich ihr zu zeigen, erschien Laras verweintes Gesicht auf der dunklen Fläche. Hinter ihr spiegelte sich das dunkelbraune Bücherregal. Sie sah fast noch schlimmer aus, als sie es erwartet hatte. Ihre Nase war rot, die Augen verquollen – so ungeschminkt und blass sah sie zehn Jahre älter aus.

Aber die Augen.

Sie waren weder schöner noch größer. Aber sie blickten anders. Ernst. Traurig. Aber auch intensiver. Überrascht betrachtete Lara ihr Spiegelbild.

Jasmin schien die Veränderung gar nicht aufgefallen zu sein. Sie schob Lara vor den Spiegel, sodass sie ihrem Bild direkt gegenüberstand.

»Das hier«, erklärte sie, »ist der einzige Mensch auf der Welt, dem du gefallen musst.«

# 26

Francesco nahm Tobias' Abreise zur Kenntnis, ohne sie irgendwie zu kommentieren. Wann auch, er war zurzeit noch mehr unterwegs als sonst. Aber Momus bemühte sich sichtlich, weniger nervig zu sein als üblich, was allein schon bemerkenswert war. Und Hayat stellte sich in die Küche und machte Sesamkringel.

»Die machen zwar nicht fröhlich, aber dick«, meinte sie, als sie mit dem Teller in Laras Zimmer kam. Momus war unterwegs und sie schälte sich aus dem Kopftuch und der langärmligen Jacke. Darunter trug sie ein kurzes Top, die Haare waren zu einem glatten Zopf gebunden. Ihre ungeschminkten Augen mit den dichten Wimpern zwinkerten. »Sieht so aus, als hätten wir gerade beide kein Glück in der Liebe.«

Sie vernichteten den Teller Kringel, dann noch einen. Lara suchte die CD mit Liedern von Tosti, die ihr Jasmin geliehen hatte. Sie hätte diese Musik, die den Gefühlsstarrkrampf löste und sich auf ihre Seele legte wie ein blaues Seidentuch auf eine Wunde, in ihrer jetzigen Verfassung ständig hören können. Und die Aussicht auf Kummerspeck war im Moment ihr kleinstes Problem.

Als sie zwei Tage später durch das kühle Marmortreppenhaus kam, hätte Francesco sie fast über den Haufen gerannt.

»Hey, zu dir wollte ich nachher noch«, rief er im Vorbeilaufen. »Sorry, hab es eilig, aber hast du morgen Nachmittag was vor?«

Lara verneinte, aber ehe sie fragen konnte, warum er das wissen wollte, war er schon am Treppenabsatz.

»Ich muss hinüber nach Ostia«, rief er von unten, ehe er gefährlich nahe an Jasmins Bacchus vorbei nach draußen joggte. »Ist so ein Strandrestaurant. Ich dachte, du hast vielleicht Lust, mitzugehen. Überleg's dir bis heute Abend, okay? Ciao!«

Weg war er und Lara blieb zurück mit dem Bacchus im leeren Gang.

»Ja«, sagte sie zu dem Hinterkopf aus Terrakotta. »Das klingt schön.«


Als sie im Schrank wühlte, fand sie irgendwo ganz unten das Kleid, das sie gekauft hatte, als Tobias sich angekündigt hatte. Weit ausgeschnitten, blau, mit federleichtem knielangem Rock, in dem der Wind spielen konnte. Sie würde es garantiert nicht seinetwegen gemeinsam mit ihrer Libido im Schrank verrotten lassen. Als sie es angezogen hatte und vor dem Spiegel stand, verflog die Traurigkeit. Zum ersten Mal seit Tobias' Abreise fühlte sie sich gut. Und ein bisschen sexy.

»Mit dem *motorino* nach Ostia?«, fragte Lara, als ihr Francesco die Tür öffnete. »Wie auf alten Fotos?«

Francesco fischte den Schlüssel aus der Olivenholzschale und angelte nach dem Tablet, das daneben auf der Kommode lag.

»Nein, den alten Blechesel lassen wir stehen. Ich habe noch einen Karren mit vier Rädern, ein paar Straßen weiter. Oh, schönes Kleid.« Er wirkte entspannt, so hatte sie ihn überhaupt noch nie gesehen. Schwarzes Hemd, Sonnenbrille, helle Jeans: derselbe Francesco, aber lebhafter, strahlender – als hätte er sich gehäutet.

Der Karren war ein mit Blütenstaub bedeckter Mini. Francesco schleuderte das Tablet achtlos auf den Rücksitz und mischte sich, kaum hatte Lara halbwegs den Gurt angeschnallt, mit Formel-1-tauglichem Ehrgeiz in den Verkehr.

Obwohl ihm die Straßen einiges an Konzentration abverlangten, war die Konversation mindestens ebenso rasant wie sein Fahrstil. Francesco war wie ausgewechselt und die Fahrt kam Lara viel kürzer vor, als sie vermutlich war. Sie waren schon kurz vor Ostia, als die Bremsen plötzlich quietschten. Der Mini kam zum Stehen und Lara wurde gegen den Schaltknüppel geschleudert.

*»Mavammoriammazato!«*

Der Grund für diesen nicht ganz feinen Dialektwunsch, der Fahrer möge durch Mord das Zeitliche segnen, war eine uralte, rostig-grüne Ape. Sie war direkt vor ihnen abrupt zum Stehen gekommen. Und hatte offenbar einen Teil ihrer Ladung verloren. Vor ihnen war die gesamte Straße mit Glassplittern bedeckt. Und einer der Reifen des Mini war wohl genau darin zum Stehen gekommen.

Innerhalb kürzester Zeit hatte sich eine Menge von Menschen versammelt. Einige klatschten, manche riefen dem Fahrer Ratschläge zu. Und Francescos rechter Vorderreifen sackte mit einem hörbaren Pfeifton allmählich in sich zusammen.

*»Stronzo, ma che cazzo hai fatto!«*

Francesco schlug mit beiden Händen auf das Lenkrad. Dann sah er hinüber zu Lara und auf einmal zuckten seine Mundwinkel. Beide fingen gleichzeitig an zu lachen.

Ungefähr zwei Stunden später holperte der Mini mit dem notdürftig anmontierten Ersatzreifen nach Ostia hinein.

»War ja klar. Die Werkstätten haben alle schon zu. Die Leute sind am Strand und in den Restaurants. Tut mir leid. Wir müssen wohl sehen, ob wir noch einen Zug zurück in die Stadt bekommen. Oder ein Taxi nehmen.«

»Und das Restaurant?«

»So wie ich aussehe?«

Lara musste lachen. Francesco hatte sichtlich das erste Mal seit der Führerscheinprüfung einen Reifen gewechselt. Entsprechend war er über und über mit Motoröl verschmiert.

»Schade. Ist schön hier.« Lara lief ein paar Schritte, um die Promenade mit den zahllosen Strandrestaurants zu sehen.

Francesco trat hinter sie. »Also, ich kenne da jemanden, der eins dieser Strandbäder betreibt. Er macht gleich zu, soweit ich weiß. Aber wenigstens könnten wir dort noch etwas zu essen bekommen.«

»Klingt doch super.«

Grinsend machte er eine Kopfbewegung und dann liefen sie die Promenade entlang.

Die Straße war mit Palmen bepflanzt, die über ihnen in einer leichten Brise vom Meer schwankten. In den Restaurants glänzten Lichter. Zwischen alten Kähnen, die auf den gekiesten Terrassen gestrandet waren, saßen Menschen. Die Luft war warm und spielte mit Laras Rock, streichelte ihr Gesicht. Überall war Musik. Es war ein traumhafter Abend, abgesehen davon, dass Francescos Äußeres ziemlich ramponiert war. Und es muss leider erwähnt werden, dass Lara auch nicht viel besser aussah. Sie gehörte nicht zu den Frauen, die bei einem Reifenwechsel untätig danebenhockten.

Lara zeigte auf eines der Strandbäder, das im Gegensatz zu allen anderen dunkel und unbewohnt wirkte. Nur ein Nachtlicht brannte und beleuchtete ein altes Steuerruder an der Wand. »Das Restaurant von deinem Freund ist aber nicht zufällig das da?«

Francesco blieb stehen und schlug sich an die Stirn. »*Porca miseria!* Ich habe vergessen, dass er donnerstags immer früher zumacht!«

Es wurde dunkel. Laras alte Stimme meldete sich, dass es bald zu spät sein würde, um noch nach Rom zurückzufahren. »Wir können ein Taxi nehmen«, meinte sie. Aber Lust dazu hatte sie nicht.

»Warte, ich habe eine Idee. Ich glaube, es gibt hier einen Notdienst.« Francesco zappte sich auf seinem Handy durch ein paar Apps. »Hab ihn. Das ist nur ein paar Straßen weiter. Ich bringe den Mini hin, und während sie den neuen Reifen montieren, gehen wir etwas essen. Was meinst du?«

»Jetzt doch in dem Aufzug?«

Der warme Wind zerzauste seine Haare und ließ das Grinsen jungenhaft wirken. »Ich weiß, dass mein Freund einen Notfallschlüssel hat. Und er hat einen Kühlschrank. Wir werden viel besser essen als im Restaurant.«

Eine halbe Stunde später stand der Mini in der Werkstatt und Francesco suchte die Blumentöpfe in den Fenstern des Strandrestaurants nach dem Schlüssel ab. Lara stand mit dem Rücken zu ihm und behielt die Straße im Auge. Wenn etwas vorbeifuhr, das nach Carabinieri aussah, pfiff sie leise. Das fehlte noch, dass sie wegen Einbruchs in ein Strandlokal im Gefängnis landeten!

»Hab ihn!«

Lara atmete auf, als Knirschen hinter ihr verriet, dass Francesco den Schlüssel gefunden hatte. Er schob sie ins Innere und zog die Tür hinter ihnen zu. Seine Schulter streifte sie im Dunkeln, warm wie der salzige Seewind. Dann ging das Licht an und sie standen in einem winzigen Strandrestaurant mit weißen Holzmöbeln und hellblau gestrichenen Wänden. Zum Meer hin öffnete sich der Raum dem leichten Wind von der unendlichen, dunklen Fläche des Meeres wie eine Muschel der

Strömung. Vereinzelte Lichter glänzten auf der schimmernden Fläche. Von den benachbarten Restaurants drang gedämpfte Musik wie Sirenengesang herüber.

Francesco öffnete eine Tür, hinter der sich offenbar die Küche verbarg. Lara riss sich von dem Anblick los und folgte ihm in eine kleine, aber top eingerichtete Restaurantküche. Über dem Herd hingen Pfannen, auf den Fensterbrettern zum Meer hin standen Basilikum, Petersilie und Rosmarin. Ein riesiger Kühlschrank, der für diese kleine Küche viel zu gewaltig schien, dominierte den Raum.

»Ich wusste es.« Francesco öffnete den Kühlschrank weit und präsentierte den Inhalt. »Meeresfrüchte, diverse Sorten Fisch. Es ist angerichtet.«

»Super. Mann, habe ich Hunger!«

Schweigen.

Endlich fragte Lara: »Wie macht man die eigentlich?«

Schweigen.

»Das ist jetzt nicht wahr.«

Francesco sah sich hilfesuchend um.

Der Drang, wieder loszukichern, wurde unwiderstehlich. Breitbeinig ließ sich Lara auf einen Stuhl fallen und stützte den Kopf in die Hände. »Du testest Restaurants und kannst nicht kochen?!«

»Glaubst du, dass man Food-Redakteur studieren kann? Ich bin Philosoph!« Francesco zog sich den Stuhl ihr gegenüber heran und ließ sich darauf sinken. »Und *Mangiare* hat ein redaktionseigenes Restaurant, für alle, die von der Arbeit nicht schon bis zum Überlaufen vollgefuttert sind.« Er überlegte. »Also, man kann sie grillen. Das sollten wir zusammen hinbekommen, oder? Und Zitronen muss es hier ja auch irgendwo geben.«

Sie sahen sich an und wieder mussten sie lachen.

»Darf man das? Einfach so am Strand grillen?«

Francescos Blick wurde mitleidig und Lara hob entschuldigend die Hände. *Chissenefrega?* – Wen interessierte das?

Francescos Freund besaß eine Feuerschale für romantische Abende am Meer. Auch Holz und Feuerzeug fanden sie. Und als Lara den Ofen öffnete, förderte sie ein Gitter zutage, das sie als Grillrost verwenden konnten. Francesco hatte inzwischen eine Flasche Wein geöffnet und draußen auf dem Strandabschnitt des Restaurants das Feuer angezündet. Sie luden alles, was gut aussah, auf ein Tablett, versahen sich mit Tellern und den beiden größten Zitronen, die Lara finden konnte, dann liefen sie barfuß über den noch aufgeheizten dunklen Sand.

Die Meeresfrüchte waren wahrscheinlich das Beste, was Lara in den letzten Monaten gegessen hatte. Die ersten hatte sie vorsichtig in den Mund gesteckt, bereit, sie sofort wieder auszuspucken. Aber dann griff sie hungrig zu. Über dem offenen Feuer gegrillt, schmeckten sie nach Meer und Freiheit. Inzwischen war es fast völlig dunkel geworden, nur noch ein fahler Streifen im Westen verriet, wo die Sonne untergegangen war. Es war warm und der Rauch mischte sich mit dem Fischduft. Sie schälten Garnelen und Scampi, träufelten Zitronensaft darüber und steckten sie mit den Fingern in den Mund. Die Weingläser steckten sie in den Sand. Die warmen Körner knirschten zwischen Laras Zehen und massierten ihre Füße. Das Feuer warf gelbe Reflexe auf den dunklen Grund und der Wind ließ das Meer rauschen.

»Das ist doch besser als der Spruch am Pasquino, oder? Der mit den rauen Zeiten«, meinte Francesco, während er sich mit den Fingern eines der halb verbrannten Schalentiere in den Mund steckte. »Sagtest du nicht vorhin im Auto, dass der Schreiber dir schon wieder den tieferen Sinn der Scheiße in deinem Leben erklärt?«

Lara grub die nackten Füße in den Sand und fischte sich auch noch ein paar Scampi vom Grill. »*Per aspera ad astra*«, wiederholte sie.

»Idiot«, winkte Francesco ab. »Warum soll man eigentlich immer leiden, um klug zu werden, gut oder heilig? Karfreitagsgejammer ist schön und gut, aber danach geht's in die Bar, auf einen Espresso und ein *dolce* oder gleich ein Glas Aleatico, und das Leben geht weiter.«

»Und dafür hast du Philosophie studiert?«

Lachend warf Francesco eine Handvoll Sand nach ihr. Kreischend sprang Lara auf und brachte sich in Sicherheit. Sie spürte den warmen Sand unter den nackten Füßen feucht werden. Kleine, kalte Wellen rollten an den Strand und über ihre Zehen. Es war so schön, dass einen Augenblick wieder der Gefühlsstarrkrampf drohte. Aber nicht jetzt. Und nicht hier.

»*Per aspera ad astra! Per aspera ad astra!*«, skandierte Lara herausfordernd. »Hey! Wusstest du, dass Menschen die einzigen Lebewesen sind, die etwas komplett Sinnloses tun können, nur weil sie gerade Lust dazu haben?«

Sie begann den Rhythmus in den nassen Sand zu stampfen, spürte, wie er sie durchdrang. *Per aspera ad astra. Per aspera ad astra.* Dieser Moment war sinnlos. Völlig verrückt, ein minutenlanger Orgasmus im Kopf, der ein Ventil brauchte, wenn er sie nicht zerreißen und in alle Winde verstreuen sollte. Lara blieb stehen und ihr Atem und die Brise bewegten ihr Haar. Über ihnen erschienen die ersten Sterne am dunkler werdenden Himmel und die Lichter spiegelten sich im Spiegel des Nachtmeers. Der nasse Sand gab unter ihren Füßen nach, Salzwasser sammelte sich in ihren Spuren und verwischte sie im selben Moment. Hier wurde nichts gespeichert oder geteilt. Jeder Augenblick war einmalig. Unwiderruflich vorbei, wenn er verstrichen war. Kostbar. Und er gehörte ihr allein. Leben 4.0.

»Was ist? Komm her, es ist wunderschön!«

Tobias hätte das alles einfach nur bescheuert gefunden. Aber Francesco sah sie nachdenklich und auf eine ganz ungewohnte Art an. Auf eine Art, die schön war. Und vielleicht sogar ein bisschen mehr.

Plötzlich schlug er sich an die Stirn. »Die Meeresfrüchte!«

Seine Lippen zuckten. Lara rannte lachend zurück zum Feuer. Die Schalen hatten schwarze Stellen bekommen und rochen scharf.

»Kann man das noch essen?«

»Verdammt, sind die heiß!« Vorsichtig zog Lara eine Schale auf. »Ich glaube, das war in letzter Sekunde. Innen sind sie noch okay.« Vorsichtig zupfte sie das Fleisch heraus. Sicher nichts für einen Restauranttester, aber einfach nur großartig. »Und du, du hast doch sicher schon eine Idee, was *per aspera ad astra* hier bedeuten soll?«

»Ich? Ich bin ein Food-Redakteur, der sogar die Scampi auf dem Grill anbrennen lässt.« Francesco schenkte Wein nach und etwas davon versickerte im schwarzen Sand. »Na gut. Wenn das ein Liebesbrief sein soll, fällt mir nur noch der übliche Joker ein: petrarkistische Lyrik. Leid durch Liebe und so.«

»Er meint, dass Liebe einen weiterbringt?«

»Na ja. Notfalls *ex negativo:* Wenn es schiefgeht, weißt du schon mal, mit wem es nichts wird.«

Lara warf Scampischalen nach ihm und er duckte sich lachend weg. Eine Weile stocherte er mit der Gabel im Feuer, dann meinte er: »Man lotet seine Gefühle aus. Da ist was dran. Geht auf den Dichter Francesco Petrarca zurück.«

»Francesco. Klar.« Dass Francesco denselben Vornamen hatte wie der Dichter, der in Italien die Liebe erst richtig erfunden hatte, das war ihr bisher nie aufgefallen. Wenn überhaupt, hatte sie bisher eher an den Fußballspieler Francesco Totti oder den Papst gedacht.

Francesco schien tatsächlich ein wenig verlegen zu werden. »Also bitte! Ein Petrarkist bekommt nie die Frau, die er will. Er betet sie von ferne an und wird so zu einem besseren Menschen. Weil er lernt, auf eine feinere Weise zu empfinden. Sorry, aber das ist ein bisschen wenig.«

»Warum soll er sie eigentlich nicht bekommen? Ich meine, er kann doch zuerst lernen, feiner zu empfinden, und danach doch noch zum Zug kommen.«

Francesco fischte eine Garnele aus dem Meeresfrüchtemix auf dem Grill und köpfte sie mit gewissenhafter Brutalität. Das Thema brachte ihn sichtlich in Verlegenheit. »Vermutlich dachten sie damals, dass die Liebe verschwindet, sobald Sex im Spiel ist. Na gut, wir sind da in einer Zeit mit restriktiver Sexualmoral, kein Wunder, dass die kein gesundes Verhältnis dazu entwickeln konnten. Da gab es eben nur Sexobjekt oder von fern angehimmelte Göttin.« Er sah auf und seine geraden Brauen zogen sich zusammen. »Du studierst doch Italienisch, erzähl mir nicht, dass du das nicht weißt.«

»Ja, sicher. Aber ich wollte hören, wie du es erklärst. Vielleicht verrätst du dich ja.« Oder besser gesagt, hatte sie plötzlich Lust bekommen, ihn über diese Dinge sprechen zu hören. Zu sehen, wie er immer wieder ihrem Blick auswich und wie seine lebhaften Augen unter den dunklen, geraden Brauen über den menschenleeren Strand schweiften, wo hinter den Sichtschutzwänden aus der nächsten Strandbar die aktuellen Sommerhits gespielt wurden und immer wieder flackernde, grellbunte Lichtreflexe zu ihnen herüberblitzten.

Eine Weile sagten sie gar nichts. Sahen in das Feuer, von dem es nach Fisch und verbrannten Schalen duftete, und auf das nachtschwarze Meer, auf dem die Lichter der Fischerboote schwankten.

»Hayat beschreibt das auch so ähnlich«, meinte Lara nach einer Weile.

»Hm. Hab mal gelesen, dass die Petrarkisten das aus dem Orient abgekupfert haben«, meinte Francesco. »Kann mich aber irren. Meinst du, dass sie es ist? Die diese Zettel schreibt?«

Lara schüttelte den Kopf. »Nein. Aber vielleicht sehe ich ja auch alles falsch, womöglich meint er, dass ich es einfach vergessen soll? Weil ich ein hoffnungsloser Fall bin?«

»Hoffnungslos, du?« Die dichten Wimpern an seinen Lidern waren ihr noch nie aufgefallen.

»Schau dir das petrarkistische Konzept doch an: Da kannst du als Frau nichts richtig machen. Entweder bist du die Schlampe oder die Heilige, und mit keiner von beiden will ein Mann zusammen sein.«

Er lachte, ein angenehmes Lachen. »Ach, sei nicht so streng. Die haben damals die Liebe gerade erst wiedergefunden, nachdem die Religion sie ihnen jahrhundertelang vermiest hatte.«

»Eine Liebe, in der man die Frauen, die man haben kann, verachtet, und die, die man verehrt, nicht haben will. Welche Schlüsse soll ich daraus wohl ziehen?«

»Also, wenn du meine Meinung hören willst: dass du in Zukunft von Typen die Finger lässt, die mit ihrer unteren Körperhälfte noch in der Renaissance feststecken.«

Lara blickte überrascht auf, dann begann sie zu lachen.

»Vielleicht sollte ich wirklich weniger daran denken, ständig irgendjemandem gefallen zu wollen«, meinte sie dann nachdenklich. Sie kaute auf ihrer Garnele herum und holte sich noch eine. Die Dinger waren verdammt lecker. »Ich habe vielleicht so sehr darauf geachtet, die Richtige für Tobias zu sein, dass ich ganz vergessen habe, die Richtige für Lara zu sein.«

Francesco sah sie eine Weile mit seinem sonderbaren Ausdruck an. Aber es störte Lara nicht mehr.

Er zuckte die Achseln und der Moment zerbrach mit einem unhörbaren Klirren. »Klingt mal nicht schlecht für den Anfang.«

»Ist es das, was Pico meinte? Sich weiterentwickeln, im Sinne von Nietzsche: werden, was man ist? Aber warum haben sie sich in der Renaissance dann so verdammt viel Mühe gegeben zu definieren, wohin diese Entwicklung laufen soll? Ganze Bücher geschrieben, wie man sich als perfekter Gentleman aufzuführen hat? Zumindest, wenn man ein Kerl war. Die Frauen sollten sich zwar auch entwickeln, aber bitte nicht so weit, dass sie auf die Idee kamen, unabhängig zu sein.«

Francesco schwieg. Mist, dachte Lara. Sie hatte es wieder einmal verbockt. Gerade jetzt, wo er anfing, sie zu interessieren. Wo ihr auffiel, dass ein paar Monate Training Fett in Muskeln verwandelt hatten und er mit den längeren Haaren auf einmal ziemlich gut aussah. Und was tat sie? Anstatt ihn anzuhimmeln, wie Männer es von Frauen nun mal erwarteten, hielt sie ihm einen Vortrag. Lara und die Männer, das ging einfach nicht gut.

»Weißt du, damals, als wir uns das erste Mal begegneten, hätte ich nie erwartet, so etwas einmal von dir zu hören«, meinte er plötzlich. »Du hast dich nur für diesen Tobias interessiert. Ich dachte, du hast gar nichts sonst in dir. Ich habe erst gemerkt, dass es anders ist, als die Sache mit dem Pasquino anfing.«

Lara legte die letzten Scampi auf den Grill, um sich ihre Verwunderung nicht anmerken zu lassen. Sollte das heißen, dass er den Vortrag okay fand? Mit dem konnte doch irgendwas nicht stimmen.

»Ich wollte dir das eigentlich nicht sagen«, meinte er. »Aber ich habe eine Zeitschrift gegründet.«

Lara fischte einen Krebs vom Grill. »Über Essen?«

Francesco lachte. »Um Himmels willen! Nein, über Philosophie: *Filosofia*.« Daher das Strahlen. Er sah nachdenklich in das Feuer, das helle Reflexe auf sein Gesicht warf. »Das war es, was ich eigentlich immer wollte. Etwas bewegen! Nicht zweimal pro Monat herumposaunen, wie man sich am besten den Bauch vollschlagen kann.«

245

Etwas an ihm reizte sie, ihm zu widersprechen. Vielleicht war es dieses Funkeln in seinen Augen. Sie wollte wissen, ob da noch mehr ging. »Es gibt Leute, die machen Gehirnjogging oder so.«

Er winkte ab, es wirkte fast ärgerlich. »Gymnastik, weiter nichts. Ich will etwas tun, das wirklich etwas bewegt. So wie früher, als Literaturzeitschriften noch die Welt verändern konnten!«

Lara hatte gar nicht gewusst, dass Francesco derart Funken sprühen konnte. Es war, als hätte er ein Gitter hochgeschoben, das ihn von den anderen Menschen getrennt hatte. Und das, was dahinter zum Vorschein kam, war ziemlich attraktiv.

»Das warst du, weißt du das?« Er richtete sich plötzlich auf und beugte sich zu ihr herüber. »Wenn du mit deinem Pasquino nicht gewesen wärst, wenn du nicht dafür gesorgt hättest, dass sich unsere langweilige Großstadt-WG in ein Philosophencamp verwandelt, wenn ich nicht gesehen hätte, dass in jedem Menschen das Interesse an mehr steckt als der Frage, was die anderen futtern und wo man das auch kriegen kann – wenn du nicht gewesen wärst, hätte ich mir das nie zugetraut.«

Der Wind pfiff durch ihr Haar und befreite auch die Gedanken.

»Es geht uns allen so, weißt du?«, sagte Francesco. »Jasmin hat nicht mehr ständig neue Männer. Sie geht neuerdings sogar zum Arzt, wenn sie krank ist. Hayat sagt, Momus spült sein Geschirr selber ab und hat eine Beziehung, die schon um einiges länger dauert als zwei Stunden. Sie selbst – na, da muss ich nichts hinzufügen. Sie wäre ohne dich längst vor die Metro gesprungen. Und ich …«

Er unterbrach sich, dann grinste er. »Ich hab abgenommen.«

Und ich, ergänzte Lara in Gedanken, surfe nicht mehr nächtelang auf Tobias' Profil, um zu sehen, wen er als Nächstes mit seinem Charme einwickelt. Zum ersten Mal, seit ich zehn bin, habe ich wieder das Gefühl, etwas Sinnvolles zu tun.

Der Wind war stärker geworden und fegte Francesco die Haare ins Gesicht. Es wurde kühl und ein Frösteln kroch über ihren Rücken wie kleine Ameisen. Aber Lara war es gleich. Ihr ganzes Leben lang hatte sie das, was sie wirklich war, versteckt. Wenn sie aus dem Haus ging, blieb ihr IQ in der Wohnung, verborgen hinter einer Tresortür. Den Ersten, der nicht schreiend vor ihr weggelaufen war, hatte sie geliebt und sich selbst für ihn mindestens so sehr verraten wie Francesco für die Arbeit, die er ohne Freude gemacht hatte.

»Du hast gedacht, ich sei so inhaltsreich wie ein leerer Joghurtbecher«, stellte sie fest.

Francesco hob die Brauen. Warum hatte sie nie bemerkt, wie schön sie gezeichnet waren? »Also, das würde ich jetzt so nicht … ja, doch. Habe ich.«

Sie hörten nicht auf, sich anzusehen.

»Du hast mich Groupie genannt.«

»Und du mich Fressredakteur. Wir sind quitt.«

»Das war nicht so …«

»Ach was, vergiss es.«

Der Geschmack von Salz und Schalentieren erinnerte Lara sekundenlang daran, dass sie sich in einem anderen Leben davor geekelt hatte. Aber das war Geschichte. Und wenn Francesco so weitermachte, wie er küsste, hatte alles weitere Zeit bis zum nächsten Jahrtausend.

# 27

Lara wachte vom Kaffeeduft auf, der in ihrer Nase kitzelte. Im ersten Moment war sie nicht sicher, ob sie noch träumte. Männer kochten nicht Kaffee für Frauen wie sie. Sie spürte das glatte Laken auf ihrer Haut, tastete auf der Marmorplatte des Nachttischs nach ihrer Brille und sah das Stuckrelief mit Meereskreaturen über dem Bett. Nicht über ihrem Bett.

Francesco hatte nicht zugegeben, dass er es war, der ihr am Pasquino schrieb. Aber sie war sich sicher. Wie hatte er das nur angestellt, gestern am Strand, dass sie sich auf einmal so sexy gefühlt hatte? Zwischendurch waren sie immer wieder schwimmen gegangen, mitten in der Nacht. Die Sterne, der Mond, der von der unendlichen Fläche gespiegelt wurde, das gleichmäßige Rauschen der Brandung, die einen von den Füßen fegte, mit einer Wucht, die den Körper mit der Erde verband. Zuerst war es furchtbar kalt gewesen, aber dann war das Wasser weich auf der Haut, und das Salz auf den Lippen schmeckte nach Freiheit.

Alles war intensiver. Die Luft war reiner und der dunkle Sand körniger. Als ob man aus dem Kino käme und plötzlich in der wirklichen Welt wäre. Und spürte, dass es Dimensionen gab, die man im Kino nicht wahrgenommen hatte: Gerüche, Gefühle, Bilder, die nicht im Dunkeln verschwanden, wenn man sich umdrehte. Dass der Kontakt zwischen ihr und dem, was um sie herum war, direkter wurde und sich alles ungefiltert in die Wahrnehmung brannte. Weil man die Dinge nicht nur über die Augen wahrnahm, sondern mit dem ganzen Körper. Die Wirklichkeit lief durch sie hindurch, durchdrang sie. Sie war nicht mehr der Beobachter, der sich selbst irgendwo zu einem festgelegten Zeitpunkt an einem festgelegten Ort dieses Planeten betrachtete. Sie war wie ein Tier, das nichts von Planeten und Beobachtern wusste, sondern einfach da war. Das machte es so unendlich real. Existenziell. Das Intime war philosophisch.

Lara lächelte und reckte sich ein wenig, als sie den Schlüssel in Francescos Wohnungstür hörte. Als sie gestern irgendwann hier in seinem Schlafzimmer gelandet waren, hatte sie keinen Augenblick lang darüber nachgedacht, ob es bei der einen Nacht bleiben oder mehr werden sollte. Eigentlich machte es alles nur noch komplizierter. Schließlich endete ihre Zeit hier in nicht einmal zwei Wochen.

Aber sie wollte jetzt nicht darüber nachdenken. Wäre es ohne Job und ohne Geld nicht völlig absurd gewesen, wäre sie am liebsten einfach geblieben. Und dennoch hatte sie viel weniger Angst vor der Zukunft als in den Jahren, als sie sicher gewesen war, Lehrerin zu werden. Wie viele Dinge sonst waren anders, als sie gedacht hatte? Das war überhaupt nicht die Lara, die sie vor einem halben Jahr gewesen war. Die hier mit Sand in den feuchten Haaren und in Unterwäsche in Francescos Bett lag, nachdem sie am Strand einen wilden One-Night-Stand gehabt hatte, nachts in der Brandung geschwommen war und in der Stadtverwaltung die Pasquino-Revolution vom Zaun gebrochen hatte. Irgendwie gefiel ihr die jetzige Lara besser.

Lara richtete sich auf, als Francesco mit einer Tüte frischen Brioches hereinkam. Er trug schwarze Jeans und Poloshirt und die Sonnenbrille über den Kontaktlinsen stand ihm Lichtjahre besser als die alte runde. Der Begrüßungskuss wurde etwas länger und intensiver als erwartet. Um einiges intensiver, um genau zu sein. Er musste schon geduscht haben, sein Haar war feucht und roch nach Shampoo. Aber er schmeckte noch nach Salz und Meer und der Duft der frischen Brioches mischte sich hinein. Zitronencreme.

Etwas schrillte.

Francesco verschwendete kaum einen Blick. Das brave, gut erzogene Mädchen in Lara sagte, dass sie den Anruf annehmen musste, aber gegen das, was seine Hände mit dem Rest von ihr anstellten, hatte es keine Chance. Sie schickte es zum Teufel. Wenn das, was er vorhatte, auch nur annähernd an die letzte Nacht herankam, hätte sie selbst ein Killerkommando vertröstet.

Leider spielte das Handy nicht mit. Es klingelte weiter, und als es endlich aufhörte, begann es eine Sekunde später von vorn.

»Ach, Mist!«, stieß Lara hervor. Sie schob Francesco zur Seite und sah auf das Display.

Im selben Moment bereute sie es. *Jacobi,* flimmerte es auf dem Display. Na toll. Die ultimative Erotikbremse.

»Ja?«, stieß sie dann hervor und schob sich die Haare hinter die Ohren.

»Margaretha Jacobi hier. Ihr Projekt läuft ja demnächst aus. Ich würde mit Ihnen gern einen Termin für ein Abschlussgespräch ausmachen, ehe Sie an die Auswertung gehen.«

»Ja, ich …« Lara versuchte Francesco wegzuschieben, aber der lachte nur und küsste sie weiter, auf den Hals, die Schulter, die Lippen. Der Geschmack des Meeres und der letzten Nacht.

»Also, ich dachte da an den 15., kurz vor Semesterende. Das ist ein Dienstag, passt Ihnen das? – Was sind denn das für Geräusche im Hintergrund?«

»Geräusche? Was für Geräusche? Nein, ich … ja, geht klar. Natürlich.«

Lara beendete das Gespräch. Francesco bemerkte die Veränderung und ließ sie los.

»Ist was?«

Sie legte das Smartphone zurück und starrte an die Decke. Auf einmal war ihr die Lust auf Sex vergangen.

»Na ja. Die Uhr tickt. Ich muss bald zurück nach München.«

»Ach so. Ich dachte schon, es wäre was Ernstes. Kaffee ist fertig.« Jeden anderen hätte Lara angefahren, dass das nicht komisch sei. Aber in seinen Augen war dieses seltsame Funkeln, das sie stutzig machte.

»Was weißt du, was ich nicht weiß?«

Francesco ließ sie zappeln. Er angelte die Tüte vom Bett, die er achtlos auf die Decke hatte fallen lassen. Aber er ging nicht in die Küche, sondern blieb im Türrahmen stehen.

»Vorhin im Treppenhaus habe ich Jasmin getroffen. Ich soll dich zu ihr schicken, sie will dir etwas vorschlagen.«

Francesco um diese Uhrzeit mit frischen Brioches im Treppenhaus. Vermutlich hatte sie die naheliegenden Schlüsse gezogen. Lara wurde hellhörig. »Und du weißt, was es ist.«

»Ja, aber ich habe versprochen, es dir nicht zu sagen. Sie will es selbst tun.«

Lara zögerte und er lachte. »Nun komm, lass uns frühstücken, und dann geh runter zu ihr. Sie ist da.«

»Deine Assistentin? In der *Casa del teatro*?«

Lara war so perplex, dass sie auf den zu einer Bank hergerichteten Baumstamm sank, der vor dem Glastisch in Jasmins Küche stand. Jasmin hatte ihre nächtliche Kampfansage an Petrarcas Keuschheitsideal mit keinem Wort kommentiert. Sie war schon geschminkt, obwohl es sicher noch nicht zehn Uhr war, und trug ihr schwarzes Kostüm mit dem extravaganten Kragen. In ihr mit einem Samtband zusammengehaltenes Haar hatte sie die Sonnenbrille geschoben. Der ganze Raum bis zu der mit Fliesen beklebten Tür zum Bad duftete nach einem schweren Parfüm. Es sah fast so aus, als hätte sie nur noch auf Lara gewartet.

»Es wäre erst einmal aushilfsweise. Aber mit der Option auf Verlängerung.«

Lara sah sie an, aber nichts in Jasmins Gesicht verriet etwas. »Du hast keine Assistentin. Nie gehabt. Carlo sagte das.«

»Ich werde auch nicht jünger.«

Jasmin war tatsächlich ein wenig blass, allerdings lag das wohl weit eher an den Folgen der Erkältung, die sie sich letzte Woche eingefangen hatte. Sie wirkte absolut nicht wie jemand, der sein Arbeitspensum nicht mehr allein schafft. Jasmin und Altersteilzeit, das war in etwa so, als würde Gianna Nannini die Rockmusik an den Nagel hängen, um in Zukunft auf Kaffeefahrt zu gehen und beim Seniorentreff abzuhängen.

Lara suchte nach Worten. Sie musste ihre Masterarbeit schreiben und nach Deutschland zurück. Sie hatte Verpflichtungen. Einen Termin mit Jacobi, die verrückte Nächte am Strand mit Sex, Philosophie und Schwimmen in der Brandung wenig zielführend genannt hätte. Scheiß auf zielführend. *Chissenefrega.*

Die Wahrheit war, dass sie die *Casa del teatro* liebte, seit sie das erste Mal einen Fuß hineingesetzt hatte. Dass sie hier zum ersten Mal seit Langem das Gefühl hatte, etwas Sinnvolles zu tun. Und sie hatte zum ersten Mal das Gefühl, dass ihr Körper kein nerviger ungebetener Besuch war, den man am besten ruhigstellte. Sondern dass er im Takt der Welt atmete. Sich gut anfühlte. Sie hatte nicht den Mut gehabt zu fragen, ob für Francesco die Sache mit dieser Nacht erledigt war. Vielleicht, weil es einfach zu schön gewesen war. Allerdings hatte er vorhin nicht gerade den Eindruck eines Fuck-and-forget-Petrarkisten gemacht. Alles, was sie glücklich machte, war hier.

»Deinen Master könntest du trotzdem machen«, fügte Jasmin hinzu, als keine Antwort kam. Sie setzte sich zu ihr. »Und natürlich ist es nur ein Angebot. Ich habe das Geld beantragt und bekomme es. Du bist zu nichts verpflichtet, ich kann auch jemand anders einstellen. Aber wenn du willst, hast du den Job.«

Lara sagte noch immer nichts.

»Also, überleg es dir«, meinte Jasmin schließlich.

Endlich fand Lara die Worte wieder.

»Das hast du für mich getan?«

Jasmin lächelte. »Nein, für mich. Ich brauche eine Assistentin.«

»Du hast es für mich getan.« In Lara begann etwas zu strahlen.

»Okay, meinetwegen. Für dich und ein bisschen auch für mich.«

# 28

Die Aussicht, bleiben zu können, beflügelte Lara förmlich. Sie arbeitete mehrere Tage wie besessen. Sie wollte ihren Master abschließen, um so schnell wie möglich die Stelle bei Jasmin antreten zu können. Unabhängig davon, wie lange es mit Francesco lief. Und heute wollte sie das bleiche, pastellfarbene Licht nutzen, um noch Fotos für die Ausstellung zu machen.

Müde klappte sie endlich ihren Laptop zu und sah zum verhangenen Himmel. Die Sonne drückte bleiern auf die Wolkendecke. Durch den feinen Dunstschleier war das Licht besonders unwirklich. Es war spät geworden, sicher nach vier Uhr. Zeit, nach Hause zu gehen.

»Bis dann«, sagte sie zum Pasquino, der wie immer stumm und hochnäsig über sie hinwegblickte. »*Ciao, bello!*« Sie schob Laptop und Smartphone in ihren Rucksack und schlug den Weg zum Palazzo ein.

Aus dem Augenwinkel bemerkte sie eine Gruppe Männer, die sie zu beobachten schien, und ging unwillkürlich schneller. Die Gasse war eng und hinter ihr knatterte ein *motorino*. Sie trat einen Schritt zurück in einen Hauseingang, um es vorbeizulassen. Als sie wieder heraustrat, waren die Blicke noch immer unangenehm im Rücken zu spüren.

Sie war so auf die Gruppe hinter sich fixiert, dass sie zu spät bemerkte, wer ihr entgegenkam.

Die beiden Männer waren ein Stück weiter vorn in der schmalen Gasse stehen geblieben. Erst jetzt erkannte Lara den einen. Es war der Mann, den sie vor Wochen mit Hayat beobachtet hatte – ihr Mann. Sie hatte ihn damals nur kurz gesehen, aber sie erinnerte sich an den Bart und die runden Augen mit dem deutlich sichtbaren Weiß. Er trug sogar dieselbe Jacke. Ihre Blicke flogen über den anderen. Ein hagerer Typ, dessen Bart sich leicht kräuselte.

Der Schweiß brach ihr urplötzlich aus allen Poren. Sie blickte hastig über die Schulter. Niemand zu sehen. Sie nahm diese Gasse auch gewöhnlich gerade deshalb, weil es hier keine Restaurants oder Läden gab, welche die unvermeidlichen Touristenschwärme anlockten. Sie wusste nicht, was die Männer von ihr wollten. Aber ein Typ, der seine Frau verprügelte und ihr derart den Weg versperrte, hatte wohl kaum die Absicht, sie nach einer Strickanleitung für Topflappen zu fragen.

»Wo ist sie?«, fuhr er sie an.

Lara blickte über die Schulter. Die Männer von der Piazza waren nirgends zu sehen. Sie war ganz allein mit den beiden. Und die schienen ganz genau zu wissen, wer sie war.

»Wer?«, fragte sie.

Er packte ihren Arm. »Ich habe ihre SMS an dich gelesen. Du hast ihr doch das alles erst in den Kopf gesetzt«, fuhr er sie an. »Ohne dich hätte sie mir das niemals angetan. Wo ist sie?«

»Wo ist wer? Lassen Sie mich los!«

Lara wollte sich befreien. Der Mann schlug ihr mit der flachen Hand ins Gesicht, sodass sie gegen die Hauswand geschleudert wurde und ihr die Luft wegblieb. Im ersten Moment war ihre Wange taub. Dann begann sie zu brennen.

Lara rang nach Luft. Ihr Rucksack war über die Schulter herabgerutscht und hing schwer auf ihrem linken Unterarm.

Sie hatte das Gefühl zu erstarren, wenn sie sich nicht bewegte, nicht irgendetwas tat. Zugleich lähmte die Panik, wie die Männer auf Widerstand reagieren würden, ihre Stimmbänder. Es war, als ob eine Milchglasscheibe langsam ihre Wahrnehmung von ihrem Bewusstsein trennte. Sie durfte nicht zulassen, dass sie sich zwischen sie und das Geschehen schob. Lara begann zu schreien.

Die Männer wechselten ein paar hektische, laute Sätze. Lara nutzte den Moment. Sie zog das Knie hoch und trat Hayats Mann mit aller Kraft, die sie aufbringen konnte, zwischen die Beine.

Dann schulterte sie ihren Rucksack und rannte, ohne sich umzusehen, zurück zur Piazza.

Als sie den Palazzo etwas später auf einem anderen Weg erreichte, brannte ihr Gesicht noch immer. Die Stelle, wo Hayats Mann sie geschlagen hatte, war heiß und pochte. Als sie endlich die Tür hinter sich schloss, zitterte sie am ganzen Körper und ihr Herz raste. Sie musste ein paar Minuten in der Hocke sitzend abwarten, bis sich ihr Puls einigermaßen beruhigt hatte. Dann stieg sie langsam und mechanisch die Treppe hinauf, ohne bei Francesco anzuhalten.

»Lara, was ist los? Um Gottes willen, wie siehst du denn aus!«

Lara reagierte nicht, selbst als Hayat direkt vor ihr stand und sie anzusprechen versuchte. Sie ging ins Bad, um sich das Gesicht zu waschen. Das Brandzeichen der Demütigung auszulöschen. Das Gefühl, ausgeliefert gewesen zu sein. Es dauerte eine Weile, bis sie das warme Wasser überhaupt wahrnahm.

Lara ließ es über ihre Lippen und den verschwitzten Hals laufen. Dann hielt sie die Arme unter den lauwarmen Strahl. Sie zog ihre Kleider aus und suchte sich frische. Die alten wollte sie nicht weitertragen.

»Das ist meine Schuld«, sagte Hayat mit belegter Stimme, nachdem Lara ihr und Momus in der Küche erzählt hatte, was passiert war. »Warst du bei der Polizei?«

Lara setzte sich wortlos auf den Stuhl, den sie ihr herzog, und schüttelte den Kopf. Sie hatte so viel Angst, dass es ihr den Hals zuschnürte. Wenn sie Anzeige erstattete, würden die Männer sich vielleicht rächen.

Momus ging zum Kühlschrank und öffnete ihn. »Also, ich würde zur Polizei gehen. Wenn du nichts tust, denken die doch, dass sie es mit dir machen können.«

Lara blickte auf. Momus riet ihr, zu den *Scheißbullen* zu gehen? Zu den *Schergen des Establishments,* zu den *Nazis in Uniform?*

Er suchte etwas im Kühlschrank, fand es und schien zu zögern. »Und du hast ihn wirklich in die Eier getreten?«, fragte er hinter der offenen Tür.

Lara nickte.

Momus holte die Flasche Limoncello heraus. Er warf einen bedauernden Blick darauf, dann stellte er sie entschlossen auf den Tisch. »Cool«, sagte er anerkennend. »Echt cool.«

Lara brachte so etwas wie ein Lächeln zustande. »Findest du?« Es tat gut, sich nicht ganz hilflos zu fühlen.

Momus räusperte sich. »Also, bedient euch. Ich stelle jetzt meine Marihuanapflanzen in den Schrank. Und dann rufe ich die Polizei.«

Momus bot ihr seinen Limoncello an und rief die Polizei. Lara war sich nicht sicher, ob sie wirklich schon wieder ganz klar im Kopf war.

Kurze Zeit später liefen drei Polizisten durch die Wohnung. Zum Glück hatte Tonio gerade Dienst. Er überzeugte sich, dass es Lara gut ging, und fragte dann Hayat über ihren Ex aus.

Hayat beantwortete die Fragen hastig, sie wirkte abwesend. Als sie fertig war, rief sie jemanden an. »Saleh?«, hörte Lara sie sagen. »Ich bin so weit. Gib mir die Nummer von deiner Anwältin. Ich tue es. Volles Programm. – Ja, meinetwegen. Ist mir egal. Gib mir die Nummer.«

Lara zog sich zurück und überließ die Polizisten Momus. All die Menschen waren zu viel für sie. Sie musste erst das Chaos in ihrem Hirn ordnen, die hämmernden Fragen, ob sie wie ein hilfloser Versager reagiert hatte oder nicht. Die Angst, dass es wieder passieren würde. Vielleicht schlimmer würde, weil sie die Polizei gerufen hatten. Ihr war kalt und sie holte sich ihre Jacke und zog sie fest vor der Brust zusammen.

Sie wusste nicht, wie lange sie auf ihrem Bett gesessen hatte, als die Tür aufgerissen wurde.

»Geht es dir gut?« Francesco stürzte herein, in langen Jeans und dunklem Hemd, verstaubt vom Straßenverkehr. »Momus hat mir Bescheid gesagt, ich bin gerade erst nach Hause gekommen. Warum hast du mich denn nicht angerufen?«

Lara schüttelte nur stumm den Kopf. Vermutlich war sie es nicht gewöhnt, ihren Freund anzurufen, wenn sie Hilfe brauchte. Wenn er denn *ihr Freund* war. Trotzdem tat es gut, dass er da war.

»Ich reise ab«, sagte sie tonlos. »Ich fahre zurück nach München. Ich habe den Termin mit Jacobi. Ich werde dortbleiben.«

Sie zitterte und Francesco zog sie an sich. Seine Wärme tat unendlich gut, so gut, dass Lara am liebsten losgeheult hätte. Tobias hatte sie nie so in die Arme genommen. »Jetzt beruhige dich erst einmal. Das war ein Schock.«

»Ich habe Angst«, flüsterte Lara.

»Natürlich hast du Angst. Jeder, der auf der Straße überfallen wird, hat Angst. Aber es ist vorbei, okay? Es ist gut.«

Nein, das war es nicht. Nichts war gut. Es war genau zwischen den beiden Orten passiert, die hier in Rom am wichtigsten für sie waren. Sie würde nie wieder unbeschwert an diesen beiden Orten sein können. Die Tränen würgten Lara, aber sie kamen nicht.

»Ich kann hier nicht bleiben.«

Francesco packte sie an beiden Schultern und sah ihr direkt in die Augen. »Doch das kannst du. Du hast eine verdammte Aufgabe hier. Du musst vor dem Stadtrat sprechen und sie dazu bringen, den Pasquino stehen zu lassen! Das kann niemand außer dir. Wenn du gehst, werden sie ihn zum Marforio in die Kapitolinischen Museen stellen. Dann werden ab und zu ein paar Touristen einen Blick darauf werfen und danach zu den großen Highlights weitergehen. Das, wofür der Pasquino steht, kann nur atmen, wenn er genau dort bleibt, wo er ist. Hinter Glas erstickt er. Du hast so lange auf diese Gelegenheit gewartet, und jetzt willst du aufgeben?«

Die Stimmen der Menschen in der Wohnung waren verstummt, offenbar waren die Polizisten gegangen. Es war so ruhig, dass es wehtat. »Und ich will auch nicht, dass du gehst«, fügte er plötzlich hinzu.

Lara blickte überrascht auf.

»Jetzt hör auf. Sag mir nicht, dass du es nicht weißt. Natürlich geht es ohne dich. Aber mit dir ist es unendlich viel besser.« Er machte eine Geste mit beiden Händen und grinste schief. »Ich liebe es, wenn du diese verrückten Dinge tust. Ich liebe es, wenn du diesen lauernden Ausdruck in den Augen bekommst. Wenn du mit mir an einem Autoreifen herumschraubst, obwohl wir beide keine Ahnung davon haben. Ich liebe es sogar, wenn du unfrisiert und den Mund voll Brioche vor deinem Laptop auf meinem Bett sitzt.«

Endlich kamen die Tränen. Der Schutzschild in ihrem Hals, der sie zurückgehalten hatte, löste sich und rutschte stückweise hinab. Es erleichterte sie und zugleich fühlte sie sich plötzlich so verwundbar. Das mühsam aufrechterhaltene Magnetfeld war jetzt völlig zusammengebrochen. Sie war ausgeliefert. »Ich habe mich getäuscht. Ich bin keine Kämpferin.«

Francesco nahm ihre Hände in seine und blickte sie eindringlich an. »Doch, das bist du, Lara. Genau das bist du. Und deshalb weine und lass deine Wut und deine Angst heraus. Aber danach wirst du verdammt noch mal aufstehen und tun, wofür du gemacht bist!«

# 29

**www.laras-kosmos.de**

Stéphane Hessel schrieb, er wünsche jedem von uns etwas, worüber wir uns empören können. Ich habe viel zu lange Zeit in einer empörungslosen Welt verbracht. Endlich geht es wieder um etwas. Genug damit, das Leben zu verschlafen und sich intellektuell zu fühlen, wenn man liest, was alle lesen, wenn man denkt, was alle denken, und wenn man frisst, was alle fressen!

Also sitze ich nun hier und schreibe ein Referat über den Pasquino. Und habe das Gefühl, dass dies das wichtigste Referat meines Lebens ist – und zugleich dasjenige, dem ich am allerwenigsten gewachsen bin. Immer wieder lösche ich die Datei und schreibe sie neu. Streiche Dinge heraus, füge ein, um dann wieder alles in den Müll zu werfen. Ich habe mich noch nie so hilflos gefühlt. Wie soll ich den Stadtrat überzeugen? Diese Leute sind hier geboren, sie kennen den Pasquino viel länger als ich. Was soll ich denen erzählen? Im Grunde weiß ich ja nicht einmal, ob sie nicht schon im Voraus entschieden haben und ihnen das, was ich ihnen zu sagen habe, nicht völlig gleichgültig ist. Am Montag ist der Termin.

Die anderen sagen, ich hätte Expertenstatus. Ein bisschen wie ein Archäologe vor einer Notgrabung, ehe etwas abgerissen und etwas Neues gebaut wird. Aber ganz ehrlich: Wenn ein millionenschwerer Immobilienhai ein Hotel bauen will, was kann ein Archäologe da mit einer Notgrabung verhindern? Er könnte ein zweites Stonehenge entdecken und es würde doch nichts ändern. Und ich bin keine Professorin, ich bin genau genommen nicht einmal eine Expertin. Ich bin nur ein Dialektnerd, der Fotos von den Zetteln am Pasquino macht und darüber eine Arbeit schreibt, die außer seiner Professorin nie jemand lesen wird.

Ich schaffe das nicht.

Es war Sonntagabend, als Jasmin in Abendgarderobe an ihrer Tür stand.

Laras Brille saß schief, ihr Haar war seit Tagen unfrisiert, ihre Augen rot und ihr Kleidungsstil – Schlafanzug und T-Shirt – hatte sich an den von Momus angepasst. Überrascht schielte sie auf Jasmins blau schillerndes Abendkleid, den strassbesetzten Kamm in der Hochsteckfrisur, die Kette mit dem funkelnden Anhänger aus

Saphir und Diamanten. Sie erschnüffelte einen schweren Duft, dann schoben sich zwei Opernkarten in ihr Blickfeld.

»Du musst auf andere Gedanken kommen. Wenn du dich verkrampfst, wird es auch nicht besser. Geh duschen und zieh dich um. Das Taxi kommt in einer halben Stunde.«

»*Don Carlo*« stand auf dem Programm. Verdi, was sonst. Die musikalischen Eruptionen dieses *Risorgimento*-Revoluzzers passten zu Jasmin. Das Verrückte war, dass diese Eruptionen Bedingung zu sein schienen für die unendlich zarten, verletzlichen Momente dieser Musik. Momente, so überirdisch intensiv und zerrissen, dass es manchmal kaum auszuhalten war.

»*Salute*«, meinte Jasmin, die sie gleich nachdem sie zwischen den groben Säulen hindurch den Eingang passiert hatten, mit Prosecco versorgt hatte. »Wie weit bist du mit deiner Rede für den Stadtrat?«

»Ich habe meinen Text noch nicht fertig. Die Oper dauert ziemlich lange.« Inmitten der römischen Schickeria, die sichtlich die Gelegenheit nutzte, die ganz große Abendgarderobe auszuführen, fühlte sich Lara wieder einmal ein wenig deplatziert. Zum Glück hatte sie sich nachdem sie Jasmin den Job zugesagt hatte, ein rotes Cocktailkleid gekauft, das sie heute zum ersten Mal angezogen hatte. Alle anderen trugen lange Kleider.

»Ja, die Spieldauer ist ein wenig länger als sonst. Sie haben die Totenklage aus dem Vierten Akt der französischen Fassung übernommen. Sieh dir die Aufführung bis zur Pause an. Dann entscheidest du, ob du dir ein Taxi rufst oder bis zum Ende bleiben willst.«

Als sie sich in einer der zahllosen Logen niedergelassen hatten und das Licht im Zuschauerraum ausging, war es, als würde damit auch die Panik vor dem nächsten Tag gedimmt, bis sie ganz verschwand. Die ziellos durch den Raum irrenden Töne aus dem Orchestergraben erzeugten ein Knistern in der Luft, eine Spannung, die körperlich zu spüren war – wie die kurz vor der ersten Berührung beim Sex. Es war, als würde sich ihr Unterbewusstes einen Augenblick lang mit dem der anderen Zuschauer verbinden – und mit dem der Künstler. Sie spürte diese Verbindung mit all diesen Hunderten Menschen im Saal wie ein Geflecht unendlich feiner, vibrierender Atome.

Schon als die ersten Klänge der Oper in den Saal strömten, war Lara klar, dass sie nach der Pause nicht gehen würde. Diese Musik war elektrisch geladen. Sie bannte sie auf ihren Stuhl, spannte ihre Nerven auf das Äußerste und befreite sie gleichzeitig von dem Gefühlsstarrkrampf. In jeder Note ging es um Leben und Tod, und selbst in den leisen, zerrissenen Tönen brodelte unter der Oberfläche dieses zerstörerische, befreiende, intensive Feuer. Die an- und abschwellenden Akkorde, die Stimmen, die sich ineinander verschränkten, sich liebten und hassten und die Knoten in ihrer Seele lösten, ließen Lara gebannt auf die Bühne starren. Eine Musik, die wild und ungebremst in den dunklen Raum geschleudert wurde. Eine Musik, die Gefühle nicht künstlich breittrat, bis sie sozial verträglich waren, adrett und telegen zurechtkupiert. Sondern die sie einfach ließ, wie sie waren, ohne Angst, dabei die Umgebung mit in die Luft zu jagen. Als sich die Baritonstimme mit »*Date la libertà!*« – *Geben Sie Gedankenfreiheit!* – mit einer unglaublichen Wucht über das Orchester hob und gleichzeitig in ihren helleren Nuancen eine verborgene Verletzlichkeit schimmerte, begriff Lara, dass Jasmin sie nicht hergebracht hatte, um etwas zu erleben, das sie aus der Schule kannte. Sondern um den Pasquino zu erleben. Das zu erleben, was er wirklich bedeutete. Wenn das hier ein Aufstand war, dann war es einer gegen das Diktat der Banalität, die Menschen manipulierbar machte. In all den Jahren hatte Lara fast vergessen, wie es war, wenn einem das Denken den Schlaf raubte. Einen beschäftigte, zur Verzweiflung und zur

Ekstase trieb. Wie es war, das Kostbarste zu verteidigen, was man besaß: die Freiheit. Und dass diese wilde, untemperierte und hemmungslose Musik sie auf den nächsten Tag besser vorbereitete als eine ganze Nacht am Schreibtisch. Als der Aufklärer Marquis Posa schließlich der Inquisition zum Opfer fiel und Don Carlos schwor, für die neue, freiere Welt zu kämpfen, von der dieser geträumt hatte, veränderte sich etwas.

Lara hatte das Gefühl, alle musikalischen Atome konzentrierten sich mit einem Mal auf sie. Durchschlugen die Wand aus Angst oder Scham. Und in diesem Moment wusste sie, dass es keine Ausreden mehr gab. Dass sie morgen auf diesen verdammten Hügel gehen und tun würde, was nur sie tun konnte.

Francesco und Jasmin brachten sie zum Kapitol. Als sie die Marmorstufen hinaufstiegen, hatte Lara wieder das Gefühl, dass ihre Beine wegsackten, aber sie achtete nicht darauf.

»Ich bin im Publikum«, sagte Francesco und zeigte auf den Presseausweis an seinem schwarzen Hemd. Dass er nicht für *Mangiare* über die Sitzung berichten würde, musste jedem klar sein, der einen Pastateller von einem Bleistift unterscheiden konnte, aber der Ausweis machte trotzdem etwas her.

Laras Finger klammerten sich um ihr Skript. Sie schwitzte, obwohl die Temperatur noch morgendlich angenehm war – der Termin war um elf. Sie war Jasmins Ratschlag gefolgt und hatte sich nicht verkleidet. Zwar hatte sie sich für das in Rom zu solchen Anlässen übliche dunkle Kostüm entschieden, allerdings für eines mit lockerem Schnitt und gerafftem Kragen, das gar nicht erst versuchte, den klaren Stil einer Jacobi zu imitieren.

»Du siehst toll aus«, sagte Francesco, der ihre Gedanken zu lesen schien. »Carlo Brioschi sagt, es steht auf der Kippe. Die Leute, die auf deiner Seite sind, und die, die es nicht sind, halten sich in etwa die Waage.« Er nahm sie an den Schultern. »Wir hören dir zu. Vielleicht kommt auch Ettore. Aber ganz gleich, was da drinnen nachher passiert: Du ziehst das durch. Okay?«

Lara nickte mit zusammengepressten Lippen. »Okay.«

Jasmin drückte Laras Hand von der anderen Seite. »Es gibt nicht ein bisschen Freiheit. So wenig wie ein bisschen Leben oder ein bisschen schwanger. Tu es oder lass es. Und wenn du mich fragst: Tu es!«

Der Saal war groß und kühl, ein heller Barockraum mit den rot-gelben Fahnen der Stadt und mit rotem Samt bezogenen Sitzen für Publikum und Stadtregierung. Türen führten an verschiedenen Seiten herein. Am Kopfende unter einer Statue – war das Augustus? – befand sich der Sitz der Bürgermeisterin und ein Pult. Hoch darüber thronte noch ein Marienbild auf goldenem Grund. In U-Form darum gruppierten sich die Sitze der Regierung. Der Boden bestand aus einem schwarz-weißen Marmormosaik, das Fische und andere Meereskreaturen zeigte, bis hin zu grotesken Fabelwesen. Das Publikum fand weiter hinten Platz. Lara setzte sich mit den anderen in die erste Reihe. Francesco lächelte ihr aufmunternd zu. Weiter hinten entdeckte sie tatsächlich Ettore. Dass mit ihm eine der größeren Zeitungen hier vertreten war, machte ihr Mut.

Die Stadtväter und -mütter wirkten so interessiert wie ein Haufen Schüler bei einem Fachvortrag. Vermutlich war sie heute nicht die Erste, die hier sprach. Einige waren relativ jung – jünger, als sie gedacht hatte. Noch bevor sie Gelegenheit hatte, sich einen Überblick zu verschaffen, stellte sie ein Mann mit millimeterkurz geschorenem grauem Haar und elegantem Anzug schon vor. Er erklärte in wenigen Worten, wer sie war und woran sie arbeitete. Dann bat er sie um ihre Experten-Stellungnahme. Jetzt oder nie.

Der Weg nach vorn schien unendlich lang zu sein. Mit unsicheren Schritten tastete sich Lara an dem Band entlang, welches das Mosaik absperrte. Sie legte ihr Skript auf das Holzpult, das jemand mit Blick auf die Bürgermeisterin aufgestellt hatte. Aus dieser Perspektive hatte sie das Gefühl, bei einer Prüfung an der Uni vor einer Runde Professoren zu stehen. Sie umklammerte mit den Händen das Pult, räusperte sich und rückte ihre Brille zurecht.

»Sehr geehrte Damen und Herren«, begann Lara mit schwankender Stimme. Da das Mikrofon wegen der Zuschauer im hinteren Bereich laut eingestellt war, hörte sie jede Unsicherheit. »Sie alle wissen, was der Pasquino ist. Ich muss Ihnen nicht sagen, dass er seit rund fünfhundert Jahren ein Ort ist, an dem die Menschen ihr in der internationalen Charta der Menschenrechte verbrieftes Recht wahrnehmen, ihre Meinung zu äußern.«

Das Interesse der Politiker hielt sich nach wie vor in überschaubaren Grenzen. Lara erinnerte sich, dass das gesamte Stadtzentrum unter Denkmalschutz stand. Gewohnt, Expertenmeinungen zu hören, wenn auch nur ein Dixi-Klo aufgestellt werden sollte, warteten sie mit freundlichen, distanzierten Gesichtern auf das Ende ihrer Ausführungen.

»Seit fünfhundert Jahren ...« Die Nervosität erzeugte einen Kurzschluss in ihrem Sprachzentrum. Lara unterbrach sich und blickte über ihre Schulter.

Jasmin hatte sich aufgerichtet. Francesco rutschte auf die vorderste Kante seines Sessels. Ettore blickte von seinem Smartphone auf. Das Schweigen hing lastend über dem Saal. Wurde schwerer, mit jedem Augenblick, der wortlos verstrich.

»Vergessen Sie das!«, sagte Lara.

Sie legte ihr Skript zur Seite.

»Ich bin hier, weil ich als Expertin gelte, aber ich muss Ihnen nichts sagen, was Sie schon längst wissen. Ich kann Ihnen jedoch von Dingen erzählen, die Sie noch nicht wissen.«

Die Stadträte schienen ein wenig aus ihrem Dämmerschlaf zu erwachen. Lara räusperte sich noch einmal, aber sie hatte nicht mehr das Bedürfnis, wie ein kleines Mädchen ihre Brille zu justieren. Sie atmete tief durch und der Atem gab ihr Sicherheit.

»Als ich im Winter hierherkam, war ich eine Studentin, die keine Ahnung hatte, was sie mit ihrem Leben anstellen soll. Ich habe mehr Zeit in den sozialen Netzwerken verbracht als die NSA. Sie wissen sicher, wie schnell dort Stimmungen entstehen. Wie schnell Dinge richtig sein sollen, die sich doch falsch anfühlen, und Dinge falsch sein sollen, von denen man doch tief im Inneren weiß, dass sie eine Frage der Perspektive sind.«

Nun rutschte der eine oder andere Stadtrat doch auf dem Stuhl nach vorn. Die letzten Dauerschläfer wurden durch gemurmelte Kommentare ihrer Sitznachbarn geweckt. Durch Laras kalte Finger begann wieder Blut zu strömen.

»Und dann entdeckte ich irgendwann, dass der Philosoph Adorno schon vor Jahrzehnten davor warnte, dass Massengesellschaften unmündig machen. Dass es die moderne Technik ist – ausgerechnet das Produkt der Aufklärung – die wieder in die Unmündigkeit führen kann. Wenn sie die Stimme des Einzelnen erstickt. Des anderen. Des Ausgemusterten. Hannah Arendt nannte es die Liquidierung der Individualität. Gesellschaften, in denen der Einzelne nicht zählt, sind nicht frei. In Zeiten, in denen man sein Wohlbefinden von »Gefällt mir«-Klicks abhängig macht, kann man schnell vergessen, dass Freiheit *immer die Freiheit des Andersdenkenden* ist, wie Rosa Luxemburg gesagt hat. Eine Freiheit, die nur für Gleichgesinnte gilt, ist keine. Dafür sind Menschen wie Giordano Bruno gestorben, der ein paar Hundert Meter von hier sein Denkmal hat. Nicht für die Wahrheit. Sondern für das Recht auf Zweifel.«

Francesco hatte seine Brille abgenommen und sich nach vorn gebeugt. Der Saal schien nicht mehr so groß zu sein wie noch vor ein paar Minuten. Lara atmete auf. Sie war auf dem richtigen Weg.

»Der Pasquino ist der Ort dieser Andersdenkenden. Und deshalb möchte ich Ihnen heute von ihnen erzählen. Von den Ausgemusterten der Masse. Von denen, die am Rand stehen.

Da ist die alleinerziehende Mutter, die in einem Café in der Innenstadt gearbeitet hat, bis sie ihren Job verlor. Sie hat wohl einmal zu oft laut gesagt, was sie besser nur gedacht hätte. Um ehrlich zu sein, kann sie sehr direkt und unangenehm sein. Eher der Typ böse Hexe als Cinderella. Vielleicht liegt es daran, dass sie drei Kinder allein ernähren muss und nicht viel Grund zu guter Laune hat. Zu viele Sorgen und Ängste, um anderen ein gutes Gefühl zu geben. Aber die Freiheit ist eben kein Model. Keine Miss Liberty, nicht einmal eine Miss Rom.«

Ein paar vereinzelte Lacher kamen aus den Reihen der Politiker. Das gab ihr Sicherheit.

»Freiheit ist oft nicht hübsch anzusehen und oft schwer zu ertragen. Sie hat absolut nicht nur Fans, denn sie ist manchmal verdammt unbequem und gibt einem alles andere als ein gutes Gefühl. Sie kann sogar wehtun.«

Jemand räusperte sich.

»Gleich beantworte ich Ihre Fragen. Lassen Sie mich vorher noch von den anderen erzählen: von Beppe, der als Kind von einem Priester missbraucht wurde. In einer Zeit, in der Kleriker sakrosankt waren. Unantastbar. Als es Blasphemie war, zu sagen, was nicht sein durfte, ein Verbrechen beim Namen zu nennen, wenn es von den falschen Tätern begangen wurde. Über die Angst zu sprechen, die ihn noch heute überfällt, wenn er einen Mann im Ordensgewand sieht. Über die heruntergewürgten Schreie und die erstickten Tränen. Der Pasquino war der einzige Ort, wo um die Wirklichkeit kein Stacheldraht gezogen war.«

Sie machte eine Pause, um durchzuatmen. Mehrere Stadträte hatten sich leicht nach vorn gebeugt und schienen aufmerksamer. Allmählich nahm Lara einzelne Gesichter wahr, wo sie vorher nur eine verschwommene Masse gesehen hatte. Eine Frau mit dunklem Pagenkopf – war das nicht die Bürgermeisterin? Der Mann mit der weißen Mähne. Die Frau mit dem raspelkurzen Haar und dem breiten Mund.

Ein Geräusch in ihrem Rücken ließ sie über die Schulter blicken. Hayat und Saleh waren doch noch gekommen. Abgehetzt und verstohlen drückte sich Hayat auf einen Stuhl, Saleh rückte hinter ihr mit hörbarem Kratzen seinen Sitz zurecht.

»Da ist auch die Frau, die von ihrem Mann geschlagen wurde. Niemand hat ihr geholfen, aus Angst, sich Scherereien einzuhandeln. Sie ist übrigens auch keine Miss Liberty. Ich finde sogar manche ihrer Ansichten ziemlich altmodisch«, sagte sie mit einem Augenzwinkern über die Schulter in Hayats Richtung. »Aber sie ist meine Freundin und ihre Meinungen müssen mir nicht gefallen. Sie verletzt schließlich keine Rechte anderer, und deshalb soll sie lieber aus eigenem Antrieb tun, was ich für falsch halte, als fremdgesteuert, was ich für richtig halte. Und ich möchte Ihnen von ihrem Bruder erzählen, der ganz anders denkt als sie. Er ist Atheist und kämpft für die Rechte von Frauen. In dem Land, in dem er geboren wurde, hat man seinen Ruf vernichtet und er müsste dort Angst haben, wegen seiner Meinung von Fanatikern ermordet zu werden.«

Saleh hatte sich interessiert zurückgelehnt und das eine Bein im rechten Winkel über das andere geschlagen. Hayat machte eine verstohlene Geste mit beiden Händen: Daumen gedrückt!

Lara wandte sich wieder den Politikern zu und sah direkt die Frau mit dem Pagenkopf an. Ihr war warm vor Aufregung, aber sie war entschlossen, sich nicht unterkriegen zu lassen.

»In den Monaten, in denen ich am Pasquino arbeite, habe ich festgestellt, wie schwer es ist, eine eigene Meinung zu entwickeln. Wenn es kein Gut und kein Schlecht gibt, sondern nur Authentizität. Wenn niemand mit seinem bekannten Namen die Richtung vorgibt, weil in der Anonymität alle gleich sind, weil die Stimme einer Kellnerin so viel gilt wie die von Francesco Totti. Am Pasquino hängen Zettel von Kirchenkritikern neben denen von Kardinälen, manchmal neben denen von kirchenkritischen Kardinälen. Freiheit ist die Freiheit des Einzelnen. Das ist die Grundidee der Demokratie und sie steht hier in Rom.«

Sie atmete tief durch. Dass sie sie bis zu Ende hatten reden lassen, war mehr, als sie erwartet hatte. Die Frau mit dem kurz geschorenen Haar rutschte auf ihrem Stuhl nach vorn und ein kurzes Lächeln huschte über ihre schmalen Lippen. Eine andere trommelte mit den Fingern auf den Pappordner vor sich.

»Aber Sie können nicht jede Meinung stehen lassen«, sagte der Mann mit der grauen Mähne, der schon die ganze Zeit sichtlich unbehaglich auf das Ende des Vortrags gewartet hatte. »Mag ja sein, dass Leute wie der alte Mann oder Ihre Freundin dort schreiben. Aber es gibt auch andere. Was ist mit Dingen, die gegen jede Moral sind?«

»Und wer definiert, was Moral ist? Sie?« Lara biss sich erschrocken auf die Lippen. Das war ihr einfach herausgerutscht. »Ich meine, nehmen wir die Inquisition«, fügte sie hinzu. »Die Inquisitoren haben sich auch nicht hingestellt und den Leuten gesagt: Ihr dürft nicht denken. Stattdessen haben sie ihnen gesagt, dass das, was sie denken, unmoralisch sei. Sie haben definiert, was Moral ist.«

Sie musste sich nicht umsehen, sie spürte Jasmins Lächeln in ihrem Rücken.

»Aber viel wichtiger war natürlich, dass sie damit auch definiert haben, wer ausgeschlossen war. Diese Kombination von Narzissmus und Ausgrenzung hat sie so erfolgreich gemacht: dass jeder noch so armselige Büttel sich fühlen konnte wie Superman, weil er ja auf der richtigen Seite stand. Indem sie die Deutungshoheit über Moral beanspruchten, konnten sich die Inquisitoren ihrer eigenen Überlegenheit versichern. Mit den anderen musste man nicht mehr diskutieren, es reichte ein Wort: Lutheraner. Jude. Oder eben: Ketzer. Nichts ist so gefährlich wie eine Moral, die sich über die Freiheit stellt.«

Irgendwo lachte jemand anerkennend. Einige Gesichter, die bisher noch gelangweilt gewirkt hatten, sahen sie jetzt aufmerksam an. Der mit der grauen Mähne starrte stirnrunzelnd seine Sitznachbarin an. Er schien etwas sagen zu wollen, aber sie hielt ihn am Arm zurück. Er schüttelte die Hand ab und warf seinen Ordner vor sich hin. »Und was soll daran falsch sein? Nicht jeder ist fähig, mit Freiheit umzugehen. Manchmal muss man Freiheit eben einschränken, um sie zu bewahren.«

Laras Augen begannen zu funkeln. Sie fühlte sich nicht mehr wie ein Prüfling. Es gab Wichtigeres und sie nahm die Herausforderung an. »Aber genau darum geht es mir: Es ist nicht die Absicht, die entscheidet, ob man ein Großinquisitor wird. Absichten sind häufig gut. Es ist das Bild, das man von Menschen hat!« Sie kam hinter ihrem Podium hervor und ging ein Stück auf ihre Zuhörer zu. Die musikalischen Eruptionen des gestrigen Abends klangen in ihr nach, die durchgeredeten Nächte im Hof des Palazzo, die Gesichter beschienen vom flackernden Widerschein der Feuerschale.

»So wie beim Großinquisitor von Dostojewski: Er ist fest überzeugt, dass Freiheit eine Last ist, an der die Menschen doch nur verzweifeln. Ein echter Menschenfreund, es geht ihm doch um Glück! Aber ich kann mir nicht vorstellen, wie man jemanden glücklich machen kann, ohne ihn zu respektieren. Und wie sollte ich jemanden respektieren, dem ich nicht dieselbe Freiheit zugestehe, die ich auch für mich will? Wer Menschen manipuliert, der achtet sie nicht. Es ist keine Liebe, den anderen bis zum Ersticken an das eigene eiskalte, leblose Herz zu drücken. Diese Liebe ist narzisstisch: Als ob dieses Herz nur so das Gefühl hätte, selbst überhaupt noch zu schlagen. Das serotoninbekiffte Nanny-Paradies des Großinquisitors funktioniert nur, wenn man die Achtung vor dem Menschen aufgibt. Ach ja, und natürlich muss man auch die verbrennen, die sich dagegen wehren. Aber was soll's, es ist ja für einen guten Zweck. Wo er doch so ein Menschenfreund ist, der Großinquisitor!«

In ihrem Rücken klatschte jemand. Vermutlich Jasmin. Ein zweites, dann ein drittes Klatschen mischte sich dazu, vielleicht mehr. Aber Lara hätte sich auch so nicht mehr bremsen lassen. Alles war besser, als dass sie einfach nur warteten, bis sie wieder ging. Ganz gleich wie klein diese Chance war, sie würde sie nutzen. Erhitzte Strähnen lösten sich aus ihrem zurückgekämmten Haar und sie spürte Feuchtigkeit auf der Stirn. Es war, wie in das glühende Auge des Sees von Bracciano zu blicken, unter dem, weit in der Tiefe, der Puls des Vulkans schlug. Wo ein Satz, in dem es nicht um Leben und Tod ging, den Atem nicht wert war.

»Auf dieser Idee beruht jede Diktatur, jedes totalitäre Regime: dass Menschen Kinder sind und nicht imstande, ihr Leben selbst zu verantworten. Oder ehrlicher: *Zahlen, weiter nichts.* Auf der Idee, dass falsche Meinungen nicht ein normaler, natürlicher Prozess, ein grundlegendes Menschenrecht und letztlich auch oft genug eine Frage der Definition sind – sondern eine Gefahr. Kurz gesagt: auf Menschenverachtung.«

Aus dem Augenwinkel bemerkte sie, wie Jasmin sich zurücklehnte. Aber sie brauchte keine Rückversicherung mehr. Lara hatte keine Ahnung, ob sie an diese Leute herankam. Sie konnte fast stofflich spüren, wie sich Ablehnung und Zustimmung die Waage hielten. Vielleicht machte sie sich lächerlich. Aber sie musste reden. Jahrhundertelang war der Pasquino der Anwalt derer gewesen, die sonst keine Stimme hatten. Heute war sie der Anwalt des Pasquino.

»Ich bin da ganz bei Ihnen«, sagte die Frau mit dem halb langen dunklen Pagenkopf. »Und genau deswegen, weil der Pasquino für die Freiheit steht, die Grundidee Europas, müssen wir ihn schützen. Und dafür sorgen, dass er nicht länger durch die Zettel beschädigt wird.«

»Aber den Pasquino in ein Museum zu stellen bedeutet, ihm die Luft abzuschnüren! Mag sein, dass er beschädigt wird, wenn die Leute weiterhin dort Briefe aufhängen, dass er keine Ewigkeit halten wird. Aber wenn Sie ihn in ein Museum stellen, zerstören Sie ihn sofort.«

Sie schwitzte nicht mehr, es fühlte sich sonderbar an. Der kühle Saal, die vielen fremden Gesichter, alles war auf einmal näher, wirklicher. Echter. Es war ein Gefühl wie zuletzt am Strand. Als ob sie aus dem Kino in die reale Welt käme. Und plötzlich spürte, dass es Gerüche gab: verschiedene Parfüms, eines mit Orangenblüten, andere eher kühl und maskulin. Geräusche, die gedämpft von draußen hereindrangen, wo die Touristen keine Ahnung hatten, worum es hier gerade ging. Die Wirklichkeit floss durch sie hindurch und sie ließ sich von der Strömung treiben.

»Diese namenlosen Stimmen, die in ihren Briefen ihr Innerstes preisgeben, legen nur dort die Maske des Alltags ab. Wer sagt Ihnen, dass nicht der Mensch, den Sie am meisten lieben, zu ihnen gehört? Am Pasquino stehen sie für das ein, was ihnen wirklich etwas bedeutet: Geheimnisse aus fünfhundert Jahren, Ablagerungen von Tausenden Zetteln haben dort nach und nach einen Grundpfeiler von Aufklärung und Demokratie wachsen lassen. Auf eine unauffällige, ganz persönliche Art ist der Pasquino womöglich einer der wichtigsten Orte für alles, was moderne, freie Menschen ausmacht: ein Ort, wo sie daran erinnert werden, dass sie Rechte haben, nicht weil sie Männer sind oder Gläubige oder Reiche. Sondern einfach nur deshalb, weil sie Menschen sind. Ihn ins Museum zu stellen, würde alles sterben lassen, wofür er steht.«

»Das hört sich nett an, so theoretisch, wie Sie es beschreiben«, wandte der mit der grauen Föhnfrisur eisig ein. Seine

Brauen zogen sich zusammen. Er trommelte mit den Fingern auf den Tisch und schob ihn ein Stück weit in Laras Richtung. »Aber Sie sind jung, kaum aus der Schule, oder? Sie wissen doch gar nichts von dem, was passieren kann. Was, wenn der Pasquino missbraucht wird? Für gemeine, bösartige Dinge?«

Einen winzigen Moment lang war sie wieder da – die Angst des kleinen Mädchens, nicht geliebt zu werden. Das Bedürfnis, diesem selbstbewussten älteren Mann gefallen zu wollen. Sich mit dem Kinderglück zufriedenzugeben, damit er nicht böse auf sie war. Lara richtete sich auf und atmete durch. Dieses kleine, verschüchterte Mädchen würde vielleicht ein Leben lang ein Teil von ihr sein. Aber nie wieder würde sie es bestimmen lassen, was sie zu tun hatte. Sie selbst war der einzige Mensch, dem sie gefallen musste.

»Das kann durchaus passieren«, erwiderte sie ruhig. Sie ließ die Provokation an sich abperlen, machte keinen Versuch, sich für ihr Alter zu rechtfertigen. »Man kann nie ganz verhindern, dass gemeine, bösartige Dinge gesagt werden. Da, wo sie strafbar sind, kann man sie bestrafen. Durch ein unabhängiges Gericht, so wie man das in einem Rechtsstaat tut, der den Namen verdient. Aber wenn ich es mir überlege, ist es bisher in der Geschichte der Menschheit kein einziges Mal vorgekommen, dass sich Tyrannei aus zu viel Freiheit entwickelt hat. Sondern immer daraus, dass man irgendwann seine Meinung nicht mehr sagen durfte. Wo die Achtung vor dem Menschen und das Vertrauen in ihn aufgegeben wird, polarisieren sich Gesellschaften. Und wo sie sich polarisieren, machen mehr Menschen Fehler. Mit den Fehlern wächst die Angst vor noch mehr Fehlern, die unbedingt unterdrückt werden müssen. Was noch mehr polarisiert, noch mehr Fehler erzeugt. Freiheit hat Raum für Fehler. Und so löst sie den Zwang auf, sie zu machen. Wer Verantwortung übernimmt, muss nicht in der Masse aufgehen, um sich zu spüren. Und wird weniger anfällig für Ideologien sein.

Deswegen fliehen Menschen, die diese Freiheit in ihrer Heimat vermissen, zu uns: Atheisten, Regime- und Religionskritiker, Frauenrechtler. Individuen. Wenn wir das aufgeben, was unterscheidet uns dann noch von den Regimes, vor denen sie fliehen? Und welche Gefahr kann schon von einem Marmorbild ausgehen?«, sagte Lara mit einem kleinen, plötzlichen Lächeln, das von den Zuschauern mit einem anerkennenden Lachen quittiert wurde. »Ich werde Ihnen nicht sagen, dass Sie so denken sollen wie ich. Aber Sie wollten meine Meinung hören. Das ist sie. Und ich bitte Sie, darüber nachzudenken, wenn Sie Ihre Entscheidung treffen.«

# 30

Es verging einige Zeit, in der Lara nichts von der Stadtverwaltung hörte. Die ersten Tage checkte sie halbstündlich ihre Mails. Unruhig lief sie auf und ab, die Treppe hinauf und hinunter in den Hof. Jedes Mal, wenn sie am Bacchus vorbeikam, schickte sie ein Stoßgebet zu ihm. Nach drei, vier Tagen sagte sie sich, dass die Abstimmung auch erst in drei Wochen sein konnte. Also konzentrierte sie sich auf die Vorbereitung ihres Treffens mit Jacobi in München. Die Vorstellung, dorthin zu fliegen, war ungefähr so reizvoll wie ein Termin im Finanzamt. Aber Lara hatte es versprochen, und wenn sie sich jetzt blicken ließ, hatte sie die Semesterferien über Ruhe. Und vielleicht konnte sie ja aus Francesco doch noch herausbekommen, dass er am Pasquino geschrieben hatte. Seit sie zusammen waren, war es verdächtig still geworden.

Am Abreisetag wachte Lara von der Sonne auf, die auf ihr Bett fiel, ihre Nase kitzelte und ihr Gesicht wärmte. Über ihr spielten Licht und Schatten auf dem Stuckrelief, durch das gekippte Fenster hörte sie Silvia, die offenbar im Hof die Tische abwischte und dabei durch das geöffnete Fenster Jasmin wieder einmal von ihrem Jüngsten erzählte. Sie konnte sogar die leise Musik von unten hören – und den Geruch von Jasmins Espresso wahrnehmen. Lara drehte sich um und sah in Francescos geöffnete Augen.

»Bist du schon lange wach?« Sie suchte ihre Brille und spürte, wie ihr leichtes Hemd dabei auf der Schulter verrutschte. »Warum hast du mich nicht geweckt?«

Francesco rückte ihren Träger gerade. Wie versehentlich berührten seine unrasierten Lippen ihre Schulter und kribbelten verführerisch unplatonisch auf der Haut. »Es ist noch Zeit, ich fahre dich zum Flughafen. Aber nur, wenn es dabei bleibt, dass du übermorgen wieder hier bist.«

Lara legte die Arme um seinen Nacken. »Wenn ich bei meiner Rückkehr deine fantastischen Spaghetti Vongole bekomme.«

»Venusmuscheln während der Laichzeit! Bei *Mangiare* hätten sie dich geviertelt dafür!« Er lachte. »Seit wann hast du bloß diesen Meeresfrüchte-Tick?«

Er flüsterte ihr ein paar ziemlich wenig petrarkistische Dinge ins Ohr. Lara bekam Lust, noch einmal aufzutanken, was sie die nächsten zwei Tage nicht bekommen würde. Und wir sprechen hier nicht von den Spaghetti Vongole.

Sie mussten wohl überhört haben, dass die Tür sich öffnete, denn sie bemerkten den Eindringling erst, als ein Schatten auf sie fiel.

»Das darf doch nicht wahr sein!«

Hastig zog Lara das dünne Bettlaken, das jetzt im Sommer als Decke diente, hoch, aber trotzdem musste Momus alles darunter Befindliche erkennen.

»Es ist keine Milch da. Wolltest du die nicht kaufen? – Oh, hi Francesco.«

»*Ammazzate,* Momus!« Francesco ließ sich in die Kissen fallen und lachte. Lara, die keinen Dampf durch Verbalmord abgelassen hatte, fühlte, wie ihre Haut sich der Temperatur eines Hochofens näherte und sie feuerrot wurde.

Deutschland hatte sich verändert, dachte Lara, als sie aus dem Flughafengebäude trat. Oder lag es daran, dass ihr Dinge auffielen, die sie früher nie bemerkt hatte? Hatte Francesco recht, und sie hatte einfach schon zu viele römische Atome aufgenommen, dass sie sich hier auf einmal fremd vorkam? Oder war sie hier immer fremd gewesen und hatte sich in Italien nur zum ersten Mal daran gewöhnt, irgendwo zu Hause zu sein? Böiger Wind fegte über den Vorplatz und sie fröstelte. Alles kam ihr heruntergekommener vor, verbissener. Die ganze Stadt war verkrampft und irgendwie aggressiv. Die Yuppies in der Innenstadt – formbare, eigenschaftslose Produkte des real existierenden Kapitalismus. Rädchen im Getriebe mit ihren gleichgeschalteten Köpfen, auf den Köpfen die gleichgeschalteten Frisuren, in den Köpfen die gleichgeschalteten Gedanken. Mit ihren gleichgeschalteten Anzügen, auf den Anzügen aufgenäht die gleichgeschalteten Luxuslabels, unter den Anzügen die gleichgeschalteten Herzen ohne Träume und geheime Sehnsüchte.

An der Uni lief alles überraschend glatt. Lara hatte zwar einen Moment Sorge, Tobias über den Weg zu laufen, aber dann dachte sie kaum noch daran. Jacobi war zufrieden mit ihrer Ausbeute und es reichte ihr, dass Lara sich wegen der Masterarbeit nach den Ferien wieder melden würde. Drei Monate in Rom! Und danach musste sie nur noch das Blockseminar absolvieren. Das waren nicht mehr als zwei Wochenenden.

Als sie im Flugzeug die tausend Kilometer wieder nach Süden flog und Tausende Meter unter ihr das unendliche Gipfelmeer der Alpen der Ebene von Verona wich, atmete sie auf. Das helle Dröhnen der Maschinen klang in ihren Ohren. Und in ihrer Seele begann die *Mattinata* von Leoncavallo zu singen.

»*Marchesa, che piacere!*«, flötete Jasmin und küsste die alte Lady im schwarzen Designerkostüm. »Was für ein Vergnügen!«

Die Stadtverwaltung hatte sich in den zwei Wochen seit Laras Rückkehr nicht gemeldet. Aber Lara spürte trotzdem kaum, wie die Zeit verging. Jeden Tag war sie in der *Casa del teatro*. Jasmin hatte begonnen, sie einzuarbeiten und zu den Außenterminen mitzunehmen. Alle möglichen Orte, die Lara als Touristin kannte, bekamen plötzlich Gesichter. Sie sah so viele Keller wie nie zuvor, denn Jasmin wollte Gemälde mit alten Ansichten der inszenierten Orte ausleihen. Und keineswegs nur von Museen.

Heute standen sie in einer spiegelglänzenden *sala* in einem Palazzo an der Piazza Navona. Die Marchesa begrüßte Lara ein wenig herablassend und lud dann zum Likörwein auf der Dachterrasse. Sie hielt Hof und nutzte sichtlich die Gelegenheit, ihre teuren Gläser und die Gebäckschale aus Silber zu präsentieren. Die Augen hinter ihrer riesigen goldglänzenden Sonnenbrille, mit aufgeschäumten Amarettini zwischen den aufgespritzten Lippen, schlug sie die Beine mit Schuhen übereinander, die sicher nicht unter siebenhundert Euro zu bekommen waren.

»Erzählen Sie mir von sich, Jasmin. Ach, Sie ahnen ja gar nicht, was man hier alles erlebt.« Offenbar hatte sie ihren leutseligen Tag, erzählte von ihren Mietern – einer sei ein angesehener Politiker, eine andere machte gerade Karriere in Cinecittà. Über den handvergoldeten Rand ihres Glases hinweg beobachtete sie die Normalsterblichen auf der Piazza wie eine Biologin ihre Versuchstiere. Es dauerte gute zwei Stunden, bis Lara und Jasmin dem Hausmädchen in den Keller folgen und sich das Bild ansehen durften, das der Grund für ihren Besuch war.

»Seien Sie vorsichtig damit!«, rief ihnen die Marchesa nach, als sie auf den Ausgang zusteuerten. Jasmin und Lara sahen sich an und Jasmin meinte unbeeindruckt: »Natürlich. Es bekommt den besten Platz über dem Feuer.«

Die Marchesa hörte nur »bester Platz« und war zufrieden. Gackernd wie zwei Teenager und mit Staub aus fünfhundert

Jahren in den Lungen tauchten sie wieder auf in die Sonne. Und Lara hatte das Gefühl, als wäre alles anders. Als wäre sie anders.

Alles in dieser Welt, in der sie hier jeden Tag arbeitete, war existenziell. *Ist der Existenzialismus ein Humanismus?*, hatte Jean-Paul Sartre gefragt. Sie lebte jetzt die Antwort darauf.

Jasmin kannte einige Künstler, die Kopien von Meisterwerken machten. Manche hatten kleine Läden in der Stadt, wo sie Bilder, winzige Gemälde oder großformatige Leinwände verkauften, auf die sie berühmte Motive im Fresko-Look gespritzt hatten. Andere machten verrückten Tonskulpturen im Stil des Manierismus – groteske Gestalten, wie aus einer Barockversion von Mittelerde. Lara begriff, woher Jasmin ihren Bacchus hatte. Was sie am meisten faszinierte, war, dass für jeden von ihnen immer das, was er gerade tat, das Wichtigste im Leben war. Da gab es kein Feilschen um Geld, kein stundenlanges Shoppen im Netz, keine Likes. Es gab nur sie und ihre Arbeit. So wie bei Aurelio. Fünfundvierzig, Lachfalten, immer einen Zigarrenstummel im Mundwinkel und die Hände voller Ton. Sein Laden war ein höhlenartiges Loch, das früher bei Hochwasser jedes Jahr vom Tiber überflutet worden war, seine Werkstatt lag im selben Ziegelhaus auf dem Dach hoch über dem Fluss.

»Der Fluss ist meine Seele«, sagte Aurelio, als Lara das erste Mal mit offenem Mund in seiner Werkstatt stand. »Er spiegelt meine Launen: Wenn der Tiber stinkt, bin ich auch stinkig, und dann mache ich Schauerfiguren. Ich verkaufe sie vor allem an englische Touristen, die einen Hauch von *dungeon* mit nach Hause nehmen wollen.«

Ansonsten telefonierte Lara mit Museen und Galerien und ab und zu mit Giorgio, der ein paar von seinen Videoinstallationen beisteuerte – und zu ihrer Überraschung nicht mehr böse auf sie war, sondern sie mit viel mehr Respekt behandelte als vorher. Sie hatte das Gefühl, noch nie im Leben etwas Sinnvolleres getan zu haben. Verantwortung zu übernehmen, selbst zu denken mochte anstrengend sein. Aber es gab auch nichts, was mehr Spaß machte.

Unaufhaltsam näherte sich der *Ferragosto,* die Zeit Mitte August, die das Großstadtleben unweigerlich zum Erliegen brachte und die Römer an den Strand, zu den Seen oder in die Berge trieb. Ungerührt von der Hitze standen Jasmin und Lara auf Leitern und verspachtelten eine transportable Pappwand, die als Hintergrund dienen sollte.

»Meine Eltern haben angerufen«, erzählte Lara, während sie die stark riechende gelbe Spachtelmasse auftrug. Unter ihrem Atemschutz sammelte sich Schweiß und Staub. »Sie wollen, dass ich zurückkomme.«

Jasmin wischte sich mit dem Arm die Haare aus dem Gesicht, die unter dem Band, das sie hielt, hervorfielen. »Um was zu tun?«

Lara überlegte und musste lachen. »Vermutlich um im Nachbardorf Lehrerin zu werden, damit die Enkel all ihrer Freunde zu mir in die Schule gehen müssen. Und natürlich für Nachwuchs sorgen, damit auch sonst keine Langeweile aufkommt.«

»Schick ihnen ein Smiley«, meinte Jasmin. »So eines.« Und dann malte sie mit dem Finger mitten in die frisch aufgetragene, noch feuchte Spachtelmasse ein Smiley, das fröhlich grinsend die Zunge herausstreckte.

Lara warf einen Klecks Spachtelmasse nach Jasmin. Die wich aus und er traf das Smiley, das jetzt auch noch einen Bart bekam. Lara musste so lachen, dass ihre Leiter anfing zu zittern.

»Okay, Mittagspause«, lachte Jasmin. Kichernd, in ihrem über und über mit Spachtelmasse beschmierten Kittel, hielt sie Laras Leiter. »Tust du mir einen Gefallen und siehst dich, bevor du gehst, kurz in den sozialen Netzwerken um? Vielleicht findest du etwas, das die Bedeutung unserer Orte zeigt.«

Jasmin hatte ihr in der Bibliothek einen Arbeitsplatz eingerichtet. Der kleine Sekretär wurde von den Bücherregalen aus schwerem Pinienholz fast erschlagen, aber der Terrakottaboden atmete die Jahrhunderte und das einzige Fenster ging auf den Innenhof hinaus. So hörte sie fast immer das unermüdliche Zirpen einer einsamen Zikade auf der Zypresse. Lara war eine Ewigkeit nicht mehr in den sozialen Netzwerken unterwegs gewesen. Sie hatte eigentlich gar keine Lust dazu und als sie damit anfing, stellte sich schnell wieder das unkonzentrierte Gefühl ein, das ihre früheren Ausflüge begleitet hatte. Das Gefühl, getrieben zu sein, von einer Seite zur nächsten zu hungern und sich trotzdem danach unbefriedigter zu fühlen als vorher.

Seufzend lehnte sie sich zurück. Francesco hatte sie seiner Familie noch nicht vorgestellt. War es ihm doch nicht so ernst? Und was wäre eigentlich, wenn er die Wahrheit sagte und die Briefe am Pasquino nicht geschrieben hatte? Und wenn der Schreiber doch noch auftauchen würde – gerade jetzt?

Sie wollte den Laptop ausschalten, als sie auf einen Nickname aufmerksam wurde, der immer wieder Fotos von Orten postete, die auch in ihrem Projekt vorkamen. Ein Tourist, oder doch jemand mit professionellem Interesse? Er nannte sich Dr. Strange. Kurz entschlossen schickte sie ihm eine Chatnachricht.

*amazone94: »Hi, Dr. Strange. Kennst du eigentlich den Pasquino?«*

Es dauerte nur ein paar Sekunden, dann hörte sie das akustische Signal und die Antwort blitzte auf.

*Dr. Strange: »Hi. Ja klar, wer nicht. Toller Ort.«*

Lara zögerte und schob sich mit dem Drehsessel ein Stück zurück. Was sagte der Nickname über seine Persönlichkeit aus? Im Grunde gab es zwei Möglichkeiten der Interpretation.

Nummer eins: infantile Psyche mit Neigung zu narzisstischer Selbstheroisierung. Kokettieren mit dem Bewusstsein, dass er gelinde gesagt *strange* war, in der Hoffnung, sein Defizit auf diese Weise interessanter zu gestalten. Eine relativ primitive Strategie. Ergo ein oberflächlicher Idiot, schlimmstenfalls ein Psychopath.

Möglichkeit Nummer zwei: individualistisch, starke Selbstironisierung, eine hochintelligente Persönlichkeit mit bemerkenswerter Abstraktionsfähigkeit und Humor.

Wenn man die Grauzonen mitberücksichtigte, ergab das eine Bandbreite von Gollum bis Sherlock Holmes.

Ächzend dehnte Lara ihre schmerzenden Schultern. Es war wieder einmal drückend heiß, und zum ersten Mal seit Monaten hatte sie wieder leichte Kopfschmerzen. Selbst hier hinter den abgedunkelten Läden war die Hitze kaum erträglich. Sie stand auf, um sich etwas Kühles zu trinken zu holen, da blinkte schon wieder das Signal. Lara warf einen Blick darauf. Dann hechtete sie plötzlich zurück an den Tisch und starrte auf den Bildschirm.

*Dr. Strange: »Hast du schon mal was drangehängt? Keine Satire, sondern etwas für jemanden, den du magst?«*

Lara starrte auf den Bildschirm.

Das musste er sein! Wer sonst konnte das wissen?

Hektisch tippte sie:

*amazone94: »Können wir uns treffen?«*

Eine Stunde später saß sie in einem der Touristencafés auf der Piazza Navona. Über ihr verhinderte ein Plastikpavillon, dass der leichte Wind die drückende Schwüle vertrieb. Um sie herum vereinte sich das Geschrei der Kleinhändler mit den Verzückungsrufen der Touristen und dem Rauschen der Brunnen. Sie hatte einen belebten Treffpunkt vorgeschlagen, falls die Gollum-Theorie zutraf. In diesem Fall wollte sie keines ihrer Lieblingscafés zur No-go-Area machen.

Nervös leerte sie ihre Cola. Natürlich wollte sie wissen, wer ihr die Briefe geschrieben hatte und warum. Aber was, wenn er die Verabredung als Interesse auffasste? Genau genommen musste er das sogar tun. Ausgerechnet jetzt, dachte sie wütend, da Francesco eine Tür aufgestoßen hatte, die zu weit mehr führte als nur zu ihrem Unterleib.

Die Cafés waren jetzt am Mittag brechend voll. Die Einheimischen kamen noch auf einen Espresso vorbei, ehe sie in die Restaurants oder nach Hause gingen. Touristen studierten die Menüpläne oder bissen mit glücksdebilen Gesichtern in halb verbrannte Panini, die man über die ganze Piazza roch. Von der Kirche gegenüber blickte die heilige Agnes über den Platz, wo sich neben den beiden anderen der Bernini-Brunnen mit seinen barocken Flussgöttern erhob. Dort studierten Touristen Stadtpläne und Pärchen gegenseitig ihre Zungen.

Und Momus sein Handy. Lara schnappte nach Luft. Was machte der denn hier? Wenn er sie bemerkte, würde er das Treffen sprengen! Zum Glück interessierte er sich nur für sein Display und sah nicht her.

Ihr Handy piepste, eine Chatnachricht von Dr. Strange erschien.

*Dr. Strange: »Wo genau bist du?«*

Lara gab ihm den Namen des Cafés durch und fügte hinzu: *»Ganz vorn am Eingang. Blonde Haare, rotes Kleid.«*

Sie schickte die Nachricht los und warf einen nervösen Blick zu Momus. Das fehlte gerade noch, dass er den geheimnisvollen Schreiber im letzten Moment verscheuchte.

»Signorina?«, nervte der Kellner schon zum zweiten Mal. Lara wollte gerade »*ammazzate*!« fauchen, auf die Gefahr hin, aus dem Café zu fliegen. Aber es blieb ihr in der Kehle stecken.

Momus blickte auf sein Display. Dann sah er suchend nach dem Eingang des Cafés. Und dann direkt zu Lara.

Er riss die Augen auf.

Lara starrte ihn an.

Oh nein. Sie hatte sich mit einem Haschkeks verabredet!?

Momus machte auf dem Absatz kehrt.

Lara sprang auf und rannte ihm nach.

Zum Glück war Momus' Lunge für alles andere als für spontane Sprints trainiert. Schon beim Bernini-Brunnen holte sie ihn ein.

»Du bist Dr. Strange? Ich glaub's ja nicht! Du verdammter Spinner!« Sie japste nach Luft. Das Wetter war sportlichem Ehrgeiz alles andere als förderlich, und in ihrem Nacken, unter dem BH und sogar zwischen den Beinen sammelte sich Schweiß. Zum Glück war sie direkt von der Arbeit gekommen und trug noch die bequemen Sneakers.

Momus sah zur Seite. Dann drapierte er die verschwitzten Spaghetti auf seinem Kopf wieder zu seinem üblichen abstehenden Pferdeschwanz.

»Oh Mann, Lara, sorry. Ich konnte ja nicht wissen, dass du dich schon wieder nach was Neuem umsiehst. Dachte, du bist erst mal in festen Händen.« Er grinste. »Lara auf der Suche nach 'nem Seitensprung! Hätte ich dir gar nicht zugetraut. Respekt.«

Genervt ließ Lara ihn los. »Tut mir leid, dass ich dich enttäuschen muss, aber das war kein Date. Ich war auf der Suche nach dem Typen vom Pasquino.«

Momus riss die Augen auf. »Ich dachte, der liegt in deinem Bett.«

»Oh Mann. Warum bist du so auf die Pasquino-Sache angesprungen?«, seufzte Lara und lehnte sich gegen den kühlen Marmor. Die Erwähnung des Bettes erinnerte sie siedend heiß daran, was Momus diesbezüglich schon an Bildinformationen vorlag.

Momus grinste verlegen. Er wand sich, dann rückte er heraus:

»Na ja, das ist doch 'ne echt coole Masche, um an Frauen zu kommen. Ich meine, ein bisschen Geheimnis, ein bisschen Romantik und Unnahbarkeit – auf so was fliegt ihr doch.«

Gekränkt blickte Lara auf. Na vielen Dank, dachte sie. Aber heimlich fragte sie sich, ob Momus recht hatte. War sie wirklich so leicht zu manipulieren, wenn man nur die richtigen Knöpfe drückte?

Eine Familie breitete sich so neben ihnen aus, dass sie ein Stück zur Seite rutschen mussten.

»In diesem Brunnen hat Anita Ekberg in dem Film *Das süße Leben* gebadet«, erklärte der Vater auf Deutsch. Sonnenbrand, kurze Hosen und Sandalen und eine Miene, die fast so viel Gewicht hatte wie sein Bauch. »Seht ihr die Münzen? Die sind alle von Leuten, die wiederkommen möchten.«

Lara hätte ihm sagen können, dass Anita Ekberg im Trevi-Brunnen ein ziemliches Stück weg von hier gebadet hatte. Und die Polizei es nicht gern sah, wenn man seinen oder einen anderen Abfluss mit Kleingeld verstopfte. Stattdessen fixierte sie Momus mit dem durchbohrendsten Blick, den sie hinter ihrer Brille fertigbrachte.

»Ich wollte ein bisschen Abwechslung«, wand sich der. »Und na ja ... ich weiß nicht ... vielleicht jemanden ein bisschen unter Druck setzen. Weißt schon, neulich auf der Engelsbrücke. Das hat sich wieder eingerenkt. Ist aber echt kompliziert.« Er grinste plötzlich verlegen, auf eine Weise, die fast süß war. »Könnte was Festes werden.«

Lara riss die Augen auf. »Etwas Festes? Bei dir?« Was machte diese Stadt mit Menschen, wenn sogar ein Promiskuitätsfetischist wie Momus monogam wurde?

Momus' Grinsen wurde breiter und Lara lachte laut auf. Er schien mit sich zu ringen. Dann fragte er plötzlich: »Wie wär's mit einem Limoncello auf den Schrecken?«

»Von deinem?«, fragte Lara ungläubig.

# 31

Lara beschloss, Momus' Limoncello zu verschieben und Francesco endlich direkt zu fragen, was das Versteckspiel um den Pasquino sollte. Sie hatte noch genug Zeit – die Mittagspausen um diese Jahreszeit dehnten sich bis weit in den Nachmittag und sie hatten ohnehin zusammen kochen wollen.

Francesco wirkte angespannt. Seine Sportschuhe lagen unbenutzt im Eingang, offenbar hatte er auf die übliche Morgenrunde verzichtet. Jeans und T-Shirt von gestern nach zu urteilen, war er überhaupt noch nicht draußen gewesen. Er küsste sie flüchtig, aber seine Gedanken waren sichtlich woanders.

»Es hat nichts mit dir zu tun«, sagte er abwesend. Aber dass etwas nicht stimmte war so offensichtlich wie der Geruch von verbrannter Milch.

»Was machst du denn für ein Gesicht? He, Momus macht Chapatis, und das ganze Treppenhaus riecht nach Bittermandeln. Ich habe zwar keine neue Post am Pasquino bekommen, …« – sie dehnte diesen Satz ein wenig – »… aber ich habe Lust auf eine heiße Diskussionsrunde im Hof heute Abend.«

Francesco reagierte nicht mit dem üblichen Lächeln. »Setz dich in die Küche und mach dir einen Espresso. Ich komme gleich.«

Und verschwand im Arbeitszimmer.

Lara folgte ihm und blieb in der Tür stehen. Er saß stirnrunzelnd über seinem Laptop und beachtete sie nicht. Das Zimmer war die meiste Zeit des Tages vor der Sonne geschützt und normalerweise sah man die schwankenden Bougainvilleazweige und den Brunnen im Hof. Jetzt waren die Lamellenläden vor den Fenstern geschlossen, als hätte er den ganzen Morgen im Halbdunkel gesessen. In den letzten Wochen hatte er immer mehr seiner philosophischen Bücher ins Arbeitszimmer gestellt und die alten *Mangiare*-Ausgaben in den Keller verbannt. Kunstdrucke waren Covers von *Filosofia* gewichen, nur das Künstlerfresko auf Leinwand mit einem Motiv von Leonardo da Vinci dominierte noch immer den gewaltigen Schreibtisch aus dunklem Holz. Aber es lief keine Musik und die gelöste Atmosphäre der letzten Zeit hatte sich verflüchtigt wie der Duft von Zitronenblüten.

»Soll ich lieber wieder gehen?«

Francesco blickte auf. »Was? Nein, nein. Einen Moment nur, du siehst doch, ich habe noch zu tun.«

Das passte überhaupt nicht zu ihm. Lara überlegte, ob sie einfach verschwinden sollte. Aber dann entschied sie sich dagegen. Francesco würde schon den Mund aufmachen und vielleicht würde er sie brauchen.

Es dauerte zwei *caffè macchiato,* bis er endlich kam. Lara hatte zwei Tassen gemacht, und als er auf sich warten ließ, auch die zweite getrunken. In der kleinen Küche hingen noch der Wasserdampf und das Aroma von frisch gemahlenem Kaffee und heißem Milchschaum.

»Wie war dein Vormittag?« Francesco holte sich den Rest Espresso. Er schob den Rosmarintopf, den Lara letzte Woche gekauft hatte, zur Seite und setzte sich ihr gegenüber. Vor einiger Zeit hatte er das gerahmte Plakat einer Food-Messe über dem Tisch durch einen der wunderschönen Kunstkalender ersetzt, die es hier in jeder Buchhandlung zu kaufen gab. Ein noch nicht übermalter heller Schatten verriet, dass das Format nicht übereinstimmte.

Lara zweifelte, ob es der richtige Moment für die Frage nach den Briefen war. Heute sah es wirklich so aus, als würde eher der Pasquino gesprächig werden als Francesco. Aber wann war schon der richtige Moment?

»Ich habe ein paar Sachen für Jasmin herausgesucht. Eine Stunde ungefähr dachte ich, ich hätte dich im Chat.«

Francesco hob unkonzentriert die Brauen.

»Er sagte etwas vom Pasquino und da dachte ich natürlich an die Briefe. Ich dachte, du bist es.«

»Und ich habe dir gesagt, dass ich es nicht bin. Wie oft soll ich das noch wiederholen?« Er zog die Brauen zusammen und schob seine Tasse von sich weg. »Pasquino, Pasquino. Ich habe keine Lust mehr auf diesen ganzen Schwachsinn. Ruf mich an, wenn du erwachsen geworden bist, okay?«

Er schob den Stuhl zurück, verschwand in seinem Arbeitszimmer und knallte die Tür hinter sich zu.

Es dauerte eine Weile, bis Lara ihre Kinnlade wieder im Griff hatte. Im ersten Moment dachte sie daran, die *caffettiera* mit dem Rest Espresso auf den Boden zu werfen, die Kekse hinterher und dann türenknallend die Wohnung zu verlassen. Aber ein solcher Ausbruch passte zu Francesco wie ein Ninja-Messer zu Gandhi. Es dauerte zwei, drei Minuten, bis sie sich so weit im Griff hatte, dass sie ihm nachging.

Sie öffnete die Tür zum Arbeitszimmer und lehnte sich in den Rahmen. Francesco starrte auf seinen Laptop, als würden auf dem Bildschirm gleich die Lottozahlen von nächster Woche erscheinen.

»Was ist eigentlich los?«

Er blickte auf, klappte den Laptop zu und schob ihn weg. Fuhr sich über die Stirn, als hätte er Kopfschmerzen. »Tut mir leid«, sagte er endlich. »Es ist ja nicht deine Schuld. Es ist wegen meiner Zeitschrift. *Filosofia*. Das ist nun schon der zweite Monat, in dem ich in den Miesen bin.«

»Ach, nein.« Lara legte ihren Arm um seine Schulter und ihre Wange an seine. Sie wusste, wie wichtig ihm sein eigenes Magazin war. Aber das gewohnte Glücksgefühl bei der Berührung stellte sich nicht ein. Er reagierte kaum.

Stattdessen runzelte er die Stirn und schien immer wieder dieselben Gedanken hin und her zu wälzen.

»Ich war so ein Idiot«, sagte Francesco plötzlich. »Ich hätte nie bei *Mangiare* kündigen sollen. Es war vielleicht nicht das schillerndste intellektuelle Umfeld. Aber es war sicher. Wenn man nur auf seine Träume hört, kann es eben passieren, dass man irgendwann in der Realität aufwacht und in einem Fass voller Scheiße steckt.«

»Ach, hör auf«, widersprach Lara heftig. »Ich habe dich noch nie so glücklich gesehen wie in den letzten Monaten, seit du *Filosofia* gegründet hast. Es war richtig. Am Anfang gibt es immer Schwierigkeiten.«

Er stieß einen ungehaltenen Laut aus und drehte sich mit seinem Stuhl zum geschlossenen Fenster, sodass Lara ihn loslassen musste. »Ja, das kann man leicht sagen, wenn man sich Schwierigkeiten leisten kann. Aber ich habe nicht genug Reserven, um ein paar Firmen in den Sand zu setzen, bevor es mit einer so halbwegs klappt.«

Er sah sie nicht an, aber Lara fühlte sich plötzlich unwohl. War es ihre Schuld, weil sie ihn aus seinem alten Leben herausgerissen hatte? Wenn sie nicht gewesen wäre, wäre er wohl kaum auf die Idee gekommen, seinen sicheren Job für eine journalistische *Slackline* aufzugeben.

»Mach dir eine Pasta und geh ohne mich heute Abend, okay?«, sagte er und wirkte auf einmal müde. »Mir ist nicht danach.«

Lara versuchte, ihn in die Arme zu nehmen, aber er schob sie weg.

»Ich habe das Gefühl, er nimmt es mir übel«, meinte Lara, als sie nach einer hastig heruntergeschlungenen *Pizza to go* am Campo de' Fiori wieder in der *Casa del teatro* ankam. Sie musste mit jemandem reden, den Gedanken loswerden, ob das wieder einmal das Ende einer Beziehung war. »Er hört sich an, als wollte er überhaupt nichts mehr mit unseren Treffen im Hof zu tun haben.«

Sie saß mit Jasmin vor einem der Bildschirme und suchte Videoinstallationen aus. Das Büro lag in einem waghalsig über die Gasse angebauten Erker mit bodentiefen Fenstern. Ein Statiker hätte Panikattacken bekommen, normale Menschen zumindest Höhenangst. Aber Jasmin hatte ihren gewaltigen Schreibtisch mit den polierten Intarsien mitten in den Anbau gestellt. Ein gewaltiger Lavendelstrauß stand darauf, in dessen starken Duft sich der von Jasmins Parfüm mischte. Dieser herrschaftlich-riskante Eindruck wurde anarchisch aufgebrochen durch die Fratzen von Caravaggio und Hieronymus Bosch, welche die Wände zierten – Jasmin stand auf die dunkle Seite der Kunst. Passend dazu trug sie ein schwarzes Sommerkleid, zu dem ihr fast graues Haar einen scharfen Kontrast bildete. Und schließlich vervollständigte ein Büfettschrank, unter dem sich der wankende und knirschende Boden sichtlich bog, die Einrichtung. Hier thronte eine funkelnde Kaffeemaschine.

»Er kann dir dankbar sein und das weiß er im Grunde auch.« Auf dem Bildschirm flimmerte die Engelsburg aus der Vogelperspektive und verschwamm. Die Kamera flog in einem irrsinnigen Tempo herab und tauchte in den Tiber. Blieb liegen wie auf den Grund gestürzt. Dann war das Bild weg.

Jasmin hob die Brauen, schloss die Datei und öffnete die nächste. Giorgios Logo blendete sich ein, dann erschien in gleißendem Licht die Kontur des Titusbogens. »So wäre es doch nicht weitergegangen. Klar, er hätte bis zur Rente Restaurants testen können. Aber das ist doch nichts für jemanden wie Francesco. Dass er sich nicht gut fühlt, ist klar, aber er wird sich schon wieder beruhigen. Wenn mein Ego im Keller wäre, hätte ich auch keine Lust auf Momus.«

Lara musste lachen. Momus und verletzte Egos aufrichten, das war ungefähr so wahrscheinlich wie Godzilla als Sozialpädagoge.

»Gib Francesco etwas Zeit«, meinte Jasmin, ohne die Augen vom Bildschirm zu nehmen. »Manchmal kommt er mit seinen eigenen Gefühlen nicht klar und dann zieht er sich zurück. Aber du tust ihm gut und er weiß das auch.«

»Es ist auffallend still am Pasquino«, bemerkte Lara. »Seit ich mit Francesco zusammen bin, hat niemand mehr geschrieben.«

»Vielleicht hat derjenige sein Ziel erreicht«, erwiderte Jasmin und blickte endlich auf. Vor ihr flimmerte das Kolosseum über den Bildschirm.

»Du hättest ihn erleben sollen. Er war stocksauer, als ich ihm sagte, dass ich ihn für den Schreiber der Briefe halte.«

»Weil er es nicht war oder weil er es war?«, meinte Jasmin. »Die Briefe waren ja schon ziemlich philosophisch.«

Lara blickte zweifelnd auf. Wenn Francesco ihr die Briefe geschrieben hatte, hatte er selbst alles ausgelöst. Dann konnte er Lara keinen Vorwurf machen, dass sie ihn aus seinem alten Leben herausgerissen hatte. Oder gerade dann?

»Wenn ich ehrlich bin, habe ich einfach Angst«, sagte Lara plötzlich. Es fühlte sich an wie ein harter schwarzer Brocken in ihrem Magen, ein Brocken aus Fels und Eis. »Eine Scheißangst. Zum ersten Mal habe ich mich in einer Beziehung gut gefühlt. Hatte den Eindruck, dass er mich wirklich mag, so wie ich bin. Das war ein verdammt schönes Gefühl. Ich bin nicht darauf vorbereitet, ihn zu verlieren.«

# 32

Momus schwebte selig lächelnd wie der Hindugott Shiva an ihr vorbei, als Lara am nächsten Morgen in der Küche nach etwas Essbarem suchte. Da er die Nächte zurzeit auswärts verbrachte, schien er tatsächlich seine sexuelle Identität gefunden zu haben. Dafür sprach auch, dass die Marihuanapflanzen seit einigen Tagen verschwunden waren. Um ihren Namen machte er ein enormes Geheimnis. Aber der unverdächtige Mülleimer verriet, dass die Droge, die für sein Dauergrinsen verantwortlich zeichnete, körpereigen war.

Hayat war nicht da. Lara erinnerte sich, dass sie zu der Scheidungsanwältin gewollt hatte, die ihr Saleh empfohlen hatte. Sie hatten die Scheidung inzwischen eingereicht und wollten die Argumentation vor Gericht besprechen.

Während Lara Kaffee machte und die letzten *biscottini* mit Mandeln langsam zwischen den Zähnen zerknackte – offenbar hatte Momus wieder mal einen seiner küchenkleptomanischen Anfälle gehabt – überlegte sie. Sie konnte noch einmal mit Jasmin sprechen und sie fragen, was sie tun sollte. Oder sie konnte wie ein erwachsener Mensch handeln und es selbst in die Hand nehmen.

Entschlossen trank sie ihren brühheißen Kaffee aus und verließ die Wohnung.

»Es tut mir leid«, sagte sie, als Francesco die Tür öffnete. »Es war der falsche Moment, mit dem Pasquino daherzukommen.«

Francesco war unrasiert und sein Haar nicht gebürstet. Wie damals, als sie das erste Mal vor dieser Tür gestanden hatte, hatte sie ihn offenbar aus dem Bett geholt, denn er war im Schlafanzug. Vielleicht ging ihm dasselbe durch den Kopf, denn er lächelte auf einmal und machte die Tür weiter auf. »Gedankenübertragung. Ich wollte nachher zu dir. Komm rein.«

»Momus futtert meine Kekse. Sonst hätte ich Frühstück mitgebracht.«

»Ich habe mich gewundert, dass er noch da ist. Muss er nicht auch zurück?«

»Hat wohl auch einen Deal mit Jacobi gemacht, dass er noch ein bisschen bleiben kann.« Und dem Serotoninrausch nach zu urteilen, unter dem Momus dank seiner neuen Flamme stand, wäre er vermutlich auch geblieben, wenn Jacobi Nein gesagt hätte.

Sie sah sich um in Francescos Küche – der Terrakottaboden, die Deckenbalken, die ersten Sonnenstrahlen, die hereinfielen. Francesco hatte neben ihren Rosmarintopf noch einen mit Basilikum gestellt. Auf dem Herd zischte die *caffettiera*. Es tat gut, wieder hier zu sein.

»Und nun?«, fragte Lara, als sie sich am Tisch unter dem Kunstkalender gegenübersaßen. »Wir haben zwei Projekte, oder? *Filosofia* und die geplante Verlegung des Pasquino. Wie gehen wir es an?«

Francesco fuhr sich durch die unfrisierten Haare und zuckte die Achseln.

»Hey«, sagte Lara. »Diese Zeitschrift ist dein Traum. Ein kluger Mann hat mir mal gesagt: Sei enttäuscht, aber dann steh auf und tu, wofür du gemacht bist.«

Francesco hatte die *caffettiera* vom Herd geholt, um Kaffee einzugießen. Jetzt hielt er einen Moment inne. Er stand mit dem Rücken zu ihr, sie konnte sein Gesicht nicht sehen.

»Ich meine, wir können jetzt hier sitzen und uns bedauern, oder wir überlegen uns gemeinsam, was zu tun ist«, fuhr sie fort. Es verunsicherte sie, dass er sich nicht umdrehte, um sie anzusehen. »Eine Idee?«

»Ja«, sagte Francesco. Er stellte die Tassen auf den Tisch und küsste sie. »Eine blendende sogar: Ich gehe mich rasieren.«

Als Lara zwei Stunden später die Treppe hinaufschwebte, strahlte sie wie zuletzt als Kind zu Weihnachten. Tief im Innern hatte sie doch befürchtet, dass auch wieder ein Mann nach kurzer Zeit auf Abstand gehen würde. Es war ein gutes Gefühl, dass es dieses Mal anders war.

Im Treppenhaus traf sie Hayat, die mit geröteten Wangen von der Anwältin kam, nervös und zugleich überdreht.

»Der Gerichtstermin ist nächste Woche«, berichtete sie, als sie sich an den Küchentisch setzten und Lara ihr den Rest Kaffee hinstellte. Hayat stand noch einmal auf, um ein paar gebrauchte Taschentücher in den Papierkorb zu werfen. Es war eine hastige Bewegung, als würde sie weit mehr wegwerfen. Sie atmete tief durch und sah zum Fenster hinaus.

»Ich weiß nicht, ob ich das schaffe. Er wird Himmel und Hölle in Bewegung setzen. Mich vielleicht bedrohen. Sagen, ich bin eine Schlampe und bringe Schande über ihn und über meine Familie.« Sie lachte hart auf. Nicht das süße, gut erzogene Lächeln, mit dem sie sonst ihre Tränen überging. Eine ungehaltene, wütende Schwester dieses Lächelns. »Er wollte mich so wie in dem Gedicht, das du so magst … *Am Turme,* oder? Von Annette von Droste-Hülshoff: *Nun muss ich sitzen so fein und klar, gleich einem artigen Kinde, und darf nur heimlich lösen mein Haar und lassen es flattern im Winde.* Aber ich will das Steuer wieder in meine eigene Hand nehmen. *Und zischend über das brandende Riff wie eine Seemöve streifen.* Auch wenn er versuchen wird, mich zu vernichten.« Ihre Lippen zitterten.

Lara ging zu ihr und nahm sie in die Arme. »Es war die richtige Entscheidung«, sagte sie. »Vernichtet hätte er dich, wenn du geblieben wärest. Du warst verdammt mutig. Alles andere zählt nicht.«

Die nächsten zwei oder drei Tage hörten sie nichts von Hayats Ex und Lara war froh darüber. Vielleicht würde ihn der Gerichtstermin endlich davon überzeugen, dass er sie in Ruhe ließ. Gerade wenn er sich für Superman hielt, hatte er sicher keine Lust auf eine Anzeige.

Lara kaufte bei ihrem Fischhändler am Campo de' Fiori Scampi, die sie am Abend zu Francesco mitbringen wollte. Sie wollte ein Rezept probieren, das sie in einer alten Ausgabe von *Mangiare,* nachlässig in seine Küchenschublade gestopft, gefunden hatte. Jetzt am Vormittag war der Platz zugestellt mit Kisten, voll mit Essbarem. Aber neben Gemüse, Fisch und Meeresfrüchten wurden auch Blumen und der unvermeidliche Touristenkitsch feilgeboten. Am anderen Ende war Laras kleiner Buchladen und über allem thronte das Denkmal des humanistischen Philosophen Giordano Bruno, der hier als Ketzer verbrannt worden war. Und erinnerte daran, dass Leute, die ihr Hirn zum Denken benutzten, sich mit Inquisitoren und Zensoren noch nie besonders gut verstanden hatten.

Alessandro legte ihr dieses Mal sogar noch ein paar Scampi extra in die Tüte – sie alberten fast jedes Mal ein paar Sätze über ihre Krabbelviechersucht. Lara wollte mit ihrer Tüte gerade gehen, als jemand sie ansprach.

Paola war schlicht gekleidet, weiße Bluse und die schwarze Hose, in der Lara sie oft gesehen hatte. Auf dem Arm trug sie ihre Jüngste. Das Haar war wie immer im Nacken zu einem Pferdeschwanz gebunden.

Sie tauschten die üblichen Wangenküsschen. »Arbeitest du jetzt hier in einem der Cafés?«

Sie schüttelte den Kopf. »Ich hatte ein Bewerbungsgespräch, da drüben. Aber er sagte mir schon, dass seine Nichte eigentlich den Job machen möchte.«

»Das tut mir leid«, brachte Lara heraus.

»Was ist mit dem Pasquino?«, fragte Paola. Ihre Augen brannten wie glühende Kohlen auf einem kahlen, unfruchtbaren Sandboden.

»Noch nichts Neues.« Lara wünschte, sie hätte ihr wenigstens dazu eine gute Nachricht geben können. »Wollen wir ein Eis essen?«

»Nein, lass nur. Ich muss weiter. Hab gleich noch einen Termin.«

Sie lächelte Lara zu, ein hartes, unentschlossenes Lächeln. Dann verschwand sie zwischen den Touristen und Blumenständen.


Lara war völlig verschwitzt, als sie ihre Einkaufstüte endlich aufatmend in die Küche bugsierte. Paola war ihr nicht aus dem Kopf gegangen. Vielleicht kannte Francesco ja aus seiner Zeit im Food-Journalismus jemanden, der eine Kellnerin suchte.

»Oh Mann, mach doch den Fensterladen zu!« Sie lief zum Balkon und sperrte die Sommerhitze wieder aus. Seufzend wandte sie sich um. Am Tisch saß ein Bild des Jammers. Über eine Tasse Instantcappuccino gebeugt, schniefte Momus leise und unterdrückt vor sich hin. Er reagierte nicht einmal.

Lara öffnete den Kühlschrank. Sie schob seinen Limoncello zur Seite und entfernte mit spitzen Fingern eine Socke, um Platz für die Scampi zu schaffen. Momus sagte nichts, aber das

Schniefen ging weiter. Lara gab es auf. Sie schob ihre Scampi in den Kühlschrank und setzte sich ihm gegenüber.

»Liebeskummer?«

Momus sah sie aus verheulten Vampiraugen an.

Sie zögerte, dann holte sie die Packung Kekse aus der Tüte, die sie gerade gekauft hatte. Irgendwie tat er ihr doch leid. »Hier. Ich dachte, dieses Mal ist es was Festes. Du warst endlich monogam. Also – wenn du monogam warst.«

Momus würgte unterdrückt. »Ich bin nicht fremdgegangen. Er sagt, ich bin ihm zu unordentlich.«

»Er?« Momus' sexuelle Identität war jetzt doch homo? Seit wann das denn? Im ersten Moment dachte Lara nur an ihre Toilette: noch ein Stehpinkler! Die gute Nachricht war, dass sein Liebhaber offenbar ein anderes Verhältnis zu Hygiene hatte.

»Zu unordentlich? Seit wann stehst du auf Spießer?« Vielleicht tröstete es ihn ja, wenn sie seine große Liebe ein bisschen schlechtmachte.

Leider ging die gute Absicht nach hinten los.

»Er hat ja recht«, jammerte Momus. »Du hast das doch früher auch nicht oft genug betonen können. Ich bin ein Chaot. Ein Aso, und in meinem Zimmer sieht es schlimmer aus als in der Müllpresse in *Star Wars*. Ist doch klar, dass ein Typ, der so toll aussieht, sich nicht mit mir abgeben will.«

»Wie sieht er denn aus?«, fragte Lara und zog ächzend an ihrem T-Shirt. Noch immer schwitzte sie und Momus' Instantkaffee trug auch nicht gerade dazu bei, die Temperatur zu senken. Sie bemerkte, dass er den Herd angelassen hatte, und schaltete ihn aus. »Ach komm, das ist Geschmackssache.« Momus' ästhetisches Ideal und ihres lagen zum Beispiel mehr als ein paar Lichtjahre auseinander.

Momus wischte sich mit einem Taschentuch, das aussah, als wäre es zu diesem Zweck schon mehrfach verwendet worden, über die Nase.

»Das weißt du doch«, sagte er. »Du hast ihn damals zu der Party in die *Casa del teatro* mitgebracht. Da haben wir uns kennengelernt.«

Lara musste einen Moment überlegen. Dann riss sie die Augen weit auf.

»Tonio?!«

Anarcho und Polizist. Die inkarnierte Umweltverschmutzung und der Staubsaugerfaschist. Das erklärte alles.

Ein ganz kleines bohrendes Gefühl der Eifersucht nagte an ihr. Wie konnte ein attraktiver, erfolgreicher Typ wie Tonio ausgerechnet etwas mit Momus anfangen? Der größten Nervensäge des Jahrtausends? Einem infantilen kiffenden spinnenfingrigen zu groß geratenen Dreijährigen mit verschiedenfarbigen Socken an den Füßen und fettigen Haaren? Außerdem war es irgendwie beunruhigend, dass Momus und sie zumindest in diesem einen Punkt denselben Geschmack gehabt hatten. Zwei Lichtjahre entfernte Geschmäcker wurden hier offenbar über ein Wurmloch verbunden.

»Okay«, sagte Lara endlich. Irgendwie tat ihr der weinende Haschkeks auf einmal leid. »Zugegeben, zwischen dir und Tonio liegen Welten. Galaxien. Aber wenn es bloß das Thema Ordnung ist, daran scheitert doch keine Beziehung. Du räumst eben auf. Und er muss ein bisschen von seinem Perfektionismus weg, dann trefft ihr euch in der Mitte. Ihr liebt euch doch, oder?«

Momus nickte mit feuchter Nase.

»Na also«, sagte Lara. »Dann räumst du jetzt das Bad auf und wischst über die schlimmsten … na ja, du weißt schon. Und dann rufst du ihn an und bittest ihn, zu einer Aussprache zu kommen.«

»Und mein Zimmer?«

Es kostete Lara einige Überwindung, aber dann sagte sie: »Mache ich.«

Als sie zwischen Momus' Unterhosen stand, die fast den gesamten Boden bedeckten, bereute sie es. Es roch nach verbranntem Zellmaterial, als hätte er nach dem Nägelschneiden seine Fußnägel geraucht. Aber ein Wort war ein Wort. Sie musste ihrem Herzen einen Stoß geben und über ihren Schatten springen. Also zog Lara Plastikhandschuhe an und packte Momus' Dreckwäsche in die Tüte, in der sie ihre Einkäufe transportiert hatte. Nachdem sie alles in die Waschmaschine gesteckt und den Waschgang gestartet hatte, sah das Zimmer schon viel besser aus. Lara stellte gefühlte zweihundert Bücher in die Regale, legte Papier, Quittungen und Notizen zu einem Stapel zusammen und schob alles, was sie nicht zuordnen konnte, unters Bett oder in diverse Schubladen. Bei der Gelegenheit fand sie die verschwundenen Marihuanapflanzen, die offenbar in der Zwischenzeit ein neues Zuhause im Schrank gefunden hatten. Die Pflanzleuchte darüber hatte eines seiner T-Shirts angesengt. Lara schaffte Hosen und Shirts außer Reichweite in die Seitenfächer und positionierte die Lampe in der Mitte der Kleiderstange. Die Brandschutzvorschriften wurden so zwar noch immer mehrfach gebrochen, aber die unmittelbare Gefahr war gebannt. Dann holte sie den Staubsauger.

»Mann«, sagte Momus strahlend, als sie fertig waren. Er hatte nicht nur das Bad geputzt, sondern auch geduscht und ein frisches T-Shirt angezogen. Mit gewaschenen Haaren sah er ganz manierlich aus. »Du bist echt der Hammer.«

Lara hatte das Gefühl, der gesamte Schmutz, der vorhin in seinem Zimmer gewesen war, hätte sich auf sie übertragen. Sie klebte am ganzen Körper, bräunlichgraue Spuren zogen sich oberhalb der Plastikhandschuhe über ihre Haut und ihre Haare waren schweißverklebt. Aber irgendwo unter all dem Dreck schlug ihr Herz angenehm und gab ihr das gute Gefühl, einem Kumpel wirklich geholfen zu haben.

Es klingelte.

»Das ist Tonio!« Momus wurde ganz aufgeregt. »Geh ins Bad und dusch dich! Lara, bitte, hau ab! Das fehlt noch, dass er dich so verdreckt sieht!«

»Momus und Tonio«, wiederholte Francesco verblüfft. Er war in ihr Büro in der winzigen Bibliothek der *Casa* gekommen, das mit zwei Personen schon die Grenze zur Überbevölkerung erreichte. Durch das Fenster schrillte der Gesang der unverdrossenen Single-Zikade. Lara hatte die Neuigkeit nicht zurückhalten können. Dann begann er zu lachen. Es tat gut, ihn wieder lachen zu sehen.

»Was machen unsere Projekte?«, fragte sie.

Francesco verstrubbelte sich mit beiden Händen die Haare. Es wirkte jungenhaft. Lara liebte diese Geste an ihm. »Also, ich habe noch einmal mein Marketingkonzept gecheckt und ein paar Schwachstellen gefunden. Vielleicht gelingt es mir, die zu beheben. Das könnte schon etwas helfen. Und du?«

»Ich arbeite dran.« Lara setzte ihre Brille auf und durchforstete ihre Mails. Aber noch immer nichts von der Stadtverwaltung. Und nichts von dem geheimnisvollen Schreiber. Wieder fragte sie sich, was sie eigentlich tun würde, wenn er doch noch auftauchen würde. Und nicht Francesco war.

»Ich mag deine Brille, sie ist sexy«, meinte Francesco und beugte sich über sie.

»Nicht hier!«, lachte Lara.

Er roch unheimlich gut, und mit diesen Küssen hätte er eine Nonne dazu bringen können, sich den Slip vom Leib zu reißen.

Ein akustisches Signal ertönte und Lara zuckte zusammen. Francesco sah über ihre Schulter auf den Bildschirm. »Was ist das? Von Jasmin?«

Lara klickte die Nachricht an.

Jasmin hatte ihr eine interne Mitteilung der Stadt weitergeleitet. Für einen Moment setzte Laras Herzschlag aus, aber dann stellte sie fest, dass es nicht um den Pasquino ging.

»*Großinvestor de Stefani übernimmt* Café Piazza del Fico.«

»Das ist doch das mit dem Feigenbaum«, meinte Francesco. »Ist das nicht dein Stammcafé? Die Adresse, da.«

Die Adresse hatte Lara nichts gesagt, aber er schien sie zu kennen. »Warum leitet sie dir das weiter?«, fragte Francesco.

Lara runzelte die Stirn. »Ich weiß nicht.«

Dann sah sie die winzige Zeile unterhalb davon.

»*Hat da nicht diese Kellnerin gearbeitet, von der du sprachst? De Stefani ist ein Mäzen der* Casa del teatro. *Ich habe die E-Mail-Adresse. Soll ich sie dir geben? J.*«

Lara riss die Augen auf. Sie zog den Laptop heran und tippte: »*Unbedingt!! Danke!!!!!*«

# 33

»Was soll ich bloß schreiben?«, fragte Lara zehn Minuten später ratlos. »Sie werden sie kaum einstellen, weil sie mir leidtut. Bis vor Kurzem hätte ich noch gesagt, dass sie eine miserable Kellnerin ist.«

Francesco, der auf seinem Tablet das Internet nach Geheimtipps für erfolgreichen Zeitschriftenvertrieb durchforstete, blickte auf. Er hatte sich an den Fensterrahmen gelehnt, ungerührt vom Zirpen der daueroptimistischen Single-Zikade draußen. Die Sonnenbrille hatte er in das schwarze Hemd gesteckt. Lara liebte diese Farbe an ihm, sie betonte seine Augen unter den geraden Brauen. Vor allem, wenn er die obersten Knöpfe geöffnet hatte. »Schreib einfach, was dir durch den Kopf geht«, schlug er vor. »Na ja. Vielleicht nicht gerade das mit der miesen Kellnerin.«

Jasmin war aus ihrem Büro herübergekommen und hatte durch die geöffneten Türen einen Schwall Parfüm und Lieder von Francesco Paolo Tosti mitgebracht. Sie klangen nach Frühling und Bildern von Botticelli. Ein legerer Kontrast zu Jasmins schwerem Parfüm, ihrem wilden grauen Haar und dem schwarzen Etuikleid.

»Was meinst du?«, fragte Lara hilfesuchend.

»Streng dich gefälligst an«, erwiderte Jasmin trocken. »Du bist nicht meine Tippse.«

»Okay, ist ja gut: erwischt. Unreflektiertes, infantiles Suchen nach Autoritäten, die mir Anweisungen geben.« Lara hob beide Hände und grinste. Dann schob sie die Brille zurecht und las laut, während sie tippte: »*Von: lara@casadelteatro.it. Betreff: Empfehlung* Café Piazza del Fico. *Sehr geehrte Damen und Herren,*

*für die* Casa del teatro *sind Sie einer der bedeutendsten Mäzene und haben viele unserer Ausstellungen mit ermöglicht. Daher möchte ich Ihnen jemanden vorstellen: Paola Emiliani. Bisher hat Frau Emiliani im* Café Piazza del Fico *gearbeitet, das Sie nun übernehmen. Aufgrund dieser Übernahme wurde ihr gekündigt. Sie ist alleinerziehend und nun weiß sie nicht mehr, wie sie für sich und ihre Kinder sorgen soll. Paola Emiliani ist keine Frau, die ihrem Chef dreimal täglich sagt, wie großartig er ist. Eher das Gegenteil. Und genau darin liegt ihre Stärke: Ich kann mir niemanden vorstellen, der auch bei einem komplexen Cateringauftrag belastbarer, planungssicherer und sorgfältiger arbeiten würde. Außerdem ist sie hoch motiviert. Ich weiß nicht, ob Sie vorhaben, neue Leute einzustellen. Aber ich möchte Ihnen sagen, dass niemand eine Chance so sehr verdient hat wie Frau Emiliani. Und deshalb würde ich mich freuen, wenn Sie ihr diese Chance geben würden.«*

»Klingt doch gut«, meinte Francesco. »Schick es raus.«

»Ich fasse es nicht, dass ich das tue!«, sagte Lara und klickte auf Senden. »Ich mache mich lächerlich.«

Jasmin zuckte die Achseln. »Schon möglich. Na und? Karl Marx sagte, die Philosophen haben nur über den Zustand der Welt geredet. Es kommt aber darauf an, sie zu verändern.«

Francesco pfiff durch die Zähne. »Geht das an meine Adresse?«

Jasmin lachte und Lara musste mitlachen. Trotz des offenen Fensters stand die Luft schon wieder und sie fächelte sich mit dem Saum ihres Shirts Kühlung zu und rollte ihren Drehstuhl herum.

»Marx war Neuhegelianer«, parierte Francesco mit einem verbalen Ausfallschritt. »Das heißt, er hat Hegels abgedrehte Thesen pragmatisch gemacht. Der Kommunismus und die ganze Kritik des Kapitalismus sind also letztlich auf dem Boden der Philosophie gewachsen.«

»Nun, es gab genug Philosophen, deren größtes Problem es war, ob Gott ein Ich-Gefühl hat«, drehte Jasmin die Schraube noch ein Stück tiefer in Francesco.

»Für jemanden, der sie nutzlos findet, redest du ziemlich viel über Philosophie«, sprang der darauf an.

»Vielleicht habe ich meine Meinung geändert?«

»Ach, komm! Der Trick ist alt.«

Jasmin lächelte.

»Ich kenne jemanden, der meinte, dass Literaturzeitschriften früher die Welt verändern konnten«, gab Lara noch etwas Zunder dazu. Einfach nur, weil sie sehen wollte, wie alles präsenter wurde, spüren wollte, wie ihr Atem tiefer ging und sich alles realer anfühlte. »Jeder geäußerte Gedanke hat irgendwie Einfluss, oder nicht? Manche mehr, manche weniger. Aber vor jeder Revolution steht das Bewusstsein dafür: ein Rousseau, ein Adorno. Oder eben auch ein Marx. In dem Sinne ist jede Philosophie auch ein Stück weit Veränderung der Welt.«

Einen Moment war Stille.

Dann meinte Francesco: »Das ist sexy.«

Lara kämpfte gegen das nervös-debile Grinsen, das auf ihre Lippen wollte. Es fühlte sich noch immer ungewohnt an, dass er solche Bemerkungen sexy fand.

Schritte, hastig, unregelmäßig, näherten sich. Jasmin sah über die Schulter. Sie schien zu erschrecken. Trat plötzlich zur Seite.

Hayat sah aus, als wäre sie in eine Wrestling-Arena geraten. Ihr Haar hing lose unter dem Kopftuch hervor, das aussah, als wäre es ihr vom Kopf gerissen und danach hastig wieder aufgesetzt worden. Ihr linkes Auge war halb zugeschwollen und lief blau an. Überall in ihrem Gesicht und auf ihrer Kleidung waren kleine Blutspritzer.

Francesco legte das Tablet ab.

»Was ist dir denn passiert?«

Lara sprang auf und zog sie auf den Drehstuhl.

»Er hat mich gefunden«, flüsterte Hayat. »Er wusste, wo ich jetzt arbeite. Er hat draußen gewartet und mich abgefangen. Er hat mir gedroht.«

Ihre Stimme versagte. »Er sagte, er bringt mich um, wenn ich das durchziehe. Niemand verlässt ihn und schon gar nicht eine Schlampe wie ich.«

Lara und Francesco sahen sich an. Im ersten Moment spürte Lara nur ein seltsames Kribbeln in den Fingern. Dann wurde ihr kalt und ihr Magen schien einen halben Meter nach unten zu rutschen. Sekundenlang fegten Bildfetzen vor ihren Augen vorbei, zerrten sie auf das bärtige Gesicht zu und rissen plötzlich ab. Sie atmete tief durch.

»Ich rufe die Polizei«, sagte Francesco.

Hayat schüttelte den Kopf. Dankbar nahm sie das Wasser, das er geholt hatte, und trank. Jasmin brachte den Verbandskasten aus dem Büro und tupfte vorsichtig die Verletzungen ab. Der Geruch von Desinfektionsmittel breitete sich aus. Hayats bleiches, ungeschminktes Gesicht war ausdruckslos. Nur die aufgesprungene Unterlippe zitterte.

»Das habe ich schon getan. Sie sagten, wenn er nur droht und ich keine Zeugen habe, können sie nichts tun.«

»Er hat dich geschlagen, oder nicht?« Lara kam die Galle hoch und es war ein gutes Gefühl. Ein besseres jedenfalls, als in Schocklähmung auf Erinnerungsfetzen zu starren.

»Okay, es reicht jetzt. Dieser Typ ist ein verdammter Stalker und er wird damit nie von selbst aufhören. Es gibt Frauenrechtsorganisationen. Ich rufe dort an und frage.«

»Aber nicht die, für die Saleh arbeitet, bitte!«

Lara hielt inne. Die Wut schwappte heiß nach oben, aber sie gab ihr das Gefühl, noch da zu sein. »Jetzt sag nicht, dass du den Mistkerl noch in Schutz nimmst, nur damit dein Bruder keine Revoluzzerreden auswirft!«

Hayat biss sich auf die Lippen. Ihre Augen waren riesengroß und leer. »Ich will nicht, dass er mich so sieht«, flüsterte sie erstickt.

Lara atmete noch einmal tief durch und der kalte Schweiß auf ihrer Haut erwärmte sich. Das konnte sie verstehen. Und Saleh, der sowieso permanent im Guerillamodus war, würde es kaum einfach so wegstecken, dass seine eigene Schwester Opfer genau derer geworden war, gegen die er ein Leben lang ankämpfte. Es würde reichen, ihn später zu benachrichtigen.

»Okay. Es gibt noch andere Organisationen. Es muss ja nicht ausgerechnet seine sein.«

Sie verschwand im leeren Ausstellungsraum nebenan, um zu telefonieren. Ihre Stimme hallte in dem leeren Raum wieder, wurde von den kahlen Wänden zurückgeworfen. Früher hätte sie in dieser Situation eine presslufthammerartige Migräne bekommen, aber heute blieb sie aus. Als Lara zurückkam, packte Jasmin gerade den Verbandskasten ein und Francesco stand mit seinem Handy am Fenster und telefonierte lebhaft.

Sie setzte sich zu Hayat und nahm ihre eiskalte Hand. »Sie schicken jemanden her«, sagte sie.

»*Ottimo*«, sagte Francesco hinter ihr. »*Ti ringrazio, Ettore.*« Lara blickte auf. Ettore?

»Er bringt die Story zur Lokalredaktion«, sagte Francesco und steckte das Handy achtlos in die Jeans. »Mach dir keine Sorgen, Hayat. Der Mistkerl kommt vor Gericht.«

Eine halbe Stunde später war die *Casa* voll fremder Leute. Hayat wirkte irgendwie verloren zwischen den Sozialarbeiterinnen und Presseleuten. Die Hilfsorganisation hatte gleich mehrere Mitarbeiterinnen geschickt, sachliche, ruhige Frauen, die sich Hayats Geschichte anhörten und die Presse mit Informationen versorgten. Zum Glück schirmten sie Hayat auch ein wenig ab, dachte Lara, die ihre Hand drückte. Die Haut war jetzt wärmer. Ihr Gesicht hatte wieder Farbe und ihre Lippen und Finger zitterten nicht mehr so stark. Im Moment brauchte sie sie nicht, sie konnte jetzt selbst kurz durchatmen.

Sie fand Francesco und Ettore in einem der leeren Ausstellungsräume. Ettore hatte das Fenster geöffnet, um seine Lunge mit Teer und Nikotin zu schädigen. Der Straßenlärm Dutzender hupender *motorini* drang jetzt ungehindert herein, während der Rauch nicht hinauszog. Sie unterhielten sich angeregt. Lara hatte sich schon gefragt, warum Francesco ihn nie angerufen hatte, seit sie ihm seine Grüße ausgerichtet hatte.

»Übrigens, diese Sache mit der Zeitschrift – ich finde das super. Wenn ich dir irgendwie helfen kann, sag mir Bescheid.« Ettore verrenkte sich über den Elektrodraht gegen Tauben, um seine Zigarette an der Außenwand der *Casa* auszudrücken.

Francesco wirkte plötzlich verschlossen. »Ich überarbeite gerade das Marketingkonzept. Bisher läuft es nicht so.«

Ettore ließ die Kippe aus dem Fenster fallen und lachte laut auf. »Immer noch mit dem Kopf durch die Wand, was? Jetzt wirf nicht wieder die Flinte ins Korn, nur weil du nicht beim ersten Versuch die volle Punktzahl absahnst. Die Idee ist gut und sie verdient Ausdauer. Wie gesagt – wenn ich dir helfen kann …«

»Du bist ein mieser Journalist«, erwiderte Francesco, aber die Andeutung eines Grinsens machte sich um seinen Mund herum bemerkbar. »Selbstlosigkeit ist nicht gerade unser Berufsideal, das solltest du wissen.«

»Wer redet von Selbstlosigkeit?« Ettore angelte einen Nikotinkaugummi aus seiner Hosentasche und schob ihn zwischen die Zähne. »Ich kriege die erste Rezension, okay?«

Lara ging zu ihnen hinüber und Francesco legte den Arm um sie. Ettore hob die Brauen. »Du bist mit ihm zusammen? Mann«, wandte er sich an Francesco. »Vielleicht sollte ich dir doch nicht helfen.«

Er fragte nach dem Pasquino.

Lara zuckte die Achseln. »Noch immer nichts.«

»Typisch. Die kriegen ihren Arsch nicht hoch, wenn du nicht mit der Stecknadel reinstichst. Vielleicht hast du eine Idee für eine publikumswirksame Aktion. Damit würden wir ein bisschen Dampf reinbekommen.«

Lara runzelte nachdenklich die Brauen. »Eine Stecknadel reinstechen?«

# 34

Der Drucker in Laras winzigem Büro in der *Casa del teatro* rauschte und Blatt für Blatt fiel auf die Ablage. Lara nahm immer wieder eines heraus und kontrollierte, ob alles gut lesbar war. Sie war fast durch und allmählich drohte dem Gerät der Hitzekollaps.

*Date la libertà!*, stand auf den Blättern. – *Geben Sie Gedankenfreiheit!* Und kleiner, darunter: *Se ci togliete il Pasquino, tutta Roma diventerà un Pasquino!* – *Wenn ihr uns den Pasquino nehmt, wird ganz Rom zum Pasquino!*

Sie hatte einen Druckauftrag für zweitausend Stück gegeben.

Es klopfte und die Tür öffnete sich.

»Bist du so weit?«

Lara musste zweimal hinsehen, ehe sie Hayat erkannte. Die letzten zwei Tage hatte sie sich in ihr Zimmer eingesperrt und heute Morgen war sie nach einem hastig heruntergestürzten Kaffee zum Friseur gegangen. Das Kopftuch war verschwunden. Die langen glatten schwarzen Haare waren einer eleganten Kurzhaarfrisur gewichen, die Augen mit Wimperntusche und Eyeliner betont, die Lippen knallrot geschminkt. Statt der riesigen Sonnenbrille hatte sie eine deutlich kleinere goldfarbene ins Haar geschoben. Und duftete nach Neroli.

»Wow!«, brachte Lara schließlich nur hervor.

»Was? Ach, das.« Hayat wischte die Veränderung mit einer Handbewegung beiseite. »Sag jetzt nichts, was nach meinem Bruder klingt, okay?«

»Okay, okay«, lachte Lara. »Ich wollte nur sagen, du siehst toll aus!« So nach und nach begriff sie dieses Geschwisterverhältnis. Im Grunde wusste Hayat ganz genau, dass Saleh mit ihrem Mann recht gehabt hatte. Aber sie hatte keine Lust auf Sprüche wie »Ich hab's dir ja gleich gesagt« oder »Hättest du bloß auf mich gehört«. Was ja auch nicht weiter verwunderlich war.

»Saleh hätte mir einen Job organisieren können«, erklärte Hayat. »Aber es wird Zeit, dass ich ohne Nanny klarkomme. Also habe ich mich bei der Organisation beworben, die mir geholfen hat. Sie ist international und ich habe mein eigenes Ding.«

»Deinen Ex bist du jedenfalls los«, meinte Lara. »Ich denke, nach dem, was er sich geleistet hat, musst du dir um die Scheidung keine Gedanken mehr machen. Du bist frei.«

»Und dabei werde ich es auch erst einmal lassen«, beendete Hayat das Thema. »Ich habe fürs Erste genug von strahlenden Hochzeitsfotos mit zehn Kilo Schminke auf den Wangen und zehn Kilo Lügen im Seidentäschchen.«

Lara umarmte sie und im selben Moment klingelte ihr Handy. Francesco. »Kommt ihr?«

Mit zwei Kisten Flugblättern bewaffnet, traten Lara und Hayat auf die Straße, wo Francesco bereits mit einer Ledertasche über der Schulter und einsatzbereiter Kamera stand.

»Ein Foto für den Start.«

Lara und Hayat posierten für das Foto, Flugblätter vor den Gesichtern. Sie hatten sich entschieden, sich nicht zu erkennen zu geben, um böse Überraschungen zu vermeiden. Denn natürlich hatten sie vorher nicht gefragt, was die Stadt von der Aktion hielt. *Chissenefrega?* Momus, Ettore, Tonio und Jasmin warteten im Portal der *Casa*.

»Ich verziehe mich«, sagte Tonio. »Was ich nicht weiß, muss ich auch nicht verhindern.« Momus und er tauschten einen Kuss, der richtig süß war. Dann setzte er sich auf sein Motorrad.

Momus nickte Lara anerkennend zu. »Coole Idee. Hätte ich dir echt nicht zugetraut, voll Anarcho. Krieg den Palästen, Friede den Hütten und so.«

»Na ja, Friede den Statuen«, grinste Lara und versorgte ihn mit einem Packen Flugblätter. Ein ganz klein wenig genoss sie es, dass er deswegen die Daumen aus den Taschen seiner Jeans nehmen musste.

»Ich habe versucht, es bei meiner Zeitung unterzukriegen«, sagte Ettore. Er inhalierte seine übliche Kippe, aber es wirkte nicht nervös. »Sie wollten nicht. Aber wir haben auch eine Internetplattform und dort bringen wir es als große Story. Und natürlich in Francescos nächster Ausgabe. Philosophischer geht es ja wohl kaum.«

Francesco steckte die Kamera in die Tasche und übernahm die Kisten. »Fertig! Bereit, die Welt zu retten?«

Es gab verdammt viele Statuen in Rom. Niemand, der nicht schon einmal versucht hat, an jede Statue in Rom ein Flugblatt zu hängen, kann sich auch nur annähernd vorstellen, wie viele. Momus brauchte allein für die Engelsbrücke eine halbe Stunde. Francesco machte ein schönes Foto von ihm, in *Titanic*-Pose vor einem beklebten Engel stehend, unter strahlend blauem Sommerhimmel. Dieses Mal ohne Sturz in den Tiber, dafür mit einem Blatt vor dem Gesicht, wie zufällig vom Wind herübergeweht. Kaum jemand kümmerte sich um sie und die,

die es doch taten, bekamen ebenfalls Flugblätter in die Hand gedrückt. Ob sie denn von der großen Aktion *Città aperta – città libera? – Offene Stadt – freie Stadt?* – noch nichts gehört hätten? Nicht? Sie dächten bei *Città aperta* an den Film mit Anna Magnani? Na dann aber höchste Zeit!

Auf diese Art bekamen sie auch noch jede Menge Fotos völlig unbeteiligter Neugieriger, die sich spontan beteiligten. Obwohl Lara ihre leichtesten Sneakers und bequeme Sommerkleidung trug, war sie nach kürzester Zeit völlig durchgeschwitzt. Aber es war ihr egal. Sie wollte nicht Germany's Next Topmodel werden, sondern ein kleines Flämmchen zu einem Feuer machen.

Francesco pflasterte das Giordano-Bruno-Denkmal auf dem Campo de' Fiori mit Zetteln. Sie kamen an den Sockel, an den Mantel, und einen hängte er dem Bronzekameraden auch noch an die Hand. Ettore fotografierte ihn dabei in derselben Pose wie das Denkmal – die Kapuze seines Sweatshirts ebenso tief ins Gesicht gezogen wie die der Mönchskutte bei Bruno. Die Barbesitzer sahen zwar neugierig herüber, aber keiner machte Anstalten, sie dabei zu stören. Der renitente Buchhändler an der Ecke, der mit den kirchenkritischen Titeln im Schaufenster, ein eingefleischter *mangiapreti* – Pfaffenfresser – holte sich sogar ein paar Flugblätter für seinen Laden. Schon aus Prinzip.

»Er hat nichts dagegen«, meinte Francesco, als er die Kapuze vom Kopf schob und vom Sockel des Bruno-Denkmals sprang. Ächzend schälte er sich aus dem warmen Sweater und zwinkerte der Bronzefigur verschwörerisch zu. »Er wäre dabei, wenn er noch leben würde. Und er würde dabei viel freundlicher aus dem Umhang schauen. Aber okay, wenn ich den ganzen Tag auf den Ort blicken müsste, wo sie mich verbrannt haben, wäre ich auch sauer.«

Albern und lachend wie ein Haufen Schüler beim Abiturstreich liefen sie von Statue zu Statue. Laras Füße schmerzten höllisch und ihre Haut war wie gekocht, aber es war ihr gleich. Sie hängten die Zettel an Marmorbrüste, -mäntel und natürlich –*piselli*. Engel, Generäle, Römerinnen und Freiheitshelden bekamen ein Flugblatt. Sie wateten in den Trevi-Brunnen, begleitet von begeisterten Kommentaren der Touristen. Ettore passte auf, dass nicht gerade jetzt ein Stadtpolizist um die Ecke kam. Am Ende schaffte es Lara sogar, dem Reiterstandbild von Marc Aurel oben auf dem Kapitol ein Flugblatt anzukleben. So, dass es von der Stadtregierung aus gut gesehen werden konnte.

Francesco und Ettore schossen Foto über Foto. Es war ein wahnsinniges, berauschendes, irres Gefühl. Das Adrenalin, das von ihrem Körper gebildet wurde, konnte es mit einer Dosis Ecstasy aufnehmen. Der Rhythmus der Stadt pulsierte in ihr, Lara war eins mit ihr. Abgase und Staub lagen längst in mehr Schichten auf ihrer Haut als auf Troja vor Schliemann. Aber sie hätte den Schutt einer ganzen Pyramide mitschleppen können und es wäre ihr egal gewesen.

Sie sprang unter den Augen der verwunderten Touristen in den großen Bernini-Brunnen auf der Piazza Navona, um ein in Klarsichtfolie verpacktes Blatt an die Figur des Nil zu hängen. Die Wasserspritzer, die dabei auf ihre Arme fielen und ihre Handgelenke kühlten, taten gut.

»Das sieht nach einem schönen Stück Arbeit aus.«

Lara kam die Stimme bekannt vor. Während Ettore den Spruch von der Aktion herunterratterte, kletterte sie aus dem Brunnen.

Paola trug schwarze Hosen und bequeme Schuhe. Ihr Haar war zu einem Pferdeschwanz gebunden.

»Eine Mitarbeiterin von de Stefani hat mich angerufen«, erzählte sie. Ihre ungeschminkten Augen streiften Lara und sahen dann an ihr vorbei auf das Wasser. »Sie meinte, jemand sei der Ansicht, dass sie mich unbedingt im *Café Piazza del Fico* einstellen müssen.«

Lara konnte sich ein Lächeln nicht verkneifen. Francesco grinste breit.

»Danke«, sagte Paola leise.

Und dann umarmte sie sie plötzlich. Einen Moment dachte das brave Mädchen in Lara, dass sie nicht mehr besonders gut roch und ihre Kleider von Schweiß durchtränkt waren. Sie sagte ihm, es solle sich um seinen eigenen Kram kümmern, und drückte die Hexe von Blair bis kurz vor der Lungenquetschung.

»Ich wünschte, ich könnte das irgendwie zurückgeben«, flüsterte Paola mit erstickter Stimme.

Francesco drückte ihr fünfzig Blätter in die Hand und fuhr sich mit dem Ärmel über die schweißbedeckte Stirn. »Also, wenn du gerade Mittagspause hast, könntest du das an den Statuen von Rom verteilen.«

Francesco brachte den Bericht einen Tag später als Titelstory.

Das Cover von *Filosofia* zierte ein Motiv aus dem aktuellen *Piselli*-Kalender – nur, dass auf dem steinernen Gemächt Laras Zettel klebte. Ein kleineres Bild zeigte den Pasquino, und die Schlagzeile lautete: *Se ci togliete il Pasquino, tutta Roma diventerà un Pasquino! – Wenn ihr uns den Pasquino nehmt, wird ganz Rom zum Pasquino!*

Der Teaser zu dem ausführlichen Bericht mit Auszügen aus Laras Rede vor der Stadtregierung lautete:

*Der Pasquino. Für viele der einzige Ort, an dem sie ihre Freiheit, die uns als ein Menschenrecht garantiert ist, auch tatsächlich bekommen. Ihn hinter Glas stellen? Nicht mit uns, sagt sich diese Gruppe, die sich jetzt in die Debatte von Stadtregierung und Experten einmischt. Wenn sie uns den Pasquino nehmen, machen wir eben die ganze Stadt zum Pasquino, lautet ihr Motto – das sie an den Statuen Roms unübersehbar angebracht haben. Warum das ein Thema für* Filosofia *ist? Karl Marx war vielleicht der Ansicht, dass Philosophen nur reden, aber nicht die Welt verändern. Aber wir von* Filosofia *denken, dass Freiheit das wichtigste Thema der Philosophie überhaupt ist. Und nicht umsonst sind die Worte aus Verdis Gefangenenchor zur Hymne der Befreiung Italiens geworden:* Va, pensiero, sull'ali dorate – Flieg Gedanke, auf goldenen Flügeln – *denn Gedanken sind frei. Und werden es auch bleiben.*

Lara lag, das Magazin auf den Knien, auf Francescos Sofa. Sie fühlte sich so gut wie seit der Nacht am Meer nicht mehr. Aus der Küche drang ein verführerischer Duft nach den unnachahmlichen Spaghetti mit Meeresfrüchten, Originalrezept aus *Mangiare*. Jetzt, mit *Filosofia* auf der Festplatte, hatte sich Francesco mit der Fresszeitschrift ausgesöhnt und probierte nach und nach die Rezepte aus, die er früher einfach nur gesammelt und abgetippt hatte. Und Lara mit ihrer neuen Sucht nach Krabbelviechern war Nutznießer.

Ihr Laptop piepste. Lara putzte ihre Brille und öffnete das Fenster mit ihrem Postfach.

Ihr fiel die Brille von der Nase.

Hektisch raffte sie die Gläser von ihrer Tastatur. Setzte sie auf und starrte erneut auf den Bildschirm.

*Betreff: Pasquino*

*Sehr geehrte Dottoressa Markward, ich freue mich, Ihnen mitteilen zu können, dass der Pasquino vorerst an seinem Ort verbleiben wird. Auch die Tradition, dort Texte anzubringen, soll vorerst weiter geduldet werden. Die* Assemblea Capitolina *hat sich gestern mit 35 zu 13 Stimmen dafür ausgesprochen.*

Lara kniff die Augen zu, setzte die Brille wieder ab. Für einen Moment drang die Nachricht nicht zu ihr durch. Der übliche Reflex setzte ein, der sofort die Falltür herunterließ, wenn Gefühle sie zu überschwemmen drohten. Sie musste den Text drei- oder viermal laut lesen, bevor sich die Falltür langsam wieder hob.

»Fra…« Ihre Stimme versagte.

Sie musste nicht noch einmal rufen, denn Francesco stürmte plötzlich mit dem aufgeklappten Laptop aus der Küche herein.

»Wahnsinn!«, rief er. »Hast du das gesehen? Zweitausend Leser in ein paar Stunden! Und es werden immer mehr!«

Er ließ sich neben sie fallen, so schnell, dass Lara gerade noch ihre Beine wegziehen konnte, und schob ihr das Gerät hinüber. Die Online-Ausgabe von *Filosofia* flimmerte über den Bildschirm und der Zähler bewegte sich immer weiter nach oben. Er fuhr sich mit beiden Händen durch die Haare und starrte auf den Bildschirm.

# 35

Die Party im Hof des Palazzo war gigantisch. Der Event damals in der *Casa del teatro* war größer gewesen, hatte Prominenz angezogen und Glamour verbreitet. Aber zweifellos war das hier der ultimative Höhepunkt. Der Mond stand über den Dächern, ein warmer Wind spielte mit den Zweigen der Bougainvillea und trug die Stimmen von unzähligen Dachterrassen herüber. Momus hatte die Anlage aufgebaut und Jasmin sang Karaoke zu dem sizilianischen Blödelsong *C'é la luna mezz'o mare*. Irgendwann stand Lara neben ihr am Mikrofon und sie trompeteten im Wechsel:

*- C'é la luna mezz'o mare, mamma mia, me maritari! – Der Mond steht über dem Meer, Mama, verheirate mich!*

*- Figghia mia, a cu te dari? – Aber an wen, Tochter?*

*- Mamma mia, pensaci tu! – Mama, sag du!*

*- Si te dugnu a o muratori, iddu va, iddu veni, la cazzola a manu teni. Se ci picchia la fantasia, cazzulia la figghia mia! – Wenn ich dich dem Maurer gebe, geht und kommt er und bringt seine Kelle mit. Und wenn es ihn überkommt, dann verspachtelt er dich –* wobei man nicht Sizilianisch können musste, um das Wort *cazzulia* für *verspachteln* als obszöne Anspielung zu verstehen.

Nach dem Maurer gingen sie noch ein paar andere Berufe durch. Francesco bekam einen Lachanfall nach dem anderen. Ettore ging vor Lara auf die Knie und Silvia bekreuzigte sich – Lara zählte dreimal, aber Francesco behauptete, es seien fünfmal gewesen. Paola und Tonio kannten noch mehr Strophen, die allesamt nicht jugendfrei waren. Die Kinder bekamen allerdings nicht viel davon mit, sie waren damit beschäftigt, im Hof herumzurennen und das Marzipan zu verspachteln. Hayat legte plötzlich eine Bauchtanzeinlage hin, die es in sich hatte. Giorgio machte ihr auf der Stelle einen Heiratsantrag, den sie knallhart ablehnte.

Die Zikaden lieferten sich einen Gesangswettbewerb mit einem wilden Cocktail aus Cecilia Bartoli und Gianna Nannini. Musik war in Laras Kopf, in ihrem Puls, lief als unsichtbarer Strom von Energie oder Atomen durch ihren Körper und verband sie mit den Terrakottafliesen, dem Rosenstrauch, dem Oleander und den Menschen. Die Fackeln, die Kerzen, der Geschmack von Wein und Sesamkringeln, der Duft von Bittermandeln in der warmen Sommernacht, von Rauch und Hayats gefüllten Teigtaschen … Sie war noch nie so in ihrem Körper, in der Gegenwart, im Leben gewesen wie jetzt. Als sie sich auf den rauen, porösen Rand des Tuffsteinbrunnens setzte und ihr Glas neben sich stellte, hatte Lara das Gefühl, zum ersten Mal im Leben wirklich auf dem Vulkan getanzt zu haben.

Aus dem Augenwinkel bemerkte sie, dass Jasmin jetzt, da sie sich unbeobachtet glaubte, auf einmal traurig wirkte. Aber ehe Lara sich ihr zuwenden konnte, kam Francesco herüber und nahm sie in die Arme. Irgendwann würde sie ihn fragen, wann sie nach Bagnoregio zu seiner Familie fahren würden. Aber nicht heute. Der Abend war warm und die Kräuter in den uralten Tuffsteinblöcken der Mauern dufteten. Es gab nichts, was sie vermisst hätte. Alles, was sie glücklich machte, war hier.

Die letzten Krümel lagen noch auf den Tischen, Rotweinflecken sprenkelten die Tischtücher. Lara, die in einem der Liegestühle saß, atmete tief durch und sah sich um. Francesco diskutierte drüben mit Ettore und Momus war selig in einer Ecke eingeschlafen, neben zwei Eidechsen. Paola und Silvia waren gegangen, genau wie Tonio, der Dienst hatte.

Jasmin setzte sich auf das Fußende des Liegestuhls. »Wie fühlst du dich?«

Lara schloss die Augen, lächelte und reckte die Arme.

»Sexy. Als hätte ich die Welt gerettet.«

Sie öffnete die Augen wieder. »Es war nur ein winziger Erfolg, das weiß ich. Wenn jemand morgen mit einem neuen Gesetz das freie Denken verbieten wollte, würde der Pasquino nicht genügen, um es zu retten. Aber ich fühle mich gut.«

»Als ich in die Schule ging, war das Dritte Reich noch sehr präsent, weißt du«, sagte Jasmin. Die grauen Haare umspielten ihre Schultern und ein Hauch ihres schweren Parfüms lag in der Luft. »Wir wurden gefragt, was unsere Eltern eigentlich getan hatten. Was wir getan hätten. Auf das zweite hatte ich eine Antwort. Was das Erste betraf ...« Sie schien nachzudenken. Lara bemerkte die Zigarette in ihrer Hand erst jetzt, als der Rauch zu ihr herüberwehte. Das einzige Mal, dass sie Jasmin hatte rauchen sehen, war damals in Bagnoregio gewesen, als sie Matteo getroffen hatten.

»... Mein Vater war ein Nazi-Arschloch«, fuhr Jasmin fort und zog den Rauch tief ein. »Keiner von den dicken Fischen. Einer von denen, die ein Parteibuch besaßen, vor allem vermutlich, weil sie sich damit Frauen und Juden überlegen fühlen konnten. Hayats Bruder würde sagen: ein Islamfaschist, nur ohne Islam. Nachdem meine Mutter es nicht mehr aushielt und nach Italien zurückging, wurde es noch schlimmer. Er prügelte mich, wenn ich mit Jungen ausgehen wollte. Verbot mir, Jeans zu tragen oder die Haare offen zu lassen. Wenn ich es heimlich tat, drückte er seine Zigaretten auf mir aus.«

Das war der Grund, warum sie nie von ihrem Vater sprach. Warum sie lieber den Namen eines Ex behielt als seinen.

Jasmin bemerkte Laras Blick und lachte. »Ich erzähle dir das nicht, weil ein altes Weib sich noch einmal ausheulen will. Ich erzähle es dir, weil er in seinen vier Wänden nur eine Meinung gelten ließ, nämlich seine eigene. Die Meinungsfreiheit, die im Gesetz stand, galt dort nicht. Dort war die letzte Bastion des vorgekauten Denkens, das er irgendwann herauswürgte und mir in den Schnabel stopfte. Was ich sagen will, ist: Es gibt Dinge, auf die das Gesetz keinen Einfluss hat, im Guten und im Bösen. Und eines davon hast du gerade zum Guten gewendet. Sei stolz auf dich.«

»Wenn ich dich nicht getroffen hätte, würde ich noch immer meinen Altar für Tobias schmücken und meine Migräne kultivieren.«

»Nein, du verdankst es dir«, erwiderte Jasmin. Die Feuerschale warf rotgoldene Schatten auf ihr Gesicht und gab ihren Augen unter den dichten Brauen eine zweideutige Farbe. »Eine andere hätte in deinen Schuhen stecken können und hätte ganz anders gehandelt. Du hast eine Chance bekommen, nichts weiter. Und du hast viel mehr daraus gemacht, als ich je erwartet hätte.«

Lara nahm ihren Wein vom Rand des Brunnens und ihre Gläser berührten sich mit einem leisen Klingen.

Am nächsten Morgen war Lara früh wach. Sie ließ Francesco schlafen, machte sich Kaffee und ging dann in den Hof, um schon mal mit dem Aufräumen zu beginnen. Feuchtigkeit hing als zartgrauer Schleier in der Luft wie eine erste Ahnung von Altweibersommer.

»Du hast nie herausgefunden, wer dir die Briefe geschrieben hat.«

Jasmin lehnte im Eingang und beobachtete Lara mit verschränkten Armen. Offenbar war sie gerade erst aufgestanden, denn sie trug einen langen grünseidenen Morgenmantel. Das graue Licht ließ sie ungewohnt blass wirken.

Lara verneinte. Sie stellte die gebrauchten Gläser auf ein Tablett. Rotweinflecken klebten wie Blutreste an den Rändern. Ein paar Marzipankugeln und Sesamkringel waren noch übrig, von den Fleischtaschen waren nur Krümel geblieben. Die Morgensonne brach mit blendend hellen Strahlen durch den zarten Dunst und sog ihn auf. War es mit jedem Moment so? Wenn er verstrichen war, gab es keine Möglichkeit mehr, etwas zu ändern. Ihn bewusster zu leben, mehr daraus zu machen. Der Abend gestern war so schön gewesen, dass es wehtat zu sehen, dass auch er vergangen war.

»Du hast dich so in die Idee verrannt, es sei Francesco gewesen, dass du das Nächstliegende nicht bemerkt hast.« Jasmin setzte sich mit einer Tasse Espresso an den Eisentisch neben die Reste. »Du warst besessen von dem Gedanken, dass es Liebesbriefe waren. Wolltest dich unbedingt in den Schreiber verlieben. Er hat dich auf Dinge aufmerksam gemacht, er hat Prozesse angestoßen. Aber es ist ein Unterschied, jemandem etwas zu verdanken oder ihn zu lieben. Und genau genommen hat der Schreiber davon auch nie gesprochen.«

Lara starrte sie an. Jasmin riss die letzten Scheuklappen ab, die sie noch getragen hatte. Der zarte Schleier, der sie beschützt hatte, verflüchtigte sich, und die Sonne sog stechend die Morgenfeuchtigkeit aus ihrer Haut. Das Licht, das auf einmal in ihre ungeschützten Augen fiel, blendete sie. Es war ein Gefühl wie aus einer verrauchten Kneipe plötzlich an die frische Luft zu kommen. Luft, die in den Lungen brannte.

»Oder die Schreiberin«, sagte Jasmin. »Es ist allmählich Zeit für die Wahrheit, nicht wahr?«

Das Tablett sank mit einem leisen Klirren auf den Tisch. Jasmin hatte recht. Die ganze Zeit hatte Lara Francesco nie ganz an sich herangelassen, weil jederzeit noch ein Prinz auftauchen und sie in seinen Palast entführen konnte. Was für eine kindische Vorstellung! Sie hätte sich in die gleiche Misere katapultiert wie mit Tobias: in eine Beziehung, in der er der Gott war, den sie anbetete, und nicht ihr Partner. Und die sie blind machte für den Menschen, den sie wirklich liebte. Lara wusste nicht, ob sie Jasmin dankbar oder wütend auf sie sein sollte.

»Ich war völlig durch den Wind deswegen«, sagte sie endlich. »Ich konnte nicht mehr schlafen, ich habe kaum noch Augen für etwas anderes gehabt. Ich habe mein ganzes verdammtes Leben auf den Kopf gestellt!« Die Lautstärke ihrer Stimme hatte sich gesteigert, die letzten Worte schrie sie fast. Sie lief wie ein Hund im Hof herum und trat so fest auf die Terrakottafliesen, dass sie jede raue Stelle an den nackten Sohlen spürte.

Jasmin verzog einen Mundwinkel nach oben. »Und du hast das Verbot des Pasquino gekippt. Ich finde, das kann sich sehen lassen.«

»Sag mal …!«

Lara blieb stehen und atmete tief durch. Der Boden wärmte sich auf durch die erste Sonne, die auf die Fliesen fiel. Der Duft von Bittermandeln hing noch immer in der Luft.

Endlich setzte sie sich wortlos zu Jasmin. Eine Weile saßen sie schweigend nebeneinander. Lara starrte auf die geflochtenen Eisenbänder des Tisches.

»Ich möchte, dass du die *Casa del teatro* übernimmst«, erklärte Jasmin ohne Einleitung. Sie hatte den stummen Widerstreit der Gefühle in Laras Gesicht beobachtet. »Das heißt, natürlich nur, wenn du willst.«

Überrascht blickte Lara auf. »Du willst aufhören?« Das passte so wenig zu Jasmin wie bunte Versace-Jeans zu Coco Chanel.

Jasmins Lächeln wich einem plötzlichen Ernst. »Ich sage nicht, dass ich will.« Es klang nicht nach Selbstmitleid, sie stellte es einfach nur fest. Sie strich sich ihr graues Haar zurück und suchte etwas in der Tasche ihres Morgenrocks. Aber sie schien auf einmal nervös zu sein – sie ließ es zwei- oder dreimal fallen, ehe sich ihre Hand darum schloss.

Verwirrt versuchte Lara zu erraten, was Jasmin damit meinte.

»Ich werde nicht mehr lange leben«, fuhr Jasmin sachlich fort. Sie hatte Zigarettenetui und Feuerzeug gefunden und legte beides vor sich hin, ohne zu rauchen. »Krebs. Im Endstadium. Die *Casa* ist mein Lebenswerk. Ich habe sie damals aufgebaut. Du hast ja jetzt eine Ahnung davon bekommen, wie viele bürokratische Hürden ich dafür überwinden musste.« Sie lächelte, und als Lara nicht mitlächelte, sprach sie weiter: »Natürlich kann ich die Stelle ausschreiben und irgendeinen Profi dafür gewinnen. Einen, für den sie ein Meilenstein ist, auf dem Weg zu einem großen Museum. Eine Randnotiz, eine Sprosse auf der Leiter nach oben, die er zuerst mit beiden Händen ergreift und dann mit Füßen tritt. Aber ich möchte, dass jemand die *Casa* übernimmt, der sie liebt.«

Lara wollte etwas antworten, aber es gelang ihr nicht. Sie fand weder die richtigen Worte, noch hätte sie sie aussprechen können. Dass Jasmin sterben könnte, war ihr nie in den Sinn gekommen. Das passte nicht, es war falsch. Mehr als das. Es war unfair.

»Jetzt sieh mich nicht so an«, meinte Jasmin. »Natürlich hoffst du, dass der letzte Gast auf deiner Party möglichst spät kommt. Aber wenn er eben da ist, bietest du ihm ein Glas Champagner an und verlässt das Leben mit einem Lächeln.«

»Seit wann weißt du es?«

Jasmin wich ihrem Blick aus. Sie holte doch eine Zigarette aus dem Etui, zündete sie an und zog ein paarmal daran. »Dass ich krank bin – schon länger. Dass nichts mehr zu machen ist – seit drei Monaten.«

Sie hatte es erfahren, als Lara schon im Palazzo wohnte, und nichts gesagt!

»Francesco wusste es«, gab Jasmin zu. Sie zog heftig an der Zigarette, wie um Lara nicht ansehen zu müssen. »Bevor du eingezogen bist, hatte ich eine Chemotherapie. Übelkeit. Nächtliche Notarzteinsätze, Haarausfall. Das ist nichts, was sich leicht verheimlichen lässt. Schon gar nicht vor einem Journalisten. Er hat mich ein paarmal nachts ins Krankenhaus gefahren. Und mir die Hölle heißgemacht, dass ich mehr auf meine Gesundheit achten soll.« Sie lächelte wieder. »Du hast gedacht, er wäre mein Liebhaber.«

»Zugetraut hätte ich es dir.« Lara versuchte immer noch zu begreifen, was sie hörte und wofür sie kein adäquates Gefühl hatte. Irgendwo in ihrem Magen war ein schwarzer schwerer Ball, an dem immer wieder rot glühende Stellen aufbrachen. Er drückte auf ihr Herz und schnürte ihr die Luft ab.

»Eine Zeit lang wollte ich das Leben noch einmal mit allem, was dazugehört, genießen.« Jasmin drückte ihre Zigarette aus, obwohl sie erst zur Hälfte geraucht war. Der Geruch verflüchtigte sich schnell. »Aber irgendwie habe ich dabei wohl aus den Augen verloren, worum es dabei wirklich geht. Nicht nur um Sex und Partys. Sondern um Dinge, die mir wichtig sind. Und um Menschen. Ich glaube, das ist das Einzige, worauf ich mich nie wirklich intensiv einlassen konnte.«

Sie lächelte und sah plötzlich wieder aus wie zwanzig. »Und deshalb verdanke ich dir mindestens ebenso viel wie du mir, Lara. Ich habe dich gesehen, wie du eingesperrt warst in deinen Gefühlen für Menschen, die es nicht wert sind, für Dinge, die das Nachdenken nicht lohnen. Und dann trafst du Hayat. Du wolltest ihr aus ihrem Gefängnis helfen. Da habe ich begriffen, wie ich dich aus deinem holen kann. Die Tür stand offen, aber du hast gezögert, hindurchzugehen. Alles, was ich tun musste, war, dich darauf aufmerksam zu machen.«

Lara brachte noch immer keinen Ton heraus. Das konnte nicht wahr sein. Es durfte nicht.

»Ich wollte euch etwas hinterlassen, wofür es sich zu leben lohnt. Und ohne es geplant zu haben, habe ich dadurch auch mein eigenes Leben geändert. Ich erinnere mich an nichts, was besser war als die letzten Monate.« Jasmin wartete einen Moment, und als keine Antwort kam, wiederholte sie: »Wenn du es willst, dann bitte übernimm die *Casa*.«

Auf einmal schossen Tränen in Laras Augen. Jasmin durfte sie nicht verlassen. Nicht jetzt. Nicht heute, nicht morgen, überhaupt nicht. Sie hatte kein Recht dazu! Wer gab ihr das verdammte Recht?

# 36

Der Gedanke, Jasmin zu verlieren, war unerträglich. Jeden Tag darauf zu warten, dass es passierte – unausweichlich, und dass es genauso gut morgen wie in ein paar Monaten sein konnte. Zu sehen, wie ihre Vitalität von Tag zu Tag verblasste, durchscheinender wurde, wie sich das Energiebündel nach und nach in eine todkranke ältere Frau verwandelte. Es war, als würde mit ihr auch alles sterben, was ihre Briefe am Pasquino bewirkt hatten. Als ob der Mensch, der Lara geworden war, zersplitterte. Als ob das Geschenk, das ihr gegeben worden war, zurückgefordert würde. Ein paar Tage lang versuchte sie, es mitanzusehen. Vergeblich. Sie hielt es nicht aus.

Sie buchte einen One-Way-Flug nach München, obwohl sie keine Ahnung hatte, wie es weitergehen sollte. Freunde hatte sie dort keine mehr und auch keine Arbeit. Sie rief Jacobi an, die ihr wenigstens ein paar Hundert Euro für einen Job als wissenschaftliche Hilfskraft zahlen konnte. Kellnerte in dem Café, in dem sie sich schon früher hin und wieder ihren Urlaub verdient hatte. Ihre Eltern fragten, ob sie bei ihnen wohnen wolle. Früher hätte sie darüber nachgedacht. Aber aus dem Alter war sie nun definitiv heraus.

Emma war nach Hamburg gezogen. Tobias fing an, andere Frauen anzubaggern, sobald er Lara sah. Aber das berührte sie weit weniger, als sie erwartet hatte. Der Gedanke an Jasmin beschäftigte sie mehr als alles andere. Ihre Tage bestanden aus Arbeit und Schlafen. Sie schrieb ihren Master zu Ende, arbeitete für Jacobi und im Café und fiel abends todmüde ins Bett.

Francesco hatte sie gesagt, sie brauche Zeit. Dass sie nicht wisse, ob sie wiederkommen würde. Dass sie nicht mitansehen könne, wie Jasmin starb. Er versuchte, sie zum Bleiben zu bewegen, ließ sie dann aber gehen. Lara vermisste ihn so sehr, dass es körperlich wehtat. War es das, was blieb? Verzweiflung – *die Krankheit zum Tode,* wie Kierkegaard es genannt hatte?

Obwohl ihre Tage eintönig und durchgetaktet waren, hatte Lara nicht das Gefühl, etwas zu versäumen. Die ungute Stimmung in Deutschland, die ihr schon vor Monaten aufgefallen war, schien sich noch verschlimmert zu haben, und sie hatte keine Lust, ein Teil davon zu werden. Latente Aggression, Zukunftsängste und eine sonderbare Zurückhaltung vor echten Debatten – wie sie sie im Palazzo fast täglich gehabt hatten – schien plötzlich fast alle in ihrem Umkreis auszuzeichnen. Das Land hatte seinen Humor verloren und Lara musste an den Schriftsteller Umberto Eco denken, der ein ganzes Buch darüber geschrieben hatte, dass Lachen Freiheit war. Sie war jeden Tag froh, wenn sie in ihr winziges Zimmer kam und die Musik aufdrehte.

Irgendwann ging sie in die Apotheke am Odeonsplatz und kaufte Bittermandeln. Fünfundzwanzig Gramm. Die blondierte Apothekerin mit den Hyaluronsäurebäckchen setzte eine Miene auf, als hätte sie Zyankali verlangt. »Sie wissen, dass die giftig sind?«

Lara lächelte und zum ersten Mal seit Langem fühlte sich wieder etwas gut an. »Das kommt auf die Dosis an. Wie bei allen Dingen, oder?«

Die Apothekerin sah sie unter ihren botoxstarren Augenbrauen verständnislos an. Lara seufzte. Sie nahm das Päckchen und meinte: »Ich will damit sagen, ich brauche es für die Arbeit.«

Sie hatte eine kleine Dach-WG mit schimmligem Bad gefunden, wo sie für ein Zehn-Quadratmeter-Zimmer sechshundert Euro bezahlte. In der Küche heizte sie den Backofen an und trocknete die eingeweichten Bittermandeln. Der Duft verbreitete sich in der Wohnung. Lara öffnete eine Flasche Rotwein und schenkte sich ein Glas ein. Sie mischte bittere und süße Mandeln, hackte sie und verknetete sie mit Zucker und Rosenwasser zu Marzipan. Die neue Aufnahme von *Don Carlo,* die sie sich gekauft hatte, lief im Hintergrund. Für einen Moment war alles fast wie bei Jasmin.

»Was ist das denn für ein Geruch?« Sebastian, ihr Mitbewohner, steckte kurz die Nase herein. Ein geschniegelter Neunzehnjähriger, der jetzt schon so aussah, als wäre er seit zweihundert Jahren Wirtschaftsanwalt und würde die Millionen anderer Leute hin und her schieben.

»Mach das wieder sauber, okay? Meine Lerngruppe kommt nachher und ich will nicht, dass es riecht und Weingläser herumstehen wie bei irgendwelchen unterbezahlten Hippies.«

Als Lara später in ihrem Zimmer die kleinen Kugeln aß, fragte sie sich, ob sie wirklich ein Hippie geworden war. Hatte Momus abgefärbt? Oder hatte sie einfach nicht gemerkt, dass sie statt wenigen Monaten mehrere Jahrhunderte in einem unterirdischen Feenreich verbracht und die Welt sich einfach zu sehr weitergedreht hatte?

Sie hatte aufgehört, die Vormittage zu zählen, an denen sie Jacobi die Kopien für ihre Publikationen ins Büro legte. Jobs für Hilfskräfte bestanden größtenteils aus Gängen zum Copyshop und Redigieren von Artikeln. Jedes Leerzeichen wurde zigmal überprüft. Und wenn alles fertig war, fiel immer irgendjemandem ein, dass die Formatierung noch einmal geändert werden musste, und alles begann von vorn. Der Flur in dem seit gefühlten hundert Jahren unrenovierten Gebäude der Uni war vollgeklebt mit Plakaten zu Vorträgen, die von Jacobi organisiert worden waren. Lara musste auf die Toilette, aber der Gedanke an die völlig verdreckten Klozellen mit fünfzig Jahre alten Fenstern, die überdies noch abseits in einem dunklen Gang lagen, war wenig verlockend. Wenn sie bis zur Mittagspause durchhielt, konnte sie in eines der Cafés in der Amalienstraße gehen.

»Guten Morgen, Lara. Ah, meine Unterlagen. Danke.« Jacobi schwebte in ihr Büro, warf ihre teure Ledertasche mit perfekt einstudierter Nonchalance auf den Schreibtisch und ging an ihr Regal.

»Sie hatten mich doch wegen dieses Doktorandenstipendiums angesprochen. Ich habe das Gutachten für Sie fertig.«

Sie wies auf die Ablage auf ihrem Schreibtisch, wo ein verschlossener Umschlag lag. Jacobi hatte es sicher nicht selbst geschrieben, vermutlich war es Fabien gewesen, ihr Assistent. Aber solange es positiv ausfiel, war das egal.

»Damit sind Sie flexibel«, meinte Jacobi. »Sie können wohnen, wo Sie möchten. Und Ihre Idee ist gut. Räume der Meinungsfreiheit. Äußerst interessanter Ansatz. Wenn Sie Ihren Antrag überarbeiten, achten Sie nur darauf, nicht so viel Literatur und Philosophie zu zitieren. Nehmen Sie lieber noch Publikationen der wichtigsten Gutachter. Die Leute haben es nicht gern, wenn etwas zitiert wird, was sie nicht kennen.«

Lara bedankte sich und steckte den Umschlag ein. Jacobi hatte recht. Bei Forschungsanträgen ging es nicht um Forschung, sondern darum, dass sich die Gutachter gut fühlten. Räume der Meinungsfreiheit. Sie kannte inzwischen die Codes an der Uni. Räumlichkeit war nach Zeitlichkeit gerade in Mode.

Aber Lara hatte nur an den Pasquino gedacht, als sie den Antrag geschrieben hatte.

Jacobi hatte ihr Buch gefunden und ließ sich in den Drehsessel fallen. Sie kontrollierte ihr Make-up in einem antiken Handspiegel und meinte: »Sie sind nächste Woche da, nicht wahr? Wir haben ja noch Semesterpause, aber ich würde gern ...«

Laras Handy piepste und sie warf einen schnellen Blick auf das Display.

Nachricht von Francesco.

»Lara, hören Sie mir zu?«

»Entschuldigung. Darf ich mich kurz setzen? Mir ist schwindlig.«

Ohne die Antwort abzuwarten, ließ sie sich in einen der teuren Ledersessel sinken, wo Jacobi beeindruckte Studenten empfing. Francesco hatte sich seit ihrer Abreise nicht gemeldet und sie sich bei ihm auch nicht. Er schrieb sicher nicht einfach, um Hallo zu sagen.

Laras Finger zitterten plötzlich. Sie zögerte, die Nachricht zu öffnen, hatte Angst vor dem, was sie enthalten könnte. Dann holte sie tief Luft und klickte sie an.

Es war kein Text. Nur ein Foto.

Der Pasquino. Und an der üblichen Stelle hing ein Zettel, mit nur drei Worten.

*Erkenne dich selbst!*

# 37

»Sie ist am Pasquino zusammengebrochen«, erklärte Francesco, als sie durch den weiß getünchten Flur der Gemelli-Klinik gingen. Lara war direkt vom Flughafen aus hergekommen. Es war keine Zeit mehr für Verzögerungen. »Sie hatte mich als Notfallnummer eingespeichert. Als ich informiert wurde, lag sie schon auf der Intensivstation. Inzwischen konnte sie verlegt werden, aber sie wird das Hospital wohl nicht mehr verlassen.«

Er blieb vor einer schweren Tür mit der Nummer 216 stehen. Inmitten der Gerüche nach Desinfektionsmittel und Krankenhaustee war sein Anblick ein Anker des Vertrauten. »Kannst du das? Du siehst bleich aus.«

Lara nickte mit zusammengepressten Lippen. Sie hatte Jasmin schon viel zu lange im Stich gelassen. »Du hast nicht versucht, mich zurückzuholen.«

Francesco schüttelte den Kopf. Einen Moment blitzte ein Lächeln auf. »Ich wusste, dass du kommen wirst. Du konntest eine Zeit lang davonlaufen. Aber du bist nicht der Typ, der allzu weit rennt, ohne nachzudenken.«

Lara erwiderte das Lächeln. Hielt sich fest an dem vertrauten Gesicht mit den geraden Brauen, dem schwarzen Hemd unter der Lederjacke. Ehe sie die Tür öffnete, zögerte sie noch einmal kurz und sagte dann: »Es ist der falsche Ort und der falsche Augenblick hier. Aber vielleicht habe ich nachher wieder Angst, deshalb will ich es lieber gleich loswerden.«

Es war an der Zeit, endlich den Menschen an sich heranzulassen, der sie so liebte, wie sie war. Francesco runzelte die Brauen, als sei er sich nicht sicher, ob er hören wollte, was sie zu sagen hatte.

»Ich weiß, ich habe immer nach dem Schreiber der Pasquino-Briefe gesucht. Aber ...« Sie nahm ihren Mut zusammen. »... selbst, wenn es Orlando Bloom wäre, der diese Briefe geschrieben hat, es würde mir nichts bedeuten. Was zählt ist, mit wem ich darüber gelacht und geweint und gestritten habe.«

Für einen Moment kam ihr der Gedanke, dass es vielleicht längst zu spät war. Francesco hatte sich nicht gemeldet, während sie weg gewesen war. Vielleicht war ihm das Hin und Her auf die Nerven gegangen und er hatte sich nach jemand anderem umgesehen?

Francesco nahm ihr die Brille ab und küsste sie. »Jetzt geh schon rein«, sagte er. »Ich habe ein paar Wochen auf dich gewartet, da kommt es auf die halbe Stunde nicht mehr an.«

Das Gefühl war so unglaublich erleichternd und fühlte sich so richtig an, dass Lara ihm am liebsten heulend um den Hals gefallen wäre. Aber Francesco schob sie zur Tür und drückte die Klinke herunter. »Sie hat weniger Zeit als ich«, meinte er.

Blassgoldenes Herbstlicht fiel durch das große Fenster in den kahlen weißen Raum. Ein paar Vasen mit Rosen in warmen Farben, ein aufgeschlagenes Buch, eine Kerze und ein CD-Player auf dem Nachttisch waren die einzigen persönlichen Dinge. Trotz der Blumen roch es genauso steril wie draußen.

Jasmins Kopfteil war nicht hochgestellt, sie lag im Bett, als würde sie schlafen. Ihre Haut war durchscheinend, aber sie war geschminkt. Lara musste lächeln. Jasmin wollte nicht einmal dem Tod in ungepflegtem Zustand gegenübertreten. Die Vitalität, mit der sie ihre Umgebung auflud, war noch spürbar, schwach, bebend, filigran. Sie überließ dem Verfall keine Handbreit Boden.

Lara versuchte, so leise wie möglich einen Stuhl heranzuziehen.

»Was schleichst du dich denn so an? Denkst du, ich habe Kopfschmerzen von irgendwelchen Drogen?«

Lara zog den Stuhl an die Kopfseite und nahm die eiskalte Hand.

»Das weiß man bei dir nie.«

Jasmin lachte leise. »Die haben hier nicht mal ein Glas guten Wein.«

»Auch kein Marzipan.« Lara holte die kleine Schachtel aus ihrer Tasche. »Hier. Die Apothekerin hat mich angesehen wie eine weibliche Ausgabe von Hannibal Lecter, als ich Bittermandeln verlangte.« Als sie die Schachtel öffnete, schwebte ein Hauch Bittermandelduft in der sterilen Luft. Sie nahm den CD-Player, der auf dem Tisch stand. »*La Traviata?*«

»Den Schluss bitte.«

Besorgt sah Lara sie an. Jasmin war dünn und aschfahl. Obwohl sich das Leben in ihr aufbäumte, wirkte sie, als könnte ein Windhauch oder eine zu heftig zugeschlagene Tür das Ende sein. Hoffentlich würden sie mehr Zeit haben als die paar Minuten, in denen die tuberkulosekranke Violetta in den Armen ihres Geliebten starb.

Lara stellte die Musik an und holte das Papier aus ihrer Tasche, auf das sie Francescos Nachricht ausgedruckt hatte.

»Ich habe es versucht. Mich selbst zu erkennen.«

Jasmin hob fragend die Brauen.

»Das war die schwerste Nachricht von allen.«

Jasmin hustete und fiel mit geschlossenen Augen zurück auf das Kissen. »Das ist sie. Und die wichtigste.«

»Ich habe nachgeschlagen. *Erkenne dich selbst!* stand am Apollontempel in Delphi. Du hast den Kreis geschlossen.«

Jasmin lächelte mit fahlen Lippen.

»Apollon und Dionysos wurden beide in Delphi verehrt. Manche sagen, *erkenne dich selbst* sei nur der halbe Satz. Gemeint sei: *Erkenne dich selbst, dass du sterblich bist.*«

»Hab ich doch gesagt. Es ist die schwerste Nachricht.«

»Dass der Tod dazugehört? Apollon und Dionysos – Tag und Nacht?«

»Weil der Tod die Grenze ist. Was keine Grenze hat, kann man nicht definieren. Es ist wie mit den Bittermandeln. Ohne sie ist es nicht dasselbe.«

Lara nahm ihre Hand. »Danke«, sagte sie leise.

Das Lachen war trocken und mühsam. »Wofür?«

»Du hast mich verändert.«

Jasmin schüttelte kraftlos den Kopf. Ihre Lippen waren bläulich unter der Schminke. »Habe ich nicht. Du hast dich verändert. Du hast Verantwortung übernommen. Zuerst für andere, weil das leichter ist. Aber schließlich auch für dich selbst.«

»Das sagst du, obwohl ich abgereist bin?«

»Ich wusste, du würdest wiederkommen.« Sie versuchte ein neues Lächeln, aber es war zu sehen, wie anstrengend es für sie sein musste. Es schnürte Lara die Kehle zu.

Und dann konnte sie die Tränen nicht mehr zurückhalten. Sie legte den Kopf auf Jasmins Bett, krallte ihre Finger in die Decke und weinte wie ein kleines Kind. Das Schluchzen schüttelte ihren Körper und fegte die gut erzogene, gefasste Lara weg. Die Trauer brach aus ihr heraus. Die Trauer, vor der sie geflohen war, in ihr altes Leben, in dem sie ihren Körper und ihre Gefühle geknebelt hatte. Sie löste den starren, tauben Klumpen in ihr. Und befreite die andere Lara. Die, die Angst hatte, verlassen zu werden, die den Menschen, der ihr Leben für immer verändert hatte, nicht verlieren wollte.

Irgendwann spürte sie Jasmins Hand auf ihrem Kopf. »Nun lass gut sein. Einmal ist die Oper eben zu Ende.«

Es war ganz still. Nicht einmal ihr Atem war zu spüren, und Lara dachte einen Moment, es sei vorbei. Sie blieb mit dem Gesicht auf dem Bett, wie erstarrt. Endlich hörte sie Jasmin sagen: »Einen Moment hatte ich befürchtet, dass du dich in den Schreiber der Pasquino-Briefe verliebst.«

Lara hob den Kopf und lächelte unter Tränen. »Mach dir keine Sorgen mehr. Ich weiß jetzt, was ich will.«

»Und beruflich?«

Die Tränen liefen Lara über das Gesicht, aber es störte sie nicht mehr. »Jacobi hat mir ein Gutachten für ein Doktorandenstipendium geschrieben. Es sei ein tolles Thema. Innovativ und bedeutend.« Sie zog den Umschlag aus der Tasche und legte ihn auf Jasmins Bett. Ein Taschentuch fiel mit heraus und sie putzte sich die Nase. Tränen kamen bei ihr noch immer genauso intensiv aus der Nase wie aus den Augen.

Jasmin seufzte und deutete auf den Umschlag. »Vermutlich kannst du die nächsten zwanzig Jahre daran forschen. Ein Projekt nach dem anderen dazu beantragen. Musst dir keine Gedanken über ein neues Thema machen. Eine große wissenschaftliche Zukunft. Ich kann Maggie förmlich hören.«

In diesem Moment wusste Lara, dass es dazu niemals kommen würde. Sie würde die *Casa del teatro* übernehmen. Sie würde Ausstellungen koordinieren, sich mit der Stadtverwaltung streiten, aber eins würde sie niemals tun: sich auf Fachtagungen über Räume der Meinungsfreiheit auseinandersetzen.

»Weißt du«, sagte sie, und unter ihrem Lächeln versiegten die Tränen. »Die *Casa del teatro* ist einer der Orte, wo Meinungsfreiheit einen wirklichen Raum hat. Es ist wichtiger, diesen Ort zu erhalten, als darüber zu forschen.«

Und dann zog sie den Nachttisch zu sich heran, auf dem die Vase mit den roten Herbstrosen stand. Zerriss Jacobis Gutachten in kleine Schnipsel und ließ sie auf die weiße Kunststoffplatte regnen.

# Zehn Monate später

»Hier herüber!«

Der riesige Pasquino aus Styropor schwankte gefährlich unter der hohen Kassettendecke und Lara hielt den Atem an. Zum Glück hatte sie mit den anderen Exponaten noch gewartet!

Tonio und seine Freunde stellten das Monstrum ab. Es verbreitete einen intensiven Geruch nach frischer Farbe, aber bis zur Eröffnung würde er verfliegen.

»Ihr seid klasse. So steht er perfekt.«

Lara zog ihren über und über beklecksten Kittel an und band ihr Haar zu einem Pferdeschwanz. Eine Ewigkeit hatte sie mit einem von Jasmins Künstlern an dem Styropornachbau gearbeitet, es fehlte nur noch der letzte Schliff. Tonio und die anderen Männer, die ihn auf einer Ape in die *Casa del teatro* gebracht hatten, spannten die Plastikbahnen auf, um Boden und Wände zu schützen. Lara zog vorsichtshalber die Schuhe aus und stellte sich barfuß auf einen schlichten, mit Farbe und Klebstoff verschmierten Hocker. Aus der alten Hi-Fi-Anlage im Büro dröhnte Verdis *Don Carlo*.

Laras Finger umklammerten die große Flasche mit der Marmoreffekt-Farbe. Dann hielt sie den Atem an, stellte sich

338

hinter den Styroporhintern und spritzte die letzten freien Stellen zu.

Es dauerte keine Viertelstunde und der Pasquino sah fast aus wie der echte draußen in der Stadt, die sich ewig nannte.

»*Impressionante.*« Tonio nahm ein Tuch und wischte ihr einen Farbklecks aus dem Gesicht. Auf seinem Robert-Downey-Gesicht zeigte sich zum ersten Mal ein Ausdruck, den man mit etwas Fantasie als frech bezeichnen konnte. »Wenn du etwas dranhängst, werde ich dich verhaften müssen.«

Lara lachte und gab ihm einen Schubs.

»Kommt Momus morgen zur Eröffnung?«, fragte sie. »Er müsste Ferien haben. Ich hatte ihn eingeladen, aber er hat mir statt einer Zusage nur Fotos von der Zeugnisfeier geschickt.«

Seit Anfang des Schuljahrs arbeitete Momus als Waldorflehrer in Ascona. Sein Vater hatte zuerst einen schweren Tobsuchtsanfall bekommen und danach einen leichten Herzinfarkt, den er inzwischen gut überstanden hatte. Zu Laras Überraschung hatte Momus bisher durchgehalten – ein ganzes Schuljahr schon. Und auch mit Tonio lief es zwar mal besser und mal schlechter, aber irgendwie konnten sie auch nicht ohne einander.

»Chaot! Natürlich kommt er.« Tonio sah auf sein Handy. »Das ist er. Bis später, Lara!« Er verschwand unter dem Marmortürsturz, um zu telefonieren. Im Hinausgehen begrüßte er Hayat mit Wangenküsschen. Sie hatte mit Saleh die Ausstellungsräume inspiziert.

»Wahnsinn«, meinte Hayat mit einem verlegenen Grinsen. Bis auf diesen Raum waren alle fertig: Giorgios Videoinstallationen, Fotos, Bilder, täuschend echte Nachbauten von Statuen, Kostüme. »Saleh steht noch immer mit offenem Mund vor der Installation mit der Engelsburg – Toscas Sturz –, die Momus vom Theater beschafft hat. Wenn er wüsste, dass Momus dort ganz in der Nähe schon selbst einen Sturz hingelegt hat ...« Sie lachte leise. »Wie hast du das nur alles hinbekommen?«

»Eigentlich ist es Jasmins letzte Ausstellung. Sie hatte schon viel vorbereitet.« Es tat nicht mehr so weh, an Jasmin zu denken. Ihr Tod lag nun neun Monate zurück und allmählich trat wieder das Schöne in den Vordergrund, das sie zusammen erlebt hatten.

»Aber die EU-Gelder hast du durchgesetzt.«

Lara wischte sich mit der farbverschmierten Hand eine Haarsträhne aus dem Gesicht.

»Schwamm drüber. Ich brauche dich. Noch einmal wie damals: Da drüben liegen die Ausdrucke der Zettel. Es sind meine absoluten Highlights. Kleber gibt es hier. Ran an den Mann!«

Es war ein Gefühl, wie den Weihnachtsbaum zu schmücken. Hayat zog einen Kittel über ihr elegantes dunkelblaues Kostüm und band ihre Stufenfrisur zusammen. Gemeinsam klebten sie Kopien der Zettel, die Lara im letzten Jahr gesammelt und ausgewertet hatte, an den Styropor-Pasquino. Im Hof zirpte es dieses Jahr im Duo. Die Single-Zikade hatte offenbar einen Partner gefunden.

Jasmin hätte es sicher gefallen, dachte Lara. Paola hatte die Liste für das Catering geschickt. Sie musste nur noch morgen die für diesen Raum vorgesehenen Bilder aufhängen, dann war das Projekt, an dem sie seit ihrer Rückkehr nach Rom arbeitete, bereit. Am Anfang hatte sie nicht gedacht, es ohne Jasmin zu schaffen. Mehr als einmal hatte sie heulend am Boden in Francescos Küche gesessen. Aber jetzt war sie fertig.

»Kommst du übermorgen zu mir zum Abendessen?«, fragte Hayat. »*Iftar* feiern?«

»Ramadan?«

Hayat lachte. »Meine Eltern kommen für zwei Wochen her und ich bin nicht mein Bruder. Er hat den Ramadan und alle anderen Traditionen abgeschafft, aber für mich gibt es nicht nur ganz oder gar nicht. Apropos Saleh, er kommt auch, mit seiner Freundin. Und Tonio. Paola. Ach, und Francesco ist natürlich auch eingeladen.«

»Seit du allein lebst, kochst du nicht mehr für weniger als zehn Leute, oder?« Lara musste wieder lachen. »Ich frage Francesco, aber ich glaube, er hat noch nichts vor.«

Hayat legte Kleber und Reste zusammen und nutzte den Moment, ehe Saleh seinen Rundgang beendet hatte. »Lenk meine Eltern ab, wenn sie fragen, ob ich schon wieder einen Mann habe, okay? Ich will mir die Kerle vor der nächsten Heirat noch ein paar Monate aus der Distanz betrachten. Oder ein paar Jahre.«

»Oder ein paar Jahrzehnte«, grinste Lara. »Geht klar. Ehrenwort unter Frauen.«

»Sehr gelungen«, sagte Saleh, der sich offenbar an Momus' Version von *Tosca* sattgesehen hatte. Er hatte seine John-Lennon-Brille im Winter durch eine moderne ersetzt und wirkte in seinem Designershirt wie eine Hipsterversion von Che Guevara. »Und hier haben wir das Symbol des zivilen Ungehorsams. Den Aufschrei der leidenden Massen, des geknechteten Proletariats, das seine Ketten abschüttelt und sich vom Opium fürs Volk lossagt, das die Paläste seiner Peiniger in Schutt und Asche legt wie die der imperialistischen Patrizier Roms ...« Er zeigte mit dem Finger auf den Pasquino.

»Du solltest ihn aufzeichnen und dann in Endlosschleife abspielen«, grinste Hayat.

»Momus kommt morgen«, informierte ihn Lara.

»Ausgezeichnet«, erwiderte Saleh, während er zur Garderobe ging. »In dem Mann fließt revolutionäres Blut. Diese *Tosca*-Installation ist brillant. Wenn ich nächste Woche nach Paris fliege, muss er mich begleiten, wir gehen zum Grab von Simone de Beauvoir.«

»Er ist in Hochform«, bemerkte Lara anerkennend. »Irgendein besonderer Triumph?«

»Unsere Kampagne zum Feminizid wurde landesweit in den Medien besprochen«, bestätigte Hayat. »Schockierend, wie viele Frauen aus geschlechtsspezifischen Gründen ermordet werden – wegen abstruser Ehrbegriffe, wegen Untreue, bei Vergewaltigungen oder einfach nur aus Hass auf das weibliche Geschlecht.«

»Ihr habt zusammengearbeitet?«

»Dieses Mal ja. Es war eine Kooperation. Ich habe mich freiwillig gemeldet.« Sicher hatte sie daran gedacht, wie nahe sie selbst am Abgrund gewesen war. Ihre Scheidung war durch, sie war frei. Aber sie wusste, was es hieß, von einem gewalttätigen Ex gestalkt zu werden.

Laras Handy klingelte. »Das ist Francesco.«

»Okay, ich muss sowieso los. Essen für all die Leute kaufen.«

Sie verabschiedeten sich mit ein paar schnellen Küsschen rechts und links, dann nahm Lara ab.

»Francesco?«

»*Salve, amore.* Ich bin noch an der Küste, kannst du auf dem Rückweg bei Renato einen guten Weißwein kaufen? Im Keller ist Ebbe, wir müssen dringend mal wieder raus aufs Weingut zum Einkaufen. Aber ich war auf dem Fischmarkt. Der Grill steht noch im Hof, oder?«

»Ich habe ihn nicht weggeräumt. Wenn Giorgio nicht den Putzfimmel bekommen hat …«

»Na, da mache ich mir keine Sorgen«, erwiderte Francesco trocken.

Jasmin hatte Francesco seine Wohnung und Lara die ganz oben vererbt. Unten war Giorgio eingezogen. Er hörte öfter als früher Musik und er hatte ziemlich viel Damenbesuch. Insofern war es manchmal fast, als wäre Jasmin noch da.

Irgendjemand rief etwas im Hintergrund. »Ist das Ettore?«

»Ja, er fragt, wann du wieder Single bist, wie immer.«

Lara lachte. »Wo seid ihr eigentlich?«

»Bei einem irren Philosophen, du machst dir keine Vorstellung. Haust in einem Geschlechterturm hoch über dem Tyrrhenischen Meer, steigt mit seinen achtzig Jahren mehrmals täglich so viele Stufen hinauf und hinunter, wie er alt ist, und ist so was wie der Bud Spencer der Metaphysik. Die Fotos werden der absolute Wahnsinn. Ich nehme ihn aufs Cover, sie werden uns die nächste Ausgabe aus der Hand reißen.«

»Klingt super.« Bisher war er zwar mit *Filosofia* nicht reich geworden, aber er war glücklich. Die Zeitschrift lief gut genug, um davon leben zu können, und in den nächsten Jahren würde der Marktanteil sicher noch wachsen. Ettores Tipps waren Gold wert gewesen. »Kommt Ettore mit zum Essen?«

»Auf gar keinen Fall. Ich weiß nicht, was du danach vorhast, aber bei dem, woran ich denke, würde er nur stören.«

Lachend legte Lara auf.

Sie betrachtete ihren Styropor-Pasquino, der seinem Vorbild jetzt mit den aufgeklebten Zetteln täuschend ähnlich sah. Die Stimmen der Freunde und Arbeiter verloren sich in den uralten Räumen und hallten unwirklich darin wider. Unter den nackten Füßen spürte sie die Jahrhunderte.

Manchmal spielt das Leben mit dir Kugelbahn, dachte Lara. Aber wenn du einmal gegen die richtigen Kugeln knallst, sprühen Funken und alles ist anders.

Sie kaufte den Wein auf dem Heimweg und stopfte die Flasche in ihren kupferfarbenen Shopper. Kurz bevor sie den Palazzo erreichte, hielt sie inne. Sie ging noch einmal zurück und ein paar Gassen weiter.

Im sommerlichen Abendlicht wirkte der Pasquino wie auf einer der zahllosen Postkarten von Rom. Die Marmorwand hinter ihm war pastellfarben überhaucht. Alte Zettel, von denen kaum noch Fetzen übrig waren, hingen neben neuen. Manche waren grau und ausgebleicht vom römischen Sommer, andere glänzten hell wie frisches Pergament, als wären fünfhundert Jahre nicht mehr als ein Tag. Als hätten Worte die Macht, das Rad der Zeit anzuhalten oder schneller zu drehen. Um sie herum ging das millionenfache Leben der Stadt seinen Gang. Aber für Lara würde dieser Ort immer der Anfang ihres neuen Lebens sein.

Zögernd kam sie näher. Sie hatte den Zettel vorhin in der *Casa* vorbereitet. Als sie ihn jetzt aus der Tasche zog, wurde ihr klar, dass es das erste Mal war, dass sie selbst etwas an den Pasquino hängte. Abgesehen von ihrer wilden Plakataktion vor einem Jahr hatte sie die Zettel nur analysiert, wieder und wieder. So lange, dass sie zum Gedächtnis derer geworden war, die hier ihrem Unmut Luft machten. Ohne jemals selbst zu wissen, was man empfand, wenn man hier etwas anheftete, war sie zur Chronistin dieser stummen Rebellion geworden.

Aber eines blieb noch zu tun.

Lara klebte den Zettel an den Pasquino. In all den Monaten hatte sie auf die Briefe des geheimnisvollen Schreibers nie eine Antwort gehabt. Sie hatte gelesen, gestritten und geliebt, aber sie hatte nichts gegeben. Zum ersten Mal hatte sie eine Antwort für Jasmin.

Sie konnte sich keinen anderen Ort dafür vorstellen als diesen. Hier, wo seit Jahrhunderten die unterschiedlichsten Charaktere das ureigenste Recht eines jeden Menschen wahrnahmen: das Recht, eine eigene Meinung zu haben, wäre sie auch noch so unbequem, noch so falsch, selbst noch so dumm. Wo ein steinerner Zeuge ihr Recht verteidigte, sie zu äußern: dieses Recht, das untrennbar verbunden war mit dem Gedanken der Menschenwürde. Dass Menschen einen freien Willen hatten, und dass es in ihrer Verantwortung lag, was sie damit taten.

Der Pasquino war der stumme Anwalt derer, die sonst keinen hatten. Der Anwalt des alten Mannes, der hier dem Schmerz einen Namen hatte geben können, der nicht sein durfte. Der Anwalt Paolas, deren Augen hier ein anderes Feuer hatten. Der Anwalt Hayats, Ettores und Francescos. Der Anwalt all der zahllosen Unbekannten, die für diese Freiheit gestorben waren. Der leidenden Massen, wie Saleh gesagt hätte. Aber auch derer, welche die Idee ausmachten, aus der Europa damals entstanden war und ohne die es seine Seele verlieren und wertlos würde: Freiheit und Gerechtigkeit.

Auf eine seltsame Art war der Pasquino die Schnittstelle dieser Ewigkeit. Hier berührten sich Gegenwart und Vergangenheit, hier wurde die Zukunft geboren. Wo immer Jasmin jetzt war, hier würde sie ihre Nachricht finden.

> *Zarathustra heißt es, hat gelehrt:*
> *Wenn das Wasser des Lebens die Seele berührt, wachsen ihr Flügel.*
> *Das Wasser des Lebens: Erfahrungen. Von Zwängen unbeschwert.*
> *Gedanken ohne Zügel,*
> *und nicht von Stacheldraht umgeben. –*
> *Dein Erbe wird in meinen Flügeln weiterleben.*

Lara wandte sich zum Gehen. Der alte Mann, der unter einem uralten Torbogen gewartet und sie beobachtet hatte, lächelte. Dann nahm ihn der Schatten der Gasse auf.

# QUELLENVERZEICHNIS

*… die Kunst, dem Silberton zu rufen*. Aus: Friedrich Schiller, Don Carlos, IV. Akt, 21. Auftritt. (Reclam, diverse Auflagen)

*Apollon oder Dionysos?* Nach Friedrich Nietzsche, Die Geburt der Tragödie aus dem Geiste der Musik (z. B. in Kapitel 2, diverse Auflagen, einsehbar z. B. über Projekt Gutenberg-DE, www.projekt.gutenberg.de,)

*Alles fließt.* Nach Heraklit von Ephesos:
Man kann nicht zweimal in denselben Fluss steigen, es zerfließt, strömt wieder zusammen, kommt herzu und entfernt sich. (Fragment 91, S. 98)
Wir steigen in dieselben Fluten und tun es doch wieder nicht; denn wir sind und wir sind nicht. (S. 98)
Wer in denselben Fluss steigt, dem strömt immer wieder neues Wasser zu. (Fragment 12, S. 97)
Alles strömt, und nichts dauert. (S. 98)
(die »Flusslehre« wurde später zusammengefasst in der Formel »panta rhei«: alles fließt bzw. alles ist im Fluss)
Zitiert nach: Die Anfänge der abendländischen Philosophie: Fragmente der Vorsokratiker, übersetzt und erläutert von

Michael Grünwald, München 1991; dort finden sich auch die griechischen Atomisten, z. B. Leukipp und Demokrit. Auf ihnen baut Francescos Idee auf, dass überall Atome herumschwirren, die man einatmen bzw. aufnehmen könne.

Giovanni Pico della Mirandola (1463–1494): Oratio de hominis dignitate (Rede über die Würde des Menschen), in der Übertragung von Dora Baker, Dornach 1983, S. 65f:
Von keinen Schranken eingeengt sollst du deine eigene Natur selbst bestimmen nach deinem Willen, dessen Macht ich dir überlassen habe. Ich stellte dich in die Mitte der Welt, damit du von dort aus alles, was ringsum ist, besser überschaust. Ich erschuf dich weder himmlisch noch irdisch, weder sterblich noch unsterblich, damit du als dein eigener, gleichsam freier, unumschränkter Baumeister dich selbst in der von dir gewählten Form aufbaust und gestaltest. Du kannst nach unten in den Tierwesen entarten; du kannst nach oben, deinem eigenen Willen folgend, im Göttlichen neu erstehen.

Verweis auf Zarathustra und das Wasser des Lebens (wird von Lara im letzten Post an Jasmin zitiert): ibid. S. 81; der Abschnitt wird von Lara existenzialistisch gelesen, was im Original natürlich nicht der Fall ist, da Pico lange vor dem Existenzialismus schrieb.

Platon: Höhlengleichnis
Aus: Politeia (der Staat), 7. Buch, 106a–b, diverse Ausgaben. (Übersetzung von Friedrich Schleiermacher z. B. über Projekt Gutenberg einsehbar)

Jean-Paul Sartre: L'existentialisme est un humanisme, Paris 1946, dt.: Ist der Existentialismus ein Humanismus?, Frankfurt/Main: Ullstein 1989

Friedrich Nietzsche: *Werde, der du bist!*
Aus: Die fröhliche Wissenschaft, 1882 (ergänzt 1887). Werke in drei Bänden. München 1954, S. 159. Bd. 2, 3. Buch, Aphorismus 270:
Was sagt dein Gewissen? – Du sollst der werden, der du bist.
(ähnlich auch im Untertitel zu Ecce Homo)

*Per aspera ad astra*: Durch raue (Zeiten) zu den Sternen.
Nach Seneca: Hercules furens, 437: Non est ad astra mollis et terris via. – Der Weg zu den Sternen ist nicht weich und eben.

Fjodor Dostojewski: Der Großinquisitor, aus: Fjodor M. Dostojewski: Die Brüder Karamasoff. Übersetzt von E. K. Rahsin. München: Piper 2008:
»Ja, die Sache ist uns teuer zu stehen gekommen«, fährt er (der Großinquisitor, Anm. von J. Freidank) fort, indem er IHN (Jesus, Anm. v. J. Freidank) mit strengem Blick ansieht; »aber wir haben das Werk endlich zu Ende geführt; in deinem Namen. Anderthalb Jahrtausende haben wir uns mit dieser Freiheit abgequält, doch jetzt ist das überwunden, und zwar endgültig! Du glaubst nicht, dass es endgültig bewältigt ist? Du blickst mich milde an und würdigst mich nicht einmal deines Unwillens? So höre denn, dass gerade jetzt die Menschen mehr denn je überzeugt sind, vollkommen frei zu sein, und dabei haben sie doch selber ihre Freiheit zu uns gebracht und sie gehorsam und unterwürfig uns zu Füßen gelegt.« (S. 409)
»Hättest du den dritten Rat des mächtigen Geistes angenommen, so hättest du alles erfüllt, was der Mensch auf Erden sucht, und das ist: vor wem er sich beugen, wem er sein Gewissen übergeben kann, und auf welche Weise sich endlich alle Menschen zu einem einzigen, einstimmigen Ameisenhaufen vereinigen können.« (S. 419)

Friedrich Schiller: Don Carlos (Reclam, diverse Auflagen)
V. Akt, 10. Auftritt:
Großinquisitor: Wozu Menschen? Menschen sind für Sie nur
Zahlen, weiter nichts. Muss ich die Elemente der Monarchen-
kunst mit meinem grauen Schüler überhören?
III. Akt, 10. Auftritt:
Marquis von Posa: … Geben Sie Gedankenfreiheit!

*Liquidierung des Individuums.* Nach Hannah Arendt, Elemente
und Ursprünge totaler Herrschaft (1955 auf Dt. erschienen),
Ausgabe von 1986, S. 507:
»Insofern die totalitären Bewegungen ungeachtet der Herkunft
ihrer Führer, den Individualismus sowohl der Bourgeoisie wie
des von ihr erzeugten Mobs liquidieren, können sie mit Recht
behaupten, dass sie die ersten wirklich antibürgerlichen Parteien
in Europa darstellen.«

Salehs Ansichten entsprechen denen vieler liberaler und
säkularer Muslime bzw. Ex-Muslime. Die Verbindung von
religiösem Extremismus und verdrängter (Homo-)Sexualität
wurde z. B. nach dem Orlando-Attentat 2016 weltweit von
großen Zeitungen gezogen.
Lektüreempfehlung: Ahmad Mansour, Generation Allah,
Frankfurt/Main: S. Fischer Verlag 2015

„O, sitzen möchte' ich im kämpfenden Schiff,
das Steuerruder ergreifen
Und zischend über das brandende Riff
Wie eine Seemöve streifen.
…
Nun muss ich sitzen so fein und klar,
gleich einem artigen Kinde
und darf nur heimlich lösen mein Haar

und lassen es flattern im Winde."

Aus: Annette von Droste-Hülshoff, *Am Turme*, Gedicht von 1842 z.B. einsehbar über http://gutenberg.spiegel.de/buch/ annette-von-droste-h-2845/48

Søren Kierkegaard (unter dem Pseudonym Anti-Climacus), *Die Krankheit zum Tode*, diverse Auflagen, Original von 1849. Das Buch analysiert verschiedene Formen der Verzweiflung, die als „Krankheit zum Tode" definiert wird.

Die Verbindung von Lachen und Freiheit bzw. aufklärerischem Potenzial: Eine der zentralen Aussagen aus Umberto Eco, Der Name der Rose, 1980, (ab 1982 in deutscher Übersetzung), zahlreiche Auflagen. Jorge von Burgos lehnt das Lachen aus diesem Grund ab, z.B. S. 168 ff (3. Auflage, Hanser Verlag München und Wien 1986)

Zeitfracht Medien GmbH
Ferdinand-Jühlke-Straße 7
99095 Erfurt, Deutschland
produktsicherheit@kolibri360.de

Druck:
CPI Druckdienstleistungen GmbH
im Auftrag der
Zeitfracht Medien GmbH
Ein Unternehmen der Zeitfracht - Gruppe
Ferdinand-Jühlke-Str. 7
99095 Erfurt